國家"雙一流"擬建設學科"南京大學中國語言文學藝術"資助項目

江蘇高校優勢學科建設工程"南京大學中國語言文學"資助項目

江蘇省2011協同創新中心"中國文學與東亞文明"資助項目

南 京 大 學 域 外 漢 籍 研 究 所 專 刊

《紅樓夢》在韓國的傳播與翻譯

[韓] 崔溶澈 著

肖大平 譯

中華書局

圖書在版編目(CIP)數據

紅樓夢在韓國的傳播與翻譯/崔溶澈著;肖大平譯. —北京:
中華書局,2018.11
(域外漢籍研究叢書.第三輯)
ISBN 978-7-101-13466-7

Ⅰ.紅… Ⅱ.①崔…②肖… Ⅲ.《紅樓夢》-朝鮮語-文學翻
譯-研究 Ⅳ.I207.411

中國版本圖書館 CIP 數據核字(2018)第 231770 號

書　　名	紅樓夢在韓國的傳播與翻譯	
著　　者	崔溶澈	
譯　　者	肖大平	
叢 書 名	域外漢籍研究叢書　第三輯	
責任編輯	俞國林　潘素雅	
出版發行	中華書局	
	(北京市豐臺區太平橋西里 38 號　100073)	
	http://www.zhbc.com.cn	
	E-mail:zhbc@ zhbc.com.cn	
印　　刷	北京市白帆印務有限公司	
版　　次	2018 年 11 月北京第 1 版	
	2018 年 11 月北京第 1 次印刷	
規　　格	開本/920×1250 毫米　1/32	
	印張 12⅞　插頁 8　字數 300 千字	
國際書號	ISBN 978-7-101-13466-7	
定　　價	58.00 元	

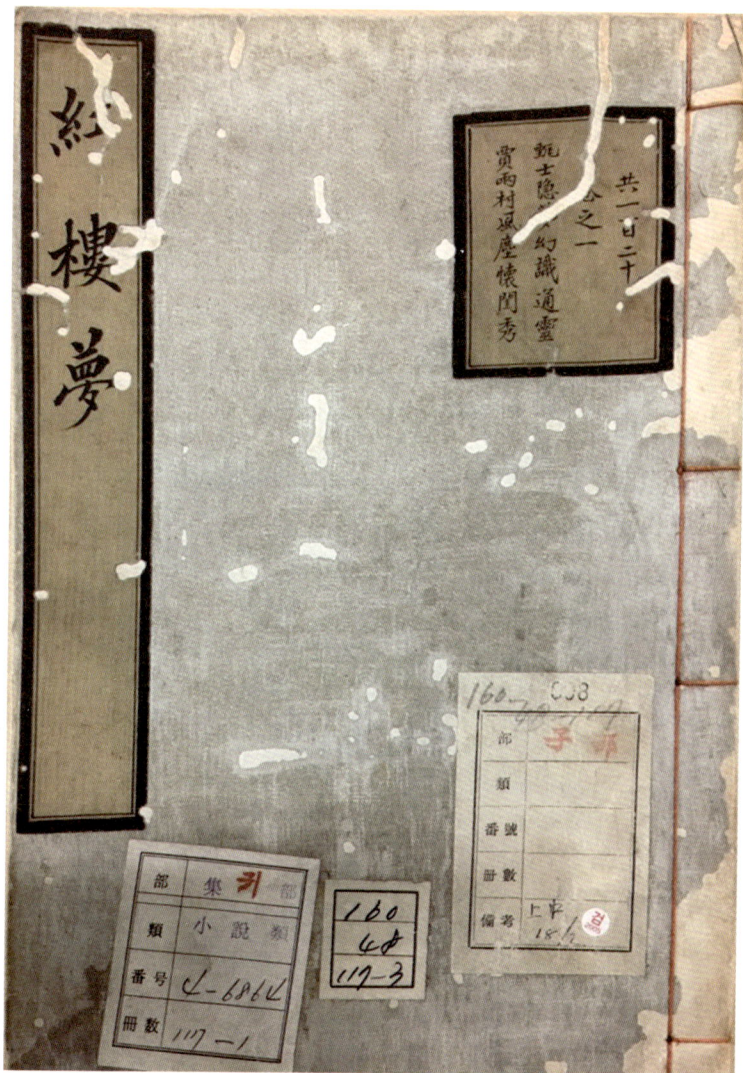

樂善齋譯本《紅樓夢》封面

（原藏於昌德宮樂善齋，現藏於韓國學中央研究院藏書閣）

樂善齋譯本《紅樓夢》卷之一第1頁

樂善齋譯本《紅樓夢》卷之一第2頁

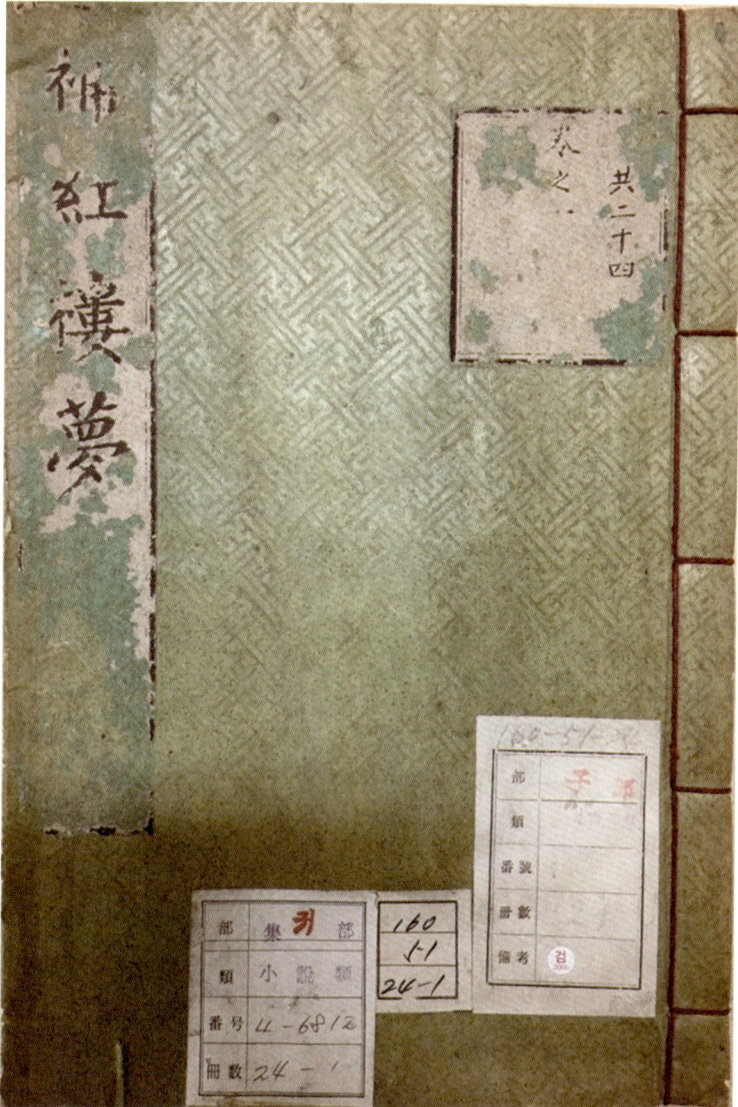

樂善齋譯本《補紅樓夢》封面

（原藏於昌德宮樂善齋，現藏於韓國學中央研究院藏書閣）

樂善齋譯本《補紅樓夢》第1頁

樂善齋譯本《補紅樓夢》第2頁

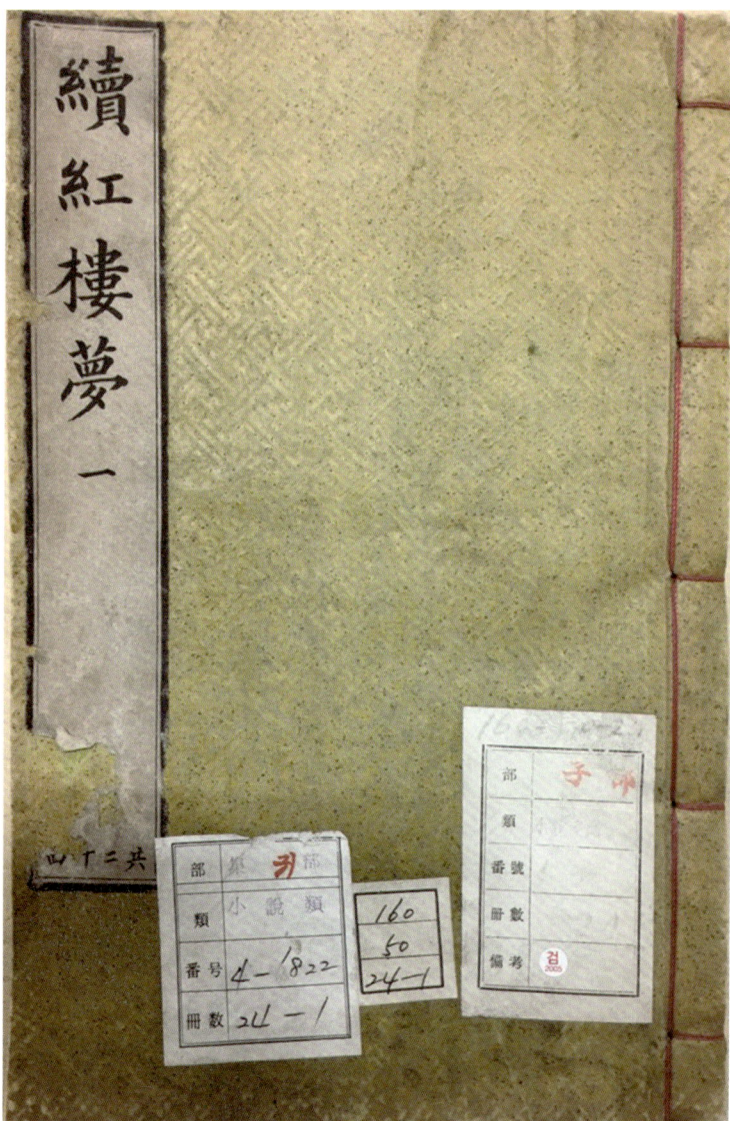

樂善齋譯本《續紅樓夢》封面

（原藏於昌德宮樂善齋，現藏於韓國學中央研究院藏書閣）

樂善齋譯本《續紅樓夢》第1頁

樂善齋譯本《續紅樓夢》第2頁

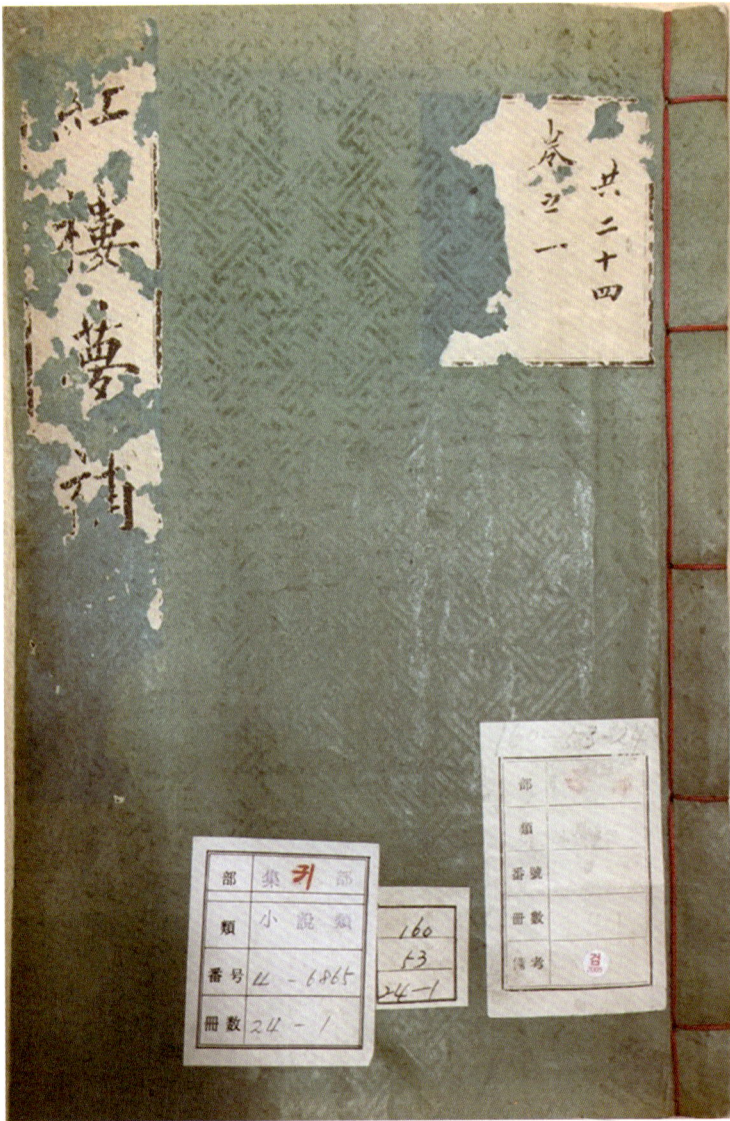

樂善齋譯本《紅樓夢補》封面

（原藏於昌德宮樂善齋，現藏於韓國學中央研究院藏書閣）

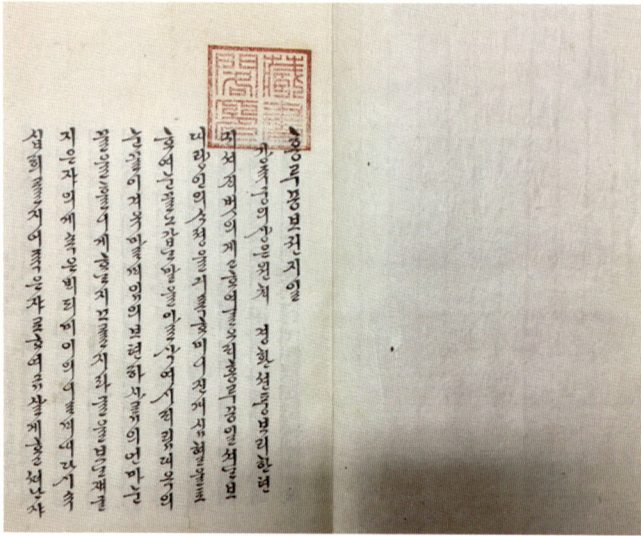

樂善齋譯本《紅樓夢補》第1頁

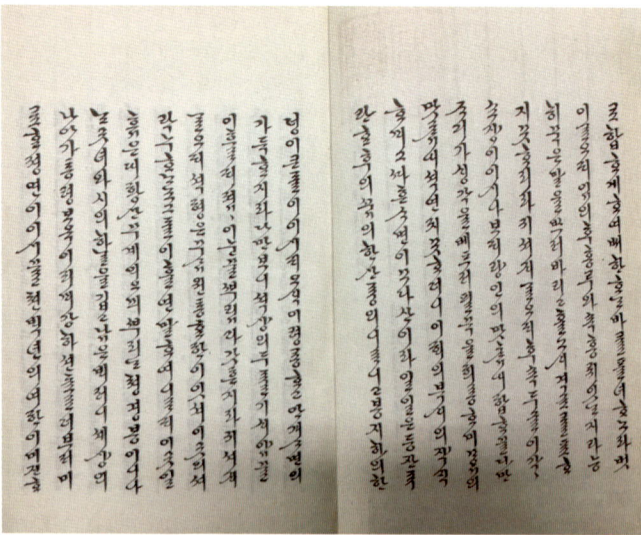

樂善齋譯本《紅樓夢補》第2頁

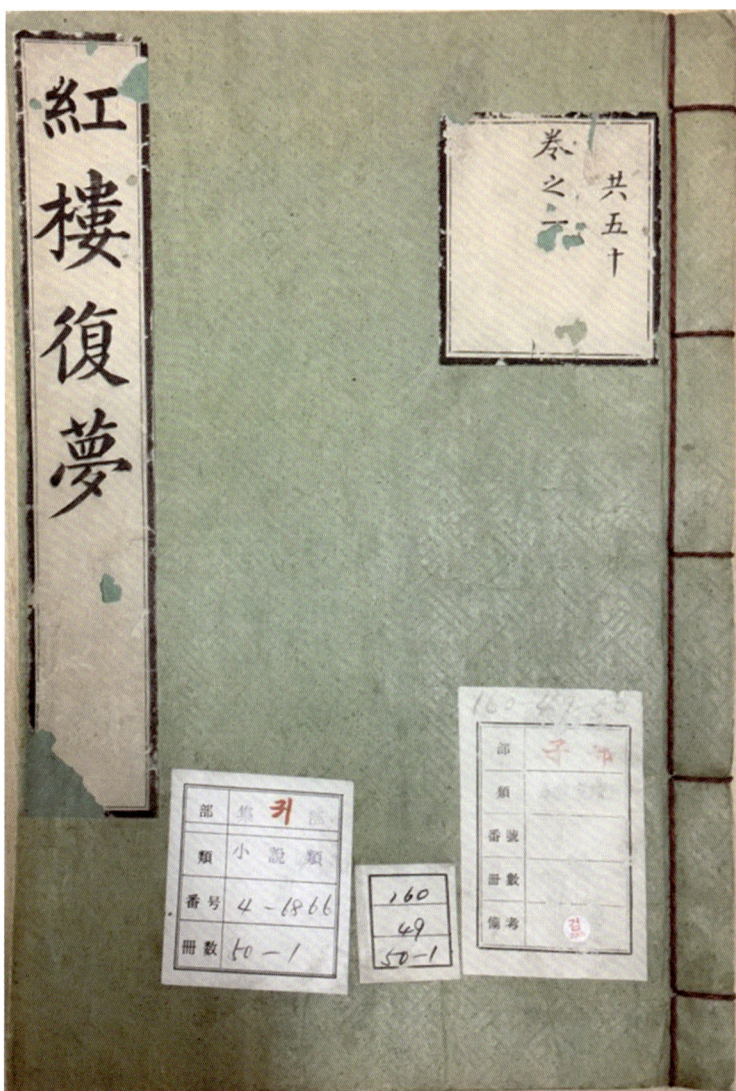

樂善齋譯本《紅樓復夢》封面

（原藏於昌德宮樂善齋，現藏於韓國學中央研究院藏書閣）

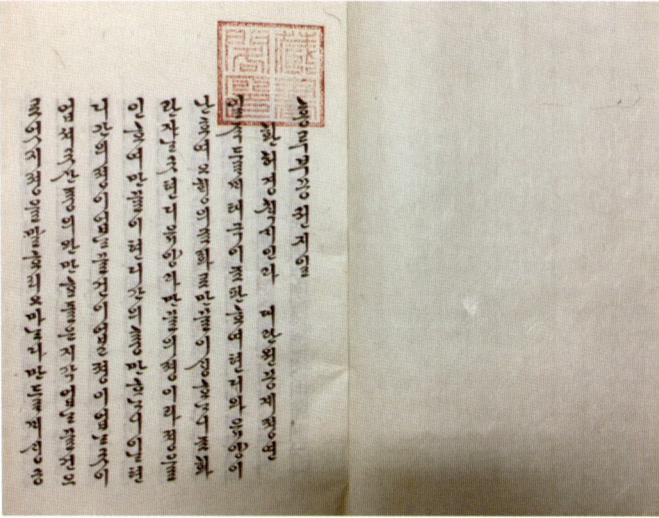

樂善齋譯本《紅樓復夢》第1頁

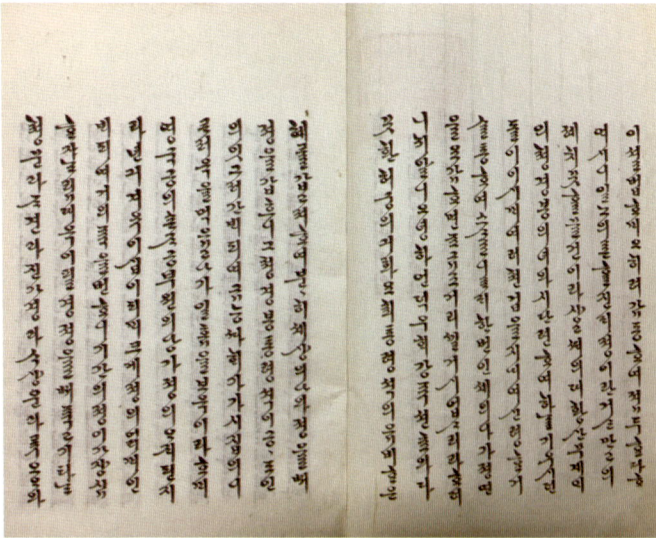

樂善齋譯本《紅樓復夢》第2頁

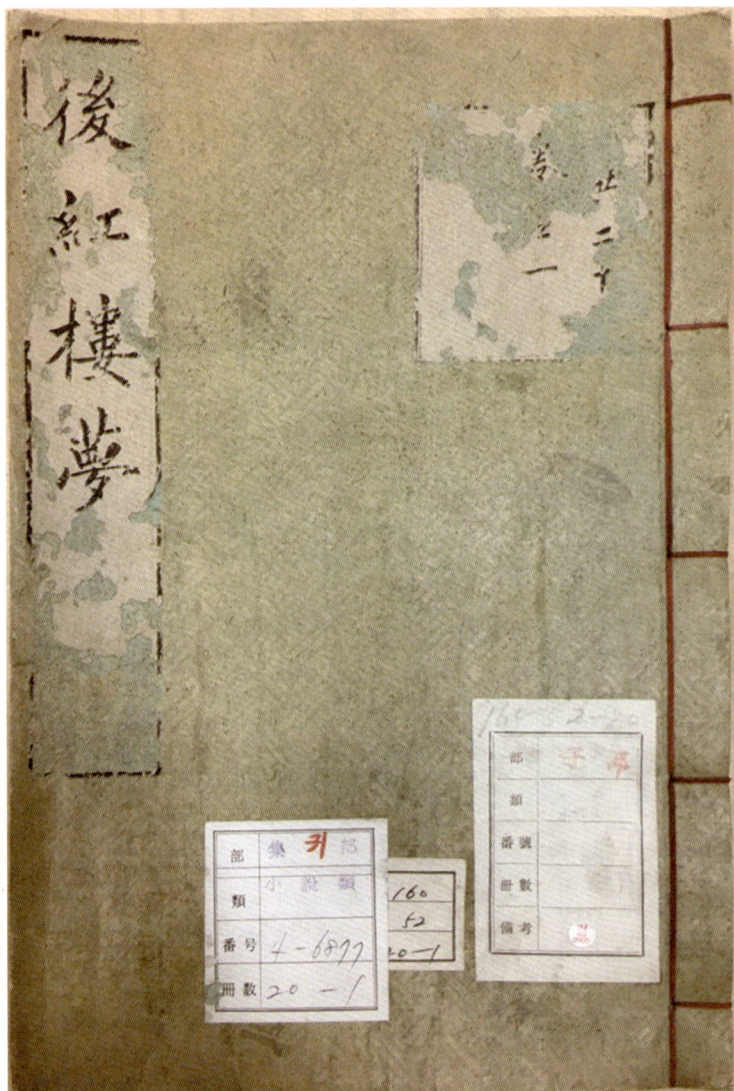

樂善齋譯本《後紅樓夢》封面

（原藏於昌德宮樂善齋，現藏於韓國學中央研究院藏書閣）

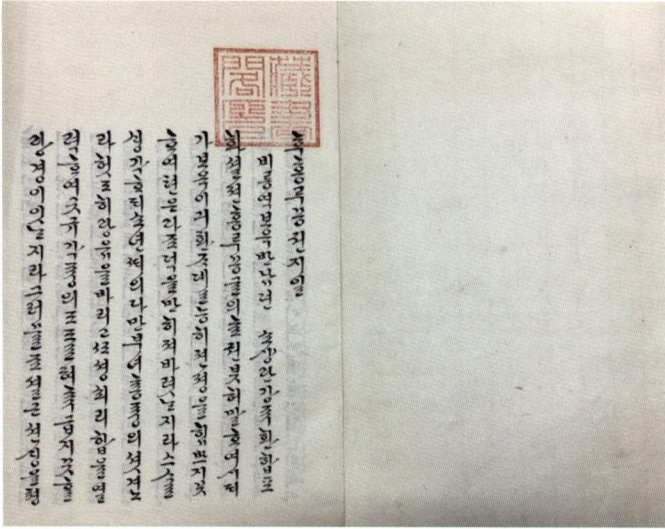

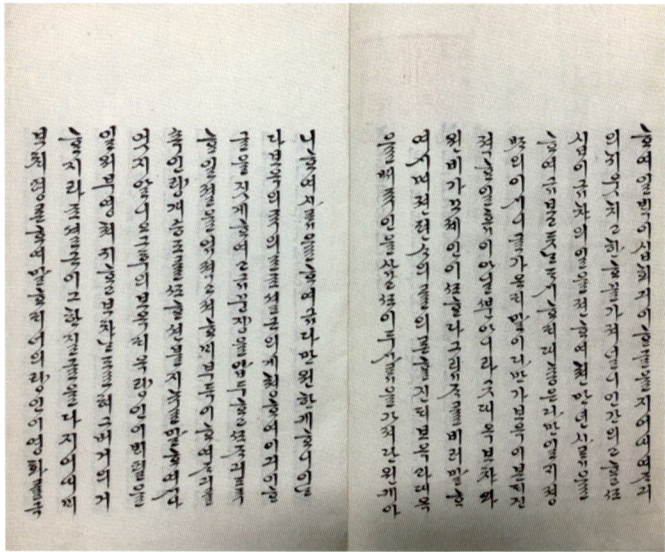

總　序

　　十六世紀以來，在一些西方的文獻中，往往提到中國人有這樣的自負：他們認爲惟獨自己纔有兩隻眼睛，歐洲人則只有一隻眼睛。這些記載出自英國人和葡萄牙人，而法國的伏爾泰也曾謙遜地認同這種說法：“他們有兩隻眼，而我們只有一隻眼。”用兩隻眼睛觀察事物，是既要看到自己，也要看到他人。是的，作爲中國文化基本價值的“仁”，本來就是著眼於自我和他者，本來就是在“二人”間展開的。不過，當大漢帝國雄峙於東方的時候，儒家“推己及人”的政治理想，即所謂的“仁政”，實際上所成就的却不免是以自我爲中心的天下圖像。政治上的册封，貿易上的朝貢，軍事上的羽翼以及文化上的四敷，透過這樣的過濾網，兩隻眼所看到的除了自己，也不過是自己在他者身上的投影。這與用一隻眼睛去理解事物，除了自己以外看不到他人的存在，又有什麼本質的區別呢？

　　從十三世紀開始，陸續有歐洲人來到東方，來到中國，並且紀錄下他們的觀察和印象。於是在歐洲人的心目中，逐漸有了一個不同於自身的他者，也逐漸獲得了第二隻眼睛，用以觀察周邊和遠方。不僅如此，他們還讓中國人擦亮了第二隻眼睛，逐步看到了世界，也漸漸認識了自己。不過，這是在中國人經歷了近代歷史血和淚的淘洗，付出了沉重代價以後的事情。

同樣是承認中國人有兩隻眼，但在德國人萊布尼茨看來，他們還缺少歐洲人的"一隻眼"，即用以認識非物質存在並建立精密科學的"隻眼"。推而廣之，在美國人、俄羅斯人、阿拉伯人及周邊各地區人的觀察中，形形色色、林林總總的中國，也必然是色彩各異、修短不齊的形象。我們是還缺少"一隻眼"，這就是以異域人觀察中國之眼反觀自身的"第三隻眼"。正如一些國外的中國學家，曾把他們觀察中國的目光稱作"異域之眼"，而"異域之眼"常常也就是"獨具隻眼"。

然而就"異域之眼"對中國的觀察而言，其時間最久、方面最廣、透視最細、價值最高的，當首推我們的近鄰，也就是在中國周邊所形成的漢文化圈地區。其觀察紀錄，除了專門以"朝天"、"燕行"、"北行"及"入唐"、"入宋"、"入明"的紀錄爲題者外，現存於朝鮮—韓國、日本、越南等地的漢籍，展現的便是"異域之眼"中的中華世界。這批域外漢籍對中國文化的每一步發展都作出了呼應，對中國古籍所提出的問題，或照著講，或接著講，或對著講。從公元八世紀以降，構成了一幅不間斷而又多變幻的歷史圖景，涉及到制度、法律、經濟、思想、宗教、歷史、教育、文學、藝術、醫藥、民間信仰和習俗等各個方面，系統而且深入。

從學術史的角度看，域外漢籍不僅推開了中國學術的新視野，而且代表了中國學術的"新材料"，從一個方面使中國學術在觀念上和資源上都面臨古典學的重建問題。重建的目的，無非是爲了更好地認識中國文化，更好地解釋中國和世界的關係，最終更好地推動中國對人類的貢獻。二十世紀中國學術新貌之獲得，有賴於當時的新材料和新觀念，用陳寅恪先生的著名概括，即"一曰取地下之實物與紙上之遺文互相釋證"，"二曰取異族之故書與吾國之舊籍互相補正"，"三曰取外來之觀念與固有之材料互相參證"。域外漢籍可大致歸入"異族之故書"的範圍，但其在今日的價值和意義，已不止是中國典籍的域外延伸，也不限於"吾

國之舊籍"的補充增益。它是漢文化之林的獨特品種,是作爲中
國文化對話者、比較者和批判者的"異域之眼"。所以,域外漢籍
既是古典學重建過程中不可或缺的材料,其本身也應成爲古典學
研究的對象。正是本著這一構想,我們編纂了"域外漢籍研究叢
書"。其宗旨一如《域外漢籍研究集刊》:推崇嚴謹樸實,力黜虛
誕浮華;嚮往學思並進,鄙棄事理相絶;主張多方取徑,避免固執
偏狹。總之,我們期待著從"新材料"出發,在不同方面和層面上
對漢文化整體的意義作出"新發明"。

　　"樂意相關禽對語,生香不斷樹交花。"宋儒曾把這兩句詩看
作"浩然之氣"的形容;"山川異域,風月同天;寄諸佛子,共結來
緣。"唐代鑒真和尚曾因這四句偈而東渡弘法。我願引以爲域外
漢籍研究前景和意義的寫照:它是四方仁者的"同天",是穿越了
種種分際的交滙,是智慧的"結緣"和"對語",因此,它也必然是
"生香不斷"的光明事業。

　　是爲序。

序

　　《紅樓夢》是中國的，也是世界的。作爲一代經典巨著，《紅樓夢》問世不久即在中國大衆中出現了"開談不説紅樓夢，讀盡詩書也枉然"的閲讀熱潮，而且"不脛而走"遍世界，受到異國讀者的青睞和好評。據現已發現的文獻記載推定，《紅樓夢》一書早在清道光十年（1830）之前已經傳入當時朝鮮王朝。其後不久（約1884年）出現李鐘泰等文人翻譯本（即樂善齋本全譯《紅樓夢》），成爲《紅樓夢》一書走向世界的第一部全文翻譯本，其首譯之功不在禹下。

　　歷史進入二十世紀之後，韓國漢學家以摘譯、節譯、全譯幾種形式翻譯出版的《紅樓夢》達三十餘種之多。與此同時，《紅樓夢》續書（如《後紅樓夢》、《續紅樓夢》、《紅樓夢補》、《補紅樓夢》、《紅樓復夢》等）也得到韓國讀者的關注並翻譯傳播！由此我們有充分理由説，《紅樓夢》在韓國的流傳與翻譯在世界上自當名列第一。對此，崔溶澈教授曾直言道："《紅樓夢》是體現了中國文化精神的超越時空限制的文學精品。""描寫人類永恒人性、情感的作品。因此，《紅樓夢》如今不僅是中國的文化遺産，也是世界人類的文化遺産。……從這個意義上説，將《紅樓夢》翻譯成韓文，不僅能夠讓我們在閲讀中更深入地理解中國文化，走近中國，還能在欣賞作品時，感受到人類文化遺産的永恒魅力，這也是翻譯《紅樓夢》的現代意義所在。"（見崔溶澈答趙冬梅訪談錄）作爲一個中國學人，我對韓國的翻譯家們對《紅樓夢》之鍾情與爲《紅樓夢》一書在韓國的流傳、普及所作的巨大貢獻，懷有深深的敬意！

　　從二十世紀八十年代末，我有幸在北京與崔溶澈教授相識，至今已近三十個春秋。承他不棄，相贈大著和譯本多種，從中獲益良多，難以細數。特別是在他的倡議下，我曾兩次受邀赴韓國參加學術研討會，使我有幸結識了許多卓有成就的學者，親睹了他們對中國文化研究的熱情和取得的諸多成果！十數年來，我從崔溶澈教授相贈的著作中看到了他對《紅樓夢》的研究熱情與摯誠的治學精神，令我深受啟發與感動。在閱讀許多韓國學者的紅學著述過程中，我發現其研究的視角廣闊多元——從《紅樓夢》的文學背景研究到《紅樓夢》的悲劇性研究；從文本語言到人物形象分析；從《紅樓夢》的主題思想到脂硯齋評語的美學理論研究；從《紅樓夢》的版本探考到《紅樓夢》中的清代服飾研究；從飲食描寫到《紅樓夢》中的宗教觀……包羅萬象，令人目不暇給。特別是韓國學者對當代紅學研究中一些重大的爭議課題，亦予以極大的關注並闡釋他們的看法。記得數年前崔溶澈教授在接受中國學人趙冬梅訪談時曾説道："《紅樓夢》之於中國，就像莎士比亞作品之於英國，《源氏物語》之於日本，這樣厚重的作品，需要我們嚴肅慎重地對待。我們需要的是更堅實的研究，更多的學問積蓄，更多的與鄰近學科的連接研究，以及更多的和其他學問的整合研究，和外國文學的比較研究，等等。'紅學'如果走向世界，中國的文化遺產就會在全人類的文化遺產中再生。這雖然不能馬上成爲現實，但我們應該將其視爲目標，由此建立世界紅學。在此，殷切希望海內外紅學界能一起爲實現這個目標而共同努力。"尤其難能可貴的是，韓國一些學術刊物舍得篇幅刊發韓國以外學者的紅學論文。諸如柳存仁、陳慶浩、曹立波、徐乃爲、洪濤等先生的大著均在其列。我認爲這種學術交流不僅是一種眼光，也是一種闊達的胸懷！

韓國的紅學研究既朝氣蓬勃，又保持了自己的學術特色，同時海納百川的氣概值得我們重視和認真學習！

時值溶澈教授大著《〈紅樓夢〉在韓國的傳播與翻譯》中文版即將在中華書局出版之際，聊陳幾點感想，以申祝賀之忱！謹請溶澈教授暨紅學道友不吝指教！

是爲序。

胡文彬
丁酉歲菊秋月
於京華飲水堂

作者新序

　　《紅樓夢》傳入韓國將近200年了，樂善齋本全譯《紅樓夢》
的出現也過了130年。然而對《紅樓夢》在韓國的傳播的研究却
未能全面展開。筆者在過去的三十年間一直致力於《紅樓夢》
的研究，在整理韓國的紅學史方面花費了不少時間。1884年問世
的樂善齋本全譯《紅樓夢》以及其中五種續書的原文校勘本已經
得以刊行。雖然筆者此前發表了一些對翻譯情況進行初步介紹
的論文，但是筆者以爲還需要對此做進一步的深入研究。樂善齋
本全譯《紅樓夢》中的朱筆原文是中國以外唯一流傳下來的筆寫
本，價值非常高，將來有必要以彩色影印本的形式出版此書，同時
也有對五種續書一併刊行的必要。

　　《紅樓夢》於1918年由梁建植首次以近代翻譯的形式翻譯出
來，此後在報紙上進行了連載。1930年，張志暎的《紅樓夢》部分
譯文雖然也在報紙上刊載了，但是未能翻譯完就中斷了。除了樂
善齋的譯者以外，韓國歷史上真正可以稱得上紅學家的大概是梁
建植與張志暎這些人。儘管如此，讓人遺憾的是截至目前譯文的
影印本與校勘本都沒有出現。特別值得注意的是，這些譯者的翻
譯與當時從日本過來的譯文存在影響與被影響的關係，這可以説
是將來值得我們研究的課題。

　　20世紀50年代單行本形式的《紅樓夢》開始在韓國出現，其

實在過去的六十餘年裏出現過大概十多種的主要譯本。這其中
有完譯本，也有節譯本與選譯本，有韓國人的譯本，也有中國朝鮮
族譯者的譯本，也有這些人潤色修改過的本子。不僅有從日文譯
本轉譯過來的韓文譯本，也有以中文原文爲底本直接翻譯成韓國
語的本子。在韓國的紅學文獻中佔據非常重要地位的傳播記錄
與譯本，將成爲未來記錄韓國紅學史的重要内容。

　　筆者曾經以短篇論文的形式對《紅樓夢》在韓國的傳播與翻
譯的特徵等問題向海外的學人做過介紹，但是還没出版過能爲廣
大中華文化圈的讀者所見到的專門研究著作。本書原書名爲《紅
樓夢的傳播與翻譯》，這次中文版改名爲《紅樓夢在韓國的傳播
與翻譯》。韓文本出版於2007年，此後諸事應接不暇。當時正在
準備中的共譯本《紅樓夢》（六册）於2009年出版，同時也出版
了針對一般讀者而寫的《紅樓之夢》。本來打算將原文與譯文以
對照的形式出版的，但是這一目標未能實現，這個想法只好留待
以後。2015年我們成立了韓國紅樓夢研究會，每年發行兩次會刊
《紅樓阿里郎（Arirang）》，及時登載國内外的紅學資訊，成爲向
一般讀者宣傳介紹《紅樓夢》的窗口。

　　在這樣的背景下，從事中韓比較文學專業的肖大平先生發現
本書的價值，開始了此書的翻譯工作。中國對海外漢學研究的成
果多有介紹與出版，本書的中文翻譯也是與之性質相同的活動之
一。本書的韓文本中本來以附錄的形式收錄了一些此前發表的
論文，這次中文本中删除了這些附錄文章，補充進了筆者最近的
一些研究成果。

　　本書有幸收入南京大學域外漢籍研究所《域外漢籍研究叢
書》中。本書對中國最著名的小説傑作《紅樓夢》是如何在鄰國
韓國傳播與翻譯，對於一般讀者又產生了哪些影響等問題進行了
闡述。因此筆者以爲該書與叢書的主旨也是十分契合的。在此，
對將本書收入叢書的南京大學張伯偉教授表示衷心的感謝！ 中

國藝術研究院的胡文彬先生是筆者最尊敬的紅學家，筆者與胡先生有多年的友好交流。作爲紅學界的前輩，胡先生也曾給予了許多的幫助與指教，這次又撥冗爲本書賜序，借此出版之機深致謝忱。最後，對爲本書的翻譯付出巨大精力的肖大平先生以及擔任此書編輯工作的中華書局的編輯再次深表謝意！

2017年2月25日 於海東研紅軒

崔溶澈

原　序

　　《紅樓夢》是中國古典小説中最爲傑出的作品。可以説是融入了中國文化精髓的百科全書。現代中國知識份子也給予了這樣的評價，認爲它是中國文學史上最優秀的作品；也毫不吝嗇地給予了這樣的稱讚——認爲該書代表了中國人的精神。

　　清代乾隆年間出自曹雪芹之手的《紅樓夢》得到了讀者們非一般的喜愛，抄本得以傳播開來。1791年程偉元在北京將高鶚整理補充的120回本初次刊印。此後，該書在全國各地迅速地傳播開來，開始獲得爆發性的人氣。該書的讀者，剛開始以作家周圍的文人與皇室爲主，後來逐漸走向社會底層，使該書得以在多樣的讀者層中傳播。傳播的同時也湧現了很多續書與改編的戲劇、繪畫、雕刻、音樂以及影視作品等。如果説《紅樓夢》中的世界是中國人生活的地方的話，那麼《紅樓夢》中的世界到底是哪兒却不爲人知。因此形成了多種多樣的紅樓文化。

　　處於近代急速變動時期中的中國知識份子，對《紅樓夢》形成過程進行考索，以此作爲再發現本民族自我的機會。代表中國近代知識份子的學者們探尋《紅樓夢》中的中國人文精神傳統，並對《紅樓夢》做出了再評價，認爲《紅樓夢》足以屹立於世界文學之林。

　　至於《紅樓夢》傳入韓國的經過及時間，對此很難進行考證。儘管如此，據李圭景的記録，可以推定《紅樓夢》早在1830年之前就已經傳入韓國。整體上來看，朝鮮時期重視正統文學，對小説一般給予否定的評價。提及明末以後傳入的《三國志通俗演義》等歷史演義小説的文字不少，但是提及以男女情事爲主體的作品却很少。當時的讀者中很少有人仔細地閱讀並分析過這部小説，將這部小説與《金瓶梅》等而視之。即便處於這種氛圍之中，高宗年間出現的樂善齋本全譯《紅樓夢》以及五種續書却很完整的保留了下來。這不是一種讓人充滿敬意的現象嗎？

《紅樓夢》逐漸在中國整個區域傳播，從高級知識份子階層到女性讀者層，誰都能感受這部書的藝術魅力，當時就已經開始用外語和少數民族語言來翻譯《紅樓夢》。最初由派遣到中國的西洋傳教士與外交官嘗試用英文進行翻譯，以便當時居住在中國香港、澳門以及南部地區的西洋人士用《紅樓夢》來學習漢語，理解中國文化。派遣到北京的俄羅斯正教會的傳教士也爲了學習北京話，購買了此書初期的一套抄本（即現在的聖彼得堡藏本）。

在日本，也有過將此書用于理解中國文化的努力，部分翻譯了這部作品。當時駐日本的清公使黄遵憲與日本學者以筆談的形式就《紅樓夢》展開過討論。20世紀初期，日本將之視爲專門的研究成果，致力於《紅樓夢》的翻譯，給世界各國的翻譯提供了很大的幫助。

19世紀中後期，英語與日語的翻譯本雖然已經出現，但是20世紀之前，朝鮮高宗年間出現的樂善齋本《紅樓夢》120回全譯本却是唯一的全譯本。雖然還算不上是學術性的研究成果，但是作爲世界上最早的全譯本，無疑在紅學史上佔據著非常重要的地位。

樂善齋本爲昌德宮後宮的居處，但到了朝鮮後期成爲收藏數量衆多的韓文文獻的宮中圖書室。《紅樓夢》就是其中收藏的中國小説翻譯本中非常特別的作品。

從歷代文人那裏未能獲得關注的《紅樓夢》在當時的宮中獲

得了特別的優待。首先,樂善齋本全譯《紅樓夢》與其他小説不同,當時將原文與譯文同時進行收録,且以上下對譯的形態進行筆寫。另外,在朱筆書寫的大字體的原文邊上,又以韓文字母標注了漢字的發音。每1回以1册的形式進行編纂,共達120册,編纂非常精巧,這反映了當時人們對《紅樓夢》的興趣與熱情是非常高的。不僅如此,當時宫中所藏的《紅樓夢》續書五種都得以翻譯了出來。即:《後紅樓夢》、《續紅樓夢》、《紅樓復夢》、《補紅樓夢》、《紅樓夢補》等。這五種續書數量龐大,共達124册。從作品的翻譯到續書的翻譯,這種規模龐大的翻譯舉動,即使是在現代都是其他國家没有的情況。

20世紀以後,韓國的《紅樓夢》翻譯與傳播已經開始落後於日本。日本在1920年代初期對前80回進行了完美的注釋與原文的對譯。韓國在日本統治時期,白華梁建植1918年就開始了在報紙上連載《紅樓夢》。到了1930年,張志暎開始在報紙上連載其對《紅樓夢》的評論,表現出對《紅樓夢》的興趣。但是,並未能對規模龐大的《紅樓夢》進行全譯連載,結果當時單行本都未能出現便很快迎來了解放。正音社出版的2卷本的縮略本是韓國最早的單行本。1960年末期,乙酉文化社出版的李周洪翻譯本雖是在參照日譯本的基礎上進行的,但是用非常流暢自然的韓國語進行的口述式的翻譯,因此對於讀者瞭解《紅樓夢》的世界助益良多。此後出現的翻譯本很多都受到了該譯本的影響。

此後多次出現過並不專業的《紅樓夢》的縮略本,這些縮略譯本皆以非全譯本的形態出現,但也未能獲得讀書界的多大注意。1990年以後再次在報紙上進行了連載,但是結果却有始無終,中途擱淺。另外,改頭換面的改編之作雖然在報紙上得以連載,並吸引了一部分讀者的興趣,但是學術界對這些作品進行了批判,認爲這些作品是對原作内容與思想的巨大損害。當時值得注目的是,10年前在中國大陸出版刊行的兩種譯本在首爾得以重新出版。延邊大學的共同翻譯本，以及外文出版社的共同翻譯本，分別在藝河出版社與青年社得以刊行。上文所述的在日譯本基礎上進行重譯的本子當時大部分都停止了流通，因此兩種中國朝鮮族翻譯家的翻譯本一段時間內得以流通。

　　最近重新進行的翻譯預計將由韓國的學者進行全譯，受到學界一定程度的關注。新版全譯《紅樓夢》將以同時收錄原文與注釋的形式進行，筆者與高旼喜教授分別擔任前80回與後40回的翻譯工作，共同完成了此書的翻譯。這種方式早有先例，戴維德·霍克斯（David Hawkes）與約翰·閔福德（John　Minford）兩位教授共同翻譯的英譯本《紅樓夢》就是這種共譯的方式。可以説，這將成爲開啟韓國《紅樓夢》翻譯史上新篇章的一個契機。

　　筆者很久以來就對《紅樓夢》的傳播與翻譯有著濃厚的興趣，並一直以此爲研究的課題。但是筆者也很清楚，目前筆者對相關材料還未能進行系統的整理和研究，爲編著《紅學史》，還需要做出很多的努力。目前暫時就其中的一部分材料與相關研究成果進行收集整理，編成這本小書。首先需要説明一下，單篇論文是爲特定的目的而寫成，未能形成一定的一貫的體系，其中也有一些在內容上是重復的。

　　本書主要以《紅樓夢》在韓國的傳入、樂善齋譯本《紅樓夢》及其續書，以及對現代翻譯家的翻譯本的研究論文爲主編撰而成。樂善齋本的《紅樓夢》與續書兩種，收入的是筆者的兩篇論文，針對餘下的三種續書的翻譯，收錄的是金明信與金貞女兩位學者的論文。另外，還收錄了朴在淵教授關於《紅樓夢》系列翻譯本的語彙問題的論文①。朴在淵教授創建的鮮文大學中韓翻

────────────

① 譯者注：崔溶澈師《〈紅樓夢〉在韓國的接受與傳播》原書附錄中收錄的四篇文章，經與崔師商議，予以刪去，另有三篇作者論文加以補充，因而章節次序有些改動。所補的是第六章《張志暎的〈紅樓夢〉翻譯連載文》、第八章《〈紅樓夢〉韓文譯本的文化翻譯》、第九章《韓文本〈紅樓夢〉回目的翻譯方式》。

譯文獻研究所雄心勃勃地促成的《朝鮮時代翻譯古小說叢書》中就包含了樂善齋本的《紅樓夢》及續書五種。借校注本刊行的契機，以上的論文都得以發表。在此向同意論文收入本書的各位同仁表示感謝。

梁建植是在樂善齋本之後，進入20世紀以來最早在現代意義上進行《紅樓夢》翻譯的第一人。筆者曾對他的翻譯與研究進行過考察，本書中收錄相關論文一篇。對解放以後韓國出現的數種譯本進行了概括性的介紹，以及將韓日英三種語言的譯文進行比較而撰寫的論文也一併收入。筆者以爲，對於學界了解《紅樓夢》在韓國傳播與翻譯的具體情況，或許會提供一定的幫助。

高麗大學中國學研究所與鮮文大學中韓翻譯文獻研究所共同舉辦的"紅樓夢的傳播與翻譯"國際學術研討會於2004年11月召開。這是在韓國召開的第一屆《紅樓夢》國際學術研討會，來自中國大陸、臺灣、香港、日本等國家與地區的學者參加了此次會議，蔚爲一時盛況。在會議召開的同時我們也展出了《紅樓夢》相關的資料與文物，引起了與會者的濃厚興趣。本書從當時發表的論文中選出一些，並以附錄的形式附於書後，把對《紅樓夢》的傳播進行詳盡考察的日本學者伊藤漱平教授的文章譯成韓文並附於文後①。最後，借本書出版的契機，期待進一步加深學界對《紅樓夢》的關心與研究，希望讀者諸君不吝賜正。

2007年晚秋於安岩庭園研紅軒
崔溶澈

---

① 譯者注：本書的韓文版中對此文有收錄，此次出版的中文版中略去該文。

目　次

第一編　總論

第二編　樂善齋本《紅樓夢》及續書譯本

附　錄

第一編　總論

第一章　《紅樓夢》在韓國的傳播與翻譯概況

一、前言

　　《紅樓夢》抄本中年代最早的是甲戌本。甲戌年即1754年，當時曹雪芹還在世。現在留存下來的，雖然只有16回，但是從內容上看，已經在某種程度上非常接近全書原貌。算起來已經是距今250餘年前的事情了。很可惜的是曹雪芹沒能熬過十年，沒能完成全書就絕命而去。2004年爲了紀念曹雪芹逝世250周年，中國紅樓夢學會在揚州舉行了"國際紅學研討會"。另一方面，韓國國內開始對過去一直以來未受到人們重視的樂善齋本全譯《紅樓夢》與五種續書産生興趣。從2004年開始，對《樂善齋本紅樓夢翻譯叢書》的全面調查與校勘注釋的工作正式展開，數量龐大的電腦輸入本得以刊行。另外，也借此機會編撰了《紅樓夢韓文古語詞典》。在朴在淵教授的主導下，這一數量龐大的工作得以展開。

　　包括筆者在內的國內紅學界，克服種種不利條件，爲了紀念此事，決定召開國際學術研討會，我們將會議的議題定爲"《紅樓夢》的傳播與翻譯"，邀請了以中國爲代表的東亞各國的紅學專家，在考察《紅樓夢》的成立與傳播以及在世界各國的翻譯情況的同時，更通過將這一世界上最早的全譯本向與會學者集中展示，使更多的人瞭解了未能得到國際紅學界承認的樂善齋本及五種續書的翻譯情況。在與朴在淵教授共同促成的這次紅學國際會議上，筆者以"《紅樓夢》在韓國的傳播與翻譯"爲題進行了主題發言，引起與會同行們的關注。筆者1990年於"國立"臺灣大學以《清代紅學研究》爲題取得博士學位，回國以後至今，長期致力於收集韓國的《紅樓夢》傳播與翻譯的相關資料，連續有階段地發表了一些論文。

本書即以這些論文爲基礎，對整體情況進行了再整理與考察。希望筆者的這種努力，能促進人們對《紅樓夢》的海外傳播與翻譯的瞭解。

二、《紅樓夢》傳入韓國的記録

《紅樓夢》最初的刊行本有賴1791年程偉元與高鶚的努力，萃文書屋刊行120回本，後稱之爲"程甲本"，1792年還有一次刊行，稱之爲"程乙本"。據説此後該書還被刊行過。程刻本尚未在韓國爲人發現，復刻本的東觀閣本與本衙藏本等本子現藏於韓國。

首先我們來看一下《紅樓夢》傳入韓國的相關記録。事實上，現在對《紅樓夢》傳入韓國的過程缺乏詳細的記載。但是不能因爲没有記載，就説《紅樓夢》未能傳入韓國。乾隆年間數量衆多的燕行使節的記録雖多，但是到目前爲止，對《紅樓夢》傳播的具體記録尚未發現，這無疑是件讓人感到遺憾的事，應該還有繼續調查的必要。

朝鮮時代文人的文集中，能見到《紅樓夢》書名的最早的記録是李圭景的《五洲衍文長箋散稿》中"小説考證説"：

> 有《桃花扇》、《紅樓夢》、《續紅樓夢》、《續水滸傳》、《列國志》、《封神演義》、《東游記》，其他爲小説的不可勝記，有《聊齋志異》，蒲松齡著，稗説中最爲可觀。[①]

1791年出現的程甲本是《紅樓夢》刊本中最早的活字印刷本，此後出現了很多翻刻本。《續紅樓夢》與《後紅樓夢》爲《紅樓夢》早期的續書，我們知道這兩部書問世於1799年。這兩部書在李圭景的文集中均被提及。我們只能據此對《紅樓夢》傳入韓國的時期進行推測，而李圭景的這句話寫於何時，尚無明確的資料作爲判斷的依據。

很遺憾的是，李圭景的書後没有抄寫的年代。李圭景1788年出生於名門望族，著名的實學家李德懋是其祖父。但是李圭景一生都未出仕爲官，只專注於著述。李德懋曾作爲燕行使節的一員到訪過北京。由於做過奎章閣的檢書官，家裏有很多藏書。可説家族的學問傳統給了他巨大的影響，一般人很難見到的清代通俗文學作品，他直接就能看到，這並非偶然。

他的著作《五洲衍文長箋散稿》的寫作時間雖然並不能明確考知，但是大體上應該是完成於1830年，當時李圭景40多歲。我們可以很容易做出這樣的推定：這一時期是他埋頭著述的一段時間。如果《紅樓夢》與《續紅樓夢》的書名是這一時期記録在其文集中的話，《紅樓夢》與《續紅樓夢》傳入朝鮮再晚也應該在此之前。中國書籍傳入朝鮮應該是在相當快的時間内，有很多證據

---

① 李圭景：《五洲衍文長箋散稿》（影印本），首爾：明文堂，1982年。

可以證明這一點。

朝鮮王朝每年都會派燕行使節到北京，每次一百名，一年中有好幾次這樣的機會。1791年程甲本出現以後，《紅樓夢》以很快的速度在全國傳播開來，也傳往海外。翌年在北京，修正後的程乙本問世，接著程丙本又得以刊行。幾乎是在同一年，蘇州也出現了刊本。另外，程甲本出現後不過兩年，該書就已經傳到了日本。

1800年代初期，《紅樓夢》就已經廣爲流傳，盛行一時。當時《紅樓夢》的4種續書都在嘉慶以前出現，1820年之前，主要的8種續書都出現了，並廣爲傳播。在這種背景下，《紅樓夢》以很快的速度傳入朝鮮。即使對李圭景的記錄進行仔細推敲斟酌，我們也可以推測該書於1830年之前就已經傳入了朝鮮。

比李圭景的記錄晚一點的是趙在三（1808—1866）在《松南雜識》中的記錄。其《稽古類——西廂記》條中提及戲曲與小說的文字記錄如下：

> 《西廂記》：《文苑楂橘》中，《會真記》"待月西廂記"下一句，巧演而爲山棚之戲，故鶯鶯上是也，《金瓶梅》、《紅樓浮夢》等小説不可新學少年、律己君子讀也。①

在這裏，趙在三表達了對小說的通俗性以及對男女關係的露骨描寫會有傷風敗俗的擔心。到了19世紀初期，已經有相當數量的文人知道了《金瓶梅》一書的存在，並擔心該書内容上的負面的、破壞性的效果。這一點大體上已爲人們所承認。雖然在此有一個細節值得我們注意，那就是文中又提到另外一部小說——《紅

---

① 趙在三：《松南雜識》（影印本），首爾：東西文化院，1987年。《文苑楂橘》爲朝鮮肅宗年間由金錫冑所編的中國文言小說集。書中收入了唐宋明時期的傳奇小說20篇，這20篇中包括改名爲《崔鶯鶯》的《鶯鶯傳》（即《會真記》）。山棚爲辦喜事的當天在院子中搭建起來的帳篷。

樓浮夢》。筆者以爲這是趙在三將聽來的內容進行改換後錯誤記錄的結果。因爲這一書名的小說至今尚未爲學界寓目。如果與《金瓶梅》一道明確的記錄下來的話,那當然應該是《紅樓夢》。

在中國清代以後的小說中,作爲同一類型的作品,這兩部小說很多情況下被同時論及。從以世情小說與人情小說進行分類的角度來看,從《金瓶梅》到《紅樓夢》的發展階段是中國小說史上一個非常重要的時期。換句話說,"紅樓浮夢"中的"浮"是一個多出來的字。另外還有一種意見,那就是,認爲趙在三所謂《紅樓浮夢》實際上是發音與之相同的《紅樓復夢》(1805)這一本續書。不管怎樣這兩個字是兩個不同的字,雖然有因發音相同而産生誤記的可能,但是這一說法很難令人信服。另外,與《金瓶梅》一道被禁止的數量衆多的《紅樓夢》續書中,選擇《紅樓復夢》這種可能性也很難讓人接受。

最後,如果趙在三的書名沒有錯的話,那麼就有存在《紅樓浮夢》這樣一部書的可能性。雖然迄今爲止,這一書在中國尚未被發現,但是中國亡佚的書籍最近陸續在韓國與日本發現,從這一點來看,我們有理由進行如上的推測。但是,將《紅樓浮夢》與"新學少年"及"律己君子"們不可讀的《金瓶梅》一併提及,這一點給我們留下了很多疑問。因此,從寬泛的意義來看,此書可以理解爲指稱的就是《紅樓夢》。

趙在三的這句話寫於何時,我們不得而知。儘管如此,考察其生平可知,與《金瓶梅》《紅樓夢》同一類型的書籍於19世紀前半期得以廣泛的傳播開來。趙在三在談論這兩部書時說,無論是新問世的書還是能爲人們看到的已經問世的書,讀者都需對這兩部書保持警惕。反過來可以說,趙再三的話側面說明了該書在當時的社會上已經廣爲傳播的事實。

朝鮮後期關於《紅樓夢》的記錄雖然只找到了如上的兩條材料,但是現在對相關記錄的調查還未能全面的展開,筆者確信一定在更多的地方會有相關的記録。歷代數量龐大的燕行使節團往返北京,這些使節可能會承載購買有著露骨描寫的中國小説與戲曲的使命。如果考慮到這一點的話,説朝鮮的文士階層對中國官員們熱衷《紅樓夢》這一點一無所知,這幾乎是不可能的。

　　以通譯官的身份往返中國好幾次的李尚迪(1804—1865,號藕船)與中國文人有著密切的交往,其中他與張曜孫的交往廣爲人知。張曜孫曾寫過《續紅樓夢》,也是《紅樓夢》的愛好者。如果考察創作年代的話,李尚迪的《恩頌堂集》出現在先,雖然不可能直接提到這部書,但是當時他們的交流中也可能有有關《紅樓夢》的討論,應該説這種可能性是非常大的。而且,李尚迪的身份是譯官,與其他的文人不同,具備足夠的直接解讀中國白話小説的能力。另外他也如同其他士大夫一樣,是一個不用刻意回避通俗文學的階層。國籍相異的兩國文人的親密關係,從韓中紅學關係研究的角度來看,也是一個值得研究的課題。

　　以下我們簡單來考察一下韓國國内流傳下來的《紅樓夢》的版本。雖然迄今爲止我們還未能找到脂硯齋評本等早期的抄本和程偉元、高鶚刊行的程刻本,但是早期的東觀閣本與本衙藏本、藤花榭本等流傳了下來,可見《紅樓夢》傳入韓國的時間也不是很晚。

　　東觀閣本出現於1795年,與本衙藏本刊行於同一時期。東觀閣本本藏於民間,本子中夾有一部分評點,現藏於慶州市立圖書館,原書24册,現僅存15册。本衙藏刻本原書24册原封不動的流傳了下來,書上印有"李王家圖書之章"的藏書印,現移送至韓國學中央研究院藏書閣保管。這難道不是民間與王室都曾閲讀過這部小説的證據嗎? 此外,道光年間出現的,傳播最爲廣泛的評點本"王希廉本",以及清末合評本"金玉緣本"流行更加廣泛,現在韓國的各主要圖書館都有收藏。

三、朝鮮末期《紅樓夢》續書的翻譯

《紅樓夢》的外文翻譯始於1830年,但是全譯本却一直没有出現。《紅樓夢》傳入韓國如前文所述大體上是在1830年以前,但是我們找不到相關材料證明民間曾試圖對這部作品進行過翻譯。事實上,比起《紅樓夢》,後來出現的《鏡花緣》刊行後不到數年即傳入韓國,並得以翻譯刊行。《紅樓夢》是一部規模龐大的長篇小説,也是一部理解起來十分困難的白話小説,因此民間翻譯起來並非易事。我們也很難下這樣的結論。儘管如此,有一個事實,那就是,我們很難找到《紅樓夢》在民間傳播的痕迹。

但是,朝鮮末期在宫中主導下翻譯的樂善齋本《紅樓夢》,不僅僅是韓國翻譯文學史上非常重要的成果,也是世界上最早的《紅樓夢》全譯本。從這一點來講,可以説應該是受到世界紅學界關注的重要的譯本。

(一)樂善齋本全譯《紅樓夢 》

樂善齋雖然是憲宗朝鮮(1835—1849)時期爲了紀念後宫金氏而建造的殿宇,但是後來也用作高宗的便殿,也是保管大量諺文抄本書籍的王室圖書館,以便後宫與宫女們閲讀,藏有韓文抄本2300冊,1945年光復之後被人發現,之後於韓國戰争期間幾乎被移送至北朝鮮。此後不久,轉移到昌慶宫藏書閣保管。樂善齋文庫將該書歸入貴重書籍類,並編制了縮微膠卷,便於一般讀者利用,原書也得以公開展示。

（圖爲昌德宮樂善齋）

　　被稱之爲"樂善齋翻譯小説"的這些中國小説作品，在一段時間内其中的一部分作品成爲人們研究的對象，迄今爲止正在展開全面的調查與研究。特別是對《紅樓夢》及其五種續書的研究是我們最近的工作。對樂善齋文庫抄本翻譯小説的譯者與翻譯年代的考察，雖然在此期間從很多角度被人們提及過，但是目前我們尚未能找到令人信服的證據。因爲在大部分的譯本中並没有有關譯者與翻譯年代的明確記録。對這部抄本翻譯小説的評論，我們還得從光復以前1940年李秉岐在《文章》雜誌上發表的《朝鮮語文學名著解題》中尋找。當時李秉岐解説了239種朝鮮書籍，在最後的部分以《談李鐘泰的翻譯》爲題，提到了當時中國小説翻譯的主導人物李鐘泰，後來在他的《國文學全史》中，還對此説進行了進一步的明確論述。

　　樂善齋翻譯小説很早就爲人所知，但是由於對"創作小説"的興趣，翻譯小説雖然一定程度上獲得了人們的關注，但對此的研究顯得不夠,這是不爭的事實。在此期間,雖然人們對一些作品表現出興趣,也做過一些研究,但是真正意義上的綜合研究與整理直到1990年代才開始。特別是朴在淵教授開始了相當有組織有體系的整理[1],隨之出現的很多的發現成果引起了學界的格外關注。

下面簡要談一下對樂善齋本全譯《紅樓夢》的讀者層的考察情況。該書最初由宮中製作。樂善齋本翻譯小説中有先由民間或者書坊製作後又傳入宮中的重抄本,至於《紅樓夢》的情況,似乎有一些民間傳播的版本,但是迄今為止找不到任何民間翻譯《紅樓夢》的證據。由民間製作而後傳入宮廷,這種可能性微乎其微。果真如此的話,那麼我們可以做出這樣的判斷:現存的樂善齋本全譯《紅樓夢》製作於宮廷,而且是為供宮廷人物閱讀而製作的。雖然現在我們找不到記錄顯示到底哪些宮廷人物閱讀過這部書,但我們可以確認的是,至少從朝鮮末期到日本帝國主義統治時期,與宮廷有關聯的一部分人、或者皇室親戚們讀過這些書。

現在對此期間樂善齋本《紅樓夢》的解題及研究情況作如下整理。

鄭炳昱教授的《樂善齋文庫目録及解題》一文中將《紅樓夢》及五種續書概括稱之為"翻譯小説",但是對版本情況缺乏具體論述。他只説有《紅樓夢》諺解本120册,而未明確指出其中有三册遺失的情況。李明九教授於1972年在由藏書閣發行的《國學資料》上發表的《關於譯本紅樓夢》,是對《紅樓夢》譯本真正意義上進行介紹的第一篇文章。李家源教授很早就對精文研(前精神文化研究院的簡稱,現稱韓國學中央研究院)收藏的樂善齋

---

[1]朴在淵:《朝鮮時代中國通俗小説翻譯本的研究》,韓國外大博士學位論文,1993年。

本《紅樓夢》十分關注，並對此書給予了很高的評價。由於他的多方努力，該書得以影印並由亞細亞文化社刊行，可謂貢獻頗多。

《紅樓夢》翻譯本由樂善齋所藏，這一點確鑿無疑。朝鮮後期諺文創作的小說與中國小說諺解譯本一起長期收藏於樂善齋，如果尋找能據之推定譯者與翻譯時期的根據的話，筆者以爲只能從樂善齋本中尋找了。另外，到19世紀末期在全世界範圍來看都未曾出現過120回本的全譯本，爲了强調該譯本是朝鮮後期即19世紀末期出現的最早也是唯一的全譯本，稱該譯本爲"樂善齋本全譯《紅樓夢》"也是理所當然的。以此爲題是出於這一題名在一定程度上包含了翻譯的動機、過程、譯者、翻譯時期及翻譯形態等問題這一考慮。如果説要突出這一譯本的特點的話，可以命名爲"樂善齋本注音對照全譯紅樓夢"。

樂善齋本全譯《紅樓夢》每回成一冊，共120冊，數量龐大。發現的時候只有117冊，有3冊遺失。樂善齋本全譯《紅樓夢》由於譯文與原文、注音均有收録，因此其筆寫的形態就需與衆不同。與其他樂善齋抄本一樣，版本上的特徵，如版框、界綫、版心等信息皆無，亦無頁數。一面分爲上下兩段，上段占三分之一，下段占三分之二。上段以朱筆記録原文，半頁8行，以精工的楷書書寫，每個漢字都標注有發音。當時爲了標注中國音，設計了一種特殊的韓文。每行從一字到十一字不等。下段的譯文也是半頁8行，以韓文書寫，字迹亦較清晰，看起來書寫人書寫時比較用力。每行字數從十五字到十八字不等，然而上下齊整。原文的第一個字的高度雖然一致，而譯文中的回目及正文中的詩詞等韻文跳兩格書寫。譯文每行的字數雖從十五字到十八字不等，但原文每行對譯，也有縮減字數而空出字符的情況。譯文中偶爾有雙行注釋，這些大多是解釋中國的典章制度、人名、地名等韓國讀者陌生的内容。

筆寫的字體大多數皆如下筆之初，應該是出自專門抄工之手。不過由抄寫字迹來看,除專門抄工之外,似乎還有其他人也參與了抄寫。參閱其他五種續書,這些續書都只有譯文没有原文,雖然也是用韓文的宫體寫就,但是似乎出自多人之手。

從《紅樓夢》的整體量上來看,除去遺失的三册,留存下來的達10236頁。這其中内容最多的一回是第62回,達146頁。内容最少的是第12回,只有53頁。兩者相差幾乎三倍。

以下簡要介紹一下1988年4月亞細亞文化社的影印本。書的正題爲"紅樓夢",另有副標題爲"樂善齋本",全書15册。從書的大小來看,該書是原文的縮小本,每卷收録了6~9回。每卷都有頁碼,從652頁到731頁不等。卷一收録李家源教授的序文,發現當時缺失的第24回、第54回、第71回據臺灣出版的活字本補足。樂善齋本的原文爲朱筆抄録的,而在影印本中爲了印刷的方便以黑白色刊印,但是對此並未做出説明。另外,在將全書120册(實存117册)壓縮成15册的過程中每册的封面都被删去,這是非常遺憾的事。由於每册封面的回數和標題,也有重要的版本特色,未能得以保存很是可惜。只是在這15册每册的第一章中標注了《紅樓夢》書名然後進行影印。該影印本影印了具有純粹學術意義的120回,通過影印出版這一龐大的譯本,直接向一般讀者進行了介紹,同時也具有很高的學術價值。從這一點上來講具有無與倫比的價值。提示該譯本的譯者、翻譯時期、抄寫年代等版本概況的資料幾乎皆無從查考,能够據之推定這些問題的序跋文及評論等其他相關記録也都一概無從查考,只是收録了原文、注音以及譯文。其他對作品内容或者登場人物進行分析的總評,以及眉批、行間批等皆無。

該譯本到底出自誰人之手?幾乎没有對此進行研究的論著。既存的書目中説明有可能是高宗年間的李鐘泰。樂善齋本諺解本小説大部分是由李鐘泰等人翻譯的這一説法,早在1957年出版的李秉岐與白鐵合著的《國文學全史》中有更細緻的説明。

　　高宗皇帝二十一年（1884）前後，有文士李鐘泰者受皇帝陛下之命，招募譯員數十名，經年翻譯中國小説近百種。如今昌德宮内樂善齋（王妃之讀書室）韓文書籍四千餘册，其中多爲翻譯小説，也有國文學十分珍貴的本子在内。①

　　比起這一記録更早的是前述李秉岐1940年於《文章》刊物上發表的《朝鮮語文學名著解題》中的舉例。相關記録雖不明確，但是李秉岐總因一些緣故有了這樣的確定性認識，因此也不能輕易否定。

　　李相澤教授在《古小説論》中十分重視李秉岐這一陳述，並認爲李秉岐並非只是中國小説的翻譯者，也推測其與韓文“創作小説”有關係。李相澤教授根據李秉岐的話推測，支持翻譯這些中國小説的人物屬於王妃等高層人物集團。换句話説，在喜歡小説的閔妃（明成皇后）等人的積極推動下，李鐘泰等人編寫了大量的韓文“創作小説”及翻譯小説。②

　　李鐘泰（1850—1908）本籍慶州，譯科出身，是宣祖朝著名的寫字官李龍海的第14代孫子，父親名李載焕。他於高宗十一年（1874）考中了同治甲戌增光譯科，被任命爲“漢字教誨正”。爾後擔任過各地方的知縣與郡守，以及學部參書官兼侍從等職，後又任漢城師範學校長、學部編輯局局長、外國語學校長等職。③

　　雖然上述資料無法直接證明他與樂善齋本翻譯小説有直接關係，但是他以譯官的身份科舉及第，做過相當高的官，又擔任過外國語學校的校長。從他的這些任職經歷來看，他應該是當時

①李秉岐、白鐵：《國文學全史》，首爾：新丘文化社，1965年，182頁。李秉岐先生的自序完成於檀紀4290年（即西紀1957年）。文中雖然認定爲高宗皇帝二十一年，但實際上皇帝即位是在高宗三十五年（1897）。
②李相澤、尹用植：《古典小説論》，首爾：韓國放送通信大學出版部，1988年，第58—72頁。
③金鐘澈：《玉樹記研究》，《國文學研究》第71輯，1985年。

宮廷較有權力的人,皇帝或王妃命其召集數十名譯員翻譯中國小說,應該説爲"譯者爲李鐘泰説"提供了有力的證據。

今天尚存的樂善齋本抄本小説都相當精工。樂善齋原爲宮廷藏書處,如果考慮到這一點,那麼不可否認的是該書是由以李鐘泰爲代表的譯官翻譯,翻譯完畢後在宮廷慎重的抄寫、甚至包括王妃等人在内也做出過貢獻的作品。

考察樂善齋本《紅樓夢》的底本,譯者採用的是程甲本系列,特別是"本衙藏版本"及"王希廉評本"爲主要底本。但是這一譯本並非依照一定的規則,也並非採用某一統一的本子。當時譯者並未意識到版本之間的差異。收録原文的抄録文,及發音標記與全譯底本的版本是在相當混亂的狀況下進行的。可以説當時的譯者對翻譯底本的版本問題幾乎没有任何考慮。他們的翻譯之作,無論是卷首還是卷尾部分,均未留下序跋文等有關版本特徵的記録,只是忠實地將原文進行了翻譯和抄録。

樂善齋本全譯《紅樓夢》收録了120回全文與發音,完全是逐字翻譯的數量龐大的注音對照本。以下簡要分析一下該書翻譯上的特點。

從翻譯的方法上來看,主要有如下幾點:1)漢字詞語並不轉換,且直接以韓文發音來標注的;2)較難懂的漢語詞彙,改成爲比較習慣的其他漢字語來代替的;3)完全直譯,以韓文逐字翻譯的;4)漢語詞彙合理進行意譯,順便補充以便使前後文脈暢通;5)對於韓國讀者不熟悉的中國文物典章制度及固有名詞等,採用附加雙行注釋的辦法。

這本書最大特點之一,就是將原文一併收録,這樣就可使讀者便於學習漢語。所有的漢字原文都一一標注中文發音。對多達71萬字這一龐大數量的《紅樓夢》原文一一標注了發音,這不僅僅是在當時,就算是在今天,從全世界範圍來看,也很難找到類似的情況。

在韓國,標注漢語發音始於韓文創制之後。各種典籍以諺解的形式注明,韓文的使用逐漸普遍,隨著《老乞大》、《朴通事》等漢語學習教材諺解本的製作,發音標記正式開始登場。漢語的發音標記一直持續到朝鮮後期,到樂善齋本翻譯小説形成的19世紀後半期,標記方式開始出現一定的差異。依照具體研究這部書發音標記的論文的意見,學界認爲,該書的發音標記這一工作並不屬於國家機關司譯院的公職活動範圍,而是很多翻譯者共同合作參與完成的,是一件純粹的翻譯工作。因此,可以得出這樣的結論:該書保留了當時十分鮮活的標準中國語實際發音的信息。①

(二)樂善齋本《紅樓夢》五種續書

以下簡要考察一下與《全譯紅樓夢》一道製作並長期以來保存在樂善齋的《紅樓夢》五種續書的翻譯情況。

樂善齋本《後紅樓夢》是逍遥子《後紅樓夢》的譯本。該書在《紅樓夢》的五種續書中最先爲人所知,可以推知該書刊行於1796年前後。程偉元的刊行本問世後不到五年就出現了該書。原書30回,樂善齋譯本分爲20卷20册。因此不能使用所有的回目,中間有些卷數就被腰斬了。②

樂善齋本《續紅樓夢》是據秦子忱《續紅樓夢》翻譯而成。是《紅樓夢》續書的第二部,刊行於1799年。全書共30回,樂善齋譯本分爲24卷24册。由於原書與譯本的卷數不同,造成對回目的處理很複雜,儘管如此,但也並未減省,回目在文中都得以全部引用。從內容上來看,《續紅樓夢》先是概述了120回的主要內容,主體內容是承接120回全書內容而來,因此視續作第一回爲

① 金泰成:《對樂善齋本〈紅樓夢〉譯音聲母標記體系的考察》,《中語中文學》第33輯,2003年。
② 崔溶澈:《〈紅樓夢〉續書研究——關於〈後紅樓夢〉》,《中國小説論叢》第1輯,1992年。

全書第121回也無妨。[①]

　　樂善齋本《紅樓復夢》據陳少海《紅樓復夢》翻譯而成。該書刊行於1808年,續書回目達100回,數量龐大。樂善齋本的譯本全部進行了翻譯,分50卷50冊。每冊包含兩回的內容,文中都安插有回目。

　　樂善齋本《紅樓夢補》是歸鋤子《紅樓夢補》的譯本。該書1819年以24卷48回的形式出版。該書截取《紅樓夢》後半部分的20回,續書中讓含恨而死的林黛玉重新復活,這部書是爲了不使其承受與賈寶玉離別之苦而寫的作品。作家在第1回中表達了相同的創作動機。與其他作品都在120回之後接續不同,《紅樓夢補》中設計了在第97回林黛玉死後讓其再生還魂的故事。結構與之相似的續書還有秦子忱的《續紅樓夢》與花月癡人的《紅樓幻夢》,但是相比之下,評論家們認爲歸鋤子的《紅樓夢補》接續得最爲自然,評論家們對這部作品給予了很高的評價。樂善齋本《紅樓夢補》分24卷24冊。全書48回都得以翻譯了出來,每冊收入2回。並且在文中照錄了回目的原文,並以發音的形式進行了標注。

　　樂善齋本《補紅樓夢》是娜嬛山樵《補紅樓夢》48回的譯本。《補紅樓夢》以1820年問世的本衙藏版本年代最爲久遠。內容接續第120回,以天上的太虛幻境、神仙界的大荒山、地上的大觀園以及地下世界的地府爲空間背景展開故事情節。

　　太虛幻境中有以逃離人世的林黛玉爲首的金陵十二釵生活在那裏;在大荒山上,出家的賈寶玉與柳湘蓮做了渺渺真人與茫茫大士的弟子,精進修道;而在大觀園中,生活着尚活在人間的王夫人與薛寶釵等榮國府的人物;地府中生活着林如海等人。薛寶

---

① 崔溶澈:《〈續紅樓夢〉的內容與樂善齋本的翻譯》,《中國小説論叢》第3輯,1994年。

釵之子賈桂芳在夢中閑游太虛幻境,看到仙簿後,突然開悟了前世今生的因緣。娜嬛山樵的《補紅樓夢》與其他續書不同,該書聚焦於原書中人物的後事,這一點可以説是比較獨特的。

(三)白山黑水文庫舊藏譯本及其他

　　通過以上《紅樓夢》及五種續書的樂善齋譯本,我們考察了《紅樓夢》在韓國的傳播與翻譯,實際上還有一些譯本需要介紹。我們首先需要注意的譯本就是白山黑水文庫本。白山黑水文庫是設置於日本東京大學的文庫,大部分藏書搜集於朝鮮與滿洲地區。但是十分不幸的是,1923年因關東大地震,該文庫遭難而散軼。但從現存的目録來看,《紅樓夢》翻譯叢書中,其書目與樂善齋本的書目是相同的,所收藏的卷數較少。從目録與當時保存的卷數來看[1],有《紅樓夢》六十卷、《後紅樓夢》十卷、《續紅樓夢》九卷、《紅樓復夢》二十五卷、《紅樓夢補》十四卷、《補紅樓夢》八卷。如果這些都流傳至今的話,必將成爲考察樂善齋本《紅樓夢》翻譯叢書的翻譯與傳播情況非常重要的資料。

　　除此以外,《紅樓夢》的續書還有一些收藏在其他的地方,首爾大學奎章閣收藏的《紅樓夢補》八册八卷就是其中之一。樂善齋本小説的抄本在奎章閣等其他不少地方都有收藏,可以説很幸運的是《紅樓夢補》就是其中之一。下文中筆者將對兩者進行具體的對照與分析。

---

[1] 有兩種材料可以對白山黑水文庫的所藏目録進行確認。一個是國會圖書館的《韓國古書目録》。筆者曾拜託日本大塚秀高教授從東京大學獲得了白山黑水文庫的一些目録,該目録爲筆寫的朝鮮文譯本。

四、日治時期《紅樓夢》的翻譯與評論

（一）梁建植《紅樓夢》的翻譯與評論

進入20世紀以後，以全新的方法翻譯《紅樓夢》始於梁建植（1889—1944）翻譯的《紅樓夢》。1918年他翻譯《紅樓夢》發表於《每日申報》，連載了138回（相當於原作的28回）而後中斷。1925年梁重新開始翻譯，以《石頭記》爲題在《時代日報》上發表了譯稿，但不久又中斷。

梁建植作爲小説家，以"白華"爲筆名發表了很多的作品，同時以中國文學研究學者的身份，憑藉其深厚的文學素養，在很多報紙雜誌上介紹中國文學，費盡了心力。其中他對戲曲與小説的興趣濃厚，特別是對《紅樓夢》的鑽研與熱愛與衆不同。他兩次翻譯且試圖發表《紅樓夢》，1926年與1930年也先後兩次將關於《紅樓夢》的評論文章分別發表於《東亞日報》與《朝鮮日報》。就算從這一點來看，也是顯而易見的。

以下對梁建植的譯文的特徵進行簡要分析。第一個特徵就是，如譯者在前言中所講的那樣，使用了具有冒險性的現代韓國語。當然這裏所謂現代語指的是從已有的古代翻譯中挣脱出來的、遵循開化期以後的文體而使用的語言，即1910年代當時人們使用的語言。前半部分完全忠實於原文進行，不過偶爾也有爲了照顧韓國語的語感而進行的改譯或者縮譯。梁建植的翻譯完全一改與樂善齋本相同的朝鮮後期小説翻譯的味道。可以說梁建植的翻譯扮演着非常重要的角色。他的翻譯完全擺脱了依照中國語的直譯形態，而是採用了現代化的自由文體。通過與樂善齋的比較我們可以看出這一點。

　　其翻譯中最大的特點是將原文中的詩詞用韓國固有的"時調"進行翻譯。這種獨特的翻譯在後世的翻譯中也未能找到類似的例子,從這一點上來看,梁建植的翻譯可以説是翻譯的一種範例。例如:

> 無材可去補蒼天　재주없어 창천을 기우러 못 갔어라
> 枉入紅塵若許年　홍진에 그릇 듦이 묻노라 몇 햴런고
> 此係身前身後事　아쉽다 이내 신전신후사를 뉘에 부쳐
> 倩誰記去作奇傳　(원작 제1회 原文第一回)

　　梁建植在《紅樓夢》的翻譯史上最早以近代翻譯文體在報紙上連載發表,這是一件意義深遠的事情,可惜的是梁建植未能譯完。至於爲何未能在報紙上連載完畢,這可能與原著中繁瑣枯燥的故事有關係,另外也與作者對於到底是完全依照原文進行翻譯還是進行摘抄式的翻譯立場並不明確有關。他一邊在報紙上撰文請求得到讀者對於故事情節上的枯燥無趣給予諒解,同時一邊發文就無法對原文進行部分意譯與摘譯的原因進行了説明。

　　梁建植在介紹《紅樓夢》的期間,1920年末,年輕的學生中熟悉《紅樓夢》的還有一個人,這人不是别人,正是金日成。依其回憶錄記載,他於1928年在吉林毓文中學上學的時候,從語文教師尚鉞①那兒聽過《紅樓夢》的課,他在回憶錄中稱《紅樓夢》的課給他留下了深刻的印象。他的回憶錄中寫到:"尚鉞老師只用一次課的功夫就消解了同學們的警戒心,在我們學生中獲得了很高的威望。他用一個小時的時間就將長達120回的《紅樓夢》的複雜的故事講得通俗易懂。"

_____

① 尚鉞(1902—1982),畢業於北京大學英文系,1928年曾任吉林省毓文中學的語言教師,講授過《紅樓夢》與高爾基的《母親》等課程,曾將自己收藏的魯迅與陳獨秀等人的著作借給學生。後來擔任中國人民大學教授。

他說尚鉞先生講了很多《紅樓夢》的內容上的東西，但是對作家的介紹過少，他覺得不過癮，於是第二天就直接找到尚鉞先生詢問曹雪芹的生平與家世的問題。尚鉞先生把他帶到家裏與他進行了很長時間的討論。對於作家的身世問題的論爭，可以說尚鉞先生有自己的看法，同時他又說道："作家的身世雖然受到階級性格的影響，這是不爭的事實，但是決定這一性格的絕對因素不是其出身，而是作家的世界觀。"尚鉞先生強調，曹雪芹雖然在受到康熙皇帝寵愛的家庭中出生，並在一種非常富裕的環境中成長起來，但是他本人有著進步的世界觀。金日成的回憶錄中寫道，那一天，金日成從尚鉞先生那裏借到了《紅樓夢》後回到了宿舍。①

1920年代是新紅學快速發展的時期。1921年胡適發表了《紅樓夢考證》，第二年即與蔡元培展開了紅學論爭，可以說這是一場世紀性的論爭。1923年顧頡剛將紅學派分爲舊紅學與新紅學兩派，並與新紅學聯手。不久俞平伯刊行了《紅樓夢辯》。因此，20世紀30年代作爲三大顯學之一的"紅學"開始興起，並獲得廣泛的關注。1928年剛從北京來到吉林的語文老師尚鉞先生對於《紅樓夢》的價值的認識是其他人無法比擬的。在當時，朝鮮人只要是在中國留學就不可能不對當時作爲顯學而廣爲人們關注的《紅樓夢》發生興趣並爲之著迷。儘管如此，我們很難找到較此更早的例子，只能以此作爲1920年代《紅樓夢》的讀者的一個例子而已。

（二）張志暎的《紅樓夢》譯文的連載

至1930年又出現了一位《紅樓夢》翻譯家張志暎（1887—

---

① 《金日成回憶錄——與世紀同行》第一部第一卷第三章《在吉林的時候》。該《回憶錄》後來在由日本"在日朝鮮人總聯合會"2001年創建的網站上得以公開，另外該網站的中文版也是公開的。

1976），他的譯文開始在《朝鮮日報》上連載。他在韓國學界是一位著名的韓文語法學者，但由於他畢業於漢城外國語學校漢語專業，在中國語學與中國文學方面造詣較深，特別是到了晚年對《紅樓夢》抱有濃厚的興趣。在延世大學擔任教授期間，經常就此書與人辯論。他的《紅樓夢》翻譯是除了梁建植之外又一次非常重要的嘗試。可惜他的譯文發表了302回（相當於原書的40回）之後，還是中斷了。

張志暎翻譯連載的每回中，從原作的回目中選取一聯作爲題目。譯文儘量站在報紙連載的立場上，使用讀者非常熟悉的、簡單易懂的語言，不常使用的漢字用括弧夾注的方式處理。與梁建植韓漢文混用的情況相比較，張志暎的翻譯文明顯以通俗韓文爲主，我們由他在當時推動的韓文運動可見其翻譯的態度。

另外考慮到《紅樓夢》是一部藝術成就極高的作品，張志暎雖然也深知這部作品的藝術性，但是由於譯文將以報紙連載的形式供一般讀者閱讀，考慮到事件的展開很難造成讀者閱讀過程中的緊張感，於是譯者確立了以作品故事情節爲主的翻譯方式，對於小說中繁複的細節描寫與理解起來比較費勁的詩詞等內容就毫不猶豫的省略了。這也可以説與初期梁建植的翻譯態度形成了鮮明的對照。翻譯詩詞與對聯的時候，省去了原文只留下譯文。至於書中的人名與地名等固有名詞的標記，剛出現時採用在括弧中並記漢字的方式，到了後面就只留下了韓文。在將古典小説翻譯成流暢的現代小説的文體上，張志暎做出了不朽的努力。

五、韓國光復以後的《紅樓夢》譯本介紹

1945年，韓國光復以後出現的最早的《紅樓夢》譯本是1955年至1956年由正音社出版的金龍濟翻譯的兩卷本。扉頁上雖然寫著《全譯紅樓夢》的標題，實際上卻是全書內容的縮減版。可以看出是在日文譯本的基礎上進行的第二次翻譯的重譯本。

1969年問世的李周洪的五卷本的譯本由乙酉文化社出版。雖然該書後來絕版並退出流通，但編輯與裝幀都非常高級，翻譯也達到了相當的水準。李周洪（1906—1987）以兒童文學家的身份爲人熟知，但他也是中國文學的翻譯家，編譯出版過《中國諧謔小説全集》等作品。這些是在日本資料的基礎上進行的重譯本。

1980年由吳榮錫翻譯、知星出版社出版的《新譯紅樓夢》（全5卷）就是以李周洪本爲底本進行部分修改與補充的譯本。全書回目修改爲120回，回目或兩字或四字不等。

另有將120回的《紅樓夢》進行大幅度縮小爲72章或73章、均以單獨一册的形式出版的譯本。前者是由金相一翻譯、徽文出版社出版的《紅樓夢》（1974），後者是由金河中翻譯、知星出版社出版的《曹雪芹紅樓夢》（1982）。這兩種譯本在內容上任意分段並添加了小題目。正文部分內容很短，卷首與卷尾收録的曹雪芹像、解説、紅樓夢年表、年譜（曹雪芹與高鶚生平）等資料，作爲紅學研究重要的文獻，爲讀者加深對作品的理解提供了幫助。

禹玄民的《紅樓夢》全六卷，1982年由瑞文堂文庫出版。120回，每回正文前原封不動的沿用了原文的漢字回目，未加翻譯。

1988年以共同翻譯的方式進行的《紅樓夢新譯》由平民社出

版。該譯本是在李家源教授的指導下由洌上古典研究會的十一名會員共同翻譯而成。李家源教授於同一年對樂善齋本《紅樓夢》給予了很高的評價，並對此書進行了影印、選注，並以此爲基礎嘗試用現代韓國語進行了翻譯。此前已有的翻譯都是一些作家或者出版社在參照日語譯本的基礎上進行的，與此不同的是，李家源教授組建的這支翻譯隊伍是在參照了樂善齋本、中國原本、英譯本等基礎上，在一定的翻譯標準下進行的嘗試，對於這一點我們應該給予高度的評價。該譯本收錄了回目的原文，全文的翻譯也按照翻譯之初確定的方式進行。很可惜的是該書只出版了第一卷就中斷了。

六、最近以來《紅樓夢》的翻譯與研究

中國出版的《紅樓夢》的韓文譯本由延邊與北京兩地的僑胞學者翻譯而成。以對中國古典文學的研究與對中國習慣的深入瞭解爲基礎，雖然摻雜了一些延邊地區的方言，但是他們的譯本也具有與衆不同的價值。

在1978年至1980年由延邊人民出版社出版的四卷本的《紅樓夢》的扉頁上寫有"延邊大學《紅樓夢》翻譯小組"的字樣，採用的底本是1974年人民文學出版社出版的啟功先生注釋的本子。

北京外文出版社出版的五卷本的《紅樓夢》以豪華風格裝幀，採用與英文譯本同樣的方式進行裝幀編輯。外文出版社是以各主要外語進行翻譯並廣爲宣揚中國古典名著的一家出版社，同一作品以不同的語言進行翻譯，並統一進行編輯。朝鮮文的譯本採用與英語譯本相同的插圖，整體的裝幀也很相似。插圖由戴敦邦所繪。由後記可知,翻譯工作由安義運與金光烈共同負責。翻譯既符合韓國語的語感,也考慮到了原作的意圖,可見翻譯者的一番苦心。

　　1990年中國刊行的兩種韓文譯本同時在首爾潤色再版。青年社接受北京外文出版社的版權,以"安義運與金光烈"標注作者,以七卷本的形式刊行。第一卷的卷首有一篇解說文:《紅樓夢鑒賞》(崔溶澈)與《主要登場人物介紹》(崔溶澈)爲幫助讀者理解,前後内頁分别有《大觀園平面圖》與《紅樓夢人物系統圖表》。

　　藝河出版社在獲得延邊人民出版社本的版權之後,標注着"延邊大學紅樓夢翻譯小組",以六卷本的形式刊行了此書。書名下書"解說——許龍九"字樣。與延邊本不同的是,在回目的編制上,原來的回目譯文與漢字原文並行。另外,爲了吸引讀者的興趣用一句話概括了題目。翌年(即1991年)另外單獨出版第七卷,以《紅樓夢解說及研究資料集》(許龍九、鄭在書編著)爲題,收録了作爲譯者之一的許龍九的"解說"與相關研究文章,並收入中國研究資料目録,末尾也收録了一些國内研究資料。譯文之前有王昆侖的《紅樓夢人物論》、普安迪(Andrew H. Plaks)的《紅樓夢原型結構》以及陳慶浩的《紅樓夢研究簡論》等的翻譯文。

　　另有一部《紅樓夢》譯本先由延邊人民出版社出版,後又由首爾東光出版社再版,全書共六册。這裏作者標注爲許龍九,原文的回目都被省去,每回的回目都被壓縮爲一句話。1994年三省出版社再版了外文出版社的譯本,共七卷,在首爾刊行。最近清溪出版社將安義運與金光烈的譯本進行潤色,插入戴敦邦的插圖,以十二册的形式進行出版。這樣,韓國國内真正意義上的翻譯逐漸繁榮起來。

　　在此期間,報紙上連載了姜龍俊與趙星基的譯文。姜龍俊1930年《土曜(週六)新聞》發表譯文34期,但是結果翌年還是中斷了。早在1950年代初金龍濟曾在《自由新聞》發表翻譯文,後來以單行本出版於正音社。因此姜龍俊的翻譯，是屬於第四次在報紙上連載的例子。從一開始譯者就沒有正確翻譯原作的想法，而是這樣標明：“姜龍俊作”。表現出用比較簡單易懂的語言進行翻譯的努力，同時也表現出爲了吸引讀者的興趣並爲幫助讀者理解而加入了譯文等各種努力。

趙星基的翻譯雖然被稱之爲翻譯，但是改寫的内容太多，實際上在報紙上發表時標榜爲“趙星基作”。我們從這一點上也可以知道譯者想要改寫的意圖，1995年他在《韓國經濟新聞》上發表時，由於只聚焦於《紅樓夢》中的豔情部分，成爲當時人們一時談論的話題。雖然我們有這種擔心：對於尚未讀過《紅樓夢》原作或者譯本的讀者而言，這樣做可能會嚴重地損毀這部作品的形象，但這也可以被視之爲作品再生產的一種方法。在一共連載了613回之後，又以“曹雪芹原著，趙星基編作”的名義以《紅樓夢》三卷本的形式交付民音社出版。1996年短小精悍的《紅樓夢》一卷袖珍本問世，包括洪尚勳等在内的九位翻譯者參加了翻譯工作。但該譯本實際上不過3回，過於簡單，只相當於原書的極小的一部分。另外，此書是以英文版爲底本進行的翻譯，此前韓國有很多以日文版爲底本進行翻譯的譯本，而現在出現了以英文版爲底本的重譯本。

過去的十年間，國内没有出現過新的譯本。因此，筆者數年前開始爲編撰《紅樓夢》的新譯注本做過一些事情，近來與高旼喜教授合作翻譯並出版了全書120回。翻譯底本使用中國藝術研究院紅樓夢研究所的校注本，該書的前80回以庚辰本爲主要底本，後40回以程甲本爲底本，是將二者進行綜合而成的校勘本。評論界認爲該書比較接近作家曹雪芹作的原稿，在中國具有很大的影響力，受眾廣泛。出於這樣的考慮筆者選擇了將此書作爲筆者翻譯的底本。雖然如此，原本的特徵是較之通行本而言，更多使用文言文，因此閱讀也比較困難。但是該本子以曹雪芹生前留下回數最多的抄本爲依據,保存了並未隨意更改的原文的面貌。從這一點上來看,這是與已有的譯本不同的地方。翻譯中當然兼有對原文的詳細注釋,韓國讀者也可以以不同的方法瞭解《紅樓夢》的世界。筆者以爲直接接近《紅樓夢》的機會也越來越多。

　　以上考察了《紅樓夢》的翻譯情況。早期雖然有樂善齋全譯《紅樓夢》之類的成果,但是很遺憾的是此後並没有出現真正意義上的研究。韓國解放以後直到1970年代,真正意義上的研究幾乎未能展開,只有車柱環等學者的介紹性的文字。1979年末,從高旼喜的碩士論文開始,真正意義上的學術研究才拉開序幕。此後留學臺灣的崔溶澈、李光步、秦英燮等完成碩士論文,回國之後以多種不同的主題進行紅學研究。崔溶澈就作家和傳播問題,以及韓國傳入的相關資料爲調查對象;李光步關注的是作品的主題思想問題;繼續留在國內的高旼喜矚目現代紅學問題,1989年完成了題爲《紅樓夢的現實批判意義研究》的博士論文。1990年末崔溶澈在臺灣完成《清代紅學研究》博士論文。1994年韓惠京與崔炳圭分別以《王張姚三家評點》與《賈寶玉情案》爲題取得博士學位歸國。此後,在國內蔡禹錫以《王熙鳳形象》(1997)爲題,李光步以《紅樓夢的主題與思想》(2001)爲題,趙美媛以《情的思想與傾向》爲題完成博士學位論文。在北京留學的李治翰從語言學的角度對《紅樓夢》展開研究。迄今爲止,以紅學爲研究對象的博士論文有八篇。過去的20餘年間,國內湧現出碩士學位論文多達二十多篇,主題雖然多樣,但是很難説形成了一定的流派。金泰範對藏書閣本(樂善齋本)的版本進行深入分析(1988),李尚賢的《索隱派的讀法》問題(2002),李承姬對《樂善齋本的音韻》體系的考察(2003),這些都是一些值得關注的論文。《紅樓夢對九雲記的影響》,《紅樓夢中的清代服飾研究》,《紅樓夢女性民俗研究》等都是從比較特殊的角度進行研究的論文[1]。

1980年李桂柱參加了於美國威斯康辛大學召開的國際紅學會議,歸國之後其研究領域轉向《紅樓夢》,並對《紅樓夢》中的女性形象及作品中的詩詞撰寫發表了相關論文。專攻韓中比較文學與民俗學的尚基淑在本人的專攻方向之外,對《紅樓夢》中的民俗從多方面進行了研究。這些使得韓國紅學呈現出極其多樣性的特點。鄭在書身爲著名神話學學者,在許龍九的譯本出現後編著了另外的解說文及研究資料,這不失爲惠及學林之作。雖然翻譯並登載了幾篇國外學者的論文,但是放在實際研究著作很難出現的背景下來看,這不得不説是一件非常幸運的事情。

最近在韓國紅學界仍有如前所介紹的學者們,根據個人興趣與關心的領域從不同的角度對《紅樓夢》在開展研究並撰寫論文。筆者以爲,目前韓國紅學研究時間不長,加上學者人數的限制,體現韓國紅學特徵的實際研究流派尚未形成。但是筆者相信隨著時間的推移,在相互協助之下,吸收我們所需之紅學研究成果,做出足以使我們在世界紅學界佔有一席之地的發現與研究,才可能形成具有韓國特色的紅學。

韓國《紅樓夢》及其續書譯本目録[2]

	翻譯者	書名	册數回數	刊行年度	出版社	發行類型
1	李鐘泰等	《紅樓夢》	120册	1884前後	抄本（宮體）	原文對譯注音
2	李鐘泰等	《後紅樓夢》	30册	1884前後	抄本（宮體）	全譯
3	李鐘泰等	《續紅樓夢》	30册	1884前後	抄本（宮體）	全譯
4	李鐘泰等	《紅樓復夢》	50册	1884前後	抄本（宮體）	全譯

---

[1] 根據2015年的統計,韓國學者有關紅學論文,博士論文12篇,碩士論文50多篇,期刊論文達360多篇。此統計包括韓國人在國外發表的學位論文在内。

[2] 此目録爲修訂本,包括2016年之前所出版的所有目録。

續表

	翻譯者	書名	冊數回數	刊行年度	出版社	發行類型
5	李鐘泰等	《紅樓夢補》	24冊	1884前後	抄本（宮體）	全譯
6	李鐘泰等	《補紅樓夢》	24冊	1884前後	抄本（宮體）	全譯
7	梁建植	《紅樓夢》	連載138回	1918	每日申報	未完
8	梁建植	《石頭記》	連載17回	1925	時代日報	未完
9	張志暎	《紅樓夢》	連載302回	1930—31	朝鮮日報	未完
10	張志暎	《紅樓夢》	連載25回	1932	中央日報	未完
11	金龍濟	《紅樓夢》	2冊120回	1955—56	正音社	節譯
12	李周洪	《紅樓夢》	5冊120回	1969	乙酉文化社	全譯
13	金相一	《紅樓夢》	1冊72章	1974	徽文出版社	摘譯
14	吳榮錫	《新譯紅樓夢》	5冊120回	1980	知星出版社	全譯
15	延邊大學翻譯組	《紅樓夢》	4冊120回	1978—80	延邊人民出版社	全譯
16	外文出版社翻譯組	《紅樓夢》	5冊120回	1978—82	北京外文出版社	全譯
17	禹玄民	《新譯紅樓夢》	6冊120回	1982	瑞文堂	節譯
18	金河中	《曹雪芹紅樓夢》	1冊73章	1982	知星出版社	摘譯
19	洌上古典研究會	《紅樓夢新譯》	1冊15回	1988	平民社	未完
20	姜龍俊	《紅樓夢》	連載34章	1990—91	土曜新聞	未完
21	安義運，金光烈	《全譯紅樓夢》	7冊120回	1990	青年社	全譯
22	許龍九外	《紅樓夢》	6冊120回	1990	藝河出版社	全譯
23	許龍九外	《紅樓夢》	6冊120回	1994	東光出版社	全譯
24	安義運外	《紅樓夢》	6冊120回	1994	三省出版社	全譯
25	趙星基	《紅樓夢》（改譯）	連載613回	1995—96	韓國經濟新聞	改譯
26	洪尚勳	《紅樓夢》（摘譯）	1冊3章	1996	FUN&LEARN	摘譯
27	趙星基	《紅樓夢》（改譯）	3冊全12部	1997	民音社	改譯

	翻譯者	書名	冊數回數	刊行年度	出版社	發行類型
28	朴在淵等校注	《紅樓夢》（樂善齋本）	2冊	2004	以會出版社	全譯
29	朴在淵等校注	《後紅樓夢》（樂善齋本）	1冊	2004	以會出版社	全譯
30	朴在淵等校注	《續紅樓夢》（樂善齋本）	1冊	2004	以會出版社	全譯
31	朴在淵等校注	《紅樓復夢》（樂善齋本）	2冊	2004	以會出版社	全譯
32	朴在淵等校注	《紅樓夢補》（樂善齋本）	1冊	2004	以會出版社	全譯
33	朴在淵等校注	《補紅樓夢》（樂善齋本）	1冊	2004	以會出版社	全譯
34	崔溶澈 高旼喜	《紅樓夢》（全譯）	6冊	2009	나남（Nanam）出版社	全譯
35	崔溶澈	《紅樓夢》（選譯）	1冊	2009	지만지（ZMANZ）出版社	選譯
36	安義運 金光烈	《紅樓夢》	12冊	2007	清溪出版社	全譯
37	洪尚勳	《紅樓夢》	7冊	2012	솔（松）出版社	全譯
38	延邊大學	《紅樓夢》	4冊	2016	Olje Classics	全譯

第二編
樂善齋本《紅樓夢》及續書譯本

第二章　樂善齋本全譯《紅樓夢》研究

一、前言

　　《紅樓夢》的初刊本出現於乾隆五十六年（1791）。在此期間此書以《石頭記》之名以抄本的形式在北京地區非常流行，自此這部作品開始向全國廣爲流傳。程偉元與高鶚以木活字將此書進行了刊刻，隨後出現了很多的翻刻本，後來又出現評點本，幾乎席卷全國。19世紀中葉開始出現外文譯本，滿文、蒙文等譯本在少數民族地區得以流行，韓文、日文、英文譯本在世界各地得以傳播。

　　滿語譯本雖没能傳下來，但是一粟在《紅樓夢書録》中介紹説，張宗祥曾見過“滿漢合譯本”。實際上清朝朝廷組織人員翻譯過《三國志演義》、《金瓶梅》、《西廂記》、《聊齋志異》、《水滸傳》、《西游記》、《平山冷燕》等。由於《紅樓夢》在當時具有很大的影響,也有被翻譯的可能性。[①]

《紅樓夢》蒙古語的譯本由蒙古人哈斯寶翻譯,哈斯寶對前40回進行了壓縮翻譯,並加了評注,書名爲《新譯紅樓夢》,共二十册。該書中譯者加入了序文、讀法及總評,每回另加評注,1847年至1852年之間完成翻譯,1854年完成修改。[②]

《紅樓夢》在日本的傳播是程刻本刊行後不過兩年(即1793年)的事情。依據當時的《舶載目録》,《紅樓夢》九部十八套由浙江乍浦運往日本長崎,這屬於《紅樓夢》傳播史上最早的例子。另外,1803年也有《繡像紅樓夢》兩部四套傳入日本的記録。

日本語的翻譯始於森槐南與島崎藤村。1892年森槐南將《紅樓夢》的開頭部分進行了翻譯,譯本發表於《城南評論》第2號;同年,島崎藤村將原書第12回進行了翻譯,以《風月寶鑒》的題目發表在《女學雜誌》第321號上。《紅樓夢》日語單行譯本出現於20世紀之後。[③]

1830年約翰·弗朗西斯·大衛(John Francis David)將《紅樓夢》第3回《西江月》詞以英漢對譯的形式在《大英帝國皇室亞

[①] 一粟編:《紅樓夢書録》,上海:上海古籍出版社,1981年,第81頁。其中最早得以翻譯出來的《三國演義》的譯本出現於順治七年(1650),最後出來的譯本是1848年的《聊齋志異》。在此期間有不少的小說與戲曲都被翻譯成了滿語,特別要注意的是滿漢合譯本,這與韓國的樂善齋本全譯《紅樓夢》極其相似,值得我們關注。

[②] 胡文彬編著:《紅樓夢叙録》,長春:吉林人民出版社,1980年,第53頁。較之一粟的《紅樓夢書録》做了更爲詳細的介紹,並引用了回目。

[③] 1916年岸春風樓翻譯的《新譯紅樓夢》上卷(文教社)僅出版了第一卷,只翻譯到第39回。後半部分未能刊行。1921年與1922年出版了幸田露伴與平岡龍城共同全譯的《紅樓夢》(上中下,國譯漢文大成本)前80回。後者以民國初年出版的《國初鈔本原本紅樓夢》戚(蓼生)序本爲底本。以上的資料依據1964年爲紀念曹雪芹去世200周年在東京舉辦的"紅樓夢展"上發表的伊藤漱平的《紅樓夢研究資料日本語文獻資料目録》(《明清文學言語研究會會報》,1964年第6期)。

細亞學會會志》第 2 號《中國詩》進行發表,這是我們知道的最早
的英文翻譯。[1]與其說是小說翻譯倒不如說是對其中詩詞的翻譯,
因此吳世昌先生將此後(1842 年)羅伯特・湯姆(R・Thom)翻
譯的《紅樓夢》看作最早的英譯本。[2]該書被用作學習漢語的教
科書,其中一些段落被抽出發表於寧波發行的《中國語》雜誌。[3]
爾後,1868 年艾德伍德・查爾斯・波拉(E・C・Bowra)在《中
國雜誌》上翻譯發表了前 8 回。[4]此後 1892 年 B. 喬利(Bencraft
Joly)以《中國小説紅樓夢》爲書名在香港刊行了第一卷。第
二年(1893)刊行於澳門。當時駐澳門的英國副領事喬利共翻
譯了 56 回。

　　以上是對 19 世紀末用各國語言翻譯《紅樓夢》的情況的闡
述。胡文彬先生在《紅樓夢叙録》中首次提到韓文譯本,但是只
是簡單介紹了 1962 年金龍濟的譯本、1969 年李周洪的譯本以及
1978 年以後才得以刊行的延邊大學《紅樓夢》翻譯小組的譯本。
此後,以樂善齋本等爲代表的譯本的情況漸爲中國學界所知,馮
其庸等主編的《紅樓夢大辭典》中之《紅樓夢譯本》中介紹了包

①David John Francis："The Poetry of Chinese" Translation of the Royal
　Asiatic Society of Great Britain and Ireland II（1830）.

②參照吳世昌：《紅樓夢的西文譯本和論文》,《文學遺産增刊》第 9 輯,1962
　年。吳世昌先生在《紅樓夢探源》(上海古籍出版社,1980)中收録的後記
　中提出了這一看法。但是康來新在《英語世界的紅樓夢》(《中外文學》
　第 5 卷,1976 第 4 期)中仍將之視爲最早的翻譯。

③Thom.R："The Dream of the Red Chamber",*The Chinese Speaker*
　（Ningpo,1842）,P62—69.

④Browra,Edward Chales, The Dream of Red Chamber,The China Magazine
　(Shanghai,Christmas Number,1868)：Joly.H.Bencraft,Hung lou meng or
　the Dream of the Red Chamber；A Chinese Novel.I（HongKong,1982）：
　vol.II（Macao,1893）

括在中國出版的韓文譯本十餘種。[①]

在過去的一段時間内,19世紀後半期的1880年代,《紅樓夢》百二十回全本的韓文譯本雖然已經有全譯本,並很好的保管至今,但是這一事實却並不曾爲國際紅學界熟知。該譯本以每卷一册的形式得以翻譯,不僅僅有着120回這樣龐大的規模,小説的原文也以朱筆進行記録,並標注了中國語的發音,譯文以韓文宫體對譯的形式進行,可以説在衆多的小説中這一譯本是非常特别的。

截至19世紀末,除了樂善齋本的韓文譯本之外,還没有外文翻譯的《紅樓夢》全譯本。這樣看來,朝鮮高宗年間翻譯的譯本在樂善齋得以收藏,該譯本實際上是最早的《紅樓夢》的全譯本,其價值是我們應當承認的。本文中對該書的版本情況進行了考察,同時對譯者以及成書年代、翻譯時採用的底本系統等問題進行了闡述,對大體的情況進行了考察。

二、樂善齋本研究概況

本文將首先對樂善齋本翻譯小説的整體情況,以及該譯本的基本記録情況等等進行考察。

朝鮮時代《紅樓夢》是如何傳入韓國的? 其翻譯又是怎樣得以進行的? 對此没有明確的資料記載。李圭景(1788年生,卒年不詳)的《五洲衍文長箋散稿》卷七《小説辨證説》中對當時朝

---

① 中國大陸的朝鮮語譯本有安義運等人翻譯、外文出版社出版的五卷本(1978—1982),以及許龍九等人翻譯、延邊人民出版社出版的四卷本(1978—1980)。韓國國内的譯本以樂善齋本影印本爲首,另外還有金龍濟、李周洪、金相一、吳榮錫、禹玄民、洌上古典研究會等的譯本。

鮮朝流行的中國小説有相當數量的記録,其中就包括《紅樓夢》（1791）以及《續紅樓夢》（1799）在内。因此可以推測,1800年代初期《紅樓夢》就已經傳入了韓國。而對翻譯的情況没有文獻上的記録。

樂善齋可以説是位於昌德宫内的王室圖書室,於樂善齋[①]發現的小説總數爲113種,其中抄本小説達83種。其中,除了廣爲韓國文學界關注的韓文"創作小説"以外,還包含相當數量的中國小説諺解翻譯本。

最早提到樂善齋文庫的翻譯小説的是李秉岐。他在《文章》一刊上發表的《朝鮮語文學名著解題》中對當時多達239種之多的朝鮮書籍進行了解説。在文章的最後部分,提到主導中國小説翻譯的人物李鐘泰,並以"李鐘泰翻譯説"爲題進行了評説。[②]

對於朝鮮後期以來在王室圖書館長期保管的樂善齋藏抄本小説的研究一直未能展開,到了日本帝國主義統治末期該書仍藏於該處。當時的部分有識之士已經知道了這部書。1950年韓國戰争時,該書差點兒毀於戰火。後來該書在首爾得以修復之際,本打算移送至北韓,而且都已經做好了很周全的準備,但是最後還是未能將這批書轉移。該書不久就被重新整理,被移送至鄰近的昌慶宫藏書閣得以保管。藏書閣是1911年爲了保存朝鮮王朝宫廷遺物與圖書在昌慶宫内設立的藏書機關。但是1981年,因昌慶宫内的修繕工作,藏書閣被拆毀,所藏圖書悉送至韓國精神文化研究院(現稱韓國學中央研究院)得以保管。該書被歸入樂

[①] 樂善齋建於憲宗十三年(1847),是爲國王的後宫金氏而建的建築,此後高宗時期用作高宗的便殿。樂善齋文庫主要收録的是抄本小説,主要是供内殿人士閲讀,也供宫女閲讀。如果書籍被弄髒或者被毀損,宫女就會對這些書籍重新抄謄。《玩月會盟宴》與《明珠寶月聘》等皆爲以韓文創作的長篇小説,受到韓國國文學界的關注。

[②] 李秉岐:《朝鮮語文學名著解題 》,《文章》,1940年10月號。

善齋文庫貴重圖書,並編制了微縮膠卷,供一般人利用,原書也得
以公開。

原昌慶宮藏書閣(已拆)

　　1966年首爾大學東亞文化研究所用一年多的時間對"樂善
齋文庫"進行了重新調查研究。以鄭炳昱教授爲首的調查團在
《中央日報》發表了調查報告。據統計,樂善齋本的小説類有91
種(2033冊),非小説類31種(328冊),共計2361冊。①
　　在此之後鄭炳昱教授發表了《樂善齋文庫目録與解題》②,在
113篇解題中對26種中國小説的譯本進行了介紹。此後,曹喜雄

①參照了《中央日報》1966年8月22、23、25、27的相關報導。
②國語國文學會編:《國語國文學》,1967年,第44、45號合併號。

教授在《樂善齋本翻譯小説研究》[1]中補充了鄭炳昱教授未能寓目的7種,這樣一來可以説中國小説的譯本共計33種,並列舉了雖未被確定但也有存在可能性的11種譯本。

如上所言,雖然樂善齋本小説早爲人所知,但由於國文學界關注更多的還是韓文創作的小説,對翻譯小説的關注度相對不够,對此研究還很不足。在此期間雖然有對一些個別作品的關注和研究,但是真正意義上的綜合研究與整理工作却始於1990年代以後。特別是朴在淵教授開始的有組織有系統的整理[2],取得的研究成果獲得了學界格外的關注。

樂善齋本翻譯小説中不僅僅包含《紅樓夢》120回本的全譯本,值得注意的是,《後紅樓夢》、《續紅樓夢》、《紅樓復夢》、《紅樓夢補》、《補紅樓夢》等5種續書的譯本在當時也得以翻譯。《紅樓夢》的流行與5種續書的出現一時蔚爲壯觀,即使今天看來也是非常珍貴的本子。韓國流傳下來的5種續書,令國際紅學界都驚訝不已。

這次《紅樓夢》與5種續書的整理出版,對於未來真正意義上的研究顯然是一種基礎性的工作,從這一點上來看,這對我們無疑是一種鼓舞。

下面來談一談樂善齋本全譯《紅樓夢》的讀者層以及先行研究情況。該書最早製作於宮廷。樂善齋本翻譯小説中,由民間或者貰册房製作後再傳播到宮中得以再次抄寫的這種可能性不能説一定没有,但就《紅樓夢》的情況而言,迄今爲止都没有發現民間製作的《紅樓夢》譯本。可以説先由民間製作之後再傳入宮中的這種可能性幾乎是没有的。如果真是如此的話,我們可以做出

---

[1] 國語國文學會編:《國語國文學》,1973年,第62、63號合併號。
[2] 朴在淵:《朝鮮時代中國通俗小説翻譯本的研究》,韓國外大博士學位論文,1993年。

這樣的判斷：現存的樂善齋本全譯《紅樓夢》是製作於宮中，並供宮內人閱讀的。現在雖然我們無法找到資料證明宮中有哪些人讀過此書，從朝鮮末期到日治時期，最起碼與宮中有關聯的一些人士，或者其親戚們讀過此書，這一事實是可以確定的。

現在我們所能知道的讀過此書的最早的讀者層中有一個叫尹伯榮的女子。這個女子是朝鮮王室外戚的親戚，小的時候經常往來於宮中。她是純組的外曾孫女，高宗時期朝廷大臣尹容九之女[1]。1966年對樂善齋文庫實際調查時，《中央日報》在對其進行的採訪中介紹道[2]，尹伯榮女士自己很小的時候就進入樂善齋閱讀了數量眾多的小説，特別是提到了自己讀過的小説中就有《紅樓夢》7種，並評價説這些都是非常優秀的小説，另外也提到了書名。儘管她提到的7種小説實際上是韓文的"創作小説"。她提到的《補紅樓夢》，我們在書目中並沒有找到這一書名，但是她的記憶力是非常驚人的。在數量眾多的樂善齋本小説中還記得《紅樓夢》，可見《紅樓夢》留給她的印象是很深的。毫無疑問，她應該是《紅樓夢》及五種續書全譯本都閱讀過的早期讀者。[3]

以下對樂善齋本《紅樓夢》在此期間出現的解題與研究情況做一下簡單的整理。

鄭炳昱教授的《樂善齋文庫目錄及解題》中將《紅樓夢》與

---

[1] 朝鮮王朝第23代國王純組（在位時間爲1800—1834）的女兒德温公主嫁給了南寧尉尹宜宣。其子尹容九（1853—1939）爲朝鮮末期的大學者兼朝廷大臣。第27代王純宗（在位時間爲1907—1910）的繼妃純貞皇后是尹澤榮的女兒。1926年純宗駕崩之後，尹氏繼續留在樂善齋中，1966年卒於此處。與之爲親戚關係的尹伯榮出入樂善齋自然就是很容易的事情。

[2]《中央日報》1966年8月25日報道。

[3] 當時尹伯榮等親戚或者熟人也有可能將書籍從樂善齋中帶出去。如果這種判斷成立的話，那麼樂善齋全譯本《紅樓夢》中遺失的三卷也可能是在這種情況下被遺失的。不知道有沒有在她的後代家中查到這散軼的三冊書的可能性。

五種續書稱之爲"翻譯小説",除此以外沒有其他的版本説明。
而且也沒有指出全書120册中有3册散軼這一事實。^①

　　李明九教授的《對譯本紅樓夢》是對該譯本進行真正意義
上的介紹的文章。該文章發表於1972年藏書閣發行的《國學資
料》上。這篇文章^②對該書的版本特徵進行了説明。並指出全書
雖有120册,但是其中有3册缺失。原書原文每半頁八行,每行十
字,譯文每行十五字左右,每卷印有"藏書閣印"字樣的印章。接
著介紹了該書的作者曹雪芹及内容與版本等相關問題,闡述了翻
譯的特徵,指出翻譯的底本是程刻本。文中對書的名稱並不稱之
爲"樂善齋本",而是採用體現翻譯小説特點的"對譯小説"這一
名稱,可以説是非常有特點的。

　　李家源教授對精神文化研究院(現改稱"韓中研")收藏的
樂齋本《紅樓夢》很早就發生興趣,對該書也給予了非常高的評
價。經過他的多方努力,該書最終得以影印,並由亞細亞文化社
刊行,李家源教授做出了巨大的貢獻。在該書的序文中李家源教
授首先介紹了該書的特點,並將此書命名爲"樂善齋本"小説。
李教授依據譯文文體推定該書是正祖純組以後的抄本。在介紹
完作家的生平與作品内容之後,也提到了朝鮮文人的小説觀。並
稱贊説,在當時出現的數量衆多的翻譯作品中,金正喜翻譯的《西
廂記》與樂善齋本《紅樓夢》是其中最優秀、最重要的作品。

　　金泰範的碩士學位論文《韓文藏書閣本紅樓夢研究》^③是對

①按照文中的觀點,120回的樂善齋全譯《紅樓夢》一直到調查的當時還存
　在的話,那麼調查時見到的目録中就應該有相關的記録,但是實際上這是
　因未能逐一記數調查而産生的錯誤。
②《國學資料》第6號,1972年。
③金泰範:《韓文藏書閣本紅樓夢研究》,臺灣東海大學中文研究所碩士論
　文,1988年。作者在另外的一篇小論文《朝鮮圓夢記——晚清紅學另一
　章》(第二屆清末社會與文化學術研討會,淡江大學,1988年12月)中對
　此書集中做了介紹。

該書真正意義上進行研究的最早的學位論文。他以“藏書印”爲依據將該書稱之爲“藏書閣本”，在對翻譯底本進行考察的部分中作了詳細的考察，頗見功力。將譯本中收錄的原文及譯文與王希廉的本子直接進行了細緻的對照分析與校勘，這可以説是這篇論文最顯著的特點。

　　近來，學界開始了從語言學的角度對樂善齋本全譯《紅樓夢》進行研究。筆者以爲這一點也是值得學界重視的。筆者以爲將來該譯文無論是對於中國語文學還是韓中翻譯史以及比較文學等領域，都是可以深入研究的課題。

　　下面對該譯本的名稱進行更深一步的考察。在中國古典小説研究中，對版本問題的研究是開展對作品研究的前提。爲了區分數量衆多的版本，一般需要明確該版本與其他版本相比有何獨特之處。基於此，就該譯本的情況而言，爲了便於今後的研究工作，須有對名稱進行統一的觀念。

　　該《紅樓夢》譯本的所藏處原爲樂善齋，雖然如此，實際上書中並無任何證據可以證明這一點。此後該書與其他書籍一道藏於藏書閣，每部書第一章就印有“藏書閣印”的印章。因此，如果對藏書處進行命名的話，“樂善齋本”、“藏書閣本”、“精文研本”（現稱“韓中研本”）都是可以的。另外如果對翻譯的總量、時期與形態進行區分的話，該書以直譯爲主的翻譯方式對120回進行了全譯，使用的是朝鮮後期的詞彙及韓文宮體的毛筆字體。由於原文與發音的譯文記錄於上段，因此也可以稱之爲“全譯本”、“舊譯本”、“注音對譯本”。

　　考察此期間的研究論文，雖然這些論文中並非都稱這部作品爲“紅樓夢”,鄭炳昱、曹喜雄、李慧淳、大谷森繁[①]等都使用的是“樂善齋本”,韓文“創作小說”中亦如此稱之。但是一些書目中對“樂善齋”的出處並不作明確的交代。《藏書閣圖書韓國版總目錄》中之“紅樓夢”條中只注明“印藏書閣”。《韓國古小說目錄》中對樂善齋本也未另外進行區分。其中“紅樓夢”條中也只是標注了“原本所藏精神文化研究院（舊藏書閣本）”的字樣。

　　但是W.E.Skillend的《古代小說》“紅樓夢”條中對所藏處的區分以“palace”進行標注。在說明中指出了這指的就是曾爲舊王室圖書館的樂善齋。[②]

　　結合如上的考察,該譯本是藏於樂善齋的本子,這一點毋庸置疑。樂善齋中韓文“創作小說”與中國小說諺解譯本曾一起被收藏。如果考慮到推斷譯者以及翻譯時期的根據的話,筆者以爲稱之爲“樂善齋本”是較合適的。另外,到19世紀末期,從全世界範圍來看,除了樂善齋本之外沒有另外一種120回全文的全譯本,爲了強調樂善齋本是朝鮮後期即19世紀末期唯一的、也是最早的全譯本,筆者以爲,應該對“樂善齋本全譯《紅樓夢》”這一名稱予以確定。這是因爲這一名稱在某種程度上包含了翻譯的動機、譯者、翻譯時期以及翻譯的形態等信息。如果要進一步對譯本的特徵進行具體呈現的話,我們可以稱之爲“樂善齋本注音對

---

① 見上文中提到過的鄭炳昱、曹喜雄兩先生的論文。李慧淳:《韓國古代翻譯小說研究序說——以樂善齋本〈今古奇觀〉爲中心》,《韓國古典散文研究——張德順先生花甲紀念》,1981年9月;大谷森繁:《朝鮮後期小說讀者研究》,高麗大學民族文化研究所,1985年9月。

② W.E.Skillend, Kodae Sosol,*A Survey of Korean traditional style popular Novel*,London,1968。(Introduction) Palace:The Fromer Royal Palace Library (舊王室圖書館,etc) in Seoul,also Known as the Naksonjae (樂善齋) library,after the Palace building in which it was orginally housed,is how housed in the grounds of the Changgyong Palace....it has about one hundred works in over two thousand beautiful volumes of manuscipts.

照全譯紅樓夢"。^①

三、樂善齋本的文獻學考察

樂善齋本全譯《紅樓夢》每回一本,共計120本,這是一部數量龐大的譯本。發現當時有3冊遺失,共有117冊流傳下來。《藏書閣圖書韓國版總目錄》中對文獻事項作了如下的記錄:

> 紅樓夢(4—6684):(清)曹霑著。譯者未詳,寫本。寫年未詳。120卷。120冊中117冊存,卷24,54,71等3冊缺本。無版框,無界行。半葉8行,字數不定。無版心。78.3(筆者注:誤,當爲28.3)×18.2cm。綫裝。標題:紅樓夢。印:藏書閣。紙質:壯紙^②。

根據筆者對該書的外形與内部筆寫形態的直接調查,以下對此做進一步更細緻的考察。該書是外皮用有紋路的灰色綢緞製作而成的綫裝本,大體上比較接近原樣。封面上端的題簽以漢字縱書楷體題注"紅樓夢"(貼紙大小爲20.1cm×3.2cm),其中有幾册發黑朽壞,也有數處題簽有脱落。右側上端有如"共

---

① 朝鮮時代翻譯的《紅樓夢》中只有該書流傳了下來。《韓國古書綜合目錄》中記載了除此書之外的三種抄本,即:日本白山黑水本(60冊),丁鳳泰本(12冊),慶州市立圖書館本(15冊)。日本白山黑水本原藏於東京大學,關東大地震時(1923)毁於地震。僅有目錄留存於世,由分類來看,當爲抄本。丁鳳泰舊藏本分散各地,今藏於高麗大學、延世大學及成均館大學等處,目錄不可見。在丁鳳泰藏書中也未能找到《紅樓夢》的抄本。另外僅從目錄上來看,該本子是原文的抄本還是韓文的譯本,對此很難進行確認。慶州市立圖書館本經筆者調查,實際上是中國刊行的"東觀閣本",現在收入了海此文庫(金炳鎬先生的捐贈本),爲木活字本,15冊。
② 朝鮮出産的朝鮮紙,紙質厚而結實。

一百二十、卷之一、甄士隱夢幻識通靈、賈雨村風塵懷閨秀”（第1回）四行題寫的回目，（貼紙大小爲6.7cm×5.5cm），爲了打開書的時候便於瞭解卷數，每册的最後一頁都以筆寫的形式標注了“紅樓夢”字樣。

內頁空白，書的前後各空一張，無任何標注。印章印於每卷的首章，爲四角印：“藏書閣印”，印於卷1與卷120右側上端“回目與注音”部分。其餘的則印於右側下端（韓文回目的下端）。“藏書閣印”的蓋章時期雖無法確知，但一定是樂善齋本筆寫小説移送至昌慶宮保管之後所印。爲了不至於在落印時粘上印泥而鋪上的新聞紙上寫著1971年5月28日的日期，因此我們可以推斷此書在昌慶宮藏書閣進行整理的應當是在1971年至1972年之間。

樂善齋本全譯《紅樓夢》由於譯文與原文及注音兼具，是一種十分特別的譯本，因此抄寫的形態也與衆不同。其他樂善齋抄本的特徵是：無版框，無界行，無版心，無頁碼。一面分爲上下兩段，上段占整個頁面的三分之一，（約爲8—8.5cm），下段爲全頁面的三分之二。上段以朱筆書寫原文，半頁8行。爲了標注當時的中國音，譯者發明了特殊的韓文，與過去的《老乞大諺解》與《朴通事諺解》使用的文字相似，也有因時代變化而發生改變的情況。每行1字到11字不等。

下段原文的譯文也是以每半頁8行的形式書寫，爲韓文宮體，字體遒勁。每行的字數爲15字到18字不等。上下齊整。原文的第一個字的高度雖然一致，譯文中回目與正文中的詩詞等韻文以兩行的形式書寫。譯文雖然從15字到18字不等，原文每行以對譯的形式進行，縮減字數留出空白，也有縮減行數的情況。

譯文中偶有雙行注，這些都是爲了幫助韓國讀者理解他們感到陌生的中國的典章制度、或人名地名，或者句子意思等等。注釋的數量爲567條，大部分集中在前60回，多達531條。後60回的注釋不過36條。雙行注釋最多的回目是第40回，多達65條。

另外，中國章回小說中回目標注一般採取"第◎回"或者"卷之◎"的形式進行標注，本譯本亦不例外，以"卷之◎"的形式進行標注。[①]

以下以現在的筆寫形態爲根據對當時的成書過程進行推定。首先，全部譯文分開書寫，譯文與原文同時兼具，分爲上下兩段書寫。剛開始，下段譯文以8行宮體書寫，此間偶有對固有名詞或費解的句子的注釋。如果是這種需要注釋的情況，則以雙行注的形式書寫。接下來，上段的原文爲了與下段的譯文一致，以朱筆寫於同一行。原文的長短也因譯文的長短或有調整。至於詩詞的譯文，也有縮短行數的情況。最後，原文中所有的漢字的中國語發音皆以韓文字母進行標注。這顯然是在準備好了另外的注音標誌以後才換上去的。理由是：筆寫時不僅有誤寫的漢字，也有標注原書漢字發音的情況。

筆寫的宮體字大部分都與前後字體保持一致，可見應當出自專門的抄工之手。最多不過在一些部分可發現字體的變化。參

---

① 樂善齋本翻譯小說基本上都是採取這種形式。這種形式的回目標記很難看作是受到了《紅樓夢》某一版本的影響而出現的。另外我們從一些版本的回目標識來看的話，即使在同一版本中，目錄、版心及回首等也不盡相同。甲戌本的版心中，寫著"卷一，卷二"等字樣，而在回首則寫作"第一回，第二回"。己卯本與庚辰本每十回被編爲一卷，卷二則爲第11回至20回，版心中寫作"卷二十一回"。在後來的王希廉評本中，目錄與回首都寫作"卷一"，版心中寫作"第一回"。

考五種續書的的情況來看的話,五種續書都没有原文[1],只有譯文,也是以韓文宫體寫就,係出多人之手。

除去遺失的3册之外,樂善齋本《紅樓夢》共計10236頁。其中内容最多的是第62回,達146頁。最少的是第12回,只有53頁。兩者的差距幾乎達三倍。依據金泰範先生的校勘,該書也有一些裝幀錯誤的錯簡現象。[2]這是在當時雙頁合裝(包背裝)的狀態下,逐頁抄録裝幀而成,在這一過程中很容易出現這樣的失誤。此前的影印本中對這一錯誤也未能更正,而是保持原樣,這是我們使用時需要注意的。

以下簡要介紹一下1988年4月亞細亞文化社出版的影印本。標題爲"紅樓夢",另有副標題爲"樂善齋本"。全書編爲15卷。大小較之原書略爲縮小,規格爲26cm×23cm。每卷最少6回,最多9回。每卷頁數在652頁至731頁的範圍之内,相差不

---

① 樂善齋本《紅樓夢》五種續書的相關書志事項具體如下:(1)《後紅樓夢》:逍遥子撰,1796年前後,30回,譯本爲2卷20册,半頁9行18字;(2)《續紅樓夢》:秦子忱撰,1799年,30回,譯本爲24卷24册,半頁9行17字;(3)《紅樓復夢》:陳少海撰,1805年,100回,譯本50卷50册,半頁9行17字;(4)《紅樓夢補》:歸鋤子撰,1819年,48回,譯本爲24卷24册,半頁9行19字;(5)《補紅樓夢》:嫏嬛山樵撰,1820年,48回,譯本24卷24册,半頁10行19字。以上對續書的羅列以年代爲序。參閲拙稿《清代紅學研究》,《第六章 清代紅樓夢續作品之評述》(臺灣大學博士學位論文,自印本,1990)。

② 以現行的亞細亞文化社影印本的册數與頁數爲據,可以以其内容爲序做如下的整理:第35回,第5册:第98,101,102,99,100,103頁;第49回,第6册:第651,668,669,666,667,664,665,662,663,660,661,658,659,656,657,654,655,652,653,670頁;第64回,第8册:第651,654,655,652,653,656頁;第67回,第9册:第247,250,251,248,249,252頁;第85回,第11册:第522,527,528,525,526,523,524,529;第102回,第13册:第501,504,505,502,503,506頁;第114回,第15册:第93,98,99,94,95,96,97,100頁;第117回,第15册:第353,356,357,354,355,358頁。

等。第一卷收録有李家源教授的序文①,發現當時缺失的第24回、第54回、第71回,以活字本補足。臺灣發行的《古本紅樓夢》(臺灣:新陸書店,1957)在附注中進行了説明,稱之爲最善本。

與原文的小説正文用朱筆寫就不同,影印本爲了印刷上的便利,以黑白色進行了刊印,但是並没有對此進行説明。此外,全書120册被壓縮爲15册,在壓縮的過程中,删去了每册的封面。更爲可惜的是,封面上的標題與回數標識以及回目都未能保存下來(考慮到封面的回目與回數的回目也有不一致的情況更是如此),只是對15册每册首章的《紅樓夢》標題進行了影印。

該影印本具有純粹的學術研究的價值,120回這一規模龐大的影印本的出版,無論是作爲一般的介紹,還是作爲供學界學術研究使用的基礎性資料,都可以説具有十分重要的意義。

四、譯者與翻譯年代探索

該譯本中對翻譯者、翻譯年代、筆寫年代等文獻學事項都無任何可資參考的證據,也没有序文、跋文及評論,或者其他等可資參考的相關記録。只是收録了原文、注音及譯文。對作品内容及登場人物進行分析的總評、眉批、行間批等皆無。

該譯本出自誰人之手? 對這一問題尚無人進行研究。只不過在《藏書閣圖書韓國版總目録》及《韓國古小説目録》中有"作者未詳"的注釋。然而,W.E.Skillend在其《古代小説》"紅樓夢"條中認爲,該譯本有可能出自高宗時期的李鐘泰。其在1961

---

① 李家源《國譯紅樓夢(樂善齋本)景刊本序》,署名爲"1987年7月25日 於拏紅軒,李家源"。

年的展示會目録説明中做了説明,原文如下:

> "When this was shown in the 1961 exhibition as item
> 66, the catalogue noted;maybe a translation by李 鐘 泰 Yi
> Chong t'ae in the reign of Kojong,1864—1906。"

李鐘泰這一人名也出現於同年展示會目録中,李鐘泰被認定爲《三國志通俗演義》的譯者。據稱,1884年間,他奉王命,翻譯了大約100種的中國小説。另一方面,W.E.Skillend在序文中指出[①],這裏所謂的展示會是1961年10月26日至28 日於淑明女子大學召開的古書展示會。

樂善齋翻譯小説大部分出自李鐘泰之手這一説法,其實早在1957年出版的李秉岐與白鐵合著的《國文學史》中就已經説的很清楚了。

> 高宗皇帝21年(1884)前後,文士李鐘泰受命動員文士數十人,長期以來翻譯中國小説近百種,昌德宮中所藏韓文書籍今存近4000餘册,其中多爲翻譯小説,爲國文學的貴重本。[②]

比這一記録更早的是1940年李秉岐在《文章》一刊上發表的《朝鮮語文學名著解題》[③]。這篇文章對當時239種朝鮮古書進行了説明,在文章的結尾提到了其於李太王(即高宗)二十一年甲

---

①W.E.Skillend:《古代小説》,第99頁。《삼국지통속연의(三國志通俗演義)》[Palace]: When this text was shown in the 1961 exhibition as item 63, the catalogue noted:"About Yi Chongt'ae translated nearly a hundred Chinese novles by command, and this may be one of them."

②李秉岐、白鐵:《國文學全史》,首爾:新丘文化社,1965年,第1882頁。李秉岐先生的自序完成於檀紀4290年(即西紀1957年)。文中雖然認定爲高宗皇帝二十一年,但是實際上皇帝即位是在高宗三十五年(1897)。史書中缺關於李鐘泰的記載。

③李秉岐:《朝鮮語文學名著解題》,《文章》,1940年10月號,第215—231頁。

申年(1884)前後受王命動員文士翻譯中國小說一事。雖然文中並未直接提及"樂善齋本"這一提法,但是實際上指的就是樂善齋本,可見他是知道翻譯小說的。雖然對此進行斷言的根據出自何處無從得知,但是由於有爲人所知的傳聞,也並不能輕易否定"李鐘泰翻譯説"。

1961年,淑明女大召開的古書展示會上將譯者認定爲高宗時期的李鐘泰之後,W.E.Skillend對此説進行了引用。

李相澤教授在《古典小説論叢》十分重視李秉岐的意見,同時他認爲,李鐘泰不僅只是對中國小說的翻譯有興趣,與韓文"創作小説"也關係緊密。另外,李相澤教授還指出李鐘泰的幕後支持者是王妃等高層人物。即在閔妃(明成皇后)等積極支持下,李鐘泰才得以大量製作韓文"創作小説"與翻譯中國小說。[①]

然而對李鐘泰的生平,在此期間並無具體的研究。起初論及該問題的李秉岐對此也沒有詳細的説明。經查《韓國人名大辭典》,李鐘泰生於1850年,卒年不詳,爲著名的書法家,字公來,號筱農,本籍廣州,爲李海龍的後代。首爾德壽宮的正門"大漢門"懸版書法就是出自李鐘泰之手。其翻譯中國小說一事沒有留下任何記錄。

然而1985年金鐘澈在《玉樹記研究》中對李鐘泰的生平進行了詳細的考證,發現了令人耳目一新的事實。據金教授的研究成果,李鐘泰生於1850年,死於1908年,本籍慶州,譯科出身,做過宣祖朝的寫字官,是李海龍的第14代後孫,父親爲李載焕。他於高宗十一年(1874)中同治甲戌增廣譯科第,被任命爲漢字教誨正。爾後,先後做過各地的知縣與郡守、學部參書官兼侍從,後又做過漢城師範學校校長、學部編輯局局長、外國語學校校長等

---

① 李相澤、尹用植(共著):《古典小説論》,首爾:韓國放送通信大學,1988年,第58—72頁。

官。做過的最高的官位是從二品之侍院副卿。編有《進明匯論》2冊。①

以上的資料雖然無法證明他與樂善齋本翻譯小説有直接關係，但是如果考慮到他的譯科出身、科舉及第，又做過高官、做過外語學校校長這些因素的話，當時宮中的掌權者國王或者王妃下令命其翻譯數十種小説，李秉岐對譯者的這一持論是值得我們深思的。

留存至今的樂善齋本筆寫小説的狀態是十分精巧的，如果考慮到原來的藏書處爲宮中圖書室這一點的話，我們無法否認該譯本就是出自以李鐘泰爲首的譯官之手，後在宮中謹慎書寫後奉獻給王妃等人的作品。

另外，對於樂善齋全譯《紅樓夢》的翻譯年代及筆寫年代也沒有明確的記載。考察譯者李鐘泰的相關情況，他長期與衆多的文士們從事翻譯工作，該譯本具體完成於哪一年我們無法確定。這裏有一條材料可資參考，即與樂善齋本翻譯小説一起被發現的《楊門忠義錄》的筆寫年代有明確記錄。這部小説共43卷43冊，卷一的最後一面這樣寫道："歲在己卯七月日書。"卷四十三的最後有這樣的字樣："庚辰二月日畢書。"筆寫的起訖年代都很清楚。鄭炳昱教授認爲這裏的"己卯年"與"庚辰年"分別爲1879年與1880年。按照這一説法，全譯本《紅樓夢》的譯本及筆寫年代就如同李秉岐所説的那樣，只能大體上推斷該書的問世時期爲1884年前後。

---

① 金鐘澈：《玉樹記研究》，《國文學研究》，1985年第71輯。

五、翻譯底本的版本系統

　　衆所周知，中國古典小説的版本系統是一個非常複雜的問題。《紅樓夢》的版本研究就是其中一個非常重要的研究對象，也是紅學研究的一部分。如要考察樂善齋本全譯《紅樓夢》的翻譯底本到底是哪種系統，首先有必要對《紅樓夢》本身的版本系統做一番簡要的介紹。

　　除去現代版本的話，《紅樓夢》大體上分爲最初的抄本與後期的版刻本。屬於脂硯齋評本的有：甲戌本、己卯本、庚辰本、己酉本、戚序本等，這些都是十分重要的版本，都是在中國境内發現的版本。另外，在俄羅斯舊列寧格勒（今聖彼得堡）發現了"列藏本"。[①]後期版本有1791年程偉元與高鶚二人刊行的120回本的"程刻本"（有"程甲本"、"程乙本"、"程丙本"等），後來又出現了"東觀閣本"、"本衙藏本"、"藤花榭本"等版本，這些翻刻本加上評點的又有"王希廉評本"、"張新之評本"、"黄小田評本"等。清末，以合評本的面目出現的"王希廉、姚燮合評本《石頭記》"，"王希廉、張新之、姚燮合評本（三家評本，金玉緣）"等多種多樣不可計數的本子風行一時。[②]

　　每個版本都有自身的特點，對此進行研究的時候需要我們特別注意。這是由於其中少則一兩字，多則上百字，有相異、删减或

[①]初期版本的相關情況請參看拙稿，《〈紅樓夢〉初期版本的研究》，漢陽大學《人文論叢》，1986年第11輯。列藏本的存在獲知於孟列夫與李福清等先生處，版本得名自當時"聖彼得堡"的中文名"列寧格勒"。

[②]後期版本的情況請參閱拙稿：《〈紅樓夢〉後期版本的研究》，漢陽大學《人文論叢》，1987年第31輯。

增補的情況。爲了進行徹底的比較研究,需要對每個版本的原文進行對照,好在樂善齋全譯《紅樓夢》的原文都是用朱筆寫就,進行原文對照是可行的。但是由於工作量過於龐大,以下先簡單地對回目進行對照,採取尋找回目被移動的方法進行。

這裏首先選擇可能性最大的版本的話,程甲本(1791)、東觀閣本(1795 以後)、本衙藏本(嘉慶初,1976 年前後)、王希廉評本(1832)等版本是最爲合適的。早期的脂硯齋評本未能傳入韓國,程乙本(1792)在清代很少流傳,到了 1927 年,按照胡適的發現意見,以現代活字本的形式傳播開來。張新之評本(1881)與金玉緣本(1884)由於時代上比較晚,與樂善齋本出現的時期幾乎差不多,因此可以排除其作爲翻譯時被採用爲底本的可能性。

本衙藏本與王希廉評本實際上與程甲本都屬於同一系統,不過其中也有一些不同之處。如果確定了這些在樂善齋本中是怎麼被書寫的話,那麼比較研究的思路就會變得非常清楚了。首先我們比較一下回目的情況,這兩種本子上回目有相差的共有 24回,其中 17 回皆以中國版本爲依據,其餘的 7 回應當屬於抄寫時的錯誤或者隨意修改後的結果。[1]我們對其中一些內容做如下的確認。

第 7 回,程甲本中作“寧國府寶玉會秦鐘”,而王評本中作“赴家宴寶玉會秦鐘”。樂善齋本從後者。第 21 回中程甲本中作“賢襲人嬌嗔箴寶玉,俏平兒軟語救賈璉”,王評本作“俊襲人嬌嗔箴寶玉,俏平兒軟語庇賈璉”。兩者之間有一字之差,樂善齋本仍從後者。第 27 回中,程甲本作“滴翠亭楊妃戲彩蝶,埋香塚飛燕泣殘紅”,東觀閣本中將“楊妃”換做“寶釵”,將“飛燕”換做“黛

---

[1]在其中的第 7 回與第 21 回上,“王希廉本”與“樂善齋本”是相同的;剩下的 如第 27、29、49、55、61、64、73、74、79、87、94、99、101、106、114 等回中,封面與回目都存在差異,根據的都是中國版本。在第 3、33、34、75、91、96回中,能找到樂善齋本的誤記或者人爲的修改之處。

玉"。與此相比,王希廉將"楊妃"與"飛燕"寫在總目中,將寶釵與黛玉寫在正文中。樂善齋本將楊妃與飛燕寫在封面上,將寶釵與黛玉寫在回首,可以看出是同一形態。僅從以上的事實來看就能發現樂善齋本遵從的是王評本的回目。

此外,第29回中,所有的中國版本的回目都是如此:"享福人福深還禱福,惜情女情重愈堪情",且在回首中將"惜情女"改爲"多情女"。樂善齋本亦是如此,封面與回首中表現出了同樣的差異。第49回中,樂善齋本的封面上這樣寫道:"琉璃世界白雪紅梅",在回首中換了一個字爲:"瑠璃世界白雪紅梅",這與本衙藏本相同。第55回中,樂善齋本封面中的"辱親女愚妾爭閒氣",在回首中將"爭閒氣"改作了"爭間氣"①。這也是以本衙藏版本爲依據做出的修改。

第66回中程甲本作"情小妹恥情歸地府,冷二郎一冷入空門",東觀閣本總目中將"一冷"換做了"二冷"。王評本中均寫作"心冷"。樂善齋本反而寫作"一冷",樂善齋本與王評本相異而遵從了程甲本。第74回中,各版本所有的總目與回首中都有不同的字句,樂善齋本也如此一般,在封面上寫著"惑奸讒抄檢大觀園,矢孤人杜絕寧國府",而到了回首中卻將"矢孤人"修改爲"避嫌隙"。第94回中程甲本作"宴海棠賈母賞花妖,失寶玉通靈知奇禍",王評本的下句爲"失通靈寶玉知奇禍"。而樂善齋對於這兩者都接受了,封面上作"通靈寶玉",回首中爲"寶玉通靈",頗令人費解。另外,在第112回中,程甲本與東觀閣本的總目皆爲"活冤孽妙姑遭大劫,死仇仇趙妾赴冥曹",回首中將"妙姑"寫作"妙尼",王評本與樂善齋本中反而皆寫作"妙尼"。

以下舉幾個例子對正文、發音及譯文等情況做一番簡要的考察。第1回,樂善齋本原文與發音皆從程甲本,爲"此乃元機不可

_____

① 對此在發音標誌中取"間",譯文中取"閒",這說明使用了不同的版本。

預泄者"。譯文中"元機"譯成了"玄機",顯然是遵從的東觀閣本。又,同回中,樂善齋本的原文中有這樣一句話:"支持了一二年",這是從程甲本而寫的。而在發音與譯文中却寫作"支持了二三年",採用的是王評本的句子。"一二年"與"二三年"是我們很容易就能看出的差異,不僅如此,令人驚奇的是他們竟然各自都嚴格遵從了所依據的材料。第3回中,樂善齋本從程甲本原文中寫道:"二人立於案旁播讓"。而在發音與譯文中却將依照王評本將"播讓"換做"勸讓"。第8回中,樂善齋本根據程甲本作"更爲不安",發音與譯文中根據王評本改爲"更爲不妥"。

以上舉例説明了在樂善齋本中,原文採用程甲本,而發音與譯文却採用王評本的特點。但是不能以此作一種規律。因爲在其他文本中有很多被混用的情況。第4回的"爲宮主郡主入學陪侍"這一句的原文,發音與翻譯都採用的是程甲本系列,而第7回"冬天的白梅花蕊"這一句的原文、發音,與譯文都採用的是王評本。筆者以爲各回使用的底本没有固定的規律可循。

以上通過對一部分回目與正文中句子的比較,我們作如此的評價:樂善齋本使用了程甲本系列的本子,特別是其中本衙藏版本與王希廉評本的使用最爲普遍。但是,並非是根據某種規則和某一固定的版本而成。我們只能這樣認爲:當時還没有意識到版本的差異問題,對原文的抄録、及發音的標記,以及翻譯底本的使用都顯得非常混亂。

可以説當時譯者對翻譯底本的版本問題幾乎並未著意。他們在其翻譯的初章及結尾部分都没有留下序文或者跋文等文獻學記録,只是忠實於原文做了語言上的轉換。僅就這一點我們也可以得出如上的結論。當時王評本是中國最具有代表性的評點本,卷首附有插圖,正文之前收録有目録、程偉元序、王希廉批序、讀法、題詞等,即使是在正文中也有行間批、眉批、雙行批,在卷末也有回末總評等,非常複雜。而樂善齋本中這些痕迹蕩然無存,都被删去,只是記録了小説的原文與發音標記以及譯文,這是當時中國小説翻譯過程中的一種常用做法。

六、翻譯的特徵與注音標記

　　樂善齋本全譯《紅樓夢》收録全120回及發音,由於完全是逐字翻譯的規模龐大的注音對譯本,所以從整體上進行綜合分析並非易事。在此僅抽出一些原文與譯文的特殊情況,按照類型僅對其翻譯上的特徵簡單進行一番考察。

(一)翻譯情況

　　該譯本(正如前面提到的),删去了序文、跋文,以及總評等附録。儘管如此,在第一回楔子中就直接開始了翻譯。現將作家自身的感受與作品的緣起部分的譯文引用如下:

　　　　이는 책을 펴는 제 일회라. 지은이 스스로 이르되,
　　일찍 한번 꿈을 꾸고 환상을 겪은 후에 짐짓 참일을 숨
　　겨 버리고, 통령함을 빌어 이 석두기 한 권을 말씀함이
　　라. 그런고로 진사은이라 일렀으되 다만 이 글에 기록한
　　바는 무슨 일이며 어떤 사람인고. 자신이 또 이르되 이
　　제 풍진이 녹록하여 한 가지 일도 성취한 바 없다가 당
　　일에 있었던 여자들에게 생각이 미쳐 낱낱이 자세히 비
　　교하여 보니 그 행동거지와 의견과 지식이 다 나보다 위
　　에 있는 줄을 깨달은 지라, 나는 당당한 수염 난 이로
　　진실로 저 치마입고 비녀 꽂은 이만 같지 못하니, 내 진
　　실로 부끄럽기 그지 없으나 뉘우침이 또 무익하니 크게

어찌할 수 없는 날이로다…그런고로 가우촌이라 일렀노라.(卷之一,第 1—2 頁)(影印本第 1 冊 3—4 頁)

공공도인이 공으로 인하여 색을 보고 색으로 말미암아 정이 나고 정을 전하여 색으로 들어와 색으로부터 깨달아 그 이름을 정승이라 고치고, 석두기를 고쳐 정승록이라 하니, 동로[동네이름, 즉 지명] 공매계[사람이름]가 제목을 써 가로되 풍월보감이라고 하였더니, 그 후에 조설근[사람의 이름]이 도홍헌[집이름]에서 십년을 뒤져보고 다섯번을 가감하여 목록을 만들고 장구와 편차를 분배하며 또 제목을 써 가로되 금릉십이차라 하고 절구 한 수를 아울러 썼으니 이는 곧 석두기의 유래라 하였다.(卷之一,第 12 頁)(影印本第 1 冊 25—26 頁)([ ]中的字在原文中爲雙行小字)①

就像上面引文中呈現的那樣,該譯文是忠實於原文的逐字對譯本。現代譯本往往以意譯的方式進行處理,並省略卷首部分,譯者按照自己的意願隨意更改。相比而言,當時忠實於原文的翻譯可以説具有十分重要的意義。另外,在保存韓國朝鮮後期語言與展示中國語翻譯特徵方面是非常寶貴的資料。

(二)翻譯方法

具體的翻譯方法大體上可以分成如下的幾種進行考察。一、對於漢字語並不轉換成純粹的韓國語,而是按照漢字語的發音書寫;二、中國語詞彙以其他的漢字語進行替代;三、完全用純粹的韓國語進行替換,逐字直譯;四、恰當的意譯;五、文物制度與固有

---

① 譯者注:崔溶澈師原書中引用的韓文爲韓文古語時,因技術處理上的不便,經與崔師商議,將引文中的韓文古形轉換成現代韓國語。以下引文中出現的韓文古形皆依此辦法處理,不再贅注。

名詞等以雙行注釋的方式進行。在其他翻譯小説中常常能見到的添譯與縮譯,在這裏幾乎找不到。這是爲了同時收録原文以便於與譯文直接對照而採用的一種特殊的翻譯策略。下面就以上的翻譯方法簡單舉例説明一下。

第一,對於漢字語並不另作翻譯,而是按照發音進行了標注。

① 思忖半晌 반향이나 생각하다가 (오랫동안 생각하다가) [1—11]

② 正該了結 료결하미 마땅하되 (끝냄이 마땅한데) [1—15]

③ 便知有些不好 문득 불호광경이 이시믈 알고 (문득 좋지 않음을 알고) [1—38]

④ 一日樂極生悲 일조에 낙극생비하여 (하루 아침에 기쁨이 다하고 슬픔이 생겨나)) [13—3]

⑤ 親姐姐親妹妹 친져저와 친매매이시니 (친언니와 친동생이니) [30—6] ①

以上所舉的幾個例子中,"半晌"、"了結"、"不好"、"樂極生悲"、"親姐姐"與"親妹妹"等字,雖然可以用更爲通俗易懂的漢語白話語彙,但是還是原原本本的使用了漢字發音。當然,逐字翻譯的時候,儘管這樣的譯文或者變長或者變得不自然,但是如果沒有原文與之進行對照的話,理解起來或許會變得更加困難。除此以外,"一遍"、"下回"、"兩個丫鬟"等都是這一類的例子。

第二,用更容易理解的或者習慣上使用的其他漢字語來進行替換。

①士隱聽了也只得罷了 사은이 청파에 할일업셔 버려

두니(사은이 듣고는 어쩔 수 없어 버려두니) [1—37]

②一旦失去 일죠에 일허 바리니(하루 아침에 잃어 버리니) [1—38]

③説笑一回한지위를 담소하다가(한동안 담소하다가) [13—1]

④我舍不得嬤嬤故來내 심자를 참아 바리고가지 못하는 고로(내 심자를 차마 버리고 가지 못하기 때문에) [13—2]

⑤ 一世詩書舊族 한 세상의 사환거족이라(한 세상의 명문귀족이라) [13—38]

以上列舉的例子中,"聽了"換做"聽罷","一旦"換做"一朝", "説笑"換做"談笑","嬤嬤"換做"嬤子","詩書舊族"換做"仕宦巨族",呈現出爲換做韓國人熟悉的語言的痕迹。

第三,一點意譯的意味都没有,完全是以韓文逐字直譯。

我堂堂須眉誠不若彼裙釵。

나는 당당한 수염과 눈썹으로 진실로 저 치마 입고 비녀 꽂은 이만 같지 못하니(나는 당당한 수업과 눈썹을 가지고도 참으로 저 치마 입고 비녀 꽂은 이에 따르지 못하니) [1—1]

你是個脂粉隊裏的英雄,連那些束帶頂冠的男子也不能過你。

너는 연지찍고 분 바른 층 중의 영웅이라 여간 띄띄고 관 쓴 남자라도 또한 능히 네게 지나지 못하리니(너는 연지 찍고 분 바른 층의 영웅이라 허리띠 매고 관을 쓴 남자라도 또한 능히 네게 미치지 못하리니) [13—2]

白漫漫人來人往,花簇簇官去官來。

희게 깔린 거슨 사람이 왔다갓다 하난 것이오 꽃치 다북

다북 하난 거슨 관원이 왓다갓다 하미러라(희게 깔린 것은
사람이 왔다갔다 하는 것이오, 꽃이 다북다북 하는 것은 관
원이 왔다갔다 함이다) [13—21]

以上的例子不僅僅是需要一些意譯的部分,也是需要遵從文字直
譯的部分。"鬚眉大丈夫"與"穿裙子插戴金釵的女子"中的"鬚
眉"與"裙釵"就是直譯的,但是也不妨説得更具體:"脂粉隊裏的
英雄"實際上指的是女傑或者女丈夫。"白漫漫"與"花簇簇"都
是形容人很多的樣子,以"白"與"花"來區分一般百姓與身著官
服的官吏的行列。用這種方式進行直譯以傳達其意義並非易事。

第四,是對漢語語彙進行完全的意譯,或者根據前後内容進
行添加。

① 城中閶門最是紅塵中

성중의 창합문은 가장 홍진 중의(성중의 창합문은 가
장 홍진 중의) [1—13]

② 商議如何料理要緊
또 엇덧케 치상하믈 샹의하미 요긴하니라(또 어떻게
치상함을 상의함이 요긴하니라) [13—11]

如上所言,此譯本就是以直譯爲主的翻譯。由於在翻譯的時候總
是試圖完全與原文進行對照,因此一個段落以上的意譯或者改譯,
以及將一部分進行省略的壓縮翻譯,還有譯者隨意的添加翻譯等,
這些方式基本上都是不可能的。不過在一些字詞句中,爲了方便
讀者理解,會添加一些字句或加意譯。上文中的"閶門"被寫成
"閶闔門",而"料理"呢,爲了方便理解,換成了"治喪"。

第五,是對韓國讀者不熟悉的中國的文物制度以及固有名詞
等進行雙行注釋。

如戲中小醜一般　노름판의 소축 [노름판의 져희하난
놈이다] 과 자치하고 (노름판의 소축과 같이하고) [1—10]
　　西方靈河岸上　셔방령하 [션경의 하슈일흠] 두던 우해
(서방영하 언덕위에) [1—15]
　　二門上傳事雲板　둘재 문우해 젼사운판 [문루의 널판
으로 놉히 달고 일이 이시면 두다려 알게 하난 거시라]
(둘째 문 위에 일을 전하는 운판) [13—7]
　　如今三百員龍禁尉　이졔 룡금위 [벼슬 일흠] 삼백원
의 (이제 용금위 삼백원의) [13—18]
　　焚花散麝　꼿츨 사르고 [습인을 니르미라] 사향을 훗
허야 [사월을 니르미라] (꽃을 사르고 사향을 흩고서)
[21—17]

小醜在中國戲曲中很多領域都擔任着重要的作用。靈河是
在佛教的影響下爲中國人所知的印度河,但是由於很久以來將此
江視爲神聖之河,該河遂有了仙河、靈河之名。雲板是官府或者
大家中門旁邊的、用來告訴人們時間或者要求集會時使用的東
西。有好事時敲打三下,有壞事時敲打四下。外形上類似於一個
圓形的鐵板子,上面刻有雲彩的模樣,因此被稱爲雲板。注釋中
稱“門樓的板子”,解釋成了木板。龍禁尉是皇帝的侍衛,是作家
虛構的官名。焚花散麝是《續莊子文》中的第一句。譯文採取的
是直譯:將花燒掉,麝香香氣四溢。實際上這裏的“花”指的是花
襲人,“麝”指的是麝月,爲了讀者便於理解,增加了雙行注釋。
如上所言,爲韓國讀者理解生疏的典故、固有名詞以及其他很難
理解的文句,加入了注釋,不過從整體上來看雙行注釋的份量
並不多。

（三）注音標記

樂善齋本全譯《紅樓夢》的一個顯著特徵就是，在收録原文的同時，爲了方便學習漢語，對所有的漢字原文都進行了注音標記。在數量多達71萬字的《紅樓夢》原文①中標注發音，這不僅是在當時，即使是在現在，在全世界範圍來看，也是無法找到第二個例子的，其獨特之處是值得我們肯定的。

韓國對中國語的發音進行標記始於韓文創制以後，出現了各種典籍的諺解本，韓文的使用頻次逐漸增多。《老乞大》與《朴通事》等漢語學習教材的諺解本的製作，標誌著發音標記的正式開始。到了朝鮮後期，繼續對中國語進行標記，到了樂善齋本翻譯小説出現的19世紀後半期，標記的方式開始出現一些變化。.

本文將盡可能從語言學的角度對現存的發音標記的現狀進行考察。我們先來舉第一回中開始的部分進行説明如下：

紅樓夢卷之一　甄士隱夢幻識通靈　賈雨村風塵懷閨秀

홍루멍 줜즈이 진쓰인멍환시퉁링 쟈위춘붕친홰귀슈
（譯者注：此處是以韓文對回目的漢字的發音進行的標注。
홍루멍 줜즈이　爲홍루몽 권지일［紅樓夢卷之一］的漢語
發音）

　　此開卷之第一回也，作者自云曾歷過一番夢幻之後，故將真事隱去而借通靈説此石頭記一書也。故曰：甄士隱云云。（注：此文中，在此石頭記前，遺漏了"撰"字及其注音）

---

① 至於《紅樓夢》原文的字數，曾有泛稱近百萬字的説法。而據徐仁存的統計，東觀閣本爲710286字，臺灣大學所藏本（廣文版程乙本）爲710320字，青石山莊本（胡天獵藏本）爲710498字，這些本子皆爲71萬字左右。參閲徐仁存：《程刻本〈紅樓夢〉新考》，臺北："國立"編譯館，1982年，第96頁。

　　츠캐줸디이휘여조저즈윤증리궈이판멍환즈후구장진
스인취얼제퉁링쉬츠시투지이수여구워진쓰인윤윤(譯者
注 : 此處爲《紅樓夢》第一回第一句中漢字的發音標注。)

將發音標記以中文拼音的順序進行分類如下 :

　　b 音 : 被(퍼), 百(배), 便(변), 別(베), 悲(뷔), 奔
(분)

　　p 音 : 平(핑), 烹(펑), 仆(부), 爬(바), 派(뷔)

　　m 音 : 夢(멍), 眉(메), 謀(무), 們(믄)

　　f 音 : 肥(비), 父(부), 風(봉), 番(판)

　　d 音 : 多(도), 對(뒤), 都(두), 代(대)

　　t 音 : 頭(투), 拖(토), 妥(토), 聽(팅)

　　n 音 : 那(내), 乃(나), 鬧(뇨), 女(뤼), 念(련)

　　l 音 : 來(래), 了(랴오), 烈(리), 類(네)

　　g 音 : 更(궁), 更(끙), 埂(긍), 幹(깐)

　　k 音 : 口(쿠), 塊(쾌), 肯(끙), 哭(쿠)

　　h 音 : 後(후), 懷(홰), 或(후), 好(하오), 舍(흔)

　　j 音 : 急(지), 金(진), 覺(쟈오)

　　q 音 : 豈(치), 奇(치), 巧(챠오), 却(커), 千(쳔)

　　x 音 : 醒(싱), 鮮(현), 笑(쌰오), 鄕(썅), 訓(쑨)

　　zh 音 : 致(지), 正(징), 甄(진), 莊(좡)

　　ch 音 : 遲(지), 癡(치), 塵(친), 晨(신), 醜(치우)

　　sh 音 : 事(스), 石(시), 士(쓰), 時(스), 識(시), 氏
(쓰)

　　r 音 : 日(이), 人(인), 若(야오), 如(위), 樂(로)

　　z 音 : 作(조), 坐(조), 走(주), 贈(증)

　　c 音 : 才(채), 材(재), 慈(즈), 從(충)

　　s 音 : 僧(승), 訴(소), 送(쑹), 散(싼)

i 音:一(이),妳(니),理(리),其(치)
u 音:俗(수),無(우),入(위)
ü 音:欲(위),欲(뤼),句(쥐),虛(쉬)

上面的一些例子與現代漢語的發音雖然有着一定的差別,但是可以推測當時是按照一定的規則進行標記的。相同的發音有兩個標記,不同的發音却又用同一標記,這些都能找到很多的例子。這些是依據怎樣的原則進行區分的? 對此需要專門從語學史的角度進行分析考察。在此再就上面的例子中表現出來的一些特徵做一番考察。b音中"ㅂ","ㅍ"與"ㅸ"三個皆被使用過;p音中"ㅍ"與ㅂ同時出現;f音中大多數情況下用的是ㅂ,偶爾也用"ㅍ"。d音與t音幾乎没有被混用過,"ㄷ"與"ㅌ"的使用區分的很明顯。但是n音中"ㄴ"與"ㄹ"被混用了。l音中既有"ㄹ",也有"ㄴ"。g音中"ㄱ"與ㅺ即使是在同一個字中也被混用。k音中一般用"ㅋ",但是有時候也用ㅺ。q音中,"ㅋ"與"ㅊ"兼用。x音中"ㅅ"與"ㅆ"混用。另外zh音都使用"ㅈ"進行標記,ch音中既有"ㅊ",也有"ㅈ"與"ㅅ"。sh音中,"ㅅ"與"ㅆ"均被使用過。z音以"ㅈ"進行標記,標記c音時有時候用"ㅊ",有時候用"ㅅ"。標記s音時"ㅅ"與"ㅆ"同時被使用。

另外,元音標記中有一種獨特的現象,這與現代的標記不同。這是因爲當時在一個中國音的漢字旁邊一定要加上一個字進行標記。ou音中子音與母音之間往往添加一個"ㅡ",如同후(後)與수(壽)的標記。uo音的標記呢,如同"조坐•토托",直接寫作"오"。uen只標記爲운,iou音標記爲이우,ie被標記爲여,ian以연進行標記,同時也附注了편便與천(千)。ai音用兩個符號進行了標記,分爲래(來)•백(百)•채(才),與아이(哀)•차이(材)•다이(代)等。中國語發音中的"으"也是用韓國語言中的"이"與"으"兩個音進行標記的。例如,shi音分爲시

（識）‧시（石）‧시（實）與ㅄ（士）‧스（事）‧스（時）。這大概與入聲字不無關係。üe的發音,如각（覺）與학（學）,分別寫作쟈오與샤오,"覺"被寫成쟈오很好理解,而학（學）被寫成샤오,就顯得很特別。

（四）誤記

譯本的標記中對於漢字的記錄與發音的標記我們也可以找到一些誤記的情況。以下舉幾個例子進行説明。

> 己往（지왕）:已往（이왕）的 오기
> 砅甘（위간）:飫甘（위간）的 오기
> 猜誰記去（차쉬지취）:倩誰記去의 오기
> 這一千風流（져이쳔붕루）:這一干風流의 오기
> 怡風俗的善政（지펑수디션징）:怡는 治의 오기
> 親對大小大（친대다쌰오다）:小大는 小犬의 오기

以上是漢字誤記的一些例子,以下是發音標記中看錯字或者標記錯誤的一些例子。

> 十四丈（운）:"丈"應視作"文"字,注發音爲운是誤記
> 大旨（다바）:"旨"被誤記爲바
> 此係（츠지）:"係"被誤記爲지
> 跛足蓬頭（비쟈오붕투）:"足"被誤記爲쟈오
> 長幼（챵이우）:"長",此處應作쟝
> 累及爹娘（루지여량）:"爹"字被誤認爲是"爺（여）"字。

除此以外,"還하이"被標記爲"환","没"被標記成"머","曾"被標記成"증"。遺憾的是,對於破音字的音值没有正確進行標記。

最後筆者想指出的是,雖然在正文中漢字被寫錯,而進行標

記時又標記了與原典中漢字相符的發音。以上所舉的例子中, "怡風俗的善政"被標記爲"지평수디션징",漢字"怡 yi"雖然是 "치治"的誤字,發音標記中却標記爲"지",實際上應該標記爲 "치治"。另外,"孫女之女"(13—15)是"孫女之禮"的誤記,發 音標記中,寫作쑨뤼즈리,這是與原文中的漢字的發音相符的標 記,是正確的標記。當然,樂善齋譯本中不僅僅有原文與譯文,還 有發音標記,對此進行整理的話就會發現其中有一些誤記。即便 如此,我們也可以推定。這是因爲對原文的發音進行標記是在已 經將發音標記的方式(規則)準備好之後才進行的替換書寫。

七、結論

作家曹雪芹甫過而立的 1754 年雖然只完成了《紅樓夢》的 一部分,但是當時已經出現了甲戌本,在他活着的時候就已經有 己卯本與庚辰本了。《紅樓夢》當時贏得了一部分北京地區的讀 者。爾後經程偉元與高鶚之手,120 回本於 1791 年得以刊行,其 版本從中國流入鄰國日本。

儘管韓國在當時派出了爲數衆多的燕行使節,這些燕行使 留下了大量的燕行錄,然而其中却沒有記錄有關《紅樓夢》的消 息。只能根據李圭景的記錄做出該書於 1800 年代上半葉傳入韓 國的推測。實際上傳入的版本並不多,對韓國文學給予影響的例 子也不好找,而 1880 年代樂善齋本全譯《紅樓夢》120 册及五種 續書的譯本 142 册一次性被發現,這不僅在韓國翻譯史上,甚至 在世界紅學史上毫無疑問都是非常特別的。不過很遺憾的是,這 些譯本製作於宮中並供宮中內部的相關人員閱讀,並未流入一般讀者手中，因此對於讀書界與學界也未造成很大的影響。

　　但是樂善齋的這些翻譯小説却仍不失爲韓國翻譯文學史上具有劃時代意義的成果，特別是其中將《紅樓夢》的原文與發音同時進行收録的注音對照全譯本，毫無疑問是備受矚目的譯本。《紅樓夢》是受到世界關注的中國小説中的代表作，其中樂善齋本《紅樓夢》是世界上最早的全譯本，這一點是我們怎麼强調也不過分的事情。

附記

　　對樂善齋本《紅樓夢》及五種續書的嚴格意義上的綜合調查與整理，這是學界一直以來的夙願，這次該項工作的成功完成，對於韓國紅學界而言，顯然奠定了一個非常重要的基礎。在此向以朴在淵所長爲首的鮮文大學中韓翻譯文獻研究所的各位研究員的勞苦，表示特別的感謝。

第三章 《紅樓夢》的續書與《後紅樓夢》研究

一、前言

中國小説的續書往往是隨著原書的流行而出現的。以《水滸傳》爲代表的明代四大奇書很長時間以來受到了讀者們的喜愛，因此這些奇書的續書也紛紛登場，與原書一道廣爲流行。其中的代表有：古宋遺民的《水滸後傳》，青蓮室主人的《後水滸傳》，酉陽野史的《三國志後記》，静嘯齋主人的《西游補》，不題撰人的《後西游記》，紫陽道人的《續金瓶梅》，吳興于茹川的《玉瓶梅》等，這些都是接續原書的書名；還有俞萬春的《蕩寇志》（《水滸傳》續書）、《玉嬌梨》、《隔簾花影》（《金瓶梅》續書）等，這些都是另起的書名。這些是在原書流行了很長時間以後才出現的續書，作品的數量也不如《紅樓夢》續書。《紅樓夢》的續書出現於120回本出現後不久，直到清末民國時期，《紅樓夢》的續書多達30多種。甚至到了今天還有一些續書繼續問世，這不可不謂之爲一種奇觀。在韓國被翻譯的樂善齋本《紅樓夢》系列中也有五種重要的續書被翻譯出來，以下對這些續書的流行情況做一番考察。

高層讀者中也有人將高鶚的後四十回看作是《紅樓夢》的續書①，大部分的續書都是在高鶚整理完成的後四十回部分中林黛玉死去的第97回開始展開新的情節，或者在全書120回結束之後開始續作。高鶚的後40回中對曹雪芹原作有相當多肯定性的評價②，簡單地把高鶚的後40回看作是續書顯然是成問題的。在此，本文將高鶚的後40回從續書中排除出去，嚴格意義上也只包括以單行本的形式刊行的續書。

《紅樓夢》續書的作者們創作續書的動機可能有很多種，但是對《紅樓夢》的結構、人物描寫或者藝術技法存在不滿的讀者幾乎沒有。他們主要關注的是對作品的結尾部分的評價，對於情節展開是往悲劇的方向發展還是向喜劇的方向發展，對現實或者理想的反映，對所影射人物的態度是讚揚還是責難等等，讀者們對這些問題的看法有兩個極端。這可以理解爲中國小說的一個特徵。魯迅做出了《紅樓夢》是悲劇的結論，如此優秀的作品雖長期以來受到人們的喜愛，然而對此悲劇結局感到遺憾的一部分

①雖然在清代潘德輿的《讀紅樓夢題後》與裕瑞的《棗窗閑筆》中就已經將高鶚的後40回視作《紅樓夢》續書，但是沒有具體的證明。在《紅樓復夢》（陳文海）與《紅樓夢補》（歸鋤子）等續書的序文中指出：高鶚的後40回是一部不成功的續書，因此陳文海與歸鋤子等人要重新寫作《紅樓夢》續書。新紅學的旗手胡適與俞平伯等人亦認爲《紅樓夢》後40回是高鶚的續作。

②程偉元與高鶚在程甲本與程乙本的引言中，做了如下的具體說明：其在搜求了80回之後的原稿的後30餘回之後，在遵循原文文脈的基礎上編成了120回。自此以後有一些人開始站出來反對後40回爲高鶚續作，而認爲後40回中爲曹雪芹的原作，或者最起碼其中有一部分是曹雪芹所寫的。清代的太平閑人張新之從内容的連貫性的角度對此説進行反駁，大部分的讀者對程偉元與高鶚的説法都存在懷疑。新紅學出現以後，續作説大爲盛行。林語堂與周紹良等人認爲，後40回中有曹雪芹的原作，最起碼在後40回中，體現作家曹雪芹的意圖的部分要多於高鶚補充修正的部分。

作家創作了數量衆多的續書,給作品中的悲劇性人物設計了圓滿的結局。①在此之前王國維在其《紅樓夢評論》中對其美學價值強調道,《紅樓夢》是一步徹頭徹尾的悲劇。②

　　清末著名的譴責小説家吴沃堯(我佛山人)創作了《紅樓夢》續書的一種,即《新石頭記》。在其第一回中對其創作的動機做了如下的陳述:

> 　　此時,我又憑空撰出這部《新石頭記》,不又成了畫蛇添足麽?按:《石頭記》是《紅樓夢》的原名,自曹雪芹先生撰的《紅樓夢》出版以來,後人又撰了多少《續紅樓夢》……種種荒誕不經之言,不勝枚舉。看的人没有一個説好的。我這《新石頭記》,豈不又犯了這個毛病嗎?然而,據我想來,一個人提筆作文,總先有了一番意思。下筆的時候,他本來不是一定要人家讚賞的,不過自己隨所如,寫寫自家的懷抱罷了。至於後人的褒貶,本來與我無干。所以我也存了這個念頭,就不避嫌疑,撰起這部《新石頭記》來。③

按照他的説法,可以説作家們對自己觀點的對錯處於一種超越的狀態。但是早期續書的作者中也有很多是這樣的情況,如陳少海所云:"前書八十回後立意甚謬,收筆處更不成結局,復之以快人心。"④又如歸鋤子云:"余在京師時,嘗見過《紅樓夢》元本,止於八十回,叙至金玉聯姻,黛玉謝世而止。今世所傳一百二十回之

---

①參閱魯迅:《中國小説史略》第24篇,《清代的人情小説》。

②參閲王國維:《紅樓夢評論》,《紅樓夢卷》卷三。該文寫於1904年,1905年(光緒三十一年)收入《静庵文集》,王國維受到了悲觀主義哲學家叔本華很深的影響,在《紅樓夢評論》中尤爲强調《紅樓夢》悲劇性的一面。

③我佛山人:《新石頭記》第一回,廣州:花城出版社,1987年。

④陳少海:《紅樓復夢》凡例,第5條,北京:北京大學出版社,1988年。此書還有春風文藝出版社本。

文,不知誰何儖父續成者也？”[①]

　　真正意義上的《紅樓夢》續書出現於程偉元與高鶚公開刊行《紅樓夢》之後不過四五年,其中最早的是《後紅樓夢》。本文作爲《紅樓夢》續書研究的一部分,首先將對續書作品的概況做一番說明;其次,在考察《後紅樓夢》的作者與版本、內容與評價這些問題之後,也將對進入樂善齋本翻譯小説的《後紅樓夢》譯本的翻譯狀況做一番考察。

二、《紅樓夢》續書的概況

　　曹雪芹在世期間,《紅樓夢》以《石頭記》的書名被傳抄,並在北京一帶廣爲傳播。雖然在早期的評點人脂硯齋與畸笏叟去世之後,《紅樓夢》後半部分數十回未能很好的被整理出來,但是僅前80回就受到了讀者們的熱烈歡迎。曹雪芹死後大約近三十年,程偉元與高鶚收集了後半部的原稿,並進行了整理修訂,以120回木活字本的形式刊行了該書。1791年冬至,程甲本得以刊行,1792年春天修訂後的程乙本隨之得以刊行。按照最近的研究成果,有學者主張,在此之後先後出現過“程丙本”與“程丁本”。[②]

①歸鋤子:《紅樓夢補》,犀脊山樵序,北京大學出版社,1988年。
②“程刻本”有三個版本的說法,是臺灣青石山莊本出現之後由趙岡提出的。而依照徐仁存的研究,提出了四種版本的說法,即:廣文書局以“程丁本”爲名刊行的影印本。潘重規與王三慶與之持續展開論戰的時候,顧鳴塘在上海圖書館發現了另外的“程丙本”,引起了學界的關注。最近王三慶教授對這一版本進行了調查,認爲這可能是在程甲本與程乙本之外的“程丙本”。胡適將程偉元刊刻的《紅樓夢》的本子依次命名爲“程甲本”與“程乙本”,後人如法炮製,將後續發現的本子稱之爲“丙本”、“丁本”。

　　經過這一複雜的過程，人們開始對後半部分産生懷疑。在當時小説續書廣泛流行的那種環境下，《紅樓夢》的續書開始迅速出現。

　　前文中提到，最早出現的續書是《後紅樓夢》。但是這部作品出現的確切年代却並不清楚，作家的名字也是僞託曹雪芹的名義。可能是因爲當時其他的《紅樓夢》續書尚未出現，缺乏相應的環境，在這種情況下，創作完續書後標明作者的身份並不是件容易的事。嘉慶元年(1796)已經有人讀過這部書，那麽該書的刊行年代最起碼也應該在乾隆末年(1795)前後。與其他的續書相比較的話，我們可以斷定這部書的出現是最早的。此後《續紅樓夢》、《綺樓重夢》、《紅樓復夢》等相繼出現，最終産生了"後續重復"四夢這一名稱。這四部續書是《紅樓夢》最主要的四種續書。

　　秦子忱的《續紅樓夢》刊行於1799年，卷首的凡例中的最後一條中就已經提到了《後紅樓夢》。然後聲明説，在其書卷首對前書(即《紅樓夢》)的主要内容進行了概括，名曰"事略"，指出這樣做是爲了給讀者提供參考。因此《續紅樓夢》中稱對這些内容將不再進行重復。①《綺樓重夢》刊行於1805年，書中有作於1799年的序文一篇，根據該書的第1回與第40回，我們可以判定這部書實際上完成於1797年。根據以上的考察，這三部續書都産生於1800年之前，可知是當時非常流行的續書。比這些續書稍晚一點出現的《紅樓圓夢》的楔子中，對這三部續書做了如下的評論。

　　（本書）卷中端的有頭有尾，前書所有盡有；前書所無盡

---

① "《後紅樓夢》書中，因前書卷帙浩繁，恐怕海内君子或有未購，及已購而難於攜帶，故又叙出前書事略一段，列於卷首，以便參考。鄙意不敢效顰，蓋閲過前書者再閲續本，方能一目了然。……"秦子忱:《秦續紅樓夢》,《凡例一》,瀋陽:春風文藝出版社,1985年。

無。一樹一石,一人一物,至於杜詩、韓碑,無一字無來歷。
却又心花怒發,別開生面,把假道學而陰險如寶釵、襲人一
干人都壓下去;真才學而爽快如黛玉、晴雯一干人都提起
來。真個筆補造化天無功,不特現在的"復夢"、"續夢"、"後
夢"、"重夢"都趕不上,就是玉茗堂"四夢"以及關漢卿"草
橋驚夢"也遜一籌。[①]

雖然是在不停地讚美自己的續書作品,但是另一方面也反映了
前面的四部續書在當時是非常流行的。創作於1814年的《補紅
樓夢》的序文中,作者這樣寫道:

乃忽然有"後","續","重","復"之夢。[②]

在全書的最後一回即第48回"甄士隱重渡激流津,賈雨村再
結紅樓夢"中,薛寶釵夢入太虛幻境,遇到了幾位神仙,看到了簿
籍後,頓悟了前世今生的因緣,最終從夢中醒過來,極力搜求閱讀
《紅樓夢》以及在此期間流行的四部續書作品。小説中對這些情
節進行了描述。接下來薛寶釵與賈桂芳找到激流津與覺迷渡,在
那兒見到了甄士隱與賈雨村,聽到了他們對這些續書的評價。甄
士隱對續書的評價如下:

《後紅樓夢》與《續紅樓夢》兩書之旨,互相矛盾,而其死
而復生之謬,大弊相同。《紅樓復夢》、《綺樓重夢》兩書荼毒
前人,其謬相等。更可恨者《綺樓重夢》,其旨宣淫,語非人
類,不知那雪芹之書所謂意淫的道理,不但不能參悟,且大相
背謬,此正夏蟲不可以語冰也。[③]

①臨鶴山人:《紅樓圓夢·楔子》,北京:北京大學出版社,1988年,第4頁。
原本刊行於1814年。
②嬭嬛山樵:《補紅樓夢·叙》,北京:北京大學出版社,1989年,第1頁。
③嬭嬛山樵:《補紅樓夢》第48回,北京:北京大學出版社,1989年,第431頁。

　　由上文可知19世紀初期《後紅樓夢》、《續紅樓夢》、《綺樓重夢》、《紅樓復夢》等續書非常流行。爾後出現的作品有：《續紅樓夢》（同名作品）、《紅樓圓夢》、《紅樓夢補》、《增補紅樓夢》等。這些續作都出現於嘉慶年間（1796—1820）。①裕瑞創作於1830年的《棗窗閑筆》中提到了《紅樓夢》續書七種及《鏡花緣》，並進行了批評，這是值得我們注意的。②道光年間（1821—1850）以後續書的創作開始減少，只有《紅樓幻夢》曾一度流行；光緒年間（1875—1908）相繼出現過《紅樓夢影》、《太虛幻境》、《新石頭記》一類續書，接續了《紅樓夢》續書的命脈。

　　迄今爲止對出現過的《紅樓夢》續書的總數量與種類尚缺乏相關統計。魯迅在《中國小說史略》中列舉了13種續書，孫楷第在《中國通俗小說書目》中的目録中列舉了14種。一粟的《紅樓夢書録》收了32種續書，民國初期以前就有15種之多。朱一玄的《紅樓夢資料彙編》中收録了13種續書。周汝昌的《紅樓夢辭典》目録中有21種續書。

　　根據以上的資料，我們大概可以做出一個33種續書的目録。春風文藝出版社的《紅樓夢續書選弁言》中雖然指出，截至民國時期大約有30種續書。實際上版本尚存的與文獻可考的，到清末不過15種。以下將這些續書的書名、別名、作者（筆名）、

----

①其中之《增補紅樓夢》刊行於道光四年（1824），而《槐眉子序文》作於嘉慶二十五年（1820）。可見，該書嘉慶年間即已成書了。

②裕瑞將此視之爲120回本的後半部分，並在前言中寫有《程偉元續紅樓夢九十回至一百二十回書後》的序文。由該序文來看，對於後半部分截至何處爲曹雪芹的原作，裕瑞做了錯誤的判斷。脂硯齋的評本只有前80回。對這一問題提出過看法的續書的題目如下：《後紅樓夢書後》、《雪塢續紅樓夢書後》、《海圃續紅樓夢書後》、《綺樓重夢書後》、《紅樓復夢書後》、《紅樓圓夢書後》等6種。裕瑞（1771—1838）的《棗窗閑筆》將其問世時間視之爲《鏡花緣》問世後的1825年之後。參閱一粟《古典文學研究資料匯編·紅樓夢卷》卷三。

序文的作者與年代、刊行年代與出版社等情況作如下的羅列。[①]

1.《後紅樓夢》30回：逍遥子撰，《序》（逍遥子漫題），《題詞》2篇（白雲外史漫題，散華居士漫題）。可推測爲刊行於乾隆末年與嘉慶之間（1795—1796）。樂善齋譯本，20册20卷。

2.《續紅樓夢》30回：又作《鬼紅樓》，秦子忱撰，“嘉慶己未新刊，《續紅樓夢》，抱甕軒”，《序文》（秀水弟鄭師靖樂園拜題），《弁言》、《題詞》（秦子忱）。嘉慶四年（1799）刊行。秦子忱，名都閫，號雪塢。春風文藝出版社該書名爲《秦續紅樓夢》。樂善齋譯本24卷24册。

3.《綺樓重夢》48回：又名《紅樓續夢》、《蜃樓情夢》、《新紅樓夢》（民國）。蘭皋居士撰，扉頁上題有“西泠蘭皋居士戲編”，嘉慶四年《西泠蒯園漫士序》，爲嘉慶四年至十年（1799—1805）間寫刻本。

4.《紅樓復夢》100回：陳少海撰，扉頁上題有“嘉慶乙丑新鐫，紅樓復夢，金穀園藏板”，第一頁題有“紅香閣小和山樵南陽氏編輯，款月樓武陵女史月文氏校訂”，《陳時雯序文》（1799），《自序》（1799），嘉慶十年（1805）刊行。作者本名未詳，姓陳，字南陽、少海，號香月、小和山樵、品華仙史、紅羽等。評者陳時雯爲作者之妹。樂善齋譯本，50卷50册。

5.《續紅樓夢》40回：又名《增補紅樓夢》或《增紅樓夢》等。海圃主人撰寫。扉頁題“續紅樓夢新編”，嘉慶十年（1805）《自序》，嘉慶年間刊行。春風文藝出版社爲與秦子忱的《續紅

[①]關於續書的具體情況，請參閱最近由北京大學出版社與春風文藝出版社出版的續書系列的前言與《點校説明》及《紅樓夢續書選弁言》。筆者在《清代紅學研究》之第六章《清代紅樓夢續作品之評述》中對此進行了綜合分析。參閱崔溶澈：《清代紅學研究》，臺北：臺灣大學博士學位論文，1990年。

樓夢》進行區分,採用了《海續紅樓夢》這一書名。

6.《紅樓圓夢》31回:又名《繪圖金陵十二釵後傳》。夢夢先生撰。扉頁題有"嘉慶甲戌孟冬新鐫,紅樓圓夢,紅薔閣藏板",《楔子》中稱之爲"夢夢先生"(幼年時號"了了")後《六如裔孫序文》(1897)中稱之爲"長白臨鶴山人"。刊行於嘉慶十九年(1814)。由"長白"二字可見作者是滿洲人。

7.《紅樓夢補》48回:歸鋤子撰。卷首的序文中寫道:"歲嘉慶己卯(1819)重陽前三日,歸鋤子序於三歲定羌幕齋,犀脊山樵序文"。嘉慶二十四年(1819)藤花榭刊行。樂善齋譯本,24卷24册。

8.《補紅樓夢》48回:嫏嬛山樵撰,扉頁中題寫:"嘉慶庚辰夏鐫,補紅樓夢,本衙藏板本。"自序:"嘉慶甲戌之秋七月既望,嫏嬛山樵識於夢花軒。"(1814年7月16日)嘉慶二十五年(1820)刊行。樂善齋翻譯本,24卷24册。

9.《增補紅樓夢》32回:嫏嬛山樵撰。扉頁中題寫:"道光四年新鐫,增補紅樓夢,本衙藏板",序文中寫道:"嘉慶庚辰(1820)新秋,槐眉子題於息我軒。""時嘉慶庚辰秋七月既望,訥山人就月書於萬物逆旅之片雲臺"。自序:"嘉慶庚辰麥秋,嫏嬛山樵再識於夢花軒。"道光四年(1824)刊行。

10.《紅樓幻夢》24回:又名《幻夢奇緣》,花月癡人撰。扉頁中寫道:"道光癸卯新刊,幻夢奇緣,疏景齋珍藏。"自序:"時道光癸卯秋,花月癡人書於夢怡紅舫。"道光二十三年(1843)刊行。

11.《紅樓夢影》24回:雲槎外史撰。扉頁中寫道:"雲槎外史新編,紅樓夢影,光緒丁丑校印,京都隆福寺南聚珍堂書坊發兌。"序文:"咸豐十一年(1861)歲在辛酉七月之望,西湖散人撰。"光緒三年(1877)刊行。作者雲槎外史爲西林春(即顧太清)。[①]

　　12.《續紅樓夢》20回：張曜孫撰，抄本，年代未詳。原本爲周紹良所藏。原文無標題。最近北京大學出版社以《續紅樓夢稿》爲名進行出版。[②]

　　13.《太虛幻境》4回：惜花主人撰。最早的活字版印刷本。光緒三十三年(1907)。阿英的《晚清小説目》中記作“光緒三十二年(1906)”。

　　14.《新石頭記》40回：吳沃堯(我佛山人)撰，剛開始於上海《南方報》(1905年9月19日)上連載，光緒三十四年(1908)10月於上海改良小説社刊行。

　　15.《新石頭記》10回：南武野蠻撰，宣統元年(1909)。上海小説進步社刊行。

三、《後紅樓夢》的作者與版本

　　《後紅樓夢》的標題中並没有關於作者與出版社的記載。只是扉頁中題寫有“全像後紅樓夢”，在其他作品中常見的作者與

---

①在過去的一段時間内，對這二人的本名未能弄清楚，而誤將雲槎外史與西湖散人視作一個人。依照近來的研究，雲槎外史爲清代滿族的女性詞人西林春(1799—1876)。西林春姓愛新覺羅，名春，字梅仙，號太清。按照滿族的習慣，省略了其姓氏，將號代替了名字，被稱之爲“太清春”。後來改姓顧，遂又名“顧太清”。西湖散人是顧太清的女性朋友沈善寶。參閱趙伯陶：《紅樓夢影的作者及其他》，《紅樓夢學刊》，1989年第3期。據1990年版《滿族大辭典》(遼寧大學出版社)，西林春晚年之時撰《紅樓夢影》。

②作者張曜孫(1807—？)，詩人，譯官出身。與朝鮮文人李尚迪(1804—1865)交游密切。參閱郑玄洙：《朝鮮後期中人文學研究》，首爾：깊은샘(深泉出版社[意譯])，1990年。

刊行年代、出版社名等這些信息都被省略了。該作品僞託爲曹雪芹的原稿,至於原作者到底是誰無法考知。作者寫了另外的一篇文章,在這篇文章中這樣假託道:原書中"曹太太"給曹雪芹的家書記録於《後紅樓夢》的卷首,原稿藏於林黛玉的瀟湘館,雪芹在卷首原文照抄。這些都是作者的假託。在署名爲"逍遥子漫題"的序文中作者這樣寫道:"白雲外史散華居士求得曹雪芹的《後紅樓夢》原稿30卷,遂予以刊行",這顯然是模仿程偉元與高鶚的做法。那麼據此我們可以推斷,作者的字是序文中的"逍遥子"或者"白雲外史"或"散華居士",或者也有可能是一個人使用了好幾個筆名。除了《序文》之外,尚有署名"白雲外史漫題"與"散華居士漫題"的題詞兩篇,儘管如此,但還算不上是可茲依據的考證材料。

　　儘管如此,對於作者還有幾個綫索值得我們重視。我們依照作品的内容可以推知作者爲江蘇常州人氏,與《碧落緣傳奇》的作者錢維喬(1739—1806)關係密切。實際上《碧落緣傳奇》中多次提到《後紅樓夢》。[①]另外潘照的《鶯坡居士紅樓夢詞》的自序第一段中寫道:"巨卿逍遥子囑余贈詩予之,粗睹其回目,皆爲慨歎黄粱仙枕一場春夢之類"。由此可見,逍遥子字巨卿。另外,據《西泠舊事》的《跋文》,其齋名"梅花香雪齋",可以知道嘉慶

---

① 錢維喬,清代武進人,字樹參,號竹初、曙川、半園逸。乾隆時期的舉人,知縣。能詩文,善山水畫。著有《竹初詩文抄》。在其所著的《碧落緣》中寫道,《後紅樓夢》中曹雪芹夢游天宫時,掌管天宫的劉蘭芝説,最近有一個人寫過一本《碧落緣樂府》,現在這部書已經開始廣爲世人所知。另外在第30回"林黛玉初演《碧落緣》,曹雪芹再結《紅樓夢》"中有這樣一段:"(黛玉説道)昨日戲班裏送上許多新戲的曲本來,好的也有,内有一部《碧落緣》,是南邊一位名公新制的,填詞兒直到元人高妙處。"(春風文藝出版社本,第367頁)

十四年（1809）作者還在世。^①

另外，雖然我們缺乏記載其創作年代的材料，但據仲振奎的《紅樓夢傳奇》中的《跋文》可知，這部叙述作品最晚也應該不晚於嘉慶元年（1796）。在跋文中，仲振奎闡述了其創作這部戲曲的由來，兹引如下：

> 丙辰（1796）客揚州司馬李春舟先生幕中，更得《後紅樓夢》而讀之，大可爲黛玉、晴雯吐氣，因有合兩書度曲之意，亦未暇爲也。丁巳（1797）秋病，百餘日始能扶杖而起，珠編玉籍，概封塵網，而又孤悶無聊，遂以歌曲自娱，凡四十日而成此。成之日，挑燈漉酒，呼短童吹玉笛調之，幽怨嗚咽，座客有潸然沾襟者。起步中庭，寒月在天，四無人語，遥聞宿鳥隨枝，飛鳴切切，而余亦頹然欲卧矣。所慨劉君溘逝，無由寄質一編，以成夙諾，不幾乎掛劍墓門而重傷余懷乎？劉君名宗梁，四川人。嘉慶三年歲在戊午（1798）且月望日（6月15日）紅豆村樵自序於小竹西。^②

這裏仲振奎最早提到《後紅樓夢》的出現時期。它的初刊本是刊行於乾隆與嘉慶之間的白紙本，現在一般認爲藏於臺灣大學圖書館的本子是最早的刊本。據天一出版社的影印本，扉頁上題寫有"天一出版社"之名，卷首有"原序"（爲僞託的曹太夫人給曹雪芹的信），接著就是逍遙子的《序》、《目錄》、《凡例》、白雲外史與散華居士的《題詞》、前書《紅樓夢》的内容概要、賈氏世系表、賈氏世表（載榮府親支）、一副仙草圖、一副金魚圖，另有以人物爲

---

① 參閱一粟編：《紅樓夢書録》，上海：上海古籍出版社，1981年，第264頁；明清小説研究中心編：《中國通俗小説總目提要》，北京：中國文聯出版公司，1990年，第527頁。

② 參閱阿英：《紅樓夢戲曲集》，北京：中華書局，1978年，第113頁。一粟編：《紅樓夢書録》，上海：上海古籍出版社，1981年，第321、322頁。仲振奎《紅樓夢傳奇》中下卷第24套即根據《後紅樓夢》的内容而改編的。

主的繡像60頁。前有讚語,後有圖畫。①

正文30回的回目與前書同,亦爲八字兩句的對聯。正文半頁9行,每行20字。附錄兩篇,皆爲當時人的詩作,收錄於第31卷("附刻吳下諸子和大觀園菊花社原韻詩")與第32卷(附刻吳下諸子爲大觀園菊花社補題詩)中。

除此之外,還有舊爲鄭振鐸先生收藏的白紙本殘本與黃紙本,皆爲60頁。本衙藏板本所藏爲40頁,宣統二年(1910)石印的上海章福記本有繡像5頁,繪圖7頁。鉛印本有民國十九年(1930)上海大同書局的本子。今天我們所看到的通行本是臺灣天一出版社出版影印臺灣大學藏本的本子(《罕本中國通俗小説叢刊》第四輯),1985年春風文藝出版社出版的現代活字本(逍遙子撰,韓陽鐸、卜維義校點),以及北京大學出版社1988年刊行的版本(白雲外史、散華居士撰,黎弋點校),另有臺灣文源書局1986刊行的本子(卷首收録了石印本的繡像)。

以下對卷首收錄的內容做一番介紹。首先,原書如前文所介紹的那樣,曹雪芹的母親給曹雪芹發送了一封書信,這些都是作者的僞託。逍遙子的序文中也爲了掩蓋創作的痕迹,模仿了程偉元與高鶚的做法。原文如下:

> 曹雪芹《紅樓夢》一書,久已膾炙人口,每購抄本一部,須數十金。自鐵嶺高君梓成,一時風行,幾於家置一集。同人相傳雪芹尚有《後紅樓夢》三十卷,遍訪未能得,藝林深惜之。頃白雲外史、散花居士竟訪得原稿,並無缺殘。余亟爲借讀。讀竟,不勝驚喜。尤喜全書皆歸美君親,存心忠孝,而諷勸規警之處亦多;即詼嘲跌宕,亦雅令而有儁致。杜陵云:"庾信文章老更成",又云:"晚節漸於詩律細",玩此,細

---

① 一粟的《紅樓夢書録》中卷首的收録順序不同。依次爲:原書,逍遙子序,白雲外史與散花居士題詞、賈氏世系表、目録、繡像。

筋入骨,精意添毫,洵爲雪芹愜意筆也。爰以重價得之,與同
人鳩工梓行,以公同好。譬如斷碑得原碑,缺譜得全譜,凡臨
池按拍家,共此賞心耳。逍遥子漫題。[①]

接下來就有五條凡例,也是借自程偉元1792年的修訂刊行
本,即程乙本的體系。該書在內容上采自曹雪芹的原本,每册皆
印有瀟湘館所藏的印章,對世系表、前書的概要、甚至連觀點都照
抄原本以刊印。只是省去了原本中的序文、題詞、評語跋文等內
容,與一般小說中像贊位置的安排不同,爲了方便閱讀,該續書中
先將像贊題寫於上端,展開爲兩面。自然,這些都是僞託的,讀者
需要具有一定的判斷力才能進行區分。

在白雲外史與散華居士的題詞之後有《後紅樓夢摘叙前紅樓
夢簡明事略》,事略中展示了故事情節的連續性與人物的承繼關
係,這是《紅樓夢》續書的一個特徵,爲新讀者提供了便利。《紅樓
夢》的續書中只有《後紅樓夢》具備這一體系。序頭中對這樣做
的理由如此解釋道:

> 按:前《紅樓夢》卷帙浩繁,或有未購前書,及已購而未
> 便攜者,爲叙事略,以便參考。[②]

在接下來在《賈氏世系表》中從賈氏遠祖、東漢的賈復到第
一世賈源,直至前書中沒有的人物——寶玉的二子賈芝與賈桂,
都做了交代。在賈氏世系表的具體人物構成中,除了《紅樓夢》
中已經登場過的人物之外,賈敏與林如海之間又有養子林良玉
(原爲林黛玉的堂弟),惜春入宮後成了仲妃,寶玉與薛寶釵之間
又生了賈芝,寶玉與林黛玉之間生了賈桂。除此以外,賈政與王

---

①逍遥子:《後紅樓夢》,瀋陽:春風文藝出版社,1985年,第8頁;一粟編:《古
　典文學研究資料匯編·紅樓夢卷》,北京:中華書局,1963年,第42、43頁。
②逍遥子:《後紅樓夢》,瀋陽:春風文藝出版社,1985年,第11頁。

夫人之間又生了喜鴛與喜鳳,這二女分別與林良玉及其同窗姜景星結爲夫妻。

接下來在繡像中正反兩面畫了"絳珠仙草"與"煉容金魚",這顯然是模仿的通靈寶玉與金鎖。與内容相符的繡像有60副,前書讚語,是回目中的句子。

此外,在正文的最後的第31回與32回中,附錄有"附刻吳下諸子和大觀園菊花社原韻詩"與"附刻吳下諸子爲大觀園菊花社補題詩",所收詩人名單,兹引如下:

李子仙(2首),吳春齋,翁春泉,江雲墀,蔡鐵耕(4首),王豫庵(2首),高頤愚,蔣賓嵋,楊梅溪(2首),吳養亭,顧南雅(3首),李四香,翁退翁(2首),吳藹人,周石苔,胡湘南,顧郎山,張銀槎,邵勤齋(2首),金向亭,蔣于野(2首),孫二顛,顧書巢,陶香疇(以上31回)

董琴南(12首),張白華(12首),李子仙(12首)(以上32回)

對以上的人物尚有待考察,這種考察對於研究《紅樓夢》及其續書的讀者層,也是大有裨益的。①

四、《後紅樓夢》的内容及評價

這部續書從《紅樓夢》的第120回以後開始展開。該書的第1回中就其由來做了如下的介紹。《紅樓夢》是賈寶玉委託曹雪芹

---

① 以上依照的是以臺灣大學藏本爲底本影印的天一出版社的本子(1975)。春風文藝出版社本(1985)中對"賈氏世系表"、"賈氏系表"、"繡像"及第31回與32回的"附錄"都省略了。

而作,直到曹雪芹全書脱稿,寶釵評論起來説:"你兩人享盡榮華,反使千秋萬古之人爲你兩人傷心墜淚,於心何安? "因此賈寶玉囑託曹雪芹再續《紅樓夢》。當晚曹雪芹夢入天宫,見到了離恨天以及旁邊的補恨天,分別由焦仲卿與劉蘭芝掌管著。劉蘭芝稱,現在《紅樓夢》保管於離恨天,因此請曹雪芹再創作一部《後紅樓夢》交由補恨天保管,在《後紅樓夢》中讓死去的黛玉與晴雯復活,讓賈氏家族得以復興。

曹雪芹從夢中醒來之後,意識到前書(指《紅樓夢 》)中的這些失誤,於是在《後紅樓夢》中特別寫了這樣的事情:補充叙述了作爲林黛玉的堂哥、林如海的養子登場的林良玉的故事;又在小説的最後部分寫了一僧一道,但他們都是妖僧與妖道,是謀財害命之徒,二人將黛玉與晴雯的八字繫於木偶上,以此捕獲二人的魂魄,並以夢魂藥拐走了寶玉。這些情節在前書中未能呈現,而在《後紅樓夢》中做了補充。以上是《後紅樓夢》第1回中交代的創作的由來。故事的大致情節如下[①]:

> 正文叙賈政在毗陵驛地方率領人將僧道及寶玉拿住,問清情由後,救醒了寶玉,放出了黛玉晴雯的生魂,並將僧道交地方處治,父子便同舟北歸。歷經此番變故後,寶玉迷途知返,賈政也有了變化,改變了對寶玉的生冷態度。不久,晴雯借五兒之屍體還魂,黛玉因有煉容金魚,屍體並不腐壞,也便原體回生。王夫人一則想起從前自己許多不是,竟是活活的害死黛玉一般。二則知道賈政手足情深,林姑太太只留一女,幸喜回生,稍有怠慢,怕賈政不依。三則老太太示夢已

①對該作品的故事情節的概括參照了江蘇省社會科學院,明清小説研究中心編著的《中國通俗小説總目提要 》中收録的薛洪績撰寫的文章。(明清小説研究中心:《中國通俗小説總目提要 》,北京:中國文聯出版公司,1990年,第572—573頁。)

驗，黛玉分明與寶玉有緣，而且兩府還要在她手上興旺。四
則若將黛玉輕忽，怕寶玉還要瘋癲。因而時常過來探望，倒
比伺候賈母還要小心。但黛玉已看破世情，不僅對寶玉拒而
不見，就是對賈政夫婦也只是禮貌上還過得去。整日只同湘
雲、惜春等人論道參禪。

林良玉本是林如海胞弟林如嶽之子。因繈褓中父母雙
亡，如海便抱養過來，兼祧雙房。良玉素有大志，如海夫婦亡
故後，爲了報答兩房父母的養育之恩，他閉戶十年，苦讀經
史，家事一概交給老家人王元等人經營。由於王元等人的勤
勞操持，林家日益興旺起來。黛玉回生不久，良玉準備赴京
應試，便先派王元到京與黛玉接洽，置買房産並查看其他産
業，黛玉通過王元等人將林家在京諸事管理得井然有序。林
家新買方宅本是抵出的産業，就在賈府附近。因此黛玉仍留
在賈府，家事就由王元經管。此時的賈家，在經濟上仍是十
分拮据。又因黛玉的關係，寶玉精神痛苦，致使闔家不得安
生。賈政夫婦不能不把希望寄託在黛玉態度的轉變上，因而
時常去安撫黛玉，但黛玉總是不冷不熱的樣子。

不久，良玉偕同同榜解元好友姜景星抵京，連同寶玉三
人共拜賈家清客曹雪芹爲師，準備應試課業。良玉早已有心
擇景星爲妹婿，黛玉雖然斷然拒絕，却引得賈家惴惴不安，
寶玉也因而致病，不能應試。而景星却高中榜眼，良玉也中
了十三名，賈蘭也中了第八十名。於是，良玉與王夫人養女
喜鸞諧了花燭，景星的婚事也提到日程上來。因景星不明就
裏，仍屬意黛玉。一日，他偶逢王夫人與另一養女喜鳳，誤以
爲是黛玉，因其驚才絕豔，而更動了真情。良玉强不過黛玉，
便移花接木，成全了此事。在舉行大禮時，病中的寶玉以爲
是黛玉出閣，因而危殆，又如當年黛玉歸天前的情景。

但因此事態却有了轉機，賈家便再次向林家提親，黛玉

仍不動心。一日，黛玉和惜春在夢中同赴太虛幻境，閱了《十二釵圖冊》中的新改判語。又見到賈母與元春，她們向黛惜暗示，只有經過一番榮華富貴之後，才可得證仙緣。此後，黛玉的心情才漸漸有了變化。此時陪伴黛玉的晴雯對寶玉很是依戀，紫鵑也忠於自己原來的情感，因而她們經常斥導黛玉。在三個禪友中，唯獨新寡的湘雲已經真正悟道，對黛惜二人的未來已經先知，也時常點撥黛玉。在眾人的督促下，黛玉在表面上改變了態度，實際上是以退為守。誰知此時又出現了新的風波。王夫人看到賈薛二家現在都已經衰敗，與林家不敵，黛玉態度又如此孤傲，娶過來的將不是媳婦，而是婆婆，自己還得服低做小。而賈政等人卻在大操大辦，甚至要把黛玉的名次排在寶釵之上。一氣之下，她便挈帶寶釵回到了薛家去了。先是探春等女眷，後有寶玉等子侄，一次次前去解釋求情，都被拒之千里。寶玉站在門外哭求，也無濟於事。此時的賈政，倒頗有其子之風，遇事委曲求全，把責任都推到賈璉身上，讓賈璉前去求饒，又讓寶玉完全答應王夫人的要求，衝突這才緩和下來。但黛玉並没有真正答應這椿婚事，看到這種情形，她便又提出一些最易引起賈政惡感的苛刻要求。如恢復原來的家庭戲班，還要由琪官掌管；琪官和襲人夫婦都回賈府；眾姐妹按照原樣搬回大觀園等等。良玉只得找曹雪芹商量。曹雪芹想出了一個名實不變的辦法，如把襲人變成了黛玉的陪房，這既滿足了黛玉的要求，又不使賈政感到難堪。殊不知，此時的賈政倒很開明。就這樣，這椿大事就算辦成了。

但婚後，黛玉並不肯與寶玉圓房，只讓晴雯、紫鵑、鴛兒等去陪伴寶玉。寶釵則依然是豁達大度，對這一切雖看在眼裏，卻不繫在心上。此時黛玉把主要精力都放在整頓家事上了。她先提出了十四條措施，都是針對下人而發的，可謂恩威並用，以威爲主。所謂恩不過是加倍發給月米月錢，遇事按例加賞銀而已。這些規矩一立，大管家們也就先懼怕起來，衆下人更是駭得伸了舌頭縮不回去。施行這些家法的一個實例，就是處治襲人一事。一天，黛玉呼喚襲人，帶病趕來，未及梳洗。襲人正與寶玉説話，黛玉走來看見，誤以爲二人有苟且之事，當即大怒，命人立刻拆洗被褥。襲人蒙冤，自殺未遂。此時寶黛雖已圓房，夫妻感情又出裂痕。

此時，寶玉在林、姜之後也早中了進士，得授庶吉士之職。後奉旨和詩。皇上以爲寶玉之作在林、姜之上，又擢升爲侍讀學士。接著惜春被選入宮，封爲仲妃。賈政官至工部尚書，賈赦也授刑科給事中。賈政爲官清正，勤於職守。在部裏遇有棘手之事，也找黛玉商量，認爲黛玉見解精當。黛玉也把賈政視爲知己，要幫他做幾件仁民澤物的事情。不久，仲妃奉旨省親。省親前，賈政曾向術士張梅隱問卜。張預言賈家興旺的日子還在後頭。他請賈政先做好兩件事，一是爲各地客死北京的無主屍骨料理後事，二是幫助某些窮苦無依的人解決生計問題。在賈政爲相時，還要盡力爲國爲民培養些久長氣脈。仲妃省親之前，先提出幾項要求，一是費用要比元妃省親時節省十分之八；二是她自己不賞賜，府裏也不准進獻；三是要爲她準備素食；四是音樂要奏《詩·葛覃》首章（按毛序，此詩是言後妃勤儉敬孝之德的）。賈政、黛玉等一例遵行，因而做到了儉而有禮。此後，寶玉、黛玉、寶釵之間的感情也融洽無間了。

結局在寶玉與良玉、景星以及其眷屬們爲曹雪芹餞行的回目中結束。餞行的席間，寶玉與黛玉對曹雪芹的前書《紅樓夢》稱讚不已，對小説嚴密的結構、雅俗共賞的内容以及細緻精巧的人物個性描寫讚歎不已。曹雪芹道謝。最後，寶釵與黛玉向曹雪芹評述了前書《紅樓夢》，故事至此結束。

　　《後紅樓夢》中的人物基本上是在前書《紅樓夢》的最後部分登場的人物，人物的性格上也沒有太大的變化。最大的一個變化就是寶玉出家後回到家中，黛玉與晴雯死而復生，除此以外還增加了《紅樓夢》中沒有的人物林良玉與姜景星。特別值得一提的是作家曹雪芹竟然成了賈府的賓客。從性格的變化上來看，林黛玉的性格變化是最大的，其與寶玉、賈政、王夫人等人的關係也較之前書有很大的變化。前書中出家的尼姑惜春在該書中又出現，並設計了讓其入宮爲仲妃的情節，這雖然是模仿前書中元妃省親的情節，但是並沒有再現元妃省親時的歡樂與鋪張浪費，而是特別強調了勤儉節約。

　　前書中將薛家與林家的財産進行了鮮明的對比，不知道作者是不是爲了平衡到這一點，在《後紅樓夢》中作者特別強調了薛家的沒落與林家發迹的背景，並進行了對照。這一點尤爲精彩。清代紅學家中有人提出這樣的主張，認爲：林家的財産，對於黛玉而言未必是好事，因爲後來黛玉終因財産巨大遭來橫禍，黛玉死後其財産悉歸賈家。[①]筆者以爲很多人對黛玉之不幸充滿惋惜與不滿，《紅樓夢》續書的作家因出於這樣的立場對《紅樓夢》的結局進行了顛覆性的設計，其目的是爲了讓讀者獲得一種心理上的滿足感。

　　清代紅學家中提到《後紅樓夢》的人不少。除去其他續書中

---

① 塗瀛在《紅樓夢問答》中對林黛玉的財産問題做了如下的問答：
問：鳳姐從林黛玉之死中得到了好處，她得到了哪些好處？
答：林黛玉之死，不僅僅對鳳姐是有利的，對於老太太也是有利的。要説有什麽"利"的話，林黛玉在服完父親喪之後從林府中帶來了大筆家産，這些家産都由鳳姐保管著。林黛玉做了賈家的媳婦的話，鳳姐就應該把這些家産還給林黛玉；林黛玉如果嫁給其他的人的話，鳳姐也應該把這些家産物歸原主。如果林黛玉不死呢？ 黛玉之死就是因這些財産，這些財産是造成黛玉之死的原因之一。（參閲一粟編：《古典文學研究資料匯編·紅樓夢卷》，卷三，北京：中華書局，1980年，第145頁。）

對此書的評論文字外,最早對此書進行公開評價的是裕瑞的《棗
窗閑筆》。我們知道,《棗窗閑筆》一書寫於嘉慶年間,在這部書
中就已經指出了《後紅樓夢》是逍遙子僞託曹雪芹而作的續書。
對於這部書的長短,《棗窗閑筆》中做了詳細的分析。裕瑞在《後
紅樓夢書後》中對作家曹雪芹及評點人脂硯齋的身份及生平提
供了很多論斷,書中對《紅樓夢》與《後紅樓夢》的不同之處做了
如下的比較。

> 　　其開卷即假作出雪芹老母家書一封,弁之卷首爲序,意
> 謂請出如此絕大對證來,尚有誰敢道個不字?作者自覺甚巧
> 也,殊不知雪芹原因托寫其家事,感慨不勝,嘔心始成此書,
> 原非局外旁觀人也。若局外人徒以他人甘苦澆己塊壘,泛泛
> 之言,必不懇切逼真,如其書者!　①

他指出,在《紅樓夢》中賈代化是賈演的兒子,賈代善是賈源的兒
子;而到了《後紅樓夢》中賈代化成了賈源的長子,而且賈演干脆
從賈家世系表上消失了,這顯然是一個重大的失誤。對於人們對
賈寶玉的評價,裕瑞批判道,續書的作者顯然並不清楚原作者曹
雪芹的根本意圖,而將原書上的"意淫"錯誤理解,因此將寶玉從
小就設計爲一個好色之徒。接下來也指出了兩部書在語言使用
上的差異,認爲《後紅樓夢》使用了很多不符合北京語的語彙。
今天對小說語言的研究已經屢見不鮮,對《紅樓夢》從語言學的
角度進行的研究已經有很多的成果;但是對於裕瑞的分析,我們
不妨視之爲一種先行研究。

　　裕瑞對於《後紅樓夢》的長處提出了以下四點。一是,該書
讓閨中人物在出場時不太顯出醜態,這是與其他續書不一樣的。

___

①一粟編:《古典文學研究資料匯編·紅樓夢卷》,卷三,北京:中華書局,
　1980年,第114頁。

二是,在每回結束的時候,往往都用一種比較柔和的方法連接前後文,顯得餘音不絕。這一點深得曹雪芹筆法之精髓。三是,抹去故事中出場人物的身份差異,對很難用語言表述的作者的某種意識進行了很好的表現,男女之間糾纏不清的感情也以非常含蓄的方式進行表現,這無疑體現了原作的風格。第四,對庭園、水池、花木等這些隨著季節的變化而改變的獨特景色的描寫也呈現出高超的技法。①

　　清末的著名紅學家大某山民姚燮在其《讀紅樓夢綱領》(後來更名爲《紅樓夢綫索》)中也論及了《後紅樓夢》:

　　　　白雲外史著,托名曹雪芹原稿,卷首有賈氏世系表、世表,並前傳簡明節略,大旨亦宗前傳。無端添出林良玉爲黛玉之兄,殊覺蛇足。②

　　　　解盒居士在《石頭記集評》對這部書的評語更爲猛烈。

　　　　其最荒謬者,《後紅樓夢》言顰卿有煉容金魚,入水能游,作者真中金盅毒矣。③

　　不管怎樣,不只是對《後紅樓夢》是如此,歷代紅學家們對續書的評價都不怎麼好。這是因爲續書往往都未能超越原書的藝術性,而只是爲了給一般讀者以安慰,對故事情節進行了過分的改造,或者畫蛇添足地加入了一些新的人物。這雖然能成爲擴大讀者群的契機,但是對於有識見的讀者而言反而起到了相反的作用。

---

① 一粟編:《古典文學研究資料匯編·紅樓夢卷》,卷三,北京:中華書局,1980年,第116頁。
② 一粟編:《紅樓夢書錄》,北京:中華書局,1980年,第90頁。
③ 一粟編:《紅樓夢書錄》,北京:中華書局,1980年,第90頁。

五、樂善齋本的翻譯情況

很難考察《後紅樓夢》是到底什麼時候傳入韓國的。雖然如此,李圭景在《五洲衍文散稿長箋》卷七《小説辯證説》中將《紅樓夢》與《續紅樓夢》一併提及。我們可以推測,在《續紅樓夢》之前出來的《後紅樓夢》傳入朝鮮或是在1800年代初期,最起碼也不該晚於19世紀中期。

現在韓國所藏的《後紅樓夢》的版本有三種。其文獻事項如下:

　　《後紅樓夢》,成均館大學校所藏,現存全32回(包括正文30回,附録2回)共12冊,目録,繡像,半頁9行20字,綫裝本。

　　《後紅樓夢》,成均館大學校所藏,現存23回(缺9回:第4—6回,第10—15回),共18冊,目録,繡像,袖珍本。

　　《後紅樓夢》,釜山大學校所藏,現存15回(缺17回:第16—30回,附録2回),共6冊,目録,繡像,綫裝本。

韓國翻譯的《後紅樓夢》只有樂善齋譯本。樂善齋翻譯小説中,《紅樓夢》與五種《紅樓夢》續書都被翻譯,與《紅樓夢》的全譯本中原文與發音進行對譯不同,續書的譯本中只有譯文。卷數也只有原文的一半或者縮減到只有原文三分之一的份量。另外,與其他的樂善齋本一樣,也沒有記載原文作者、譯者及抄寫人等相關的文獻情況。卷頭的題詞,卷末的附録都被删去,只是收録了譯文。

樂善齋本《後紅樓夢》的體系是:每卷編爲50餘章(100多

頁)，半頁9行，每行27—28字，以流麗的宮體寫法抄録。各卷的裱紙左上端以別紙標注卷數，如"共二十卷，卷之一"，没有題寫回目，不像《紅樓夢》有些漢字回目。這是因爲每册並不能代表每回。

　　各卷的第二頁第一行用韓文書寫書名與卷數，如"《後紅樓夢》卷之一"，第二行空一字格書寫回目，這些回目都是用韓文來標注漢字的發音，如"비능역보옥반남던，쇼샹관강쥬환합포(毗陵驛寶玉返藍田，瀟湘館絳珠還合浦)"。

　　該譯本中原文的30回被壓縮成20卷。因此，並非所有的回目都得以題寫，一些回目被省略掉了。各回的份量也與原文不一致，比起原文稍多。在其他的樂善齋翻譯小説中也有同樣的情況。①但是，在《後紅樓夢》中在每册的第一章中都標注了回目，而在正文中却並不標注。以下將原文與譯本的回目做如下的對照。這裏引用的原文的回目依據天一出版社的影印本，翻譯本依據樂善齋的譯本。備考欄中指出了卷頭的目録與春風文藝出版社校點本回目的差異。

回別	原文回目	卷別	翻譯本回目	備考
1	毗陵驛寶玉返藍田 瀟湘館絳珠還合浦	1	비릉역보옥반남던， 소샹관강쥬환합포	
2	青瑣帳三生談鳳恨 碧紗櫥深夜病相思	2	청쇄장삼생담슉한 벽사쥬심야병샹사	春風本"青綃"
3	探芳信問紫更求晴 斷情緣談仙同煮雪			
4	歲盡頭千金收屋券 月圓夜萬裏接鄉書	3	셰진듀쳔금슈옥권， 월원야만리졉향서	

---

① 例如樂善齋本《平妖記》(原作爲《平妖傳》)爲9卷9册，而原作爲40回，譯文中有編加的回目，也有一些回目被省略，所收録的回目共有27回。這並非是爲了與原作的章回一致而隔斷的結果；而是爲了在內容上達到一定的篇幅而對譯文進行調整的結果。參閲朴在淵：《關於平妖傳的譯本 》，韓國外大《中國學研究》，1991年第6輯。

續表

回別	原文回目	卷別	翻譯本回目	備考
5	賈存老窮愁支兩府 林顰卿孤另憶雙親			春風本"孤零"
6	情公子血淚染紅綾 恨佳人誓言焚畫簡	4	정공자혈누염홍릉 한가인셔언분화간	春風本"書簡"
7	戲金魚素面起紅雲 脫寶麝丹心盟綠水	5	희금어쇼면긔홍운 탈보사단심맹록슈	天一本目錄與春 風本皆爲"彩"
8	親姊妹傷心重聚首 盟兄弟醋意起閒談			
9	瑤池宴月舞彩稱觴 甲第連雲泥金報捷	6	요지연월무채칭샹 갑졔연우니금보텹	
10	驚惡夢神瑛償恨債 迷本性寶玉惹情魔	7	경악몽신영샹한채 미본성보옥야정매	
11	昏迷怨恨病過三春 歡喜憂驚愁逢一刻			
12	觀册府示夢賈元妃 議誥封託辭史太母	8	관책부시봉가원비 의고봉탁사사태모	
13	謁繡闥借因談喜鳳 策錦囊妙計脫金蟬			天一本目錄中 作"一借"
14	榮禧堂珠玉慶良宵 瀟湘館紫晴陪側室	9	영회당쥬옥경량쇼 쇼상관자청배칙실	
15	玉版蟾蜍郎承錯愛 金籠蟋蟀女占雄鳴	10	옥판섬여낭승착의, 금롱실솔녀고웅명	서誤讀爲여; 占誤認爲고古字
16	姜殿撰恩榮欣得偶 趙堂官落薄恥爲奴			天一本目錄與春 風本皆爲 "得配"
17	林良玉孝友讓家財 賈喜鸞殷勤聯怨偶	11	림량옥효우야가재 가희란은근런원우	
18	拾翠女巧思慶元夕 踏青人灑淚祭前生	12	습취녀교사경원셕 답청인쇄루졔젼생	
19	林黛玉重興榮國府 劉姥姥三進大觀園	13	림대옥즁흥영국부, 류로로삼진대관원	
20	曹雪芹紅樓記雙夢 賈寶玉青雲滿後塵	14	죠셜근홍루긔쌍몽 가보옥청운만후진	
21	甄士隱反勸賈雨村 甄寶玉變作賈寶玉			

續表

回別	原文回目	卷別	翻譯本回目	備考
22	熏風殿賜坐論丹青 鳳藻宮升階披翟茀	15	훈풍뎐샤좌론단쳥, 동죠궁승계피젹불	
23	林絳珠乞巧奪天工 史湘雲迷藏露仙迹	16		
24	櫳翠庵情緣迷道果 瀟湘館舊怨妒芳心	17	롱취암졍연미도과, 쇼샹관구원투방심	
25	兑母珠世交蒙惠贈 搗兒茶義僕效勤勞		태모쥬셰교몽혜증, 도아다의복효근로	
26	開菊宴姑媳起猜嫌 謝痘神閨房同笑語			春風本"嫌猜" 春風本"瘟神"
27	真不肖大杖報冤愆 繆多情通房成作合	18	진불쵸대쟝보원경 유다졍통방셩쟉합	건誤讀爲경
28	林瀟湘邀玩春蘭月 賈喜鳳戲放仙蝶雲	19	림쇼샹오완츈란월, 가희봉희방션졉운	요誤讀爲오
29	卜蘭桂初孫來續祖 賦葛覃仲妃回省親			
30	林黛玉初演碧落緣 曹雪芹再結紅樓夢	20	임대옥쵸연벽락연 죠셜근재결홍루몽	附録31，32回在 譯文中省略

由上表可知，譯文中收録的回目並非是按照標準採納的，回目與實際内容在量上並不一致。例如，原文的第一卷中包括了原文的第2回剛開始的一部分。譯文第二卷中包含了原文第3回的後半部分。原文第3回的後半部分中原文第三卷開始的時候，第3回的回目就這樣被省略，放在了第4回回目的開頭。這是因爲第3回的内容實際上是原文第4回的全部，以及第5回的前半部分。後面的情況亦是如此。樂善齋本第四卷翻譯的是原文第5回後半部分開始一直到第7回的前半部分内容，寫的却是第6回

的回目。[①]

由於這樣的原因, 每卷的開頭部分都會加上一個 "話説", 且在原文的中間部分結束。不僅如此, 還採用這樣慣用的方式, 如배명이 엇지 대답한 하회 분해하라 (배명이 어떻게 대답하였는지 다음 회를 보시오)。

以下對樂善齋本的翻譯情況更進一步進行考察。首先來看一下揭示《後紅樓夢》創作由來的第1回。

　　후홍루몽 권지일
　　비릉역보반남던 쇼샹관간쥬환합포
　　화셜 전홍루몽글의 쵸권부터 말해여대 가보옥이 긔환자데로 능희 전졍을 힘쓰지 못하여 텬은과 죠덕을 만히 져바렷난지라 스스로 생각하대 쇼년때의 다만부녀총중의 셧겨노라 헛도히 광음을 바리고 또 셩쇠리합을 열력하여 곳 규각즁의도 도로혀 츄급지 못할 광경이 잇난지라 그러므로 죠셜근션생을 쳥하여 일백이십회 긔이한 글을 지어내여 자긔의 뉘우치고 한 하믈 가져 널리 인간의 고하고 또 십이금챠의 일을 젼하여 쳔만년 사람으로 하여금 보고 듯난다시 하대 대충은 다만 일개 졍자에 이시니 글 가온대 말이 다만 가보옥이 본대 진적한 일흠이 아닐 뿐아니라 곳 대옥 보챠와 원비 가모 졔인이 또한 다 그림자를 비러 말하여시며 전편사의를 의론할진대 보옥과 대옥으로써 쥬인을 삼고 또 이 두 사람을 가져 단원케 하니하여 사람으로 하여금 다만 원한케 하니 이난 다 보옥의 쥬의로

---

① 以春風文藝出版社本爲中心進行比對的話, 樂善齋本第一卷中翻譯的是從春風本的第1頁至第18頁的第7行;第二卷中翻譯的是從春風本的第18頁的第7行下至中間;第三卷翻譯的是從春風本的第35頁第12行至第55頁的第22行;第四卷翻譯到春風本的第7回第74頁第6行。

죠셜근의게 청하여 이 긔이한 글을 짓게 하여 고금문쟝을 압두하고 또 자긔 도쥬한 일절을 엄젹고져 하매부득이 하여 자긔를 속인 량개승도를 또한 션불지뉴라 말하여시나 엇지 알니오 그후의 보옥 대옥 량인이 배필을 일워 부영쳐귀하고 보챠난 도로혀 그버거의 거한지라 죠셜근이 그한질 글을 다지어내매 보채 평론하여 말한 너의 량인이 영화를 극진이 누렷거날 도로혀 쳔츄만고 사람으로 하여금 량인을 위하여 샹심타루케하니 엇지 마암의 평안하리오 하거날 이의 보옥이 또 셜근의게 청하여 다시 후홍루몽을 지어 내어 지난바 사생리합한일단 진정을 가져 자자히 실샹대로 말하라 하니 셜근이 또한 능히 사양치 못하니 이난 후홍루몽을 니어 지은 배러라 ①

　　話説《紅樓夢》一書,開卷便説紈褲子弟未能努力於身,愧負天恩祖德,回憶少年時候只在婦女中廝混,虛擲光陰,又閲歷了盛衰離合,就閨閣中幾個裙釵倒有一番不可及的光景。故請曹雪芹先生編出一百二十回奇文,將自己悔恨普告人間,就遍傳這個十二釵,使千載下如聞如見,歸總只在一個情字。書中假假真真,寓言不少,無論賈寶玉本非真名,即黛玉、寶釵亦多借影,其餘自元春、賈母以下一概可知。至全書以寶玉、黛玉爲主,轉將兩人拆開,令人怨恨萬端。正如地缺天傾,女媧難補。正是寶玉主意,央及曹雪芹編此奇文,壓倒古來情史,順便回護了自己逃走一節,不得已將兩個拐騙的僧道也説做仙佛一流。豈知他兩個作合成雙,夫榮妻貴,寶釵反做其次。直到曹雪芹全書脱稿,寶釵評論起來説:"你兩人享盡榮華,反使千秋萬古之人爲你兩人傷心墜涙,於心何

---

①樂善齋本《後紅樓夢》第一卷,第1—4頁。以下筆者皆空一格(下同)。

安！"於是寶玉再請曹雪芹另編出《後紅樓夢》。(《後紅樓夢》第1回）

由上文可知,《後紅樓夢》的翻譯方法與其他樂善齋本翻譯小說没有太大的差別。按照翻譯的方法進行大致的分類的話,有如下的幾條:一,將中國式的漢字語直接使用,或者轉換成其相對簡單的漢字語彙;二,將漢字語完全進行替換並直譯,或者適當進行意譯;三,在原文的基礎上進行添譯或者縮譯,或者干脆省去一個段落;四,對原文中的漢字進行錯讀或者錯誤的解釋。

先來舉幾個原文中的中國式漢字直接使用的例子。首先大部分的稱呼就是原原本本的使用的原來的漢字。例如,림고랑林姑娘,보이야寶二爺,노태태老太太,태태太太等就屬于這種情況。這樣做不僅理解起來比較困難,書寫起來也極爲不易。除此以外,一些漢字或者句子只是標注了韓文注音。比如:(括弧内的編號爲卷數與影印本的面數）

　　　　양인이 배필을 일워'부영처귀'하고(두 사람이 배필을 이뤄 부영처귀하고)（兩個合作成了雙,夫榮妻華）[1—2]
　　　　'진개' 정을 말한 거시 도져한지라(진짜 정을 말한 것이 처음인지라)（真個的言情第一了）[1—4]
　　　　'경경히 빠혀내면'(가볍게 뽑아내면)（輕輕拔下）[1—13]
　　　　한번 '청안'하고(한번 청안하고)（請了一個安）[1—14]
　　　　가보옥이 금슈총즁의 생쟝하고(가보옥이 금수총중에 성장하고)（寶玉生長在錦繡叢中）[1—14]
　　　　셕츈이 또한 '강도'하믈 긋치난지라(석춘이 강도함을 그치는 지라)（惜春也覺得打斷了講道）[3—1]

但是在翻譯的過程中大部分的漢字語都使用了韓國讀者比較熟悉、比較容易理解的漢字語彙進行了轉換。比如：

　　　　전일의 어리석은 부부의 '생별사리' 한 거슨（전 날의 어리석은 부부가 생사이별 하거늘）（從前愚夫死別生離）[1—14]

　　　　후려 쇼쥬로 가 '희자츙즁'의 파라 희자를 가라치려 하엿노라（소주로 가서 연극하는 무리에 팔아 연극을 가르치려 하였노라）（要拐到蘇州去, 賣與戲班裏教戲）[1—12]

　　　　능히 '은휘'치 못하난지라（능히 숨기지 못하는지라）（不能隱瞞）[1—12]

　　　　'수삼권' 거즛 도첩을 거두어（여러 권의 가짜 도첩을 거두어）（兩三本度牒）[1—12]

　　　　이 '업장'의 보옥이（업보를 받은 이 보옥이）（寶玉這個孽障）[1—16]

上面所舉的例子中，“死別生離”換做了“生別死離”；“戲班”換成了“戲子叢中”；“隱瞞”換成可理解起來更容易的“隱諱”；中國式的“兩三本”換成了“數三卷”；聽起來難懂的“孽障”換成了“業障”。分別按照這樣的方式進行了翻譯。

　　另外，也有這樣的情況：不使用漢字語，用純粹的韓國語來寫，或者用合適的語言進行意譯。例如：

　　　　생 연월일시의 주를 달았거늘）（下注庚辰八字）[1—1]

　　　　임의 리한텬의 '감쵸와 두어시나'（이미 이한천에 감추어 두었으나）（已經藏貯在離恨天宮）[1—4]

　　　　다시 꾸지져 '단단이 틀나' 하여라（다시 꾸짖어 단단

히 주리를 틀라 하였다)(喝令緊收)[1—12]

　　죄가 맛당히 '능지하리로다'(죄가 마땅히 능지처참
할 일이다)(罪該寸磔)[1—13]

　　화상이 '괴슈되고' 도사난 '츄죵이' 되난지라(스님
이 앞머리가 되고, 도사가 그 뒤를 따른다)(和尚爲頭,
道士爲從)[1—14]

　　마암의 '두군두군' 하여(마음속이 두근두근하여)
(心頭七上八落)[1—16]

　　另外正文中的"通靈寶玉"統一翻譯爲"通靈玉",這也是其
中一個特點。筆者以爲對於其中古語使用的情況今後還有繼續
調查的必要。該譯本雖然按照一定的翻譯原則對全文進行了翻
譯,但是與將原文與之進行對譯的《紅樓夢》譯本不同,由於只有
譯文,一些添加的譯文與被壓縮的譯文,以及被省略的譯文就顯
得格外突出。但是還没有達到對前後文造成不良影響的程度。
相反我們應該看到譯者爲了譯文顯得自然流暢而做出的努力。

　　이날 밤 꿈의 한곳 텬궁의 나라매 '집을 일자로 지
어시대' 일면은 곳 니한텬이오[是夜,夢游至一所天官,一
邊是離恨天][1—3]에서는 '집을 일자로 지었으되'라
는 말이 첨역된 것이고 또 '말이 다만 가보옥이 본대 진
적한 일홈이 아닐 뿐만아니라[書中真真假假,寓言不少,
無論賈寶玉本非真名][1—2]'에서는"真真假假,寓言不
少"의 원문이 번역에서 생략되고 전체가 축역되어 있다.
'사람으로 하여금 다만 원하게 하니 이 난 다 보옥의 쥬
의로[令人怨恨萬端,正如地缺天傾,女媧難補,正是寶玉主
意][1—2]'에서도 원문의 "正如地缺天傾,女媧難補" 부
분은 번역에서 제외되었다.

除此以外,也有省略某個段落的情況,如第3卷第一部分的詩歌(第3回,第35頁中間)"正是酒逢知己千杯少,話不投機半句多"(3—1),就没有翻譯出來,前後就直接進行了連接。

雖然在該譯本中我們尚未發現特別明顯的誤譯,但是一些發音上的誤讀是屢見不鮮的。"却虧了近日一位明公譜出一部碧落緣樂府"(1—4)中,將"碧落緣(벽락연)"誤讀作了"碧落緑(벽락녹)"。但是到了第20卷(原文第30回)的回目中的讀音確實是正確的,讀爲"林黛玉初演碧落緣(임대옥쵸연벽락연)"。

《後紅樓夢》中並不像《紅樓夢》那樣有很多的雙行注釋,但是也可以找到一些。下文中出現的"世嫂"就被注釋爲"對別人的妻子的稱呼"。如:

> 너와 다못 세쉬 [남의 안해를 니르미라] 백두 필 때가지 니르면(그대와 아내가 흰 머리 될 때까지 이르면)(住到你同世嫂百歲白頭之日)[14—1]

另外,在上文中我們雖然已經指出了,該譯本並不是以一回一卷的形式進行翻譯的,爲了跟上下一回的步調,譯文在篇幅上進行了調整,各回結束的部分與開始的部分就直接進行了接續,有一些做了修改。如:

> 대져 보옥이 집의 도라와 왕부인 등을 보고 붓그러오미 엇더하리며 또 엇더케 대옥으로 더브러 대면함과 다못 대옥의 져를 아른체 하는지 아니 할는지 알녀 할진지 하회의 분해하라. 화셜 왕부인이 오래 기다리지 못하여 즉시 배명을 불너 령리한 마피자를 다리고 쾌한 말을 갈하여 마자으라 하니(대저 보옥이 집에 돌아와 왕부인 등을 보고 부끄러워함이 어떠하리며, 또 어떻게 대옥과 더불어 대면함과 자못 대옥이 자신을 아는 체 할지 안 할지 알고

자 한다면 다음 회를 보시라. 화설 왕부인이 오래 기다리
지 못하고 즉시 배명을 불러 영리한 마패자를 데리고 빠
른 말을 택하여 맞아오라 하니) [1—47]

要知寶玉進門見王夫人等找也不找,如何與黛玉見面,
及黛玉理他不理他之處,且聽下回分解。(以上見原文第1回
結尾部分)

話說榮國府聽說賈政、寶玉同回,合府大喜,王夫人等不
及,即喚焙茗帶令利馬牌子選了快馬迎將下來。(以上見原文
第2回開頭部分)

보옥이 정신을 뎡하여 문득 무로대 네 이 말이 진적
하냐 나를 속이지 말나 하니 배명이 앗지 대답한고 하회
의 분해하라. (보옥이 정신을 차리고 문득 묻길 너 이 말
이 진짜냐, 나를 속이지 말라 하니, 배명이 어떻게 대답하
였는지는 다음 회를 보시라) [1—52]

화설 '보옥이 정신을 정하여 문득 무로대 네 이 말이
진적하냐 나를 속이지말나' 배명이 웃고 니르대 내 이야
를 속인다 하나 감히 노야를 속이랴. (화설 보옥이 정신을
차려 문득 묻길 '너 이 말이 정말이냐, 나를 속이지 말거
라' 하니 배명이 웃으며 말하길 제가 설사 이야(보옥도련
님)를 속인다 하나 감히 노야(대감마님)을 속이겠습니
까) [2—1]

這裏寶玉定着神便問道:"這個話真個嗎? 不要哄我。"
焙茗笑道:"我哄你,敢哄老爺嗎? "

由以上的引文可知,原文的第1回的結束部分都被翻譯出來了,
而第2回的開頭重復的部分(原文畫綫部分)雖然被省略了,但

是在譯文中却重復翻譯了一次。另外,在譯文的每卷結束處,設定了"將來要如何？"這樣一句疑問,增加了"下回分解"這一套語,與下卷開頭的"話説"一道對前面的故事進行了部分重復,（譯文劃綫部分）這樣就將前後故事連接了起來。但是在第二卷中的原文第2回與第3回連接的部分中,不露痕迹地省略了對"下回分解"的翻譯,譯文第2卷與第3卷之間的分割部分中,使用了:

　　　　이 때 대옥이 왕부인과 평아 도라 간 후의 엇지한고
　　챠청 하회 분해하라. (이 때 대옥이 왕부인과 평아가 돌아
　　간 후에 어떻게 하였는지 다음 회에서 들으시라)

這樣的套語,在下一卷中除了寫有"且説"之外,没有其他的重復之處。[①]雖然如此,在第三卷的結尾部分與第四卷的開始部分,重復的情節又出現了一次,可見這兩種方式都被採用過。

六、結語

　　清代出現的數量衆多的古典小説中,《紅樓夢》的流行是非常獨特的現象,續書的出現也非常迅速,續書的種類也多種多樣。程刻本出現後不過數年,逍遥子僞託曹雪芹之名創作的《後紅樓夢》以相當完備的體系而問世,問世之後很快風靡一時。這樣早期被稱之爲四大續書的《後紅樓夢》、《續紅樓夢》、《綺紅樓夢》、《紅樓補夢》等廣爲流行,在此之外,接著有《續紅樓夢》

---

①第二卷與第三卷的分割部分中,爲原文第3回35頁"且説黛玉,自王夫人平兒去了"的內容,後面接著的"正是酒逢知己千杯少,話不投機半句多"被省略了。

（另外續本）、《紅樓圓夢》、《補紅樓夢》、《增補紅樓夢》、《紅樓幻夢》、《紅樓夢影》等續書相繼出現。續書創作的熱潮雖然到了道光年間有所收斂，但是直到清末的譴責小説家吳沃堯還在將當時的政治熱點以《紅樓夢》續書的方式進行創作，由其《新石頭記》可見其對《紅樓夢》續書創作的熱情。這種現象雖然可以説是爲融合原作傑出的藝術性並迎合讀者熾熱的人氣而出現的現象，但是由於《紅樓夢》的悲劇性結局，續書的作者們爲了使作品符合當時一般讀者的口味，通過傳統的大團圓的結局來使讀者獲得一定的安慰，可以説這也是《紅樓夢》續書現象出現的一個重要原因。雖然在藝術性方面，續書跟原作不能相提並論，但就像吳沃堯在其著述的《新石頭記》中所説的那樣，續書也可以説具有其自身獨特的紅學觀，可以説是展示多種多樣的讀者層的觀點的實例。從這個角度來看對續書的研究具有十分重要的意義。

　　過去的一段時間從與原作的藝術性比較的角度來看，這些續作未能得到人們的認可。但是近來，大部分的續作得以影印出版，其意義開始得到人們的認可。《後紅樓夢》於同治（1862—1874）與光緒年間（1875—1908）在江蘇地區與《紅樓夢》及其他續書一道被指定爲禁書。① 但是人們對這些續書的喜愛並未受此影響，這些禁書反而更廣泛的爲人們所閱讀。

　　在韓國的情況也是如此，各種續書同《紅樓夢》一道傳入韓國並廣爲讀者閱讀。樂善齋全譯本小説中，除了對譯本的《紅樓夢》以外，五種全譯的續書也是值得我們重視的。除此以外，在各圖書館收藏有數種的續書版本，這反映了過去韓國的讀者中就有不少人讀過這些作品。《後紅樓夢》是真正意義上得以刊行的最早的續書。雖然假託作者之名寫作序文的逍遥子的身份尚不

---

① 參閱安平秋、章培恒主編：《中國禁書大觀》，《清代禁書目録》，上海：上海文化出版社，1990年。

明確,但是他的號爲"巨卿",而且這部書應該早在乾隆末年與嘉慶初年之前就已經問世了,這些是毋庸置疑的。作者故意寫作了與程刻本中相似的序文,並製作了凡例。在内容上基本採用了原書中的人物,只是另外添加了一些其他的人物。他出於對林黛玉與晴雯之死的惋惜之情,讓這二人死而復生,因此遭到了後人的嘲笑,但是也正好反映了當時讀者們對二人之死的惋惜之情。

　　樂善齋本全譯《後紅樓夢》是韓國翻譯的唯一的本子。原本的30回分爲20卷,雖然一些回目被省略,但是除去一些很少的部分外大多數都得到了全譯。翻譯的特點與其他的樂善齋本幾乎差不多。今後需要我們對這部作品的主題、人物、結構等進行分析,另外也需要對這部作品與韓國小説的關係進行研究。另外筆者以爲有必要對這個譯本採用的底本繼續進行查考。

第四章 《紅樓夢》續書與《續紅樓夢》的研究

一、《紅樓夢》續書的出現與創作的動機

　　《紅樓夢》120回本於1791年在北京初次得以刊行之後,迅速在全國廣爲流傳,很多讀者開始對於《紅樓夢》的後半部分給予各種評價。首先,知道曹雪芹生前只有前80回得以流通的一些人,並不相信程偉元、高鶚等人在《紅樓夢》序文與引言中所謂"他們搜集並整理了八十回以後的後四十回是曹雪芹的遺稿"這一説法。因此,後四十回自此開始被看作是高鶚的續作。①

　　續書的作者們對原作的後半部分的内容也多有不滿,這與前面的主張是一致的。具體而言,人們並不把高鶚視作續書的作者。《紅樓夢》的第一部續書是借用曹雪芹之名義的逍遥子的《後紅樓夢》。雖然對這部書的年代没有明確的記録,但是嘉慶元年

---

① 這一觀點在清代裕瑞的《棗窗閑筆》中就已經提出,新紅學時期胡適等人受到此説的影響,也力主"高鶚續書説"。

（1796）該書就已經開始爲讀者所知，因此一般認爲該書創作於乾隆末年。第二部續書的作者秦子忱在創作《續紅樓夢》之前就購買並閱讀過《後紅樓夢》，並指出過《後紅樓夢》的長短之處。《紅樓夢》續書大量出現的時期大概是在嘉慶（1796—1820）與道光（1821—1850）年間，光緒（1875—1908）年間出現的續書就已經受到了新文化的影響了，續書的内容也發生了很多變化。但是今天出現的《紅樓夢》續書是後續刊行的，甚至在最近幾年還有續書陸續出現。但是清代創作續書的作者們的立場與主張當然與今天的作家們是不一樣的。

清代的《紅樓夢》續書作家們在續書中摻入的問題，在於對原作的後半部分中的主要人物的悲劇性結局的處理上。雖然魯迅早在其《中國小説史略》中就已經指出過這一點，但是由於當時的讀者們並不願意接受小説的這種悲劇性結局，也無法隱忍對林黛玉之死與寶玉的出家這一悲劇性結尾的遺憾，因此續書作者採用了新的方法，創作了讓這些讀者們滿意的作品。當時這些續書的作者們對《紅樓夢》在讀者中是如何的受歡迎了然於胸，也對讀者們閱讀之後内心會產生怎樣的感情也做了敏鋭的觀察。當時的讀者們對《紅樓夢》原作存在各自的不滿，主要有兩個方面。一個是前面所説的登場人物的悲劇性結局，一個可以説是賈寶玉與林黛玉的反封建反儒教性的思想。

雖然今天我們能對曹雪芹給予這樣高度的評價：曹雪芹與這些人一樣具有一種以叛逆的、反抗的方式對其思維方式進行勾畫的勇氣和眼光。當時公開站出來贊成這一點的人也不少，大部分是儒學者、士大夫等知識份子，在他們的創作中融入了他們理想中的儒教思想與功名意識。

今天傳下來的很多續書大部分就像前面説到的那樣，主要集中在以上所述的兩個方面，從這一點上完全可以證明這一觀點。再回到小説的悲劇性結局上來，爲了營造一個讀者滿意的結局，一些作家們在120回以後進行了續寫，讓賈寶玉與林黛玉復活，甚至描寫了他們的後代的故事，剩下的一些續書作品直接在第97回之後進行展開，讓林黛玉死而復生。[①]

　　爲了實現儒家的理想世界，大部分續書中都讓賈寶玉還生以後參加了科舉考試並及第，成爲翰林學士，或者做到更高的官。同時在家庭生活上，薛寶釵與林黛玉都成了賈寶玉的妻子，而晴雯與襲人成了寶玉的小妾，續書中進行了這樣的安排，編織了一個符合傳統社會理想的社會。可以説這種變化是爲了迎合當時的社會風氣以及士大夫們的想法，以及讀者的趣味。

　　與此相反的是，今天的一些作家們反而對小説的後半部分的結局進行了更加悲慘的處理。依照脂硯齋的一些評語，賈氏家族後來完全没落下去，而賈寶玉則淪爲乞丐。但是今天所見的高鶚的120回本對此進行了修改，加入了這樣一些内容：對功名素來深惡痛絶的賈寶玉此時一反常態的參加了科舉考試，並高中。隨著在其出家之後一同參加科舉考試的賈蘭的成長，賈家的家勢又得以恢復。

　　到了現代，一些續書作家們依照考證學的研究成果，以高鶚的後40回與脂硯齋評本中提到後半部分的内容不相符爲理由，重新進行了創作。實際上這種考證學上的研究是新紅學早期的主張，雖然有一部分紅學家接受並繼承了高鶚續書説，但是可以説這並不是學界最終的結論。由於缺乏對《紅樓夢》120回中收録的高鶚與程偉元的證詞進行駁斥的材料，只好暫時承認他們的持論。近來持這種見解的人越來越多。不僅如此，現代本的續書

---

① 清代的《紅樓夢》續書大致上可以分爲這兩類。《續紅樓夢》（秦子忱）、《紅樓夢補》（歸鋤子）、《紅樓幻夢》（花月癡人）都是在原作的第97回之後續寫；《續紅樓夢》（海圃主人）等其他的續書都是在120回之後續寫。

中出現了續寫在80回以後的新的内容。①

　　據我們所知,清代出現的續書的種類流傳至今的有30餘種②,其中以《續紅樓夢》爲書名的作品有三部。首先是秦子忱的《續紅樓夢》30回本。較之稍晚一點出現的是海圃主人的《續紅樓夢》40回本。③另外有未能得以刊行、以原稿的形式流傳的、張曜孫的《續紅樓夢》20回本。④但是由於前兩種續書一般更爲人們所知的關係,研究中只提到前兩種續書,並以"秦續"與"海續"進行區分。

　　本文中將對秦子忱的《續紅樓夢》的文獻事項及作品的内容進行介紹,並對作者描繪的新的人物形象以及作家理想中的世界

---

① 胡適之後的新紅學時期,學界强調"高鶚續作説",前80回部分的"脂硯齋評本"受到重視;後40回本在内容與思想上受到《紅樓夢》評論界的批判,最近開始出現很多接續在80回之後的續書,如張之的《紅樓夢新補》30回本81—110回(山西人民出版社,1984),周玉清的《紅樓夢新續》40回本,81—120回(團結出版社,1989)等。

② 至今尚無對《紅樓夢》續書進行精確統計的"出版目録"。我們將截至目前能見到的續書版本與文獻目録進行綜合分析的話,大概有超過30餘種的續書。清代續書中作者與續書内容能很明確的有17種,只留下了書名的有14種。中華民國以後到現在爲止,共有6到7種。本文僅以清代的續書爲研究考察的對象。參閲:崔溶澈:《清代紅學研究》之《清代紅樓夢續書作品之評述》(臺灣大學博士論文,1990);崔溶澈:《紅樓夢》續書研究——關於《後紅樓夢》(《中國小説論叢》第1輯,1992)。

③ 海圃主人在《續紅樓夢》的扉頁中添加有"續紅樓夢新編"的標題,以此與秦子忱的《續紅樓夢》區分了開來。嘉慶十年(1805)該書初次得以刊行,該書在原書120回之後續寫了賈政與賈環、賈薔的看破紅塵離家出走,描寫了薛寶釵的兒子賈茂的生活,評論者們認爲作者在續書中描繪了一個科舉及第封妻蔭子的理想世界。該書的現代整理本有春風文藝出版社的本子《海續紅樓夢》(1987)與北京大學出版社的本子《續紅樓夢新編》(1990)。韓國没有該書的古版本。

④ 張曜孫的《續紅樓夢》爲未完成本,只有20回。内容上也是接續在原書120回之後續寫的,無回目。第一回中記録的是自丙辰年(1856)至丁巳年(1857)之間的事情。北京大學1990年將此書以《續紅樓夢稿》之名鉛印出版。

觀進行一番分析。另外,通過對韓國流傳的樂善齋本翻譯小說
《續紅樓夢》的翻譯特點進行考察,來説明《紅樓夢》在韓國廣泛
流傳的特點以及翻譯上的一些特點。

二、秦子忱《續紅樓夢》的版本及創作過程

　　《續紅樓夢》的作者是秦子忱。依卷首的序文及題詞,秦子
忱之"子忱"是其字,號雪塢,隴西人。早年做過兗州都司。但是
迄今爲止我們還弄不清其本名及其他詳細履歷。

　　該書最早的版本是嘉慶四年(1799)抱甕軒刊行的本子。
該書的扉頁上寫著這樣一句話:"嘉慶己未新刊,續紅樓夢,抱甕
軒。"卷頭的最前面有鄭師靖的序文,譚瀠的題詞,另外依序收錄有
凡例六則、弁言及題詞與回目等。正文半頁九行,每行20字。

　　比這個本子稍晚出現的本子有光緒八年(1882)抱甕軒的刊
行本,以及同年刊行的經訓堂的本子,以及光緒十四年(1888)
善友堂刊刻的本子。另有石印本,如民國十年(1921)上海大成
書局刊刻的本子,以附錄的形式增加了八副插圖,收錄了《續紅
樓夢》的全圖。也有鉛活字本,如民國二十九年(1940)上海新文
化書社刊行的本子。以現代本出現的新式標點本有春風文藝出
版社本《秦續紅樓夢》(1985),以及北京大學出版社本《續紅樓
夢》[1](1988)等。

---

[1]秦子忱撰,楊力生、鐘離叔校點:《秦續紅樓夢》,《紅樓續書選》,瀋陽:春風
　文藝出版社,1985年。秦子忱撰,華世瑞點校:《續紅樓夢》,《紅樓夢資料
　叢書:續書》,北京:北京大學出版社,1988年。這兩個現代本除了卷首的
　回目與凡例,弁言的收錄順序不同之外,沒有什麼太大的差別。另在字句
　的校勘上存在一些差別。

可以斷定的是《續紅樓夢》很早就已經傳入韓國了。文獻上能找到的記錄是李圭景（1788—？）的《五洲衍文長箋散稿》卷七之《小説辯證説》的記録。其中談到了《紅樓夢》與《聊齋志異》，可知大體上是1830年之前傳入的。^①現在《續紅樓夢》的原本奎章閣與高麗大學晚松文庫各藏一部，另外該書作爲樂善齋翻譯小説之一種在韓國學中央研究院藏有譯本。

奎章閣的藏本是嘉慶己未年（1797）抱甕軒的原本《續紅樓夢》六卷。雖然在書目中標注爲三十卷，實際上只剩下不到一半份量的十五卷^②，原來並非十二冊。另外在書目《奎章閣圖書中國本綜合目録》中提示作者名"雪塢子"，但是這是將"雪塢"與"秦子忱"未能進行正確區別而造成的錯誤。該書的大小爲：寬11.8cm，高17.6cm，收入原文的板廓的大小爲：寬9.5cm，高12.7cm。正如《紅樓夢書録》與《中國通俗小説總目提要》的介紹那樣，序文與題詞、凡例、弁言等都有收録。扉頁上印有"帝室圖書之章"、"集玉齋"、"朝鮮總督府圖書之印"、"京城帝國大學圖書章"、"首爾大學校圖書"等五個印章。

高麗大學晚松文庫藏本只剩下中間的三冊，文獻事項並不明確。對於作者，也是誤記爲"雪塢子"。所藏的是從第十一卷到第十六卷共6回3冊，但是被誤認爲"全16冊"。以下我們對樂善齋譯本《續紅樓夢》的翻譯特點做一番考察。秦子忱的《續紅樓夢》開始創作於嘉慶二年（1797），刊行於嘉慶四年（1799）。該書是繼逍遥子的《後紅樓夢》之後第二部續書，作爲《紅樓夢》四大

---

① 參閱崔溶澈：《紅樓夢的韓國傳播及其影響研究》，《中國語文論叢》，1991年第4輯。

② 現在所藏本的每一冊的量都不一樣。第一冊（序，題詞，凡例，弁言，卷1—2），第二冊（卷3—5），第三冊（卷6—7），第四冊（卷8—10），第五冊（卷11—12），第六冊（卷13—15）。每卷大體上編入了兩到三回。

續書①之一廣爲流行。秦子忱的《後紅樓夢》的寫作過程在鄭師靖的《序文》與秦子忱自己寫的《弁言》中有交代。

　　據此，秦子忱於1797年（丁巳）春天借在家静養的機會，爲了打發時間，從朋友那裏借來了《紅樓夢》。看完這部作品之後，對作品中賈寶玉與林黛玉未能有個美好的結局感到非常可惜。在其好友鄭師靖的勸説之下，加上自己也閲讀過已經刊行的《後紅樓夢》因而受到刺激，於是創作了這部續書《續紅樓夢》。

　　秦子忱的《續紅樓夢》從原書的第97回開始寫起，對天上世界、地獄世界與人間世界都進行了世俗化的描寫，對小説中的人物的名字不做任何更改而直接出現，這是這本小説的一個特點。因此從清代開始就有了"鬼紅樓"這一別稱。以下是原本卷首所載的鄭師靖的序文。

　　　《紅樓夢》爲記恨書，與《西廂記》等。顧讀者不附崔、張酸鼻，而咸爲寶、黛拊心者，續與未續之分也。然離而合之易，死而生之難。雪塢秦都闈②，以隴西世胄，有羊郃風。韜鈐之暇，不廢鉛槧。輒然謂予曰："是不難。吾將爇返魂香，補離恨天，作兩人再生月老，使有情者盡成眷屬，以快閲者心目。"未操筆，他氏已有《後紅樓》之刻，事同而旨異。雪塢乃别撰《續紅樓夢》三十卷，著爲前書衍其緒，非與後刻爭短長也。余讀之，竟恍若游華胥、登極樂、闢天關、排地户，生生死死，無礙無遮，遂使吞聲飲恨之《紅樓》，一變而爲快心滿志之《紅樓》，抑亦奇矣！ 雖然，豈徒爲夢中人作撮合哉？ 夫謝豹傷春，精衛填海，物之愚也，而人效之；鯤弦莫續，破鏡難

──────────

① 《紅樓夢》的四大續書出現於1800年前後，這四大續書爲：逍遥子的《後紅樓夢》、秦子忱的《續紅樓夢》、王蘭沚的《綺樓重夢》、陳少海的《紅樓復夢》，這四大續書又被簡稱爲"後"、"續"、"重"、"復"。在後來的臨鶴山人的《紅樓圓夢》與娜嬛山樵的《補紅樓夢》中也是如此稱呼這四大續書的。
② 都闈是指統兵在外的將帥。

圓，天之數也，而人昧之。要惟不溺於情者，能得其情之正；亦惟不泥於夢者，始博夫夢之趣。雪塢之以夢續夢，直以夢醒夢耳。嗟乎！夢有盡而情無盡，雖猶是游戲筆墨，而無怨無曠之抱負已覘其概，此真十州連金泥、續弦膠也。彼續《西廂》之諧鳧脛貂尾者，又烏足並論。書以質之，雪塢以爲然否？

　　秀水弟鄭師靖藥園拜題[①]

由這篇文章我們可以看出，在秦子忱創作《續紅樓夢》之前，他曾與鄭師靖有過一番細緻的討論。雖然關於鄭師靖缺乏相關的材料，但是由他熟知秦子忱的故鄉以及秦家的來歷等可以看出二人一定是老朋友了。

　　原文後一個面在鄭師靖的序文之後收錄有譚溁的一篇題詞。對譚溁我們也很難知道他到底是怎樣一個人物。

　　　　將軍不好武，更搜今求古。只爲那金釵無主，續纂黃粱
　　離恨天堪補。

　　　　仙緣了孽冤，幻境無愁苦。漫擬猜天曹地府，筆蕊生華
　　原向夢中吐。

　　　　　　　　　　　　——調笑《南柯子》，易水弟譚溁拜題[②]

　　接著就是作家自己寫的凡例六則，提到了登場人物以及使用的語言與環境描寫等問題。《後紅樓夢》中加入了前書的內容要略，而《續紅樓夢》則並非如此。以下是對其理由的説明。

　　　　一、書中所用一切人名、角色，悉本前書内所有之人。蓋續者，續前書也。原不宜妄意增添。惟僧道二人，在大荒山空空洞焚修，若無童子伺應，似屬非宜，故添出一松鶴童子。

此外,悉仍其舊。

二、前《紅樓夢》書中,如史湘雲之婿以及張金哥之夫,均無紀出姓名,誠爲缺典。茲本若不擬以姓名,仍令閲者茫然! 今不得已妄擬二名,雖涉穿鑿,君子諒之。[1]

三、書内諸人一切語言口吻,悉本前書,概用習俗之方言。如"昨兒晚上"、"今兒早起"、"明兒晌午",不得換"昨夜"、"今晨"、"明午"也;又如"適才"之爲"剛才兒","究竟"之爲"歸根兒","一日、兩日"之爲"一天、兩天","此時、彼時"之爲"這會子、那會子"皆是也。以一概百,可以類推。蓋士君子散處四方,雖習俗口頭之方言亦有各省之不同者,故例此則以便觀覽,非敢饒舌也。

四、前《紅樓夢》書中,每每詳寫樓閣軒樹、樹木花草、床帳鋪設、衣服、飲食、古玩等事,正所以見榮寧兩府之富貴,使讀者驚心炫目,如親歷其境、親見其人、親嘗其味。茲本不須重贅,不過於應點染處略爲點染。至於太虛幻境與天曹地府,皆渺茫冥漠之所,更不必言之確鑿也。

五、前《紅樓夢》開篇先叙一段引文,以明其著《紅樓夢》所以然之故,然後始入正文,使讀者知其原委。茲續本開篇即從林黛玉死後寫起,直入正文並無曲折,雖覺突如其來,然正見此本之所以爲續也。雖名之曰《續紅樓夢》第一回,讀者只作前書第一百二十一回觀可耳。

六、《後紅樓夢》書中,因前書卷帙浩繁,恐海内君子或有未購,及已購而難於攜帶,故又叙出前書事略一段,列於卷首,以便參考。鄙意不敢效顰。蓋閲過前書者,再閲續本方能一目了然;若前書目所未睹,即參考事略豈能盡知其詳。

---

[1] 此二人爲崔文瑞(張金哥夫)與林嗣玉(史湘雲夫),均由《續紅樓夢》作者獨創。

續本縱有可觀,依舊味同嚼蠟,不如不叙事略之爲省筆也。

一般古典小説的凡例是以作家自己説明小説作品中的某些特點的方式,向讀者説明在閱讀時候應該注意的一些事項。《紅樓夢》版本中早期的抄本程甲本中就有凡例,版刻本程乙本(1792)中的"引言"采取"凡例"的形式,收録了七條説明。能看出《續紅樓夢》的凡例也是繼承了這一傳統的。在凡例第一項與第二項中指出:雖然一字無遺的採用了前書(指《紅樓夢》)中的登場人物,但是同時也增加了松鶴童子、史湘雲的丈夫、張金哥的丈夫等一些人。第三項中指出:爲了與原作的語言習慣保持一致,續書中主要使用了北京話,在第三項的凡例中舉例進行了説明。第四項中指出:小説中的環境描寫與原書不同,並没有做更多的細緻描寫;對天上的世界與地獄的世界等非現實的世界部分作了詳細的描寫。第五項説明了没有寫如同原作中那樣的弁言的原因;第六項中解釋了没有必要像《後紅樓夢》中那樣對原作的内容進行概要的理由。

下面我們來看一下作者所寫的《續紅樓夢》的弁言[①]:

> 《紅樓夢》一書,膾炙人口者數十年。余以孤陋寡聞,固未嘗見也。丁巳(1797)春,余偶染瘖疾,乞假調養,伏枕呻吟,不勝苦楚。聞同寅中有此,即爲借觀,以解煩悶。匝月讀竣,而疾亦賴是漸瘳矣!然余賦性癡愚、多愁善病,每有夸父之迂、杞人之謬。疾雖愈,而於寶、黛之情緣終不能釋然於懷,夫以補天之石而仍有此缺陷耶!

---

① 這裏弁言形同前言或者序文。這裏按照鄭師靖的序文、譚瀠的題詞、作者的凡例即弁言的順序引用,這是遵從的奎章閣藏本收録的順序。現代本中只有春風文藝出版社的本子采取的是這一順序。北大本改作序、詞、弁言、凡例的順序收録;文海本改作序、弁言、凡例、題詞的順序收録。但春風本的弁言與北大本有些出入,此據一粟編:《紅樓夢書録》,上海:上海古籍出版社,1980年,第93頁。

　　公暇,過東魯書院,晤鄭藥園山長,偶及其故。藥園戲謂曰:"子盍續之乎?"余第笑而頷之,然亦不過一時之戲談耳。迨藥園移席於滕,復致書曰:"《紅樓夢》已有續刻矣,子其見之乎?"余竊幸其先得我心也。因多方購求,得窺全豹。見其文詞浩瀚,詩句新奇,不勝傾慕。然細玩其叙事處,大率於原本相反,而語言聲口亦與前書不相吻合,於人心終覺未愜。

　　余不禁故志復萌,戲續數卷以踐前語。不意新正藥園來郡,見而異之。一經傳説,遂致同寅諸公群然索閲。自慚固陋,未免續貂;俯賜覽觀,亦堪噴飯。又何敢自匿其醜,而不博諸公一撫掌也耶!

　　嘉慶三年九月中浣,雪塢子忱氏題於兗郡營署之百甓軒,詞曰:

　　堪歎悟生真惓惓,一往情深。每代他人慟,曹子雪芹書可誦,收緣殊恨空洞洞。

　　釵黛菱湘才伯仲,倣儻風流。更有妖韶鳳,斧在班門原許弄,無端濫續紅樓夢。

　　　　　　　　　　　　　　　　　——調《蝶戀花》①

　　作者首先講明了自己閲讀紅樓夢的契機,表達了在閲讀完作品之後對作品中人物悲劇性結局的惋惜之情。當時他的心情與一般讀者一樣,對賈寶玉與林黛玉未能最後走在一起感到非常傷心。

　　特別是,他在當時流行的兩種觀點中站在擁護林黛玉的這一邊,思考了接續二人未了愛情的方案。但是到這個時候,他還是同其他的讀者一樣未能想到對作品進行續寫這一點。通過與莫逆之交鄭師靖的談話,他獲得了創作續書的信心,但是並未立即

---

① "嘉慶三年九月中浣雪塢子秦子忱氏題寫於兗郡營署之百甓軒"。雪塢是秦子忱的號,曾任山東兗郡武官統帥。兗郡即今山東省兗州。

開展續書的創作。在這種情況下,他得知了《後紅樓夢》的消息,並買來閱讀了這部小説。但是他知道續書不可能按照自己設計的方向展開,開始了新的續書的創作。

他閱讀完《後紅樓夢》的一個感覺是:《後紅樓夢》的文辭非常優美,詩句也是新穎的,是非常有特點的一部作品;但是,這部續書的主題與原作的主題正好相反,語言上也未能很好的體現出原作的味道。《續紅樓夢》的内容主要爲:在120回之後,賈寶玉還生,並讓賈寶玉與林黛玉二人再接前緣。死去的晴雯的魂魄借五兒之身重新復活,做了賈寶玉的小妾,其要旨可以説是"解開賈寶玉與晴雯之間的屈情"①。對於這一内容,秦子忱感到不滿的部分,是紅學史上長期以來一直爭論的一個問題,即"林黛玉與薛寶釵的優劣之比較"。秦子忱反對《後紅樓夢》中"褒黛貶釵"的基本態度;從"黛釵合一"的觀念出發創作了《續紅樓夢》。

三、秦子忱《續紅樓夢》的内容與對這部作品的評價

《紅樓夢》中作家曹雪芹創作了一個反傳統、反儒家的嶄新的賈寶玉與林黛玉的形象。與之相反的是,在《續紅樓夢》中作者創作了一個追求世俗功名富貴的儒家理想的世界。從思想的層面來看是儒釋道三教合一的思想,特別是歸結爲新儒學思想中心。這與清代後期社會的一般文化思潮有著密切的關係。

---

① 這一評價見仲振奎的《紅樓夢傳奇》跋文:"此書大可爲黛玉、晴雯吐氣。"

　　我們先來對這部作品的整體故事情節做一番簡要的概括。[①]
該書從《紅樓夢》原文第97回林黛玉死後開始展開。

　　林黛玉的魂魄回到太虛幻境之後，見到了已經在太虛幻境的
金釧、晴雯、元春、尤三姐、尤二姐、秦可卿等人，接著又與重新回
到太虛幻境的迎春、王熙鳳、妙玉、香菱等人建立了聯繫。林黛
玉居住在絳珠宮中，吃了由警幻仙子們賜給的仙藥與食物恢復了
元氣。此處雖然是天上，但是與人間並無二致。元春還是如前一
樣被呼爲皇貴妃，是作品中身份與地位最高的人物。其他的人物
還是繼續維持在前書中的身份和地位。人世的怨恨與嫌惡在此
相遇之後，通過開誠佈公的溝通與反省得以消解。只有王熙鳳由
於罪孽深重，爲了給她贖罪的機會，讓她去往陰間尋找賈母的蹤
迹。與之同行的還有鴛鴦與尤三姐。另外警幻仙子贈予林黛玉
的寶葫蘆，以及甄士隱贈予香菱的返魂香、尋夢香等這些神秘的
物件，爲與人間世上的親人們的相聚提供了幫助。
　　賈母（史太君）辭世之後，沒有人帶她去往地獄的陰司，而
身體硬朗的老僕人焦大突然死亡，成了前去侍奉老太君的死鬼。
在去往地獄的路上賈母看到了因淫行而淪爲牲畜的鮑二媳婦，就
將她收買同走。另外，秦鐘在寺院中見到了智能，二人遂同行。
抵達酆都鬼城之後，他們花重金收買了地府書記，並囑託善作處
理。這個書記就是曾經打算買香菱爲老婆却被薛蟠手下打死的
馮淵。意想不到的是守衛豐都鬼城[②]的城王竟然是林黛玉的父
親林如海，林黛玉的母親賈敏也在此負責一些官廳的事務。除此

------

① 該作品的故事情節在中國江蘇省社會科學院編的《中國通俗小説總目提
　要》中做了詳盡的介紹，筆者在行文中主要參照了該介紹。該書兹由韓國
　中國小説學會共同翻譯，以《中國古典小説總目提要》爲書名，由蔚山大學
　出版社出版。《續紅樓夢》的梗概，收於此書第三卷。
② 酆都城爲地府名，城隍指的是守護聖地的神靈。

之外,賈珠、司棋及潘又安等人皆爲林如海的部下,並各司其職。林如海與閻羅大王保持著良好的關係,因此賈母得以停留在酆都城。這裏的生活與人間世界的生活幾乎没有什麼差別。

　　話説王熙鳳等人去尋找賈母的途中,看到一路非常艱辛的人,也有人中途逃走成爲乞丐的。一天他們投宿在一家旅館,却不料爲酆都城王派出的人抓走了。這樣她們見到了賈母,聽説了賈母等人的事情,這才放心的舒了一口氣。[①]賈母與林如海夫婦開始明白賈寶玉與林黛玉、薛寶釵三人之間糾纏不清的婚姻問題,晴雯的冤屈也得以昭雪。他們覺得如果不是有傷風敗俗的話,那麼就應該讓有情人終成眷屬,對於過去的事情,賈母與王熙鳳都深感後悔。這時張金哥告發王熙鳳於饅頭庵劫取了錢財,這是一件關乎衆人性命的事情。但是中間由於賈珠等人的周旋,結果賠償了白銀三千兩,王熙鳳讓他去地府找到與之約定婚約的人,這一事件才告平息。另有夏金桂死後生活於酆都城之外並淪爲娼婦,馮淵聞訊買了夏金桂爲小妾,與薛蟠產生過結。賈母參觀地獄的時候,王熙鳳發現了地獄中正在受罪的自己,内心突然驚醒,兩個王熙鳳合爲一體。除此以外,在多人的請求之下,地獄中的趙姨娘、馬道婆、賈瑞等都被救出來,並得以還生人間。

　　另外一方面,賈寶玉離開毗陵驛後,闖入大荒山,没想到柳湘蓮等人早就在那裏了。二人一起做了茫茫大士與渺渺真人的弟子,跟隨他們修行。此和尚與道士對賈寶玉與柳湘蓮二人説道:雖然他們已經是出家人,但是樂善好施,神仙與佛道不過正心誠意[②]四字,並稱實際上只不過希望恢復世俗正常的價值。一天賈寶玉與柳湘蓮二人長期的修道接近尾聲的時候,凡心大動,趁著

①薛寶釵在一些現代韓國語譯本中被翻譯爲"설보채",而在樂善齋的譯本中寫作"설보차"。筆者以爲寫作"설보차"是正確的。

②"正心誠意"及後面的"格物致知"皆爲《大學》中的句子,是新儒學思想中最爲重要的觀念。

大士與真人外出的間隙,下山玩耍。途中爲兩位仙女抓到並獲求愛,但是由於都有意中人,悟到格物致知的道理,能分辨真假;因此雖然爲兩位仙女俘獲但是並未動心。於是兩位仙女現出原形,却是他們的師傅:茫茫大士與渺渺真人。茫茫大士與渺渺真人對賈寶玉二人說道:"你們已經悟道了,不如去相助世人。你們想要見到意中人,我們自當助你們一臂之力。"不久在甄士隱的幫助下,賈寶玉與柳湘蓮的魂魄進入了太虛幻境,在尤二姐的撮合下,柳湘蓮與尤三姐結爲夫妻。而賈寶玉與林黛玉雖然相愛很深,但是没有父母之命,二人的婚事也被暫時擱置。在林黛玉與晴雯的催促之下,賈寶玉只有先行與金釧兒同房。賈寶玉與林黛玉得到賈母等人的消息之後,帶上了林黛玉的書信,與柳湘蓮一道前往酆都鬼城向林如海夫婦請求與林黛玉的婚事。這時生活在人間的薛寶釵讓人燒掉自己的詩,借此表達了思念之情;林黛玉借返魂香之力來到人間見到了薛寶釵。二人冰釋前嫌,都站在對方的立場給予了充分的理解。最後林如海結束任期,陰間諸人重返太虛幻境,分離數年的家人又重新得以相聚。在賈母的主持下,賈寶玉與林黛玉舉行了盛大的婚禮,在進入新房的時候,人間的薛寶釵也來到太虛幻境,三個人快樂的生活在一起。

這時,天界與人間的帝王都同時下令,命太虛幻境中的女子悉皆還生,並命賈寶玉與柳湘蓮等人回到人間。林如海赴任京都城隍,賈家的成員都被授予官職。7月15日前後,原來賈家諸人中一部分人成爲神仙,一部分成爲鬼,其餘的人都同時移居京城長安,一時盛況空前。此後開始了新的生活。

另外,曾經爲非作歹的惡棍因和尚與道士的恩澤改過自新,迎春與孫紹祖結爲夫妻;史湘雲的丈夫也得以復活重返人間,成了林如海的兒子,名爲林嗣玉[①]。已經出嫁的襲人因後悔而自殺,賈寶玉與晴雯等人去太虛幻境將她帶了回來。只有妙玉與惜春因爲早先悟道,惜春回到太虛幻境跟隨著警幻仙子們。賈寶玉熱衷於幫助周圍困難的人,熱衷於爲相愛的男女牽綫搭橋。襲人的前夫琪官與寶玉的下人茗煙都找到了新的老婆。

不久賈寶玉高中進士,成爲翰林。在元春第二次省親之後,賈家的男子都獲得了升遷。賈政升爲工部尚書;賈赦雖然年老退職,但還是享有世襲的爵位與俸祿。賈政則爲京營副總裁,賈蘭則爲國子監的祭酒。已經結婚的年輕女子們都已爲人母,加起來三代共有十五六人,人丁興旺,預示著家族的繁盛。林黛玉的女兒將來成爲了王妃。林如海在三年的任期結束之後,升到天上作了官,並在天上見到了林家的祖先們。此時太虛幻境更名爲"太虛仙境",離恨天與薄命司也分別改名爲"補恨天"與"有情司"。另外原先的句子也更改爲:"色即是空。天地何生男女?情源於性耶?聖賢能分辨貞淫否?",又"讓天下的有情人終成了眷屬,世上愚癡的男女皆成了夫婦"。

由以上的內容可以看出,《續紅樓夢》中,原作的人物不作任何變化登場,人物之間的關係與感情也沒有太大的變化。秦子忱在此基礎上做了一些變化。首先作者以全知的視角,復活了前書中消失(包括死亡的)的人物,併發展了這些人物的關係。在這一過程中,比起設計發生不可預測的事件而言,更多是設計了讓原作中人物的未了之情得以繼續發展的環境。天上與地上的連接,返魂香與返夢香的設定,也是作家爲了追求可能限度之內的合理性的原因。無論是薛蟠的小妾夏金桂賣給馮淵這一情節,亦

---

① 林嗣玉這個名字最早出現在《續紅樓夢》中,在凡例中作者已經做了這樣的說明:原作中沒有史湘雲的丈夫的名字,因此不得不設計了這樣一個名字。

或是王熙鳳被張金家狀告於地府,這些情節的設定不過是爲了驗證因果報應的説法。但是,地府中陰司受賄之後隱藏了犯人的罪行,事件也得以被掩蓋甚至取消,作者通過這些情節諷刺了現實世界的不合理性。

《續紅樓夢》中讓出家的或者死亡的人物還生,這樣的設定對於小説來講顯然是得不償失的,這也是一般對這一續書不能給予很高評價的一個重要原因。中國文學史上,很早就有超越生死的真率的愛情故事,這是受到很多人認可的素材。比如,從唐代的傳奇小説《離魂記》或者元代雜劇《竇娥冤》,到明代湯顯祖的《牡丹亭》,爲了證明事情的真實性,超越生死的故事並不少。[1]至於《續紅樓夢》的情況,雖然我們不知道這些故事是否真實,其文學技巧是否嫻熟,但是我們可以推測,至少有一些作家是出於這樣的立場進行創作的。

大觀園的結尾處理,我們一直以爲是這部古典小説的缺點[2];《紅樓夢》堅持悲劇性的結局,雖然我們不可否認的是《紅樓夢》能獲得更好的評價,但是最近的研究結果表明也有這樣一種見解,認爲這部古典小説中呈現的大觀園的結局是樂觀的,難道不能視其爲是對戲謔的一種不屈服嗎?[3]不管怎樣,可以説這部續書的作者正是站在讀者的立場上,對原書中未盡的部分與不令人

[1] 湯顯祖在《牡丹亭》的題詞中寫道:"情不知所起,一往而深,生者可以死,死可以生。"

[2] 這種觀點起初在魯迅與胡適等人的小説研究中被提出,指出《紅樓夢》的續書未能獲得正確的評價,其原因就是這個問題。見魯迅:《中國小説史的變遷》,《魯迅全集》第九卷,北京:人民文學出版社,2005年,第348頁;胡適著,姜義華編:《文學進化觀念與戲劇改良》,《胡適學術文集——新文學運動》,北京:中華書局,1998年,第73—85頁。

[3] 趙建忠:《紅樓夢續書研究》,北京:中國藝術研究院研究生部碩士學位論文,1992年。雖然在該論文中並沒有對這些續書進行分類分析,而談到了《紅樓夢》續書的價值等問題。該論文中分析了《紅樓夢》續書中的大團圓結局與中華民族的審美意識。

滿意的部分進行的再創作。這一現象，與其從作品的文學性與藝術水準的角度展開評價，倒不如看成是當時讀者對這部書一種具體的清晰的反應。從這一點上來看，這種現象是值得我們重視的。但是迄今爲止中國對小說的讀者層的研究或者讀者反應的系統研究還不够，這不得不説是一種遺憾。流傳至今的數量衆多的名作小說的續書可以成爲很好的研究對象。

接下來我們對歷代文人們的評價與見解做一番梳理。清代的評價主要集中在一些紅學家的評論中或者後世的續書作品中。

裕瑞首先對《紅樓夢》的各種續書進行了系統性的具體評價，在其《棗窗閑筆》中對雪塢之《續紅樓夢》30回給予了"荒唐無稽"、"且與原作意旨南轅北轍"這樣的否定性的評價①。清末著名的文人、也是《紅樓夢》評點批評家的姚燮在其《讀紅樓夢綱領》中提到了《續紅樓夢》，同時也對作者與刊行年度等相關信息做了簡要的記載，另外對鄭師靖所作之序文也進行了概述，同時對這部作品也作了整體性的評價。

除此以外，作者未詳的《海漚閒話》對《水滸傳》的續書《蕩寇志》與《續紅樓夢》的優劣進行了比較，具體如下：

> 《水滸》之後有《蕩寇志》，其主人則《水滸》中人之還魂也；《紅樓夢》之後有《續紅樓》，其主人皆《紅樓夢》中還魂也。此等思想，可厭已甚。在作者不過欲借此以便於傳爾，究竟傳不傳，豈在是？二書文字，《蕩寇志》尚可，《續紅樓》甚惡。《蕩寇志》今坊間尚可購得，《續紅樓》則稀見矣，於此尤可見傳與不傳自有道也。②

清代吳克歧在其《懺玉樓叢書提要》中對《續紅樓夢》有"多

---

① 參閱一粟編：《紅樓夢書録》，上海：上海古籍出版社，1981年，第95頁。
② 參閱一粟編：《紅樓夢書録》，上海：上海古籍出版社，1981年，第95頁。

鬼神,荒唐無稽"的評價,但是又認爲在作品的氣勢方面,《續紅樓夢》比起在此之前出現的《後紅樓夢》略勝一籌。

> 是書作於《後紅樓夢》之後,人以其說鬼也,戲呼爲"鬼紅樓"。……余按:是書,神仙人鬼,混雜一堂,荒謬無稽,莫此爲甚,宜乎解盦居士論方案諸作,列諸又次也。然舌筆快利,閱之可以噴飯,較《後夢》之索然無味,似勝一籌。未知解盦以爲然否? ①

其他續書中提到《續紅樓夢》的主要有如下一些:同時論及之前的四種續書的臨鶴仙人在其所著的《紅樓圓夢》中强調說,在自己所著之續書之前雖然已經有四部續書已經問世並流行,但自己所著之《紅樓圓夢》與這些續書皆不相同。②

嘉慶甲戌年(1814)7月所作之《補紅樓夢》第1回中有娜嬛山樵的一篇序文,在這篇序文中作者指出,在此之前已經有四種續書出現過,人與鬼神雜亂無章交織出場。③因此可知秦子忱的

---

①引自一粟:《紅樓夢書録》,上海:上海古籍出版社,1981年,第95—96頁。很遺憾的是筆者在這裏引用的清末紅學家們的評論文章的原文未能找到。只能從一粟的《紅樓夢書録》中收録的資料中與原作有關的部分進行節録,裕瑞的《棗窗閑筆》中没有有關續書的評論文章,吳克歧在這文章中提到的海盦居士的有關續書的評論文章也無從查找。我們能找到海盦居士的《悟石軒石頭記集評》(光緒十三年,1887)中的《石頭記臆説》這篇文章。但是至於收録有對《紅樓夢》續書進行評論的下卷則無從查找。以後有必要對這一材料進行廣範圍的調查。

②《紅樓圓夢》楔子:"不特現在的'復夢'、'續夢'、'後夢'、'重夢'都趕不上。"(臨鶴山人:《紅樓圓夢》,北京:北京大學出版社,1988年)

③《補紅樓夢》第一回:"那裏知道過了幾時,忽然聽見又有《後紅樓夢》及《綺樓重夢》、《續紅樓夢》、《紅樓復夢》四種新書出來。空空道人不覺大驚,便急急索觀了一遍。那裏還是《石頭記》口吻,其間紕繆百出,怪誕不經。惟有秦雪塢《續紅樓夢》稍可入目,然又人鬼淆混,情理不合,終非《石頭記》的原本。"現代本有北京大學出版社本(1988)與北嶽文藝出版社本(1988)。

《續紅樓夢》不僅有"鬼紅樓"的別稱,也是當時流行的四種紅樓夢續書中最值得一讀的續書。比之更具體的是在該書的第48回中通過登場人物之口,閱讀並評價了已有的續書。兹部分引用如下:

> 先是有人做了一部《後紅樓夢》來,便又有人做了一部《綺樓重夢》出來。山東都闆府秦雪塢因見了《後紅樓夢》,笑其不備,便另做了一部《續紅樓夢》出來。又有人見了說:《後紅樓夢》、《續紅樓夢》皆不好,便又做了一部《紅樓復夢》出來。合共外有四部書呢!……寶釵又把《續紅樓夢》、《紅樓復夢》兩部書看了兩天。……這《續紅樓夢》雖然有些影響,就只是十數人都還魂復生,比《後紅樓夢》妄誕更甚。"①

由以上所引文獻可知,大多數清代的紅學家與其他續書的作者們對《續紅樓夢》的思想立場與人物安排持批判的態度。但是,續書的作者們爲了標榜自己的續書,對在此之前出現的續書都給了很差的評價,在某種程度上這是可以理解的。不僅如此,比起其他的續書,秦子忱的《續紅樓夢》產生的影響範圍更廣,在作品的氣勢方面也較之他書有一定的優勢。我們可以給予這樣的評價。只是書中對天上與地獄世界的描寫成爲人們批判的靶子。但是書中對人情世態及官場百態的描寫顯然比其他續書更爲優秀,這一點是值得我們特此提出的。

---

① 嫏嬛山樵撰,李凡點校:《補紅樓夢》第48回,北京:北京大學出版社,1988年。

四、樂善齋本《續紅樓夢》翻譯上的特點

　　屬於樂善齋本翻譯小說的《紅樓夢》系列六種翻譯本中,《續紅樓夢》爲秦子忱的《續紅樓夢》的譯本,原作30回分爲24回進行翻譯。與其他的樂善齋本翻譯小說一樣,該譯本也是以宮體字抄寫,是《紅樓夢》五種續書中的一種。《紅樓夢》120回本中上段收錄了原文與翻譯[1],下段收錄了譯文進行對照;而續書的譯本中只有韓文的譯文,由於原文中各回並没有編譯爲各卷,很難將其與原文進行對照。但是,經過我們的初步調查,除去一些字句外,幾乎全文都得到了翻譯。

　　該譯本每半頁9行,每行17字左右。書的的規格爲:寬18cm,高27cm。該書與其他的樂善齋本翻譯小說一樣,並没有留下任何關於譯者、翻譯年代及筆寫年代等根據以助考證。大體上按照李秉岐的記録,可以推測爲朝鮮高宗二十一年(1884)以文士李鐘泰爲首的諸人的譯作。

　　譯本的分卷與原文不相同,若參看下面引用的目次,我們對原文與譯本的情況就能一目了然。

―――――――――

[1] 關於樂善齋本《紅樓夢》的譯本,請參閲筆者的《樂善齋本全譯紅樓夢初探》一文(崔溶澈:《樂善齋本全譯紅樓夢初探》,《中國語文論叢》,1988年第1輯)。

《續紅樓夢》回目的原文與譯文對照表 [1]

回數	春風本原文	頁數	回數	樂善齋本翻譯文
第一卷	絳珠宮黛玉悟天機 太虛境警幻談因果	1	第一卷	강쥬궁대옥오텬긔 태허경경환담인과
第二卷	訊鴛鴦鳳姐受虛驚 救妙玉香菱認親父	13	文中	신원앙봉져슈허경 구묘옥향릉인친뷔
		20	第二卷	구묘옥향릉인친뷔
第三卷	黃泉路母女巧相逢 青埂峰朋友奇遇合	30	文中	황천노모녀교샹봉 청경봉붕우긔우합
		39	第三卷	관음암봉졔우진종 풍도셩원앙견가모
第四卷	觀音庵鳳姐遇秦鐘 酆都城鴛鴦見賈母	45		
第五卷	慶生辰元妃開壽宴 得家報黛玉慰芳心	60	第四卷	경생진원비개슈연 득가보대옥위방심
第六卷	試眞誠果明心見性 施手段許起死回生	74	文中	시신셩과명심견셩 시슈단허긔사회생
		81	第五卷	벽락황천심죵멱젹 홍안백발통자사부
第七卷	碧落黃泉尋蹤覓迹 紅顔白髮慟子思夫 [2]	85		
		100	第六卷	몽샹보챠대량무험 셔유졍견앵각위쥬
第八卷	夢相逢釵黛兩無嫌 叙幽情鵑鶯各爲主	103		
第九卷	小寧馨喜降榮禧堂 母蝗蟲再醉怡紅院	115		

①表格中的數字是春風文藝出版社原本的頁碼,實際上爲了標示翻譯開始的部分而標識了頁碼。

②原書的卷頭總目中寫作"慟子思夫",正文回目中寫作"痛子思夫"。春風本校勘本作"痛子思夫",北大本中作"慟子思夫"。

續表

回數	春風本原文	頁數	回數	樂善齋本翻譯文
		119		쇼녕형희강영희당 모황츙재취이홍원
第十卷	艱子嗣平兒禱神明 滯婚姻賈環戲父母	131	文中	간사자평아도신명 톄한인가환대부모
		139	第八卷	풍도셩가뫼완신츈 망향대봉져발구초
第十一卷	酆都城賈母玩新春 望鄉臺鳳姐潑舊醋	142		
第十二卷	張金哥攔輿投控狀 夏金桂假館訴風情	155		
		158	第九卷	쟝금가란예투공쟝 하금계과관쇼풍졍
第十三卷	胞弟兄相逢不相識 親姑侄完聚許完姻	172		
		176	第十卷	포형뎨샹봉볼샹식 친고질완취허완언
第十四卷	林如海任滿轉天曹 賈夫人幻境逢嬌女	186	文中	임여해임만젼텬죠 가부인환경봉교녀
		194	第十一卷	강쥬궁보대톄량현 단쇼뎐승도진인과
第十五卷	絳珠宮寶黛締良緣 丹霄殿①僧道陳因果	200		
		213		사태군시몽강운헌 가존로우아털함사
第十六卷	史太君示夢絳雲軒① 賈存老遇兒鐵檻寺	219		

① "丹霄殿",原書的總目作"丹霞殿",回目作"丹霄殿",樂善齋本作"단쇼 전(丹霄殿)",春風本與北大本皆作"丹霄殿"。

續表

回數	春風本原文	頁數	回數	樂善齋本翻譯文
		231	第十三卷	텬상인간쌍반은죠 치남원녀대반유혼
第十七卷	天上人間雙頒恩詔 癡男怨女大返幽魂	234		
第十八卷	賈寶玉初登翰林院 林如海再授都城隍	248		
		251	第十四卷	가보옥쵸등한림원 림여해재슈도셩황
第十九卷	榮國府張燈開鬼宴 城隍廟月夜會新郎	263		
		270	第十五卷	영국부쟝등개귀연 셩황묘월야회신랑
第二十卷	賈迎春擺佈薄情郎 史湘雲搜求短命鬼	278	文中	가연츈파포박정낭 사샹운수구단명귀
		289	第十六卷	륙례고셩교져츌규 십월만족영아생자
第二十一卷	六禮告成巧姐出閨 十月孕足平兒生子	296		
第二十二卷	推己及人咸成佳偶 以真爲假錯認檀郎	312	第十七卷	츄긔급인함셩가우 이진위가챡인단랑
第二十三卷	真後悔黑夜暗投繯 念前情黃泉求豔魄	328		
		331	第十八卷	진후회흑야암투환 념젼정황쳔구염백
第二十四卷	蔣玉函璧返茜香羅 馮紫英芹獻鮫綃帳	343	文中	쟝옥함벽환쳔향라 풍자영근헌교쵸쟝
		352	第十九卷	자규학희화셕두시 졍재화재건해당샤

①原本的總目中作"絳雲軒"，正文的回目中作"大觀園"。

續表

回數	春風本原文	頁數	回數	樂善齋本翻譯文
第二十五卷	恣閨譴戲和石頭詩 逞才華再建海棠社	359		
		375	第二十卷	봉국경가시증작록 목황은원비재성친
第二十六卷	逢國慶賈氏增爵禄 沐皇恩元妃再省親	381		
第二十七卷	酬仙惠建廟祀三賢 報親恩稱觴祝二老	400	第二十 一卷	슈션혜건묘사삼현 보친은칭상축이노
第二十八卷	傳大道妙玉離太虛① 證仙緣惜春成正果	417		②
		421	第二十 二卷	전대도묘옥츌태허 증선연셕춘셩졍과
第二十九卷	享祭祀魂返大觀園 慶團圓神游太虛境	431		
		438	第二十 三卷	향졔사혼반대관원 경단원신유태허경
第三十卷	警幻女增修補恨天 悼紅軒總結紅樓夢	452		
		454	第二十 四卷	경환녀증슈보한텬 도홍헌춍결홍루몽
全三十卷			全二十四卷	

　　就像讀者諸君在上面的回目中所看到的那樣,原文《續紅樓夢》雖然是三十卷,樂善齋本翻譯小説中將其縮減至二十四卷。該書的卷數雖然被縮減了,但是内容上並没有被縮譯,而是對全文進行了翻譯。只有很少的部分因爲難懂或者翻譯出來比較彆扭就被省略掉了。每卷大體上有五十多張,在進行編譯的過程

①原本的總目中作"離太虛",正文回目中作"出太虛"。
②樂善齋本遵從原文的正文回目,作"出太虛"。

中,不知道編譯者有沒有感覺到有與原本的回數相符合的必要。譯本的每個第一回與原本的各回並不一致,除了三處之外,從中間部分開始的情況有很多,很難將其與原文的字句進行對照。

就像上表所呈現的那樣,譯文的回目並未遵循着原文的回目。回目開始的部分與譯文開始的部分同時進行的只有三處,即:第五卷(譯本卷之四),第二十二卷(譯本卷之十七)以及第二十七卷(譯本卷之二十一)。譯文的第一卷比較特別,收錄的是原文中所沒有的長篇序文形式的評論。(以下將另文引用)另外,原文從開始就採取了直譯爲主的方法,原文的第一卷即使結束了,翻譯仍在進行。這是因爲,原文的篇幅較短(原文只有十二頁),而譯本各卷五十餘張的空白顯然不夠。

譯本中將原文第二卷的回目原封不動的寫進了第一卷,達到五十四張,這樣的話就進入了第二卷的範圍。於是就只好在前面記錄原文的回目(譯文第二卷只寫了第二卷回目的後面一句),從原文第二卷的中間部分開始進行。譯文第二卷的情況是,從原文第二卷的中間部分開始,一直到原文第三卷的中間部分,一共佔用了五十一張。這樣原文第三卷的回目就出現在了文中。譯文第三卷的回目就提前使用了還尚未被翻譯的原文第四回的回目。這樣到原文第五卷的時候,就對上了譯文第四卷的回目,回目與開頭第一段同時展開。後面的翻譯都是按照這樣的方式進行的,還未到原文就先使用回目的情況有:原文第七卷、第八卷、第十一卷、第十五卷、第十六卷、第十七卷、第二十一卷、第二十五卷、第二十六卷。出於前後篇幅上的考慮,回目不得已進入正文的情況有:第三卷、第六卷、第十卷、第十四卷、第二十卷、第二十四卷等共計六卷。這樣原文的三十回就被縮減爲二十四卷。[1]

①在原文第二卷中,譯本正文第一卷的正文中都有回目,而在第二卷的回目在中間出現了一個句子,這是在剛開始翻譯方法還未定型的情況下出現的結果。

前面已經説過,該譯本剛開始的部分是原文中所没有的。雖然我們可以提出這樣的懷疑:這或許是從其他的版本中移過來的吧? 但是我們找不到文字上與該譯本相同的原本。另外,如果仔細斟酌其内容的話,從原文卷首所載的作家的弁言及凡例可以看出,這似乎不妨看作是作家所寫的一種序文。兹引全文如下:

속홍루몽 권지일

[1—1] 홍루몽(紅樓夢) 본셔(本書) 일백이십회 (一百二十回)의 금릉가시(金陵賈氏)집 전후래력(前後來歷)을 긔록(記錄)하엿난대 그 부귀영광(富貴榮華) 과 풍월번화(風月繁華)하미 넑난쟈로 하여금 마암이 즐겁고 눈의 짓거 당시의 흰쟈(喧籍)하고 지금의 유전(流傳)하나 다만 흠사(欠事)되기는 가보옥(賈寶玉)은 출류재자(出流才子)오 림대옥(林黛玉)은 졀셰가인(絶世佳人)으로 겸하여 즁표형데(中表兄弟)되고 또한 동실거생(同室兄弟)하여 견권(繾綣)한 정회(繾綣)와 권면한 의새(意思) 비할대 업사대 능희 례(禮)를 직희고 의 (義)를 죠차 죵래의 일호(一毫) 사정(私情)이 없으니 가위 군자호구(君子好逑)오 슉녀가위(淑女佳偶)니 한 개를 궐하면 가치 아닌지라 샹텬(上天)이 뎡녕 유의(留意)하샤 두 사람을 내여 계시거늘 호새다마(好事多磨) 하고 귀물(鬼物)이 싀긔하미 잇셔 월노(月老)의 홍승 (紅繩)이 그 발을 매지 못하여 필경 조흔 인연(因緣) 이 악한 인연이 되어 대옥(黛玉)은 공교히 뇨쵹(夭促) 하고 보옥(寶玉) 심화(心火)로 풍증이 나며 출가 (出家)하난 디경의 니르니 텬쟝디구(天長地久)하나. 이 한 (恨)이야 엇지 전하랴. 그러나 진개(真個) 그 사람이 잇다하면 죠물(造物)이 그리 구쳐(苟且)할니가 업사며

만일 두찬(杜撰)하여 내여시면 작자(作者) 명의하믈 채
탁(猜度)하기가 어렵더니 다행 한거시 엇더한 문인재새
(文人才士) 몬져 내 마암을 어더 [쇽홍루몽] 삼십회
를 지어 내여 원홍루(原紅樓)의 흠새된 거슬 모다 뒤집
어 개권 데일화가 림대옥이 션경의 드러가 션단(仙丹)
합입의 환생(還生)할 뿐 아니라 신긔가 츙실하여지고 마
참내 보옥으로 더브러 어진 인연을 매자시니 가히 쳔고
(千古)의 데일쾌새(第一快事)라 할거시오. 기여(其
余) 제인(諸人)은 젼생분슈(前生分數)대로 션악을 분
별하여 보응(報應)이 쇼연(昭然)하니 엇지 두렵지 아니
랴. 이 책이 원[홍루몽]을 니어 지엇기로 상하 인물과 대
쇼 루각(樓閣)과 여외 범백(凡百)을 일병(一幷) 원홍
루로 죠차 변개치 아니하기난 보난 쟈로 의현(疑眩)하미
업게 하미니 연즉 이 책 데일화(第一回)를 원홍루(原紅
樓) 일백이십일회(一百二十一回)로 당하여 보난거시 죠
흘지라. 오희라 물론 남녀하고 챡한거슬 쌰흐며 덕된거
슬 심어야 삼생셰계(三生世界)의 자연 귀히 되나니 사태
부인(史太夫人) 갓탄 이난 챡한 집심(執心)과 어진 행
사(行事)로 텬록(天祿)이 쟝구(長久)하고 자숀이 변
성하며 구십(九十) 향슈(享壽)하고 오복이 겸비하여 고
지 남자(男子)의게 비하면 당나라 곽분양(郭汾陽) [1] 과
방불하고 왕봉져(王鳳姐)의 니라러난 령리(伶俐)한 성
격과 공교(工巧)한 언사(言辭)로 겸하여 자색(紫色)
을 밋고 경솔방쟈하다가 필경 해(害)를 당하여 가피산란

---

[1]郭汾陽即唐代的郭子儀,集榮華富貴於一身,生辰八字極爲和諧。在韓國語
有 "곽분양팔자(郭汾阳八字)" 的説法就是來自這裏。朝鮮末期有獨特的
行樂圖,名曰郭汾陽行樂圖,還有國文小説有無名氏的《郭汾陽傳》。

（家避產亂）하고 아달도 두지 못하고 필경 몸을 맞쳐시
니 고어（古語）의 필부경성（匹婦傾城）이라 하미 정히 봉
져를 나르미니 가히 경계치 아니하리오.

讀一讀上面的介紹的話可以看出，雖然看起來很像是根據原本進
行的翻譯，但是在中國原本中却找不到上面的文字。如果這篇文
章是譯者自己所寫，或者最起碼是傳入韓國的版本中才有的文字
的話，那麼這必將成爲紅學史上非常重要的資料。[①] 從內容上來
看，文中洋溢著作家自己的口吻，且以序文的形式記載，像原文
"序文"（鄭師靖）與"弁言"（秦子忱）等對創作過程的詳細
敘述基本都被省略了。文中主要講述的是《續紅樓夢》的創作動
機，另外，對一些樓閣的描寫與《紅樓夢》基本上相差不大，"將
《續紅樓夢》第1卷看作是《紅樓夢》原書第121回也無妨"的凡
例第四條與第五條被簡單的進行了翻譯。最後對登場人物進行
了比較，善良的人物以史太君爲代表，邪惡人物以王熙鳳爲代表。

　　接著前面引用的部分的是原文的第一段。原文第一卷中以
"話說林黛玉，自那日屬纊以後，一點靈魂出殼，亦不知其死，去
了瀟湘館，悠悠蕩蕩而行。四顧茫茫，不知身在何所。心中正然
驚疑。"（第一頁）開場，樂善齋本中對原文進行了提煉，以非常
自然的方式開頭：

　　　　[1—3]화셜 림대옥이 그날 별세한 후로 붓허 일졈 령
　　　　혼이 쇼사나셔 또한 스스로 그 죽은 쥴을 아지 못하고 쇼
　　　　상관을 나와 표탕하여 행하며 사면을 도라보매 어대 곳인

─────────

① 在目前我們所知道的樂善齋本翻譯小說中，幾乎沒有譯者隨意寫作的序
　文。編譯樂善齋本翻譯小說，是出於宮中的需求。我們可以看出一些這樣
　的痕迹：不知道是出於何種原因，與樂善齋譯本的作者及版本等相關的資
　料都被刪除了。雖然在這篇文章中使用了自己的語氣，但是原本中的作
　者、序文的作者、以及其他需要考證的話等等，都被徹底的掩蓋了起來。
　這篇文章作爲原本中沒有的文章，可能是韓國讀者或者譯者加上去的。

지 아지못하여 정히 놀나고 의심하더니 (화설 임대옥이 그
날 세상을 떠난 후에 한 영혼이 솟아났다. 또한 스스로 자
신이 죽은 줄을 알지 못하여 소상관을 나와 표표히 다니
며 사면을 돌아보니 어느 곳인지 알지 못하여 심히 놀라
고 의심하였다.)

原文第1卷快要結束的部分中的"不知葫蘆裏到底是什麼故
事,且聽下回分解"(春風本第12頁)的情節,與原文第二卷的
回目及開頭部分"話説林黛玉候夜深人静之時,獨坐秀榻,剔亮燈
燭,焚起一爐好香來,意秉虔誠,拿去葫蘆,秋波凝睇,覷向玻璃小
鏡中一看"(春風本第13頁)的情節,在樂善齋本中完全没有發
生變化,而是作了如下的翻譯:

[1—34上]아지못게라 호로속의 도져히 무산일인고
하회를 보아 분해하라 (알지 못하겠으니 호로 속에 도대체
무슨 일이지, 다음 회를 보시오.)

[1—34下]신원앙봉져슈허경 구묘옥향릉인친뷔

화셜 림대옥이 밤이 깁고 사람이 고요한 때를 기다려
홀노 슈탑우해 안자 등촉을 밝히고 조흔 향을 피우고 뜻
을 정셩드려 먹고 호로를 끄러 노흐며 츄파를 모화 현미
경을 향하여 한 번 보니… (화설 임대옥이 밤이 깊고 사람
이 고요한 때를 기다려 홀로 석탑 위에 앉아 등촉을 밝히
고 좋은 향을 피우고 뜻을 정성스럽게 마음 먹고 호로를
끌러 놓으며 추파를 모아 현미경을 향하여 한 번 보니…)

這裏不僅記録了原文第二卷的回目,而且在翻譯第二卷時又
重新將回目記録了一遍。很無奈的是只在下聯中留下了這樣的
句子:"구묘옥향릉인친뷔。"

譯本的第一卷結尾的部分與第二卷開始的部分,爲了有助於

故事的展開,對一個段落進行了重復説明。但是原文已經到了第二卷的中間部分了。

　　심중의 황연히 깨닷고 몸을 날려 나려 가고져 하니
엇지된고 하화의 분해하라

　　속홍루몽 권지이

　　구묘옥향릉인친뷔

　　차셜 왕희봉이 몸을 날려 니려 가고져 하더디 다만
량개 사람이 잇셔 량편이셔 붓드러가지고 나난다시 행하
난대 발이 따해 닷지 아니하고 다라셔 한식경이 되매 안
개가 광명하여지고 젼면의 무슈한 루대와 뎐각이 드러나
난지라 (화셜 왕희봉이 몸을 날려 일어 나고자 하니 두 사
람이 있어 양편에 붙들어 가지고 움직이는데, 발이 땅에
닿지 아니하고, 따라서 한식경이 되니 안개가 광명하여지
고 전면의 무수한 누대와 전각이 드러난지라)

這一部分從原文的第20頁開始:"且説王熙鳳……意欲飛身下去,只覺有兩個人兩邊攙起架來,行走如飛,脚不沾地,走了有頓飯之時,覺得眼界光明,前面顯示出無數的樓臺殿閣。""且説王熙鳳"之後的六十個字在譯本第一卷中被譯了出來,句子沒有完全結束,就被强制中斷,從此處開始了第二卷。

　　該書的具體的翻譯特點,簡單來講大體上有這樣幾個特點:中國語有採用漢字音進行注音的情況,也有换成韓國式的漢字的情況;另外,在不影響前後句子通順的前提下,進行直譯或略作變通的意譯。以下舉例對這些情況進行分類説明。

　　首先是對原文中的漢語原文採用。這又分爲固有名詞與一般名詞兩種情況。一般名詞中稱呼與成語是最多的。比如,稱呼有:"老太太","太太","老爺","寶二爺","薛姨媽","劉姥姥","趙姨娘","丫鬟"等。成語如"明眸皓齒","變化無窮"

等。另外還有能够翻譯但是對原文還是寫作漢字音的情況,如:

　　"태태(太太)를 복시(服侍)하던 챠환(丫鬟　)" "십
문열요(十分熱鬧)" "도로혀 간정(乾浄)한지라" "경희
(驚喜)하믈 금치 못하여" "량개(兩個)사람이 잇셔"
"화류(花柳)가 명미(明媚)하대"

　　其二,轉換成韓國式的漢字的情況,如:

　　屬續: 림대옥이 그날 별세(別世)한 후로붓허
　　彩轎: 채여(彩輿)를 준비하여
　　父母雙亡: 부모구몰(父母具殁)하고
　　麗人: 일개 미인(美人)이 다라 나오며
　　小炕桌: 한쟝 교의(交椅)를 노왓난대
　　叩見: 배현(拜見)하믈
　　躬身: 국궁(鞠躬)하며
　　合巹: 즉일 쵸례(醮禮)를 행하여

可以看出大部分是將原文中比較難的漢字轉換爲簡單易懂的漢
字。這是因爲考慮到不能直接書寫漢字只能通過注音讀下去的
原因。

　　第三是直譯的情況,如"我們","他們","姑娘們","丫頭
們"等這複數型的詞汇,分別譯成了"우리무리","져의무리",
"고낭", 아두무리 "笑容可掬"被翻譯成웃난얼굴이가히움킬
만한지라。另外,原來辱罵小女人的"小蹄子"翻譯的時候遵循
了其本意"豬蹄子"——젹은도야지자식아。因此譯文理解起來
就顯得比較困難。本意爲"物件"的"東西"這個詞,却被用來表
示對別人的蔑視的"東西"這一意思。在翻譯的時採用了本來的
意思,"兩個東西"被譯爲량개물건。而意味著百年之約婚姻用
語的"百年之好",直譯爲 백년의 죠흔 거슬 셩취하고 。

　　第四,比較接近意譯的情況。如將“敲樂”翻譯爲:“풍악소리나고”;將“曉行夜住”翻譯爲“새벽에면 걷고 밤이면 멈추더니”。就是這一類的例子。除此以外,對於讀錯漢字的情況,如“金釧兒”很多情況下被誤讀爲“금슌아”,進行了過分的直譯。今天我們所說的解說上的不自然的例子還有,“莫非”一詞没有進行翻譯而是直接照抄,於是“莫非我身已經死”就被譯爲:“내 몸이 임의 죽지아니미 아니라”。而這一句的本來的意思是:“내 몸이 이미 죽은 것이아닌가?（我的身體不會是死亡了吧）”又如“難道教我把妳叫媽媽不成?”中的“難道난도”本來應該翻譯爲:“설마... 은 아니겠지”,而在譯文中被翻譯成了: 날로 하여금 너를 마마라 부르기 어렵도다(我很難叫你爲媽)”這顯然是誤譯。

　　該譯本雖然是對全文進行了翻譯,但是也有一些字句被省略而未譯出的情況。主要是一些比較簡短的詩句,很多被省略掉了。比如原文第一卷中太虛幻境的兩副對聯:“假作真時真亦假,無爲有處有還無”,以及“厚天高地勘歎古今情不盡,癡男怨女可憐風月債難酬”,還有《續紅樓夢》的作者新創作的“真如福地”的對聯也一併被省略掉了。又第三卷中,賈寶玉被僧道二人帶往大荒山青埂峰一回中的詩句:“取經天竺唐三藏,夢醒荒涼呂洞賓”,以及“栽培心上地,涵養性中天”等不加翻譯。但是並非所有的詩句都被省略了,故事情節的展開中作者覺得比較重要的原文的發音以及助詞,還有下段的譯文,這些都以雙行注的形式收錄於其中。例如第一卷中用五言絶句[①]的形式同時對林黛玉與薛寶釵進行了叙述的判詞,譯文如下。

　　　　（堪嘆停機德）이오 견대여 길삼을 난 덕을 탄식하고
　　　　（誰憐詠絮才）아뉘가 버들개지 읍쥬어리난 재조를 어

---

①這首詩引自《紅樓夢》第5回“太虛幻境”中的預言詩。

엿비 너기느냐

　　(玉帶林中掛)오옥대는 슈풀가온대 달녀잇고

　　(金簪雪裏埋)라금잔은 눈속의 뭇쳣더라

正文中也有一些部分被省略了。僅舉一個例子來説,如第23卷(譯本第十八卷)中,下面的劃綫部分就没有翻譯出來。

　　蔣玉菡不悦道:"你自從進了我家的門,我那一樣兒待你不好。真是心坎兒上温存,手掌兒上奇擎,眼皮兒上供養,那一天晚上又不是臉兒相偎,腿兒相壓,手兒相持呢。我想就是寶二爺當日也未必把你如此的看待。你説寶二爺當日總是把你姐姐長、姐姐短的稱呼。"(春風本第331—332頁)

譯文如下:

　　쟝옥함이 죠치아냐 니르대 네가 내 집의 드러오믈 붓허 내가 무산 한가지나 너를 죠히 대접지 아니하느냐▽ 나는 생각건대 곳 보이야가 당일이라도▽ 다만 너를 져져라 칭호하엿기로 [18—1下 / 18—2上](▽爲表示省略部分)

除此以外,譯文第二卷(春風本第23頁)中,天帝給王熙鳳下了一道教旨,譯文中雖然以詩的形式寫作兩行,但是並没有進行翻譯,而是僅標注了漢字音,爲了能閱讀加入了一些助詞。剛開始的情節具體如下:(以下文中漢字爲筆者所加)

　　개문곤의규범(蓋聞閫儀閨軌)은 단유뢰어현원(端有賴於賢媛)이오, 사덕삼종(四德三從) 은 망윤부어내죄(望允孚乎内助)라. 자이왕시희봉(兹爾王氏熙鳳)이 질수난혜(質雖蕙蘭)나 식잡훈유(識雜薰蕕)라, 이구복방(利口覆邦)하고 교언난덕(巧言亂德)이라 [2—9]

以上從幾個方面對樂善齋《續紅樓夢》譯本進行了簡單的考

察。該譯本與其他樂善齋翻譯小說一樣幾乎没有多大的差别,但是是不太爲人們所重視的《紅樓夢》續書的全譯,筆者以爲這反映了《紅樓夢》及其系列續書小説在當時是非常爲人們所關注的。

五、結語

《續紅樓夢》有秦子忱的作品與海圃主人張曜孫的作品兩部,以上僅對秦子忱的作品進行了考察分析。秦子忱的《續紅樓夢》是當時最爲流行的《紅樓夢》續書。在《紅樓夢》的續書中也享有最高的評價,韓國也有樂善齋《續紅樓夢》的韓文譯本。

秦子忱的《續紅樓夢》,首先作品的構思與創作過程在序文與凡例、弁言中交代得很清楚。與《後紅樓夢》不同,《續紅樓夢》作爲續書其立場是很明確的。秦子忱出於對原作《紅樓夢》結局的惋惜,以及出於對《後紅樓夢》這一續書的不滿,創作了《續紅樓夢》這部續書,並在序言中對此進行了説明。故事情節上採取了升天入地的這種浪漫主義的構思方式,原書中的重要人物依舊令其登場,對人物之間的關係以及環境描寫也没有要進行改變的企圖,另外語言上也體現了原作中人物語言的韻味。作者秦子忱做出的如上的這些努力是值得我們肯定的。

這部作品中,將著眼點放在賈寶玉與林黛玉的愛情上,讓整個故事最後有了一個圓滿的結局,天上的林黛玉與地上的薛寶釵一起成爲了賈寶玉的妻子。由該書中這些情節我們可以看出,作者的立場是主張"黛釵合一説"的。這一主張其實是《紅樓夢》廣泛流行的讀者層中的意願的一個反映,秦子忱只不過將這一觀點進行了更具體的表達。又,通過在作品中實現當時人們理想中的富貴功名,給了普通讀者一種精神上的滿足感。從這一點上可以看出作者在通俗性與儒釋道三教一體中希望儒家的價值觀居於主流的意圖。筆者以爲這一現象對於理解當時中國的社會現象與各種各樣的"紅樓文化"提供了一個側面。

筆者以爲,樂善齋本《續紅樓夢》雖然是將原書的三十回翻譯成二十四卷,但是作爲幾乎是對全文進行翻譯的本子,不僅僅是在國內的《紅樓夢》研究史上值得我們重視的非常重要的一種資料,也是在韓國翻譯文學史上佔有相當地位的作品。雖然有一些直譯、意譯、縮譯與添譯的情況,但是整體上來看,與其他的樂善齋本翻譯小説沒有太大的差別。

最後需要強調的是,在《紅樓夢》的研究中,對續書的研究也可以成爲一個重要的研究對象,特別是對讀者層的考察。在理解體現當時人們的文化意識的內旨的清代後期的"紅樓文化"時,這是比起其他任何東西都顯得重要的資料。

第三編
現代韓國語譯本與譯文之比較

第五章 梁建植的《紅樓夢》評論與翻譯

一、前言

梁建植^①出生於韓國舊社會末期,解放之前曾爲佛教學者,也是小説家,同時也從事中國文學的介紹。在前面的章節中我們已經介紹過,他也是研究中國文學的學者。1915年他26歲那一年,開始發表短篇小説,之後在報紙上以連載的形式發表了對中國小説戲曲的評論文章以及一些翻譯作品。在過去的一段時間内,學界對他的研究與興趣一直處於低谷。

今天我們能看到的最早研究梁建植的文章,是李錫浩教授於

---

① 梁建植(1889—1914),過去人們都按照他的號稱之爲"梁白華"。本文在研究其《紅樓夢》的翻譯與評論時,由於既涉及其前期使用的"菊如"這一雅號,也涉及其後期使用的"白華"這一雅號,因此在本文中使用"梁建植"這一本名。不過也會根據情況使用其雅號。

1976年發表的《中國文學轉信使梁白華》一文①。爾後,朴在淵教授發表了《梁白華的中國文學翻譯作品再評價》②一文,文中介紹了梁建植在介紹與翻譯中國文學方面做出的貢獻。至於對其文學創作在韓國文學史上的評價,高宰錫先生先後發表過《1910年的佛教近代化運動及其文學史意義》③、《白華梁建植的文學》等論文,比較具體的考察了梁建植的文學。高先生在其著作《韓國近代文學知性史》④一書中更爲集中的進行了考察。除此以外,梁文奎先生也有相關論文⑤。另有1988年朴在淵、金榮福所編的《梁白華文集》刊行,由於是書的刊行,對其早期創作的小説與中國現代翻譯小説就很容易進行把握了。⑥

　　總之,諸如以上這些對梁建植的比較貧乏的研究,可以説我們只能得出這樣一些結論:他作爲與春園李光洙(1892—?)在同一時期開展文學活動的文人,在佛教雜誌上發表文章,因此未能獲得廣泛的讀者,加上其全部作品的水準與作品創作的持續性上未能緊隨當時其他的作家,因此在文學史上遭受了冷落。另

---

① 李錫浩:《中國文學轉信者——梁白華》,延世大學《延世論叢》第13輯,1976年。

② 朴在淵:《對梁白華的中國文學翻譯作品的再評價》,韓國外國語大學《中國文學研究》第4輯,1988年。

③ 高宰錫:《1910年代佛教近代化運動及其文學史的意義》,東國大學《韓國文學研究》第10輯,1987年。

④ 高宰錫:《白華梁建植的文學》,東國大學《韓國文學研究》第12輯,1989年。在高宰錫後來發表的《韓國近代文學知性史》之第三章《梁建植在文學史上的被冷落及對梁建植的再評價》這篇文章中對梁建植的文學成果進行了詳細的考察與評價,在這篇文章中特別突出了對梁建植作爲中國文學的翻譯家這一點,筆者從中受到不少啟發。

⑤ 梁文奎:《痛苦的矛盾與1910年代批判性的事實主義問題》,《創作與批評》第67號,1990年。

⑥ 根據該書的前言,《梁建植文集》本來計劃出版三卷,但由於出版社的緣故未能全數刊行。筆者從朴在淵教授處得到了《紅樓夢是非——中國的問題小説》,受益匪淺。

外,加上他是當時文壇上以作家的身份從事中國文學研究[1],對其評價自然就只能壓縮得非常簡單了。從他1910年開始到1920年代及1930年代發表的文章,很容易看出,比起其文學創作,他對中國文學作品的評論與翻譯數量更多。但是迄今爲止國内諸如"中國文學翻譯史"之類的專書[2]一本都没有,就連對其作爲中國文學翻譯家的地位、價值與貢獻也未能給予很好的評價。不知是否能歸結爲一種無奈。

在對梁建植的研究上,對其學歷與經歷的詳細情況,至今還没有一個明確的説法。以下對一些相關資料進行整理。

梁建植1889年生於京城塔洞。1910年之前上過漢城外國語學校,畢業之後去中國留學,後歸國。他幼年時期就十分喜歡小説,閲讀過很多名著與新舊小説,因此受到過父兄不少的指責,也受到過很多朋友們的嘲笑。但是他後來學習中國文學與幼年時期的讀書經歷並没有太大的關係,隨後很自然地進入了離家不遠的京城外國語學校。[3]

梁建植在1915年前後主要使用的是"菊如"這一雅號,1916年之後開始公開使用"白華"這個雅號。1922年以後,基本上使用"白華"或者"白華生"的號。人們開始稱之爲"梁白華"。但是早年還使用過"蘆下生"、"今來"、"K.S.R"、"城西閒人"、"天

[1] 李光洙在《開闢》第44號上發表的《梁建植君》一文中稱之爲:"朝鮮唯一的中國戲曲的研究者,翻譯家"。

[2] 對韓國的近代翻譯文學進行專門研究的著述有金秉喆的《韓國近代翻譯文學史研究》(乙酉文化社,1975)。但是很遺憾的是在這部書中僅對除中國文學之外的歐美文學的直接翻譯,以及通過日語轉譯過來的部分給予了重視。因此,迫切需要韓國國内的中國文學研究界與國文學研究界開展緊密的合作,按照不同的時間段,編纂《中國文學翻譯史》這樣的著作。

[3] 他的這一經歷雖然不過是出於我們的推測,但是在前面已經提到的高宰錫的研究中已經對此進行了詳細的分析,以及後來我推定的他與張志暎爲漢城外國語大學的同門關係,根據這兩點我們可以證明上述的觀點。

愛 "等號。①

　　至於其交游關係方面,他與橫步廉想涉(1897—1963)最爲親密,也與岸曙金億、巴人金東煥、一齋趙重桓、春海方仁根、嘉藍李秉岐、春園李光洙、碧初洪命熹、尹白南、月灘朴鍾和、杏仁李承萬、雅能趙容萬等交往密切。另外與翻譯過《紅樓夢》的張志暎皆爲京城外國語學校的學生,二人爲校友關係。

　　他的文學活動始於1915年,此時主要是開始了在佛教雜誌《佛教振興會月報》上發表短篇小說以及一些翻譯作品。從1917年他開始寫作中國小說戲曲方面的評論文章。

　　筆者關注梁建植是因爲,從1910年到1930年代,梁建植多次翻譯介紹了無人問津的《紅樓夢》,其發表的關於《紅樓夢》的文章即使是在今天看來也是毫不遜色的,可以說他是開啟了韓國紅學史新篇章的人物。《紅樓夢》傳入韓國,據推測當爲1800年至1830年之間,《紅樓夢》這一書名最早出現在1830年李圭景的《五洲衍文長箋散稿》中,到了1850年趙在三又再次提及這一點。此後將《九雲夢》的故事重新書寫的、年代未詳的漢文小說《九雲記》,可以明確的說就是在《紅樓夢》的影響之下出現的作品,目前《九雲記》的作者問題還是一樁懸案。②

　　國內《紅樓夢》譯本出現於1884年前後,這就是李鐘泰等文士們受宮中之命將120回全文與譯文一起收錄並以宮體抄寫的樂善齋全譯本,這也是世界上最早的《紅樓夢》的全譯本。而遺憾的是,該譯本中没有收錄序文、跋文,甚至連一行的介紹文字都没有。③因此筆者以爲,從這時開始一直到解放以後幾種譯本出現

---

① 朴在淵著,金榮福編:《梁白華文集》,지양사出版社,1988年,第291頁。

② 崔溶澈:《九雲記受到紅樓夢影響之研究》,《中國語文論叢》第5輯,1992年。

③ 崔溶澈:《紅樓夢的韓國傳來及其影響研究》,《中國語文論叢》第4輯,1991年。

之前,國內對《紅樓夢》的介紹與翻譯幾乎是一片空白。但是梁建植紅學研究的發現,在韓國紅學研究史上絕對是非常重要的。

　　梁建植所寫的關於《紅樓夢》的文章一共有五篇,其中三篇是評論文章,兩篇是翻譯作品。這五篇文章都在《每日申報》、《東亞日報》、《朝鮮日報》等上面連載過。評論文章主要是對《紅樓夢》的作者及創作背景進行考察,或者對作品中人物進行評論,以及對圍繞小説展開的一些評論進行介紹與解説。翻譯有兩次,分別連載過138回及17回。雖然未能對《紅樓夢》120回進行全譯發表,只是前後兩次翻譯到了原書的第28回與第3回,但是譯文中剛開始的一些部分是非常詳細的,也是忠實於原文進行的。另外梁建植將作品中一些詩詞翻譯爲韓國傳統文學形式的時調。梁建植在翻譯中採用了很多類似這樣一些獨特的方法。1930年,《朝鮮日報》上連載了張志暎的《紅樓夢》譯文,連載時請其以解題的形式寫了一篇評論文章並將該文發表了出來。這是因爲在當時他是名副其實的《紅樓夢》研究方面的權威。

二、梁建植對中國文學的介紹

　　梁建植對中國文學做過哪些介紹,又翻譯過哪些中國文學作品? 在考察梁建植的《紅樓夢》翻譯與評論之前,我們先通過對這些問題的調查,來考察一下其作爲中國文學研究者與中國文學翻譯家的面貌。

　　梁建植在1915年他26歲那一年,以《石獅子像》這一篇短篇小説登上文壇之後,一直到第二年(即1916年),在小説的創作與翻譯上傾注了很多精力。此後在獲知春園李光洙在《每日申報》

上發表《開拓者》的消息後,撰寫了《歡迎春園的小説》一文。他於翌年(1917)開始了中國文學評論。他在《朝鮮佛教總報》上發表過《關於小説〈西游記〉》的文章,這是他真正意義上對中國文學進行研究與介紹的開始。當然,在此之前他發表的很多評論與翻譯,大部分是與中國小説有關的東西,但是由於是以評論文章的形式重新開始發表,他開始作爲中國文學學者逐漸爲世人所知。

對於《西游記》的作者問題,他還是堅持"長春真人説"①。截至1917年,中國的學界還没有提出《西游記》的作者是吴承恩這一説法。中國學術界對《西游記》的作者的考證始於胡適的《西游記》序文以及發表於1923年的《西游記考證》。

接着魯迅在《中國小説史略》中提出《西游記》的作者是吴承恩説,並且指出將作者目爲"長春真人"是錯誤的。梁建植對《西游記》的關注是因爲這部小説也是一部宗教小説,梁建植當時正對佛教非常感興趣,因此認爲將其文章在佛教雜誌上發表也許是再合適不過的了。他反對批評家悟一子將這部小説看作道教小説,强調説這部小説是一部非常傑出的佛教小説,甚至進一步論證了朴漢永所謂"《西游記》脱胎於《華嚴經》"的説法。梁甚至主張,這部小説的作者長春真人雖説本是道士,但在信仰動摇之後創作了這部佛教小説《西游記》。

今天《西游記》雖然未能被看是某種特定的宗教小説,而是被認爲是一部在繼承了講史的傳統的基礎上,在明代的三教合一的思想之下出現的一部具有很强娱樂性的作品。雖然梁建植的分析是一種牽强附會的分析,但是在當時中國國内對這部小説的價值都没有一個統一的結論的時候,梁建植對這部小説的價值極

---

① 長春真人爲元初的道士丘處機,早年有西行事,李志常將其事記述爲《長春真人西游記》2卷。現在該書被收入道藏,該書與小説《西游記》常常被混淆。《西游記》刊行時卷首收録有《長春真人西游記》的序文。

爲重視,這一點是值得我們肯定的。

梁建植後於同年十一月在《每日申報》(六日至九日)上發表了《關於支那的小說與戲曲》一文,表現出他對中國小說與戲曲的特別的興趣。當時的中國與韓國一樣,對通俗小說與戲曲持保守態度,因此說韓國的中國文學研究可以說是先人一步的。

他首先對從事外國文學研究的動機作了如下的說明:

> 大抵外國文學研究的目的無非是爲了發達本國文學。支那文學流入朝鮮三千年以來,朝鮮文學深受影響,因其基礎深厚,對支那文學不了解的話,對韓國文學的一半都不能知曉。何況支那文學個性獨具,在世界文壇上都放射着異彩。(《每日申報》1917年11月6日)

在這樣一篇比較長的評論文章中,梁建植對中國元明清三代的戲曲與小說的發展過程進行了個性化的論述,從莊子的寓言開始論及漢魏六朝的小說、唐代的傳奇小說[①]、宋代的彈詞小說(即講史小說),到施耐庵的《水滸傳》、羅貫中的《三國演義》等。

另外還提到王實甫的北曲《西廂記》、南曲《琵琶記》、明代小說丘處機的《西游記》、王元美的《金瓶梅》[②]。戲曲有玉茗堂四夢(即湯顯祖的戲曲四種)。清代文學中提到了曹雪芹的《紅樓夢》、李笠翁的戲曲與小說、孔尚任的《桃花扇》、洪昇的《長生殿》等代表性的作品。另外還提到了《鏡花緣》與《繡榻野史》、《儒林外史》、《肉蒲團》、《花月痕》、《品花寶鑒》、《兒女英雄傳》、《野叟曝言》等小說與《燕子箋》、《春燈謎》、《秣陵春》、《西樓記》等戲曲作品。

---

① 這裏提到了張文成(張鷟,字文成)的《游仙窟》,該小說早先從中國消失,唐代的時候傳入日本,清末又自日本傳回中國。

② 前面已經提到小說《西游記》的作者曾被誤以爲是丘處機,至於《金瓶梅》的作者按照以往的說法是王世貞(字元美)。

他在文章的後半部分提到了曹雪芹：

> 世事洞明皆學問，人情練達即文章。一到金陵城即目睹繁華，十年之後故地重游，已經是園非故主，院亦改觀，烏啼花落，無非可悼，滿目山河，悲懷不可遏止。軒上所題之"悼紅軒"，一把辛酸淚中如何能喚起九泉之下《紅樓夢》作者曹雪芹先生？

引用作品中的文句進行了説明。對於其他的作品也是以非常淵博的知識進行了恰如其分的介紹。最後談到了中國的小説與戲曲對韓國文學的影響，揭示了中國文學對以《洪吉童傳》與《東廂記》爲代表的朝鮮的平民文學與翻譯文學的促進作用。特別是對於翻譯文學，梁建植稱開化時期以前的抄本諺解本：

> 各官家與賃册家的支那小説諺解本究竟是出於誰人之手？雖然我們尚無法得知，但這些譯家對原文中複雜的句子與艱澀的俗語並無翻譯的興趣，而是擇善從之進行了翻譯，給人造成該譯文具有朝鮮特色的閱讀感受，因此也引起了一般讀者對這些高雅的文學作品的興趣，從這一點上來看，這些譯本功不可没。

可知他當時是知道樂善齋本翻譯小説的。當時除了對李笠翁的研究之外，没有其他關於中國小説與戲曲研究的參考著述，對此梁建植感到非常遺憾。同時他開始注意大作家文集中的一些論述和作品中的序跋文，開始研究以反映中國人思想感情的小説與戲曲爲代表的平民文學，並呼籲與西洋文學融合，調合中西，號召學界對朝鮮文學做出貢獻。

這篇文章寫完之後，從1918年3月開始到10月結束，梁建植在《每日申報》上連載了他翻譯的《紅樓夢》的譯文，連載了138回。從此他開始被人們視作研究中國文學的學者或者是翻譯專家。對此下文中將具體展開分析，這裏僅作簡要提及。在此僅僅指出其在中國文學研究史或者翻譯過程中表現出來的對《紅樓夢》的濃厚的興趣。他有好幾次嘗試翻譯與評論《紅樓夢》，由此可以看出他對《紅樓夢》並非只有三分鐘的熱度。或者可以這樣説，在中國文學史上或者中國小説史上，《紅樓夢》是他最感興趣的作品。

　　此後，他對中國小説的興趣也絲毫未減。1926年他發表了評論文章《水滸傳的故事》，甚至同年翻譯了《新譯水滸傳》[①]。從1929年開始到1931年，他在《每日申報》上連載了《三國演義》譯文，全譯了全文120回[②]，取得成功。至於古典小説評論方面，有《水滸新讀》一文，後來也有以野談的形式翻譯的話本小説《賣油郎》，傳奇小説《紅綫傳》，清代李漁的小説《覺世名言》（即《十二樓》）。雖則如此，這些都是他晚年爲了打發時間而翻譯的作品。三十歲至四十出頭，他感興趣的似乎只是戲曲與中國現代文學。

　　事實上他早在1921年1月至4月就將易卜生[③]的戲劇《玩偶之家》發表在《每日申報》上，從連載結束的4月6日到9日之間，他在《每日申報》上發表了《關於〈玩偶之家〉》。筆者以爲，其翻譯介紹易卜生的《玩偶之家》是出於其對中國現代文學革命的深入觀察。1918年，在胡適的宣導之下，"易卜生主義"風靡一時。《玩偶之家》也得以翻譯出來，對不合理的社會制度與習慣進行

---

① 《東亞日報》1926年1月2日—3日上發表了《水滸傳的故事》這篇文章。這篇文章是幾乎是在同時開始發表的《新譯水滸傳》（連載於《新民》第9號—18號，1926年1月—10月）一書的解題。

② 《三國演義》連載於《每日申報》1929年5月5日—1931年9月21日，一共連載859回。在該連載中指出譯者爲梁建植，插圖的作者爲李承萬："梁白華述，李承萬畫。"小説中安插有插圖，這與1910年翻譯《紅樓夢》時不同，《紅樓夢》沒有插圖。

③ 易卜生（1828—1906）於1879年創作的《玩偶之家》中塑造了一個覺醒的新女性娜拉的形象，在小説中娜拉的覺醒宣言如下："在成爲妻子與媽媽之前，想作爲一個人在人間活著。"《玩偶之家》是近代戲曲的先驅性的作品。

徹底反抗的實驗精神一時成爲時代的主流。①

　　梁建植對中國文學的翻譯,始於在《玩偶之家》連載之後三個月,在《新天地》上發表的高明的《琵琶記》。在此之前的1917年發表的《關於支那的小説與戲曲》一文中就已經提到了中國的代表性作品《西廂記》與《琵琶記》、《桃花扇》、《長生殿》,那麼首先通過翻譯介紹的就是中國的古典戲曲。《琵琶記》後於1927年與1929年兩次得以重新發表,孔尚任的《桃花扇》也曾分別於1923年與1925年兩次被翻譯。王實甫的《西廂記》(發表時題目爲《西廂歌劇》)與湯顯祖的《牡丹亭》皆於1925年發表出來。另外在戲曲理論方面,1927年1月至8月,梁建植翻譯的《元曲概論》在《東光》第9—16號上得以連載發表。雖然參考了日本學者鹽谷温(1878—1962)的文章,但是當時在國內介紹這種學術評論文章並非易事。

　　他在積极介紹中國戲曲的同時,韓國對中國古典戲曲作品的興趣日趨濃厚,梁曾將李德懋的《東廂記》進行了翻譯,並發表于《한빛(大光)》雜志第5—7號上。

　　以上主要是對梁建植對中國戲曲的興趣與關注情況進行了考察。但是他對當時正在進行中的中國國內的文學革命也並非充耳不聞。他的很多評論與翻譯都是關於中國現代文學的,他對中國現代文學的關注與研究從1920年正式開始。換句話説,他是中國開始新文學革命時最早將這一消息帶到韓國的人。然而他在關心新文學運動的理論的同時,關注點仍然是集中在小説與戲曲方面。

　　他的第一篇介紹中國新文化運動的成果就是1920年11月發

---

① 在1918年6月刊行的《新青年》第4卷第6號中開闢了"易卜生專號",專號中收了胡適的《易卜生主義》的文章。《A Doll's House》在中國被翻譯爲《玩偶之家》或者《娜拉》,梁建植翻譯的《A Doll's House》於1922年在永昌書館以單行本形式刊行的時候使用的書名是《娜拉》,可能是受到了中國書名翻譯的影響。

表在《開闢》上的《以胡適氏爲中心的中國的文學革命》。前面提到的《玩偶之家》也是自此之後翻譯與介紹的，屬於對中國新文學運動的介紹。接著1922年，在《東亞日報》（8月22日—9月4日）上發表了《中國的思想革命與文學革命》，在第44號上發表了《反新文學出版物流行的中國文壇的奇怪現象》一文。1927年6月，國學大師王國維自殺身亡，梁建植在參考《國學月報》與吳文祺的相關論文之後，於1930年3月在《朝鮮日報》上發表了《中國文學革命的先驅者王國維》一文。4月1日在《東亞日報》上發表了《從文學革命到革命文學》一文，介紹了中國文壇的近況。至於在現代文學方面，梁建植翻譯發表過胡適與郭沫若等人的新詩，也翻譯過郭沫若的戲曲《棠棣之花》、《王昭君》、《卓文君》，魯迅的《阿Q正傳》、郭沫若的《牧羊哀話》（發表的時候更名爲《金剛山哀話》）等。

　　至於梁建植在介紹翻譯中國古典戲曲與現代文學方面的功勞，李錫浩與朴在淵教授等人的論文中已經有所提及，今後需要持續性地做更具體的調查整理與評價工作。本文只對此做如上的一些簡單介紹與評價。

三、梁建植的《紅樓夢》評論

　　梁建植第一篇介紹《紅樓夢》的文章是1918年3月21日發表於《每日申報》上的《關於〈紅樓夢〉》一文。這篇文章還算不上嚴格意義上的評論文章，是在《每日申報》上連載《紅樓夢》的同時爲了向讀者進行介紹而寫的一篇文章。因此研究傾向及其所研究的問題點幾乎是沒有的，主要是通過對小説整體內容的介紹，試圖激發讀者對《紅樓夢》的興趣。

梁建植在《每日申報》上刊載的《紅樓夢》譯文，1918

梁建植在思索《紅樓夢》研究傾向與問題點時所寫的真正意義上的評論文章，始於他開始翻譯《紅樓夢》8年之後的1926。這一年的7月20日至9月28日，他在《東亞日報》上發表了《紅樓夢是非——中國的問題小說》一文。這篇文章長達17回，或者按照每三四天一回的形式，或者按照每六七天一回的形式進行發表，這顯然是一篇長文。文中主要評說了對《紅樓夢》創作過程的三種説法。同時對全書120回的主要內容進行了簡要的概述，從甄士隱與賈寶玉神游太虛幻境起筆，有一些部分甚至直接使用了譯文。

接著發表的關於《紅樓夢》的評論文章是1930年5月26日至6月25日發表在《朝鮮日報》上的《中國的名作小説——紅樓夢考證》一文，該文發表時有17回。①

我們先來看一下1918年（大正七年）3月19日發表在《每日申報》上的《紅樓夢》小説連載預告文：

---

① 朴在淵著，金榮福編：《梁白華文集1》後附《作品年表》，《東亞日報》，1930年5月26日—6月25日。高宰錫在《韓國近代文學知性史》也指出該書後附的《梁建植作品年表》也采自《東亞日報》上發表的《梁建植年表》。經過筆者調查，《東亞日報》曾一度停刊（第3次停刊是在1930年4月17日—9月1日），實際上當時在《朝鮮日報》上翻譯發表《紅樓夢》的張志暎的《紅樓夢》的解題也是發表於《朝鮮日報》，而不是發表在《東亞日報》上。

小説預告

紅樓夢

　　春園生의　開拓者는　滿天下　愛讀者　諸氏의　歡迎喝采
裏에　가장　意味잇게　이미　終了한　바　二三日　後에　또　連
載할　小説은　져　支那　清朝　曹雪芹先生의　大傑作이오　大
名作인　曠前絶後한　小説　紅樓夢으로　이를　우리　支那　戲
曲　小説에　造詣가　자못　깊흔　菊如　梁建植氏가　原文을　充
實하게　現代語로　苦心譯述할　것이니　그　原作者의　錦心繡
腸과　縱橫한　才筆노　恨人恨事를　가지고　榮國府의　貴公子
인　賈寶玉　對　金陵十二釵의　錯綜한　情話를　絢爛한　文章
으로　情趣잇게　寫出하야　支那　上流家庭의　꽃갓고　玉갓흔
男女　數百人이　이　世上의　缺陷萬臺에　總出하야　觀者의
눈이　炫煌하도록　各各　제　所長대로　戀愛,　執著,　嫉妒,
奸計의　모든　妙技를　演할　것은　未久에　譯者의　筆端을　것
쳐　새롭게　愛讀者　諸氏의　眼前에　展開될　것이다.[①]

　　小説預告：

　　紅樓夢

　　春園生(李光洙)發表的《開拓者》贏得了滿天下讀者
的喜愛、歡迎與喝采。在《開闢者》連載結束幾日後,我們將
連載清代曹雪芹的傑作《紅樓夢》,這部作品可以說是一部
空前絶後的作品。將要連載的這部作品是在中國戲曲與小
說方面造詣頗深的白華梁建植先生忠實於原文,用現代韓國
語所做的翻譯。原作者曹雪芹以如椽巨筆、運錦心繡口,栩
栩如生的刻畫了一個個充滿怨恨的人物形象與事件(一人一

──────────
① 引文雖然很長,但是將全文轉印在此並採用該文發表時的標點,這是出於
　認識到該資料非常重要的原因,另外也是爲了減少斷章取義的弊端。
　引文有一些字很難判讀,在此改韓文古語主格助詞的"ㅣ"寫作"이"或者
　"가"。

事）。作者以十分絢爛的文采著重對榮國府的貴公子賈寶玉
與金陵十二釵的人情世態進行了刻畫與描寫，出身於富貴之
家的數百位如花似玉的男女在小說所營造的世界中紛紛登
場，琳琅滿目，令人眼花繚亂。小說中展示了不同人物不同
的氣量，對人物身上對於愛情的執著，嫉妒甚至奸計都以十
分細膩的筆法進行了描寫。這些都將通過譯者的筆端重新
一一呈現在讀者面前。

梁建植譯《紅樓夢》小說預告，《每日申報》，1918

上文以報刊登載預告的形式對繼春園李光洙《開拓者》之後將連
載的白華梁建植的《紅樓夢》譯文進行了預告，並對作品的特徵
進行了簡單的說明。該文是繼李圭景的《五洲衍文長箋散稿·小
說辨證說》與樂善齋本全譯《紅樓夢》之後，第三個被發現的公開

提到《紅樓夢》的文獻，屬於嚴格意義上的、具體的紅學研究的資料。

如果説樂善齋本全譯《紅樓夢》成書於1884年前後的話，梁建植的譯本的出現只不過是三十年後的事情。如果説樂善齋本翻譯小説主要是由宮中譯官翻譯、由宮女們以宮體抄寫的古典小説的譯本的話，那麼梁建植的翻譯則完全具備現代意義上所謂翻譯的各種要素。其出現的新的方式是，通過報紙連載的形式直接與讀者見面，翻譯的過程中也可以與讀者進行溝通交流。

梁建植在開始對《紅樓夢》進行翻譯並連載之前，先寫過一種對作品中各回逐一進行介紹的解題。1918年3月21日發表的《關於〈紅樓夢〉》一文的全文如下。這篇文章可以説是韓國最早的關於《紅樓夢》的評論文章。

《關於紅樓夢》

本刊自下回起將連載小説《紅樓夢》，本人爲該書譯者，在讀者諸君閲讀該作之前，擬先對此作品作如下介紹。《紅樓夢》被人們視爲有清三百年來小説第一。本譯本標注作者爲曹雪芹氏。《紅樓夢》屬於自明代《金瓶梅》開創的人情小説系列，與《水滸傳》共堪稱上下四千載無與之比肩之作。在支那歷來崇尚儒教思想而輕視通俗文學的環境之下，小説描寫了金陵十二釵，以風流幽豔之筆描寫了二百三十五男子與二百十三女子之事，編爲一百二十回長篇故事，可謂文壇之一大奇迹。《紅樓夢》一名《石頭記》，其内容大致如下：以賈府之貴公子寶玉爲主人公，在賈寶玉周圍搭配了所謂金陵十二釵：薛寶釵、林黛玉、賈元春、探春、史湘雲、妙玉、賈迎春、惜春、王熙鳳、巧姐、李紈、秦可卿等。另有聰明靈慧丫鬟數人，此外還寫出方正、陰邪、貞潔、頑善、烈俠、剛懦之男女數百人，彼間情事錯綜複雜。又有僧尼、女道、娼妓、伶優、黠奴、豪僕、盜賊、邪魔、無賴輩衆數，叙述了榮寧二府的盛衰。
結構宏大，場面複雜，初讀此書不無頭緖紛繁之歎。描寫男
女多達四百八十人，才筆細緻入微，值得細細玩味，彼此之間
脈絡分明，書中無一人物不活躍。作者之苦心與手腕可見一
斑。文采絢爛如花叢，令讀者眼花繚亂。

一般認爲該書出自"曹雪芹"之手，然而對作者問題亦
歧見紛紜。據張船山之説，《紅樓夢》原書爲八十回，後其
友高蘭墅補作後四十回，成一百二十回之貌。另外，俞曲園
《小浮梅閒話》中亦引《隨園詩話》句"曹楝亭，康熙中，爲
江寧織造，其子雪芹，撰《紅樓夢》一書，備風月繁華之盛"
云云。曲園又曰：《船山詩草》中有《贈高蘭墅鶚同年》一詩
有"豔情人自説紅樓"句子。自注云："傳奇八十回以下俱蘭
墅所補。"云云。此外，尚有其他諸説數種。竊以爲在此並
無必要對諸説詳加叙述，僅對該小説在支那之影響作如下介
紹。此書對當時上流社會滿洲貴族腐敗生活之態暴露無遺，
因此故，滿洲出身豪門貴族對此書切齒痛恨，擬强力禁毀。
然江湖中愛好此書者甚衆，在此書遭禁毀之後，對此書做了
多樣改造。或曰《金玉緣》者，或曰《石頭記》者，秘密出版
之作逐日增多。權貴之家對此無可奈何，於是下令殺掉此書
作者。燕北閒人曾作《兒女英雄傳》。支那人謂研究此書爲
"紅學"，其意即：將"經"字上半部分去掉即成"紅"字。該
小説問世後一時洛陽紙貴，此後文人騷客風流才子們對此書
的筆墨不勝仰慕，陸續有模仿之作八九種問世。由此可知是
書在支那的流行。然而筆者近日在上海見到一部名爲《紅樓
夢索隱》的小册子，該小册子將《紅樓夢》是書視作暴露清皇
室秘事之書，主人公賈寶玉即順治帝，其他無數那女即某人
某人云云，一一明示。我以爲並無一一坐實之必要。

自支那小説輸入朝鮮以來，《水滸傳》一書早有譯本，而

　　《紅樓夢》一書迄今無譯本,此不啻朝鮮文壇之一大遺憾。
因此,本人不揣淺陋,斗膽冒險以現代韓國語翻譯此書,將此
書推薦給大衆。只是擔心因爲譯者本人學識之淺陋而累及
原書作者。儘管如此,該書在朝鮮被認爲是最爲難解之書,
即使是一流學者亦未能盡窺其貌,因此筆者的譯文中肯定亦
當有不少誤讀之處,對此本人亦深懷自責。本人在翻譯過程
中儘量忠實於原文進行,對原文中某些彆扭之處,在不得已
的情況下,在不影響全書結構的前提下,在一定程度上會進
行改譯。因此,或許會有數處未能傳達出原作的妙處。對話
中不少俗語對於支那讀者而言是十分有趣的,而對於朝鮮讀
者而言或有相反之效果。出於此種考慮,對於其中的一些詞
有尊重原文翻譯的情況,也有僅取其意的情況。有純粹以韓
國語進行翻譯的情況,亦有借用與原文中語音相似的詞進
行翻譯的情況。原文中有滑稽詼諧的妙文,這些對於支那
讀者而言頗爲有趣,而對於朝鮮讀者而言則頗無味,諸如此
類情況,通過在譯文下加注的辦法進行説明,或者不得已干
脆直接省略。對此祈望讀者諸君多多諒解。此外,是書的
第一回乃全書的伏綫,因此對於第一回中的寓言謎語之類
的文字,希望讀者諸君不要在看過幾十回後束之高閣或者輕
蔑哂笑。

　　1910年代梁建植對其所認識的《紅樓夢》所持的幾種觀點及
《紅樓夢》的研究概況,參考上文可一目了然。當然在連載之前,
出於先入爲主的考慮,作者在文中對小説給予很高的評價,這是
理所當然的事。最起碼可以説這是一篇這樣的文章:在這篇文章
中梁建植對當時的朝鮮文壇對中國小説名作《紅樓夢》毫無興趣
這一點感到十分惋惜。1918年是中國國内新紅學步入春天之前
的一個時期,這一年胡適的《紅樓夢考證》與俞平伯的《紅樓夢

辯 》①等新紅學的代表性著作紛紛得以發表。

梁建植在這篇文章中指出,《紅樓夢》與《金瓶梅》一樣屬於世情小說系統,與《水滸傳》一樣是中國的兩大小說名作之一,並在他的文章中也對作品的内容與登場人數進行了介紹。特別是具體統計了登場人物,男性角色235名,女性角色213名,合448名。清代道光四年(1824)姜祺(字季南)在其《紅樓夢詩》的序文中就已經指出過,後來流傳得相當廣泛。清末(1882)上海廣百宋齋出現的王希廉(護花主人)與姚燮(大某山民)評本《增評補圖石頭記》中收録了明齋主人總評,在這篇總評中指出了男性人物有232名,女性人物有189名。上端的眉評中引用了較明齋主人晚些出現的姜季南的説法,指出男性人物有235名,女性人物有213名②,姜季南的人物統計很早就在東西方皆產生了廣泛的影響,梁建植就是得到該信息者之一。③雖然這一數字並没有得到今天學界的認可,但是當時並没有類似對小說人物進行如此細緻的統計,因此可以說這是非常可貴的。

接著他介紹了金陵十二釵的人物,並評價說:作者通過其他各式各樣的人物的登場,通過對他們複雜的人際關係的描寫,激發了讀者的慨歎。另外在作者問題上,梁建植在評説通行的

---

① 胡適的《紅樓夢考證》初稿完成於1921年3月27日,該定稿完成於11月12日。胡適與顧頡剛討論《紅樓夢》的書信往來也始於《紅樓夢考證》完成之後的1921年4月2日。俞平伯與顧頡剛討論的《紅樓夢》書信也始於1921年4月27日,直到1922年才完成《紅樓夢辯》。可知梁建植對《紅樓夢》的關注早在中國新紅學開始之前就已經開始了。

② 《增評補圖石頭記》影印本第5卷(中國書店,1988)。誠如通過《辟邪金鎖》中的插圖闡明的那樣,梁建植翻譯時所用的版本也是屬於這一系統。

③ 採納姜季南的統計,認爲《紅樓夢》中的登場人物爲448名的是1892年日本的森槐南,在其《紅樓夢評論》提到了姜季南的統計。1910年代的梁建植之後,1934年李辰冬在其完成的博士學位論文《紅樓夢研究》(Etude sur Le Songe du Pavillon Rouge)中也採用了這一統計結果,1936年《蘇聯大百科詞典·中國文學》中也是採用的這一說法。

“曹雪芹創作説”的同時,也引用張船山(張問陶)的詩注中出現的“傳奇《紅樓夢》八十回以後具蘭墅所補”的句子,引出了爲俞曲園(俞樾)所引用的袁枚的話:“曹寅之子曹雪芹創作了《紅樓夢》。”

這一材料源自何處? 胡適提到這條材料是在1921年,與其説梁建植之所以能參考到這條材料是因爲張問陶與俞樾的書,倒不如説是因爲較之更早的、於1918年出版的相關書籍中公開提出的作者問題。1904年王國維在寫作《紅樓夢評論》時,對於作家曹雪芹“遍查諸書,也没有記載曹雪芹到底是何人”[1]。可見,當時知識淵博的王國維對於曹雪芹也是不太清楚。

1916年與《紅樓夢索隱》刊行於同一年的《石頭記索隱》中没有列舉與曹雪芹有關的材料。梁建植在中國學者之前就首先主張《紅樓夢》的作者是曹雪芹,如果尋找梁建植此説的由來,應該參閲在梁氏之前發表的日本森槐南的《紅樓夢評論》。森槐南主張《紅樓夢》的作者是曹雪芹,他引用了《隨園詩話》中記録的曹棟亭(原文中錯誤寫成“練亭”)之子(實際上是孫子)曹雪芹創作《紅樓夢》的資料,以及張船山寫給高蘭墅的詩中的注。這或許比中國新紅學的出現更早,是值得我們重視的。[2]

接著梁建植闡述了“紅學”這一名稱的由來,並簡略地引用了朱子美的主張。朱子美認爲,借《紅樓夢》的“紅”字來隱喻缺少“一劃三曲”的“經學”。雖然提到了最近王夢阮與沈瓶庵的

---

[1] 王國維:《紅樓夢評論》第5章《餘論》:“遍考諸書,未見曹雪芹何名。”見一粟編:《古典文學研究資料匯編紅樓夢卷》,北京:中華書局,1980年,第263頁。

[2] 森槐南:《紅樓夢評論》,《早稻田文學》第27號,明治二十五年(1892)11月,第31—39頁。在此之前森槐南曾以“槐夢南柯”爲筆名在《城南評論》第2號(第68—72頁)上以《紅樓夢序詞》爲名發表過《紅樓夢》的開頭部分的譯文。他與同年翻譯《紅樓夢一節——風月寶鑒》(載於《女學雜誌》第321號)的島崎藤村,同爲日本新紅學的先驅人物,享有盛名。

《紅樓夢索隱》中提出的"順治帝原型説"，但是梁建植保持對此説並非完全贊同的態度。

最後，他説當時朝鮮未能很好的介紹《紅樓夢》，這是文壇的一大恥辱，並在文中稱要冒險嘗試用現代韓國語來翻譯《紅樓夢》。對於翻譯《紅樓夢》這一規模龐大又十分難解的作品而言，肯定會有一些誤譯的情況。雖然梁建植在翻譯時有忠實於原作翻譯的意圖，但是在實際的翻譯過程中，也有按照韓國語進行改譯的時候。這一翻譯態度可以説是近代韓國翻譯史上的重要的里程碑。

梁建植真正意義上發表的關於《紅樓夢》的評論文章是1926年在《東亞日報》上分17回發表的《紅樓夢是非——中國的問題小説》這一篇文章。雖然此前他已經發表過關於《紅樓夢》的介紹性的文章，但是這篇文章的篇幅很長，在此前發表的文章的基礎上有很大的補充。

他首先指出了中國小説叙事方式的發展變化，即從"善於叙述故事"的形態發展到對人情世態進行詳細描寫的"善寫人情"的形態，並指出清代的《紅樓夢》就是在這一過程中發展起來的最優秀的名作。另外也指出了"紅學"這一詞的由來。

另外對於《紅樓夢》的創作背景梁建植介紹了四種説法，即：姜祺、俞樾等人主張的"康熙朝宰相明珠的家事説"，王夢阮、沈瓶庵等人主張的"清世祖與董鄂妃之情事説"，以及蔡元培在《石頭記索隱》中主張的"康熙朝的政治史説"，以及胡適《紅樓夢考考證》中主張的"作家自傳説"的説法。

1926年以胡適爲首的中國新紅學的情況已經有了比較詳細的介紹與整理，因此梁建植在此基礎上進行介紹就比較容易了。他隨之介紹了《石頭記》、《金玉緣》、《金陵十二釵》等作品命名的由來，對於第1回中大荒山無稽涯的頑石來到人間的來歷做了比較具體的介紹。對於小説中的人物，在其文章中首先説明了合爲十二釵的12名女性以及侍妾24人,共36人,小説中描寫了這36位性格各異的人物。梁建植在文章中引用了前述姜季南的人物統計結果,指出小説中男性有235名,女性有213名,共計448名。人物統計上參照了姜季南的説法。

在這篇文章中作者通過將《紅樓夢》與《水滸傳》進行比較,分析了《紅樓夢》的特徵。文章强調稱,在當時清代社會精神頹廢享樂主義漫延的情況之下,《紅樓夢》可以説是在社會上引起"《紅樓夢》亡國論"的一部非常有影響力的小説作品,文章中簡要介紹了全書120回的主要内容。另外,爲了吸引讀者的興趣,文章對於甄士隱與賈雨村的故事、賈寶玉神游太虛幻境、金陵十二釵的預言詩,以及賈寶玉與襲人的關係等情節進行了介紹。

這些内容是從他1918年發表在《每日申報》上的譯文中選擇出來的。他對於太虛幻境中的詩歌的翻譯是非常特別的,就是採用韓國傳統文學的"時調"形式進行。從字句上來看,一些翻譯非常新穎,具體見下文的引用。對於林黛玉與薛寶釵同時出現的太虛幻境預言詩,《每日申報》上發表的譯文如下:

> 停機德코야 詠絮才를 뉘가 알리
> 黃金비녀는 눈 속에 묻혔거늘
> 다만 어찌타 白玉帶는 林梢에 걸렸는다

到了1926年發表的評論文章中這樣進行了改譯,譯文如下:

> 停機德 아깝구야 詠絮才를 누가 알리
> 玉帶는 林中에 걸리고 만단 말가
> 두어라 金釵雪裏에 고침도 인연인가 하노라

《每日申報》上的原文本來有錯誤,於第二天糾正過。從這裏修改過的譯文來看,可以看出對於譯文他在進行不斷的修改。

在結束了内容介紹之後,對作品的創作背景進行考察,梁建植具體提到了如上所述的四種説法,剛開始"納蘭性德原型説"
是爲了反駁胡適而出現的過於簡單的一種説法。繼之介紹了"順
治帝與董鄂妃原型説",引用了《紅樓夢索隱》中的原文,並指出
在上海書社出版的《順治史》中也有順治帝前往五臺山出家爲僧
的説法。梁建植甚至説,自己曾親見過五臺山入定的順治帝畫
像。另外也介紹了將《紅樓夢》稱之爲"政治小説"的蔡元培的
主張,引用了蔡元培《石頭記索隱》的大部分内容,對於小説中人
物與政治中人物進行了很詳細很具體的比較。但是對於如上的
兩種説法,梁建植並非深信不疑。

　　最後,在文章中引用了胡適主張的"曹雪芹家事説",並對胡
適的這一觀點讚賞有加。而且對於曹氏家族的歷史與小説的背
景的關聯性進行了説明。雖然如此,梁建植並没有站到任何哪一
派觀點的陣營中。對反對蔡元培説法的胡適與顧頡剛等人的立
場予以充分的理解的同時,又指出如果不信從蔡元培的説法的
話,那麼《紅樓夢》中就有一些内容是很難明確把握的。可見梁
建植採取的是一種折中的立場。另外梁建植也指出胡適的主張
並非新見。

　　因此,梁建植將這部小説稱之爲"問題小説"。小説本爲虛
構性的作品,從這一點來看,以上的各種説法難道不都是一種極
端的、偏狹的説法嗎? 這正是梁建植所考慮的。同時又指出,
"另外,我們作爲外國人,借上海靈學會之力,在將曹雪芹先生從
九泉之下叫上來詢問之前,我們永遠也無法對這一問題做出任何
判斷"(《東亞日報》1926年9月28日)。對於《紅樓夢》的版本,
梁建植説,在80回之後出現的120回本與80回本,二者之間有很
多差異。並稱自己曾見過有正書局出版的《原本紅樓夢》(80回
本),反映了他作爲一位名副其實的紅學家研究《紅樓夢》的認真
態度。

　　梁建植在1918年發表《紅樓夢》之後,成爲國内享有穩固紅

學權威地位的學者。1926年《東亞日報》上發表《紅樓夢是非》四年之後，從1930年的5月25日開始到6月25日之間，在《朝鮮日報》上再次刊載了《中國的名作小說——紅樓夢考證》這樣一篇文章。當時洌雲張志暎與夕影安碩柱在《朝鮮日報》上連載《紅樓夢》的譯文①，梁建植的這篇文章就是在二人的邀請之下寫作的一種類似於作品解題的文章。由他人對其推重來看，梁建植在當時韓國紅學界享有最高的學術威信。

　　這篇文章大體上的内容與前面所説的發表於《東亞日報》上的文章基本上差不多，雖然也是連載了17回，但是更多的表現出

①張志暎的《紅樓夢》翻譯是此次新發現的成果。筆者爲了尋找梁建植的《中國的名作小說——紅樓夢考證》這一評論文章，在對1930年代《朝鮮日報》進行細緻調查的過程中另外發現了其他的《紅樓夢》翻譯的連載文章。該譯文連載始於1930年3月20日，終於1931年5月21日，總計連載302回（譯文相當於原文的前40回）。連載中署有“洌雲譯／夕影畫”之名，1930年3月18日《新連載小說預告》的廣告中寫有“中國古代小說紅樓夢／洌雲張志暎譯，夕影安碩柱畫”的題目，題目下面收錄了“廣告文”，由此可知譯者與畫者的名字。張志暎（1887—1976），早年在周時經門下學習國語學，此後曾在徽新中學從教，被介紹爲國語文學的學者。曾與梁建植同時在“官立漢城外國語學校漢語科”就讀過，因此與梁建植一道被介紹爲中國語學學者。1930年他在翻譯《紅樓夢》的時候曾在《朝鮮日報》上連載過《韓文綴字法講座》的文章，積極宣導使用新式標點，在其翻譯的《紅樓夢》中也是使用的新式標點符號。從連載的篇幅上來看，比起梁建植在《每日申報》上的連載的還要多。不知何故，張志暎的翻譯連載突然中斷。連載的每回都有回目，這些回目是從原作的回目中選取的一聯。譯文盡可能翻譯爲便於韓國讀者理解的韓文，並站在新聞連載的立場上對譯文多有考慮。在不得不用漢字進行標注的情況下就在括弧内標注漢字。翻譯時以整個作品的故事情節爲主進行了翻譯，對於一些過於細緻的描寫及對話，以及理解起來比較困難的詩詞就進行了省略，與梁建植的翻譯是一個很好的對照。張志暎似乎對《紅樓夢》的情況瞭解的並不多，在作品連載的前後並沒有發表過另外的解題及評論，因此請了當時已經被視爲《紅樓夢》權威的梁建植爲自己的《紅樓夢》譯本寫過作品解説兼評論文章。不管怎樣，由於張志暎的《紅樓夢》翻譯的發現，可以確定繼1910年代與1920年代之後的1930年代，《紅樓夢》在韓國被繼續翻譯著。這是值得將來我們好好研究的課題。

了對中國學者如胡適等人所持觀點的興趣。另外也補充説明《紅樓夢》早期的版本，省略了原文的譯文。對於小説的創作背景擴大到十種説法進行了介紹。在集中地對其中的第七種説法——"清世祖與董鄂妃情事説"進行介紹之後，該文連載至第17回就被中斷。剩下的"康熙朝政治事態説"、"曹雪芹自叙傳説"、"順治康熙朝八十年歷史背景説"等三種説法未能進行詳細的介紹。我們可以推斷，在這篇文章未發表的後半部分中，一定有很多關於作家與版本的新的論述，很可惜的是這篇文章未能全部發表出來就被中斷了。

在這篇連載的文章的第1回中，作者首先指出，對於文學作品進行的考證雖然不是一種牽强附會的冒險行爲，但是一定要以發現新材料爲基礎。另外對於中國小説與歷史之間的相互關係這一問題，從"善述故事"與"善寫人情"兩個角度進行了區分與論述。此外在這篇文章中，作者闡述了"紅學"的由來（關於紅學的由來，介紹了朱子美的説法）。並指出，雖然我們不知道執著於研究小説作品中的人物原型有多大的價值，但是《紅樓夢》在中國廣爲學界争論以致成爲一個熱門話題，對於中國文學研究專家而言，是極有可能在這個問題上摔跟頭的。接下來在這篇文章中，作者對該文寫作的動機進行了闡述，請見《朝鮮日報》上的文章。

筆者於五、六年前在《東亞日報》上以《紅樓夢是非》爲題發表過文章，就這一問題進行過介紹。現在，因在本刊上即將連載《紅樓夢》的洌雲先生的懇請與囑託，在對此進行過一些研究加上一些新材料的基礎上草撰了此文。該文雖似乎並無大用，但正如前文所述，《紅樓夢》是一部問題非常多的小説，對這些問題不進行考證性的解釋的話，讀者在閱讀這部小説的過程中可能就會對某一個句子的命意不甚了然，因之讀者也會感到索然無味。因此，人們對這部小説的價值與作者的良苦用心也會存在懷疑。在當今中國語學第一人沕雲先生以如椽巨筆向朝鮮讀者介紹這部名作的背景之下，筆者的考證不能説是没有任何意義的吧。文中的考證因筆者的原因並不採用論文的形式進行，而是採用漫談的形式。其中或許會有重復的部分，特別是在舉例的時候，會有抄記，以及並不做聲明而直接介紹的地方，這也是筆者用心良苦之處。筆者以爲對小説中的事件如果只平鋪直叙地進行介紹的話，讀者或許就會覺得索然無味。（連載第一回，《朝鮮日報》1930年5月20日）

　　梁建植先生對於翻譯連載的《紅樓夢》感觸頗深，這是由於梁建植本人也曾於1918年至1925年以長篇連載的形式進行連載不久又中斷的原因。張志暎在當時的讀者比較關注的代表報刊《朝鮮日報》上連載《紅樓夢》，由於使用了新的標點方法與新的翻譯方法，因此吸引了一定的讀者群。因而梁建植内心深處對此常懷與張志暎競争的心態。梁建植本人不僅僅是《紅樓夢》的翻譯者，也是名副其實的深知中國與日本學界動態的《紅樓夢》專家，他堅守着這一立場，外國人很難接觸到這篇文章。另外文章中介紹的也是很難吸引讀者興趣的版本考證與創作背景等學術問題。張志暎翻譯了《紅樓夢》，作爲中國語學者與韓文語法學者聲名遠播，從紅學研究的角度來看，在當時能超越梁建植，確是實情。

　　梁建植在這篇文章中的考證，具體内容如下：

　　連載的第1回至第6回中，如前所述，主要是對小説的故事情節與作品名稱的由來的介紹，並將其與《水滸傳》、《金瓶梅》進行比較，對清代末期紅樓文化的廣泛擴散等等問題進行了説明。另外文中收録了魯迅在《中國小説史略》中引用過的《賈氏譜》（即人物關係表）。從第7回開始引用原文並加以考證，根據亞東圖書館本^①引用了第1回中之"此開卷至第一回也……却是此書本來要旨,兼寓提醒閱者之意",這一內容依據初期版本的話,實際上並非小說的原文,而是出自評文中的內容。另外舉證云:胡適發現的《脂硯齋重評石頭記》中對此內容有幾個以小字進行的記錄。另外,在有正書局的戚序本中引用了注釋這一內容的日本學者幸田露伴博士的觀點。由此可見,梁建植是見過1920年至1921年之間出版的幸田露伴與平崗龍城譯注的日本語譯本《國譯紅樓夢》80回的。^②

他分析了不同版本之間字句上的異同,指出在一僧一道出現的第一回中,在另外的版本中多出了420餘字,在梁建植的文章中也引用了這些文字。事實上這一部分的內容對於韓國紅學的研究是非常重要的資料。文中指出了不同版本翻譯上的問題,並在文中直接講述了自己的經驗,具體如下:

> 除此以外,存在刪掉原文而做毫無根據的修改的情況。筆者十幾年前翻譯《紅樓夢》時,翻譯到第十三回秦可卿死去的內容時,感覺文字過於拖遝,不僅僅是不忍卒讀,而且對於這一段文字的立意也不甚了然,因此產生過要將"秦可卿死封龍禁尉"這一段文字省去的想法。但是後來看到了俞平

---

① 該版本爲1921年上海亞東圖書館刊行的新活字本,以程甲本系統的王希廉評本爲根據,加注現代式的標點符號,卷首收錄有胡適的《紅樓夢考證》,蔡元培的《石頭記索引(第六版自序)》,胡適的《駁紅樓夢考證》,陳獨秀的《紅樓夢新序》,程偉元的《原序》,汪元放的《校讀後記》及《標點符號説明》。以1927年胡適收藏的程乙本爲底本而編制的新的本子,版本學上將前書稱爲"亞東初版本",後書被稱之爲"亞東再版本"。至於梁建植使用的是哪一個本子尚不明確。

② 該本子以有正書局的戚序本爲底本進行翻譯,在翻譯時加入了非常詳細的注釋,並在卷末附錄了原文,在日本紅學史上是非常重要的著作。卷首有幸田露伴的《紅樓夢解題》,以及人物插圖12幅。被收入國民文庫刊行會的《國譯漢文大成》。

　　伯先生的《紅樓夢辯》,於是對文中這段文字的意思做了一些猜測。對這一段文字存疑的中國本土學者也爲數不少。

　　（連載第9回,《朝鮮日報》1930年6月7日）

這裏指出的是,對《紅樓夢》進行考證的學者們經常談論的第13回中"秦可卿淫喪天香樓"這一内容,作者曹雪芹按照脂硯齋的意見删去了一些内容,並將回目也更改爲:"秦可卿死封龍禁尉"。梁建植的上述文字就是關於此事的。梁建植在文章中做了這樣的分析:秦可卿並非病死的,而是在她與賈珍的關係被人發現之後不勝羞愧,自殺而死的。侍女瑞珠知道此事後,撞死於柱子上。對於這一内容的描寫幾乎占了這一回的三分之一,但是這些内容都被删去了,因此這一回的内容較之其他回來看比較少。

　　1923年梁建植主要關注的是俞平伯的《紅樓夢辯》,到了1928年,胡適在《新月報》第一卷第一號上發表上了《〈紅樓夢〉考證的新材料》一文。在這篇文章中引用了脂硯齋的原文,並對這一部分的考證進行了説明。從20世紀10年代至30年代,梁建植一直對《紅樓夢》保持著相當的熱情,這一點我們由上文可以看出來。他對中國文學研究現狀的信息是相當敏鋭的,他對一些相關資料也進行了持續性的收集。

　　這篇評論文章的後半部分基本上都是對《紅樓夢》創作背景的介紹,梁建植所謂的十種説法具體如下:

（1）　描繪的是當時有名的俳優(《樗散軒叢談》)

（2）　以金陵張侯家爲背景進行的描寫(周春《紅樓夢隨筆》)

（3）　描寫的是康熙朝明珠的家事(陳康祺《燕下郷脞録》)

（4）　諷刺和坤(《潭瀛室筆記》)

（5）　以讖緯説爲背景而展開(《寄蝸殘贅》)

（6）　影射《金瓶梅》(《紅樓夢抉微》)

（7）　描寫的是清世祖與董鄂妃的故事(王夢阮、沈瓶庵《紅

樓夢索隱》)

　　（8）　影射康熙朝的政治史（蔡元培《石頭記索隱》）

　　（9）　作者曹雪芹的自叙傳（胡適《紅樓夢考證》）

　　（10）　描寫的是順治朝與康熙朝的歷史（未詳）

　　在介紹以上的各種説法的過程中，梁建植引用了大部分的原文，另外也找到了相關的反駁意見，可以看出其對材料與觀點的引用是非常細緻的。雖則如此，在引用了自第十四回開始連載的《清世祖與董鄂妃故事説》一文與壽鵬飛過於冗長的分析之後，到了第17回連載時被中斷。雖然作者在後面未能發表的文章中準備了很多資料，但是從報紙編輯的角度來看，邀請梁建植發表這一篇文章本來是爲了配合張志暎的翻譯以吸引讀者的興趣的，没想到梁建植的文章竟然這麼複雜難懂，於是報紙的編輯作出了中斷梁建植文章連載的決定。當時的翻譯採用的是韓國讀者理解起來比較容易的語言，對内容做了簡單的介紹。如果考慮到其作爲小説的這一點，考慮到將漢字語用括弧標注的方式進行這一點的話，筆者以爲對作品的内容做饒有趣味的分析與鑒賞不是更有必要嗎？

四、梁建植的《紅樓夢》翻譯

　　梁建植曾先後兩次在報紙上連載過《紅樓夢》的譯文，但是並没有出現單行本。剛開始是於1918年3月23日至10月4日在《每日申報》上發表了《紅樓夢》，長達138回。後來第二次翻譯是1925年1月12日至6月8日，持續了17回，以《石頭記》之名發表在《時代日報》上。在《每日申報》上發表時使用的是"石菊"

這一筆名,爾後在《時代日報》上發表的時候使用的是"白華" 這一筆名。

他的這兩次《紅樓夢》翻譯都中斷過,前者翻譯到原作的第 28回,後者翻譯到原作的第3回,皆未能全譯。前後兩次翻譯這 部小説一定是出於梁建植欲將這部小説向朝鮮讀者盡心進行介 紹的意志。

至於翻譯的特點已經在其連載之前發表的《就〈紅樓夢〉談 一談我的看法》這一篇文章中説的很清楚了。雖然是冒險性地 使用現代韓國語對原文進行了忠實的翻譯,但是也有一些部分出 於無奈只好縮譯,也有爲了符合韓國語的語感而做的改譯。但是 從全書前面一部分的譯文來看,基本上可以稱得上是一種近乎完 美的翻譯。另外,誠如其與讀者約定的那樣,梁建植致力於現代 性的翻譯,在一掃此前的朝鮮末期的小説翻譯的弊端方面,發揮 了非常重要的作用。

我們先來看一下1918年3月23日他發表在《每日申報》上的 《紅樓夢》第1回,翻譯文和原文如下:

> 강호의 독자야. 이 소설의 첫머리는 이러하다. 작자 는 말하지, 내 일찍이 한번 夢幻境을 다녀온 일이 있었 다. (꿈을 꾸었노라) 그리고 짐짓 진정한 사실은 숨기고 (真事隱去) 通靈을 빌어 가지고 말한다. 이것이 이 석두 기의 소설이라는 것이다. 그까닭에 甄士隱(甄, 음진)真 事隱과 음이 서로 같음으로) 이라 함이다.
>
> 그러면 이 소설의 내용이 어떻게 된 것이냐? 저자는 또 말하련다. 내가 風塵에 碌碌하여 이때껏 한가지도 이 룬 일이 없다. 그런데 홀연 당일에 만나보던 여자들을 생 각하고 가히 헤아리니 그 행동과 식견이 모두 나보다 나 음을 까닭겠다. 내 堂堂한 丈夫가 되어 그여자들만 같지

못하니 진실로 부끄럽기 그지없다. 그러나 後悔해도 無益
한 일이라 참으로 어찌할 수 없는 때를 당했다고 할수 있
다. 이때를 당하여 기왕에 天恩과 祖德으로 錦衣를 두르
던 때와 膏粱을 먹던 날에 부모의 교육한 은혜와 師友의
訓誡한 德을 져버리고 오늘날 아무것도 이루지 못하게 된
반생의 요도한 죄를 가지고 책 한권을 꾸미어 세상에 傳布
하여 나의 지은 죄가 원래 많음을 알게 하자고 하였던 것이
다. 그러나 閨中에 歷歷히 사람들이 있는데 나의 不肖로
短處를 그리워 모두 함께 泯滅함은 옳지 아니한 일이다.

　　（作者自云：曾歷過一番夢幻之後，故將真事隱去，而借
通靈之説，撰此《石頭記》一書也，故曰“甄士隱”云云。但
書中所記何事何人？自己又云：“今風塵碌碌，一事無成，忽念
及當日所有之女子：一一細考較去，覺其行止見識，皆出我之
上。我堂堂鬚眉誠不若彼裙釵哉，我實愧則有餘，悔又無益
之大無可如何之日也。當此日則自欲將已往所賴天恩祖德，
錦衣紈袴之時，飫甘饜肥之日，背父兄教育之恩，負師友規訓
之德，以至今日一技無成、半生潦倒之罪，編述一集，以告天
下人；我之負罪固不免，然閨閣中本自歷歷有人，萬不可因我
之不肖，自護己短，一併使其泯滅也。）（第一回）

文中對《紅樓夢》原文第1回中出現的作者的話做了很詳盡的描
述。在梁建植的翻譯之後出現的譯本中，有很多人的翻譯都將這
一段省略了，但是梁建植的翻譯是逐字逐句進行的，沒有任何部
分被省略，基本上是採取的直譯。

　　下面我們來看一下他直接闡述的對翻譯的看法。如果將較
梁建植早30多年的樂善齋的翻譯本與梁建植的翻譯進行一番比
較的話，梁建植的翻譯具有的現代性的翻譯特點是可以一目了然
的。下面引用的內容是原作第3回中林黛玉與王熙鳳第一次相
遇的場面。我們先來看樂善齋本的翻譯：

　　한 말씀을 마치지 못하여 다만 들이니 후원에서 웃음
소리 나며 이르되, "오기를 더디하여 먼 데 손을 일찍 영
접치 못하여라"하거늘 대옥이 헤아리되 "이곳에 있는 여
간 사람들은 저마다 소리를 수렴하고 기운을 나즉이 하거
늘 저기 오는 사람은 뉘완데 저렇듯 방탕무례한고！" 심
중에 생각할 새……황망히 몸을 일으켜 영접하여 볼 새
가모가 웃고 이르되, "너는 저를 아지 못하려니와 우리 이
곳에 유명한 한낱 발랄화(原注 : 더럽고 미운 것이란 말이
라) 라 남경에서 이르는 랄자(辣子)라 하는 것이니 너는
다만 저를 부르기를 봉랄자라 하는 것이 옳으니라" (낙선
재본 영인본 1권 197—200쪽／맞춤법. 띄어쓰기 인용자)

　　(一語未了,只聽後院中有人笑聲,説 : "我來遲了,不曾迎
接遠客。"黛玉納罕道 : 這些人個個皆斂聲屏氣,恭肅嚴整如
此,這來者係誰,這樣放誕無禮。心下想時……黛玉連忙起身
接見。賈母笑道 : "你不認得他。他是我們這裏有名的一個潑
皮破落户兒,南省俗謂作辣子,你只叫他'鳳辣子'就是了。")

以上是樂善齋本的翻譯,下面再來看梁建植的翻譯中的同一
段文字 :

　　하는 말이 다 마치지 못하여 안으로서 홀연 웃음소리
가 나며 뒤미처 "아이고나 미안해라 늦어서 그만 먼 데 손
님을 영접도 못했네, 헤헤헤"하는 말이 들린다. 대옥은
속으로 여기 앉은 사람들은 모두 음성을 낮추고 저리 조
심하는데 저이는 누구이기에 저렇게 경망무례한가 하는
차에……대옥이 황망히 일어나 맞았다. 노부인이 웃으면
서 "너 저 애를 모르겠니? 저 애는 우리 집에 아주 유명한
왈짜라니, 너 이 다음부터 봉왈짜라고 불러라"한다.

　　(連載第 18 回,《每日申報》1918 年 4 月 17 日)

　　就像上面我們看到的一樣，可以看出梁建植並未依照中國語進行直譯，而是以自由的文體對譯文進行了現代化的處理。1910年，當時報紙上使用的還是一如既往的完美的漢文語體。他當時還未能擺脱一些條件的限制，雖然使用的是國語與漢文的混用語體，但是也可以説這是一種相當通俗化的、相當現代化的自由的語體。在成爲中國文學研究者之前他曾是小説作家，這一點强化了他對韓文的熱愛以及對通俗語言的使用。

　　特別是對於人物的語言，如"我把那個孩子帶走吧"，"那好吧"，"客人看都不看一眼就脱掉外衣，看不到這裏的你妹妹嗎？""是啊，這個……怎麼又這樣？打罵別人很痛快吧？爲什麼摔那勞什子"等等，使用的是像這樣一些非常順暢的語言，將原文中的"甥女兒"這樣的詞彙，換成"那個孩子"，或者將"孽障"換成"이것아（我的兒啊）"，將"命根子"換成實際上支撐的"玉"等等，可以看出這樣做顯然是爲了方便讀者理解。

　　另外對於中國建築的翻譯而言，需要做一些繁雜的説明或者注釋，梁建植在其文章中對此處理得很自然。第3回中林黛玉在邢夫人的住處没能見到賈赦，坐了小轎子到王夫人處。小説中之内容如下：

　　　　邢夫人이 친히 문까지 나와 전송하며 또 노파에게 몇
　　마디 말을 이르고 수레가 가는 것을 보고 들어간다. 대옥
　　이 榮府로 들어가 수레를 내리니 여러 노파들이 붙들어
　　내리어 부축하고 동으로 꺾어 한 큰 복도로 들어간다, 한
　　참 가다가 동편으로 빠져 나오니 중문안에 바로 오칸대청
　　이 있고 양편에는 사면으로 통한 협문이 있는데 그 헌앙
　　하고 장려한 것은 노부인이 거처하는 곳과 다르다.（連載
　　第20回，《每日申報》1918年4月19日）

　　　　邢夫人送至儀門前，又囑咐了衆人幾句，眼看著車去了方回來。一時黛玉進了榮府，下了車，只見一條大甬路直接出大門來。衆嬷嬷引著便往東轉彎，穿過一個東西穿堂、向南大廳之後，儀門内大院落，上面五間大正房，兩邊廂房鹿頂，耳房鑽山，四通八達，軒昂壯麗，比賈母處不同。（第3回）

從以上的譯文來看，原文中的"穿堂"、"大院落"、"大正房"、"鹿頂耳房"等翻譯起來是非常棘手的建筑用語，爲了方便理解分別換成了相對比較簡單的"復道복도"、"中門중문"、"挾門협문"等等。比起譯者對部分内容進行添加或者編寫原文中没有的對話，原文中一些生動的描寫，如定林黛玉房間的一回中，原文中僅作："當下奶娘來請問黛玉至房舍，賈母便説……"。這一段在譯文中則爲："這時乳母，進來向着老太太道：'那小姐（林黛玉）的房子怎麽定呢？'老太太想了一會兒説道：'……。'"（이 때에 유모가 들어와서 노부인을 향하여 '저 아기씨의 방은 어디로 정합시오? 하고 묻는다. 노부인이 이윽히 생각을 하다가 '……'）

　　第4回描寫薛蟠的部分，原文作："寡母又憐他是獨根孤種，未免溺愛縱容，逐至老大無成。"這一段被翻譯爲："과모가 너무 응석으로 기른 까닭에 지금은 한 후레자식이 되고 말았다."（連載第30回，《每日申報》1918年5月2日）

　　這一段翻譯可以説是非常簡單明瞭而且很好的表現了其意義。也有將原文中的稱呼省去或者改換或適當加入一些稱呼的情況。

　　第6回中劉姥姥對其女婿這樣説道："姑爺，你别嗔着我多嘴"，譯文中將"女婿"這一詞省去了，而是換做符合韓國讀者習慣的説法："여보게 나를 대하여 그렇게 화증 내지말게"。（連載第45回，《每日申報》1918年5月23日）又，狗兒對劉姥姥説道："老

老既如此説……你老人家"①梁建植對這一段的翻譯如下文所示：

> 장모님, 그러면 기위 한 번 가보셨기도 하고 하니 아
> 주 그럴 것이 없이 내일 장모님께서 가셔서 먼저 풍세를
> 좀 보시구려.(連載第45回,《每日申報》1918年5月23日)

至於人物的稱呼,中國人的稱呼與韓國人的稱呼是不一樣的,如果不進行改換的話,讀者是很難理解的。特別是雖然中國直接稱呼對方名字的情況很多,但是在韓語中這種情況是非常少見的,尤其是下人更是没有。我們舉賈寶玉爲例,出於希望寶玉長壽的意圖,下人們都被鼓勵隨意稱其名字,第3回中,下人向黛玉傳話説："寶玉來了。"這一段則被翻譯爲："보옥 도렴님 오셨습니다"。

梁建植的譯文中,將"林黛玉"稱之爲"아가씨(小姐)",對老爺則翻譯爲"대감",將太太譯爲"마님",將奶奶譯爲"아씨",將"老奶奶"譯爲"마누라님"。譯文中在指稱王熙鳳的侍女平兒的時候,在人物的名字前面加上了一個"大侍女",譯爲"큰 시비 평아(大侍女平兒)"。指稱寧國府賈蓉的"東府裏小大爺"時,則譯爲"동부의 젊은서방님"。翻譯得非常自然。在賈寶玉赴秦可卿房内睡午覺的一回中,"侄兒"被譯爲"조카며느리"。這一段叙述被譯爲："아이고 저런,누가 족하 며느리방에서 잡디까?"(誰會侄兒媳婦的房裏睡覺呢?)秦可卿稱呼賈寶玉的"寶叔叔"則被譯爲"보옥 아저씨"。

除此以外,還有很多將中國式的漢字轉換成韓國讀者比較好理解的漢字語的情況,賈雨村在看完應天府薛蟠的殺人事件的報

---

① 老老,在原來的抄本中寫作"姥姥",意爲"外婆"。是依照外孫女、外孫子的立場添加的稱呼。但是在後期的版刻本中,並不瞭解這一情況,能够使用的活字也很少,因此寫作了"老老"。梁建植在其譯本中將此視作固有名詞,稱之爲"劉姥姥",在現代的韓文翻譯中爲了便利一般翻譯爲"유노파(劉老婆)"。(譯者注:對應的漢字爲"劉老婆",韓文中的"老婆"不同於漢語中的老婆,其義類似"老太太")

告之後,正要準備下發逮捕令時,門子向賈雨村使了眼色,這一内容在原文中作"發簽",梁建植將此譯爲"장차를 내어 보내지 못하게 한다"(没能發撥狀差)[1]。另外"門子"被換成了"門直문직이","老爺"被換成了"使道사또"。

但是也有用原來的漢字語或者對漢字俗語進行補充的情況。第5回中有"但見朱欄白石,緑樹清溪"的句子,翻譯的時候則翻譯爲"붉은 난간 옥섬돌 고루거각(高樓巨閣)에 녹수청계(緑樹清溪)가 눈앞에 벌리었나니"。

同一回中另有"塵世中多少富貴之家,那些緑窗風月,繡閣烟霞"的句子,則被譯爲"인간세상에 조금 부귀하다는 집 녹창풍월(緑窗風月)과 수각연하(繡閣烟霞)는"。

另外,對於只有在中國才能見到的"炕",翻譯的時候使用了音譯,譯爲"캉",另外加了注釋進行説明。連載第20回最後的部分收録的注釋如下:

（注）炕은 한어에서 캉이라 부르니 正通字에 가로되 北地暖床曰炕이라 하였으니 즉 우리 조선의 温突 같은 지나인의 집 침실에 아랫목으로 높게 흙으로 평상같이 쌓아놓은 것이 이것이다.（1918年4月19日）

（注）炕在漢語中讀作kang,《正通字》中對此解釋道: "北地暖床曰炕"。類似於韓國朝鮮族的温突,在居室的底下放木炭,外面抹上一層厚厚的黑泥,看起來跟平時一樣。

這是爲了方便讀者理解而對中國的生活習慣進行的説明。

接下來我們來看一下梁建植對《紅樓夢》中不可計數的詩詞曲的翻譯的特點。梁建植的翻譯中最具有其特點的是對詩詞曲

---

[1] 壯差,是"將差"的筆誤。將差指的是將縣令或監司派作做雜役的人。原文中的"發簽",是從簽筒中拿出"符契"的意思,官吏拿這個木制的"符契"交給役使,命令就是通過這樣的方式傳達的。

的翻譯。梁建植在將中國詩翻譯成韓國傳統的"時調"方式作
出了相當大的努力,爲我們樹立了榜樣。在梁建植之後翻譯的
張志暎,對作品中過於繁雜的詩詞或者進行簡單的壓縮,或者干
脆省略,而以故事情節爲主進行了翻譯。解放以後的譯本中十有
八九是對詩詞的翻譯採取省略的辦法或者採取呆板的翻譯方法,
1910年開始韓國時調歌謠爲人們所重視,因之也出現了很多很
好的譯本。這不能不説是一件值得人們關注的事情。

　　以下不妨舉幾個例子來將其與原文進行對照。

　　　　無材可去補蒼天,재주 없어 창천을 못 갔어라
　　　　枉入紅塵若許年。홍진에 그릇 듦이 물노라 몇 해런고
　　　　此係身前身後事,아쉽다 이내 신전신후사를 뉘에 부쳐
　　　　倩誰記去作奇傳。(第1回 : 連載第1回,1918年3月23日)

　　　　滿紙荒唐言,종이에 가득함이 황당한 말뿐이랴
　　　　一把辛酸淚。흐르노니 한 움큼 신산한 눈물뿐이로다
　　　　都云作者癡,모두가 작자를 우치라 하고 맛모를가 하노라
　　　　誰解其中味。(第1回 : 連載第2回,1918年3月24日)

　　　　春夢隨雲散,산두에 이는 구름 자취 없이 스러지고
　　　　飛花逐流水。낙화유수가 가고 다시 아니 올 제
　　　　寄言衆兒女,각시네 화용월태도 덧 없을가 하노라
　　　　何必覓閑愁。(第5回 : 連載第34回,1918年5月7日)

像這樣以時調進行翻譯的並不僅限於五言與七言。對原作第5回中
出現的曲詞也採取的是以時調的方式進行的翻譯。具體如下:

　　　　第一支紅樓夢引子　　　　홍루몽 서곡
　　　　開辟鴻蒙,誰爲情種　　　　홍몽이 개벽할 제 무엇
　　　　　　　　　　　　　　　　　이 정종된고
　　　　都只爲風月情濃。　　　　이로하야 춘풍추월 헛된

	것이 아니로다
趁着這奈何天,	착심할 일 없는 곳과
傷懷日,寂寥時,	까닭 없이 서러운 때에
試遣愚衷。因此上演出	유유한 내 회포를 어디
	다 부칠거나
這悲金悼玉的紅樓夢。	어즈버 도금비옥 홍루일
	몽에 만단 시름을 헤져
	볼까 하노라

　　梁建植在翻譯《紅樓夢》詩詞的過程中,使用了韓國獨有的時調,這一點我們不妨視之爲他主張時調復興運動的一個組成部分。後來他也在報紙上發表過促進時調復興與改良的文章,提出過這樣的號召。[①]我們不得不説,梁建植的這種努力對於今天我們翻譯作爲外國文學的中國文學,特別是對於翻譯並不適合韓國人的情緒的中國詩歌來講,是非常寶貴的經驗。

　　但是也有一些詩歌並没有進行翻譯而是直接引用了原詩,這種情況主要是對聯。例如:

　　　假作真時真亦假,無爲有處有還無。(連載第4回,1918年3月27日)

　　　身後有餘忘縮手,眼前無路想回頭。(連載第10回,1918年4月5日)

　　　座上珠璣昭日月,堂前黼黻映煙霞。(連載第20回,1918年4月19日)

　　　世事洞明皆學問,人情練達即文章。(連載第33回,1918年5月5日)

　　　嫩寒銷夢因春冷,芳氣襲人是酒香。(連載第34回,1918年5月7日)

①梁建植:《時調論——促進其復興與改良》,《時代日報》1925年7月27日—8月31日。

　　　　厚天高地堪歎古今情不盡,癡男怨女可憐風月債難酬。

　　　　（連載第35回,1918年5月8日）

這些都是貼在建築物的兩邊柱子上的對聯,或者牆壁字畫上的對聯。這或許是譯者故意的不譯,以表現其本來的面目。

　　梁建植在譯文中製作並收錄了人物關係表《榮寧兩府系譜》。這張表是梁建植親自編製的,其中標注有"未定稿"的字樣①。該系譜具體如下:

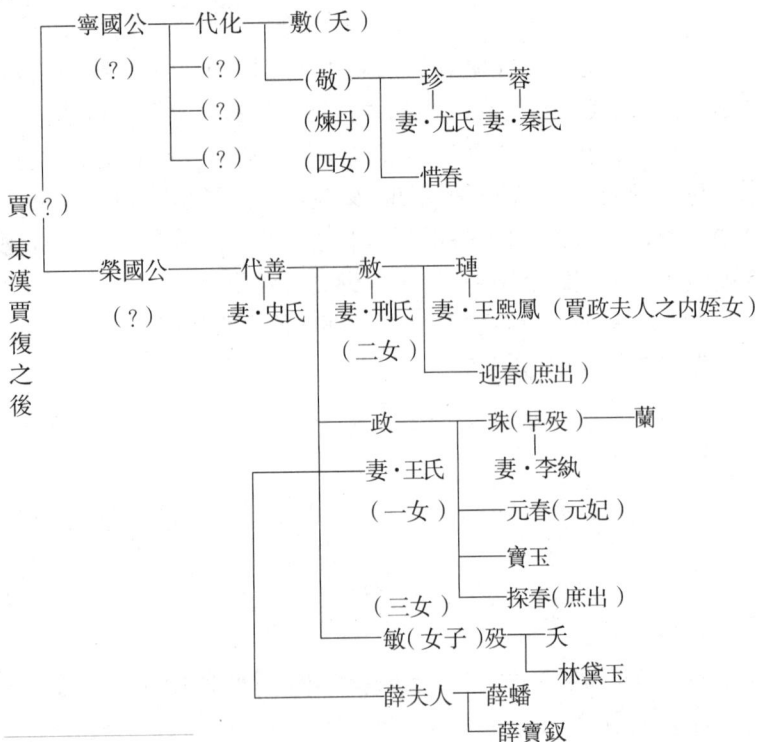

```
                ┌─寧國公───代化────敷（夭）
                │  （？）  ┌（？）
                │        ├（？）    ┌（敬）────珍────蓉
                │        ├（？）    │       妻·尤氏 妻·秦氏
                │        └（？）    │（煉丹）
                │                  │（四女）
                │                  └惜春
   賈（？）
   東                                          ┌璉
   漢                ┌─榮國公───代善────敕       妻·王熙鳳（賈政夫人之内姪女）
   賈                │  （？）  妻·史氏  妻·刑氏
   復                │                 （二女）  └迎春(庶出)
   之                │
   後                │                  ┌政────珠(早殀)────蘭
                    │                  │妻·王氏 妻·李紈
                    │                  │（一女）
                    │                  ├元春(元妃)
                    │                  │
                    │                  ├寶玉
                    │                  │
                    │                  └探春(庶出)
                    │                 （三女）
                    │                  ┌敏（女子）殀────夭
                    └                  │              林黛玉
                                       ┌薛夫人────薛蟠
                                       └薛寶釵
```

────────────

① 關於登場人物的圖表,在1892年森槐南的《紅樓夢評論》中也通過這樣的圖表進行了説明,但是没有證據能證明梁建植曾參考過森槐南的圖表。這是因爲這兩張圖示並不相同的緣故。魯迅在1924年刊行的《中國小説史略》下卷《清代的人情小説》中也繪製過這種人物圖表,並標明了金陵十二釵,梁建植在1930年的評論中引用了這張圖表。

以上的圖表是梁建植在翻譯原作第4回薛寶釵一家進入賈府這一内容的時候所繪製的。此後就像魯迅未能繪製完金陵十二釵的畫像一樣。但是賈家的四姊妹中的一女、二女一同被標示出來，並説明了是否夭折或者死亡，也標示了夫妻關係，因此作爲基本的人物圖表是毫不遜色的。賈敏的旁邊標示有“林黛玉之母”的字樣，薛夫人只是被稱作“薛蟠、薛寶釵之母”，引用者只寫作了“薛夫人”。另外由於不知寧國公與榮國公的本名，遂標注了問號。圖表中省略了侍妾與下女及親眷等。[①]

梁建植通過連載的形式在報紙上發表《紅樓夢》的譯文，這與以往的以士大夫之家爲中心翻譯的古典小説不同，由於是在報紙上發表，因此可以同時與讀者直接交換意見。另外也能很快發現翻譯上的錯誤或者活字印刷的錯誤。這些問題都記載在翻譯的結尾處。例如，在連載的第11回與第19回中，梁建植加入了一篇號召性的文章，在文章中梁建植做了這樣的號召：雖然讀者們或許對這部小説的特徵没有什麼特別的感覺，但是還是希望稍作忍耐在閱讀之後再決定是否讀下去。原文如下：

> 譯者言
> 讀者여러분은 아무리 滋味가 아직 없으시더라도 昨今의 본 소설을 주의하여 보시오. 그 人名의 親戚관계를 잘 기억하여 두시기를 바랍니다. (1918年4月6日)
>
> （讀者諸君，雖然大家或許尚未體會到這部小説的滋味，但是還是希望注意閱讀本小説。善加記憶小説中人名及人物關係。）

---

① 魯迅作“賈演，賈源”，森槐南先描繪了榮國府的系譜，接着才描繪寧國府的譜系，並標明榮國公爲賈法，寧國公爲賈演，在系譜中另外標明了史鼎、史湘雲、刑忠、刑岫煙、平兒、賈琮、趙姨媽(趙姨娘)、王子騰、夏金桂、香菱、薛蝌、薛寶琴、李嬸娘、李紋、李綺、襲人、晴雯、賈環、紫鵑、尤二姐、尤三姐、秦鐘等人物。

譯者言

여러 讀者 제씨에게 한마디 말씀하겠습니다. 다름 아
니라 요사이 본 소설은 아마 제씨가 滋味없어 하실 줄압
니다. 물론 역자도 滋味없어 하는 바인즉 그렇지 않사오
리까. 그러나 전일 예고한 바와 같이 이 소설은 원체 대작
인 때문에 아직 滋味없는 것은 왠일이냐 하면 지금은 그
국면에 伏綫을 놓는 것이니 이러하고야 비로소 소설이 되
는 까닭이오니 諸氏는 아직 그 의미를 모르실지라도 연
속하여 잘 기억하여 주시면 나중에 비로소 理會하실 날이
있어 무릎치실 날이 있으리다. 비록 역문을 잘 되지 못했
을지라도……（1918年4月18日）

（ 兹向讀者諸君奉上一言。或許諸君會感到本小説索
然無味。那是理所當然,因爲譯者亦覺索然無味。但是誠
如前之預告,小説既爲傑出大作,此乃小説所設之伏綫,而
此伏綫之造成亦是此小説成爲小説之原因。諸君尚不知其
意義之所在,若連續不斷閱讀下去,對於書中之人事時時記
掛,將來必能理會這部小説的好處。雖然譯文中未免有一
些錯誤……。）

從上面的這篇公告文,可見翻譯《紅樓夢》的梁建植的苦口婆
心。這部小説與其他中國古典小説不同,並非是一部以故事情節
爲主的小説。《三國演義》、《水滸傳》之類的"善述故事"的小説
吸引了讀者的興趣。但是對於《紅樓夢》而言,爲了將讀者的興
趣吸引至120回,直至前5回幾乎都不過是應該在序論中出現的
楔子而已,雖然有很多人物登場,但是小説中並没有什麽故事發
生。實際上,就算是從發生故事的第6回算起,該故事也並非什
麽驚天動地的大故事,不過是一些家庭中經常會發生的很小的事
情,作爲外國人的韓國讀者,他們對此不太理解,這也是情理之中

的事情。另外，所謂的在報紙上的連載，每次不過只有一小段，爲了翻譯原作的一回，往往需要在報紙上連載7至8回。這樣故事就只能變得非常冗長而令人生厭了。但是梁建植並沒有採取意譯或者縮譯的形式，而是忠實於原作進行了翻譯，我們可以看出其決心。譯者之所以反復強調這一翻譯立場的背景，大概是由於當時編輯與讀者已經對梁建植的翻譯有了一些意見的緣故。

小説翻譯中誤譯與誤植是經常會發生的事情。譯者在發現這些錯誤時即可在報紙上發表修正公告。連載第14回、37回、38回的譯文後就附了這些修正文。

如指出過晴雯的預言詩的翻譯："얻어보기 어려울 손 秋天의 개인 맑은 하늘 개인 밤에"是錯誤的，本當爲："얻어보기 어려울 손 맑은 개인 달에"。

又如，梁建植在公告文中指出：林黛玉與薛寶釵的預言詩中的"停機德可嘆코야...또 즐 어찌타"是"停機德可嘆코야...어찌타..."的誤植。

另外，在連載第83回中附加了對題目的説明文，題爲"從譯者到讀者"。在這篇説明文中説明了譯者的翻譯態度由直譯爲主轉爲部分縮譯的原因。具體如下：

> 翻譯這部小説的時候，本來譯者的本意是欲全譯此書，然翻譯過程中没料到傷風敗俗的句子越來越多，不得已只好從次號始，開始有選擇性的翻譯，希望讀者諸君海涵。另外，譯者如此進行譯述的話，儘管文意會發生變化，但讀者諸君或許會更感興趣。（1918年7月14日）

上文中所謂的"有傷風敗俗"的部分正是原作第13回中秦可卿卧病時被帶往醫館接受診治的内容。其在後來寫的評論文章中認爲這一部分的内容不通順，於是在文章中懷疑是作者删去了某些部分的結果。這正如考證的結果所顯示的，這一部分是曹雪芹在評點人的意見之下將原稿進行了大幅度刪改之後而成的本子中的內容,是爲了隱諱"秦可卿淫喪天香樓"這一事情。這裏所謂的"譯澤"實際上是"擇譯"——即選擇性翻譯的筆誤。"海亮"是"海量"或者"海諒"的筆誤。可以説,不管怎樣,基於這樣的原因,梁建植從第84回開始就正式脱離嚴格意義上的逐字翻譯,轉爲僅對必要的部分進行翻譯,對故事情節進行壓縮翻譯與意譯。今天很多譯本的後半部分中,有相當部分採取了縮譯的辦法,但是對此並不聲明,而是就那麼譯了下來,對比之下可以説梁建植翻譯時的態度是非常認真的。

另外,在連載中也有回復讀者來信的情況,這些回信中都是闡明其翻譯態度與翻譯方法的文字,值得我們注意。

　　寄東湖生

　　閣下之教示狀閱畢。對於足下信中所示教喻筆者亦有同感。當下吾人所操之語言距《紅樓夢》問世時間久矣。依筆者見,支那小説無論大小,其文體延續使用至今,即所謂"言文一致"。對此進行翻譯時,筆者以爲最適當之辦法乃依時文之文言一致之辦法進行翻譯。另外誠如預告文中所言,在用現代語進行翻譯時,原文中諸如"科舉"、"狀元"、"小姐"、"老爺"等詞從有某種意義上來講,翻譯爲"문관시험(文官考試)"、"급제(及第)"、"아가씨(小姐)"、"대감님(老爺)"似乎更恰當。另外這也是出於筆者意欲打破過去之對支那小説翻譯慣例之意圖。對於閣下之厚意不勝感激。(連載第23回,1918年4月23日)

由上面的內容我們可以推知,這是一封寫給一位名爲東湖生的讀者的回信。在信中,梁建植對其提出的關於小説翻譯的語體問題表明了不同意見。或許也可舉其他中國小説的譯文的例子,該讀者的問題或許可以理解爲:對於文言體不作翻譯而是保持言文一

致的理由是什麽？文言長篇小説《三國演義》與文言短篇小説
《剪燈新話》、《聊齋志異》等不知道能不能作爲例子。對此，梁
建植的態度如其在小説預告中闡述的那樣，固守著這樣的立場：
用現代韓國語進行翻譯，選擇通順的韓國語進行意譯，彰顯一代
譯家的風範。除此以外，如有必要的話，梁建植隨時都通過"譯者
的話"或者"注釋"與讀者進行對話。①

　　接下來我們來考察一下當時梁建植翻譯時採用的《紅樓
夢》的原本是出自哪種版本系統。爲了瞭解譯者翻譯這部作品
是採用的哪種版本，顯然得了解譯者自己的陳述。梁建植雖然對
《紅樓夢》整體的研究都非常清楚，但是他似乎對版本的重要性
並沒有明確的認識。事實上不僅僅是對《紅樓夢》，人們對中國
小説的版本的重要性的認識，始於胡適發表《中國小説考證》之
後。就像前面我們考察的那樣，1918年梁建植翻譯《紅樓夢》的
時候，是在胡適發表《紅樓夢考證》兩年之前。

　　因此，梁建植在相當於譯文的連載序言的《關於〈紅樓夢〉》一
文中，就談到了作者問題、《紅樓夢》命名的由來、改名的原因、續
書的出現等問題。但是對於版本問題却只字未提。在中國，1912
年戚序本以《原本紅樓夢》之名在有正書局刊行出版，雖然這一版
本因爲是《紅樓夢》早期版本而備受矚目，但是梁建植在翻譯的時
候並未注意。然而後來他在寫作評論的時候提到了這一版本。

　　考察翻譯的底本的方法，通過將其與原本直接進行對照，在

① 例如，連載第88回中，將前面錯誤的連載號碼進行了更定。連載第108回
　中將"香芋"這個詞翻譯爲"甘蔗"，並指出"香芋"的"芋"字與黛玉的
　"玉"字在漢語中發音是相同的。連載第117回中將寶釵出的謎語揭曉爲
　竹夫人（夏天用的四方枕），譯者原來打算將這些謎語翻譯成歌曲的形式，
　但是考慮到可能會無趣，於是就原文照錄了。連載135回中，原文中黛玉
　的葬花詞雖然妙絕，在翻譯成韓國語時却顯得十分枯燥無味，只是遵照了
　原文的意思進行了翻譯。譯者説明了這一翻譯過程，在一定程度上消解了
　讀者的疑問。

某種程度上也是可行的。而且，梁建植固守盡可能詳細地對原文
進行逐字爲主的翻譯方法，比起後來出現的譯本而言，或許更加
接近全譯。首先從結論上來説的話，在梁建植的時代，當時流行
的版本是清末刊行的載有王希廉、張新之、姚燮三人評點文字的
後期評點本系統。這三人的評點被多次合在一起，以合評本的形
式得以刊行。這一合評本吸收了清末很多的評論觀點，成爲一種
非常多樣的版本。可以看出梁建植使用的可能就是這些版本中
的一個。

　　如果通過翻譯的原文來考察版本的話，以下我們舉幾個例
子來説明這一問題。第1回的結尾部分中，有甄士隱在其丈人封
肅家中坐立不安的情節，版刻本中早期的程甲本與清末的《金玉
緣》中都這樣寫道："士隱乃讀書之人，不慣生計稼穡等事，勉强
支持了一二年，越發窮了。"同樣屬於程甲本系統，唯獨王希廉評
本與王姚合評本中將"一二年"寫作"二三年"。但是梁建植在翻
譯時，採納的却是後者的版本。具體如下：

　　　　사은 부부는 이를 가지고 농업을 시작하여 보았으나,
　　　원래 책상물림이라 하는 일이 모두 서툴렀다. 二三年을 간
　　　신히 어떻게 이럭저럭 견디어 왔으나 이제는 어떻게 할
　　　수 없이 곤란만 닥쳐온다. (連載第 7 回，1918 年 3 月 30 日)

僅從這一點來看，梁建植使用的版本是非常混亂的。除此以外，
也存在一些與原作的字句有差異的地方，但是在翻譯的時候由於
採用的是意譯，這種情況並不易被發覺。[1]梁建植在翻譯時採用

---

[1] 例如，賈赦的妻子邢夫人將黛玉帶出去的情節中，程甲本與《金玉緣》中都
　　寫作"外孫女"。王評本與王姚合評本中這樣寫道："我帶了甥女兒過去，
　　到底便宜些"，寫作"甥女兒"。這在版本校勘上是非常重要的資料，翻譯
　　的時候對此進行了意譯，爲："제가 저애를 데리고 가지요." (連載第 19
　　回，1918 年 4 月 18 日)，但是很難進行確認。

的《紅樓夢》原本到底是哪一種？ 對此我們還可以找到另外一個
證據，即通過其從原本中移進去的插圖來窺知端倪。

　　梁建植發表《紅樓夢》的時候，還没正式在書中放入插圖。
但是他不時會使用一些《紅樓夢》中的插圖，在報紙上就原封不
動的插入了這些插圖，通過這些插圖我們可以找到他曾經讀過的
《紅樓夢》的版本。

　　報紙上有兩處插入了插圖。一個是連載第3回（1918年3月
16日）登載的"青埂峰石絳珠仙草"，一個是連載第66回（1918年
6月20日）登載的"辟邪金鎖通靈寶玉"。這兩幅插圖並非另外繪
製的，而是直接從《紅樓夢》的原文中嫁接過去的。如果查找載有
這些插圖的版本，我們就能知道梁建植使用的是哪種版本了。①

　　第1回中的"青埂峰"下面的石頭與靈河江邊的絳珠仙草本
來在程甲本就出現過。繪製了大荒山青埂峰下的石頭的樣子，在
石頭的旁邊繪有一顆松樹。石頭旁邊雖然繪製了仙草，但是題目
中只是寫作"石頭"。當時使用的是木版本，繪製精巧的圖畫還
不是件容易的事情。進入清末，印刷術發展到石印技術階段，這
幅圖畫在原有的基礎上變得更爲精巧，青埂峰的石頭的樣子被删
去，只有松樹、石頭、仙草畫在上面，題目反而改爲"青埂峰石絳珠
仙草"。

---

①《紅樓夢》的初期抄本甲戌本（1754）中，第8回原文中的"通靈寶玉正面
　圖式"與"通靈寶玉反面圖式"都是用篆書寫的。所謂的"金鎖圖"的正
　面與反面也是如此，各自加上了用篆書寫的"瓔珞圖正面"與"瓔珞圖反
　面"的字樣，有字無圖。己卯本（1759）與庚辰本（1760）及戚序本中没有
　"瓔珞云云"這一詞，只繪有金鎖模樣的圖畫，其中以篆書寫著"不離不
　棄"與"芳齡永繼"的字樣。到了程刻本（1791），在"通靈寶玉正面"與
　"通靈寶玉反面"的題下，寫了前面提到的字樣，並加上了"金鎖正面"與
　"金鎖反面"的字樣，有字無圖。這樣，在以後的所有版本中都受到這一
　影響，没有繪製通靈寶玉插圖，只有金鎖的插圖，這種情況一直持續到現
　代的本子。然而，在清代的王姚合評本（1882）中對此皆繪製有插圖，並名
　之爲"辟邪金鎖、通靈寶玉"，用作卷首的插圖。

　　第8回中插入的圖畫是：賈寶玉的通靈寶玉與薛寶釵的辟邪金鎖（事實上辟邪金鎖這一名稱也是後來加上去的，原來只有"金鎖"二字）。在早期的抄本中，字體只以篆書書寫，插圖中另外出現的部分始於清末的版本。

　　依據材料，版本中有統一的"青埂峰石絳珠仙草"與"辟邪金鎖通靈寶玉"這樣的圖畫的版本有：上海書局石印本（王張合評本，1898）、"繡像全圖增批評本"（王姚合評本，1900）、"求不負齋石印本"（王張姚合評本，1908）等①。這其中與梁建植使用的"辟邪金鎖通靈寶玉"形態一致的插圖爲上海書局石印本的《繡像全圖金玉緣》②；而"青埂峰石絳珠仙草"的情況却與之並不相同。因此，梁建植有可能同時使用了當時清末出現的好幾種版本。

　　《每日申報》上同時登載了名爲"辟邪金鎖通靈寶玉"的插圖與讚語。與其他版本不同的是辟邪金鎖在通靈寶玉的前面出現，正面與反面的圖畫下面另外寫有讚語，這與《增評補圖石頭記》中出現的內容是一致的。具體的內容是，上段的"辟邪金鎖正面"與"辟邪金鎖反面"的題目之下繪製有兩幅插圖，插圖中的"不離不棄，芳齡永繼"的字體採用的是篆書。圖畫下面又用楷書豎著寫有"吉語深鐫，良緣巧對，金鎖一雙，作玉之配"的字樣。下段"通靈寶玉正面"與"通靈寶玉反面"的題目之下，在雞蛋模樣的橢圓形內，正面寫著"通靈寶玉，莫失莫忘，仙壽恒昌"，

① 參閱馮其庸與李希凡主編的《紅樓夢大辭典》（北京：文化藝術出版社，1990年）中之"紅樓夢的版本"。

② 雖然該版本未能收藏，但是有將當時的插圖與評論以石印本的形式製作的書籍問世，其中插入了相同的插圖，即是明證。封面上的書名爲《朱批評贊石頭記詩畫集》（天然如意室），扉頁的背面寫著"光緒丁亥孟夏/天然如意室印"。在正文前有《重刊金玉緣序》（光緒十四年小陽月望日華陽仙裔）與插圖的第一幅"青埂峰石絳珠仙草"，同一頁另有《贊》，與梁建植譯本不同，背面的《辟邪金鎖通靈寶玉》幾乎完全相同，連字體也無二致。爲臺灣中華世界資料供應出版社的影印本。

反面寫著"一除邪祟,二療冤疾,三知禍福",各十二個字,皆用篆書寫成。下面又用楷書寫著兩首七言絕句,也是豎著寫的。具體如下:

天不拘兮地不羈,心頭無喜亦無悲。只因鍛煉通靈後,便向人間惹是非。

粉漬脂痕汙寶光,房櫳日夜困鴛鴦。沉酣一夢終須醒,冤債償清好散場。

這兩首絕句是王姚評本或者王張姚評本中才會出現的句子。可知,梁建植見過的《紅樓夢》的原本應該是屬於其中的一個本子。實際上,我們可以推測當時清末出現的《石頭記》或者《金玉緣》在韓國國內是非常流行的,理由是:國內的主要圖書館收藏的《紅樓夢》版本多達十七種以上。①

對於梁建植的翻譯,也有一些人懷疑梁建植在翻譯《紅樓夢》時有可能參考過日本方面的翻譯成果。對此有哪些資料可以證明呢? 有必要對當時的狀況進行一番考察。

梁建植翻譯的《水滸傳》毋庸置疑是在日譯本的基礎上進行的。在《新民報》第9號上發表完其翻譯的《水滸傳》前10回(1926年1月10日)之後爲《文藝時代》創刊號(1926年11月)寫的《五字嫖經》中梁建植就已經説明過這一點。②

他翻譯《水滸傳》是在1926年,當時日本的《水滸傳》譯本已經有很多了;但是,1918年他翻譯《紅樓夢》的時候,日本只有一些《紅樓夢》開頭部分的譯本,以及一些被部分翻譯出來的東

① 韓國學術界對韓國國內收藏的中國小説目録尚未進行十分完善的調查,僅在崔溶澈、朴在淵的《韓國所見中國通俗小説書目》中大體上對此進行了清理。該目録收入朴在淵的《中國小説繪模本》的附録中(參閲朴在淵:《中國小説繪模本》,春川:江原大學校出版部,1993年)。
② 其所見之《水滸傳》的翻譯者爲曲亭馬琴與久保天隨、蒲原春夫。他在這篇文章中指出上述諸人的翻譯中也存在着問題。

西。值得梁建植參考的日本譯本實在不多。彼時，韓國樂善齋收藏有《紅樓夢》全譯本120卷，但是我們知道梁建植當時並沒有機會閱讀這些譯本。①

其次，我們對日本的紅學史做一番簡單的介紹以供參考。《紅樓夢》傳入日本，我們可以找到這樣的記録：1793年（《紅樓夢》程甲本刊行後不到兩年），《紅樓夢》9部18帙就從中國的浙江乍浦（今平湖）傳入了日本長崎，這是《紅樓夢》傳入日本的最早的記録。此後另有1803年《紅樓夢》2部4帙傳入日本的記録（《舶載目録》有此記録）。當時在日本，《紅樓夢》是作爲學習北京話的教材而被使用的。文人們對此給予了持續性的關注。清末的黄遵憲作爲外交官留日期間，曾與日本文人大河内輝聲及石川英等有過關於《紅樓夢》的筆談。

此外，日本真正意義上對《紅樓夢》展開的介紹與翻譯始於1892年森槐南的翻譯。不過只有一篇介紹《紅樓夢》的文章以及對"楔子"部分的翻譯而已。同年出現了島崎藤村的譯文，翻譯的是第12回《風月寶鑒》的故事情節。後來出現過一些片段性的翻譯與介紹，真正意義上的翻譯是1914年（大正五年）岸春風樓翻譯的第1回至第39回，文教社刊行出版了該譯文，書名爲《紅樓夢（上）》。但是這本書並沒有嚴格遵照原文進行翻譯，而是以故事情節爲中心進行的翻譯。從1920年到1922年才出現由幸田露伴與平岡龍城二人共同翻譯的《紅樓夢》（3卷，國民文庫刊行會/國譯漢文大成），採用上海有正書局的本子爲底本。雖然只有80

① 樂善齋本《紅樓夢》的讀者爲宮中妃嬪宮女以及王室的親戚諸人。該書截至1950年藏於昌德宮，不久6.25事變時被轉移至"藏書閣"保管。尹氏一家在純組時曾爲純組繼妃，到高宗時尹氏一家中有名尹容九者曾爲高宗時宰相。在《紅樓夢》的早期讀者中，尹容九的女兒尹伯榮就是其中之一。他在解放之前經常往返於樂善齋，並從中借過該書閱讀。對於外部人而言，接觸這部書並不容易。參閲崔溶澈：《樂善齋本全譯紅樓夢初探》，《中國語文論叢》第1輯，1988年12月。

回,但是這在全譯本中可以説是毫不遜色的。[1]

　　以上我們對1918年之前的《紅樓夢》日本語譯本進行了梳理。如果説梁建植參考了日譯本的《紅樓夢》的話,那麼只有岸春風樓39回譯本才有可能。由於這一譯本是抄譯,因此即使説梁建植吸收了這一譯本的成果,也是没有任何用處的。這是因爲梁建植在《每日申報》上翻譯《紅樓夢》時採取的方式是逐字翻譯。

　　以上我們對《每日申報》上發表的梁建植的《紅樓夢》的譯本進行了考察。這一譯本從很多角度來看都是非常有價值的材料。梁建植的譯本不僅是韓國《紅樓夢》翻譯歷史上的里程碑;筆者以爲,在翻譯文學史上也應當給予梁建植的翻譯恰當的評價。

　　梁建植再次翻譯《紅樓夢》是在七年之後的1925年。他在《時代日報》以17回的篇幅連載發表了《石頭記》,今天我們可以看出這些譯文不過是對第1回與第17回的翻譯。[2]《時代日報》1925年(大正十四年)1月21日發表的《石頭記》(曹雪芹作,白華譯)的第1回原文如下:

　　　　이것이 첫머리이다. 작자는 말한다. 내 일찍이 꿈을
　　　한번 꾸고나니 짐짓 정말은 숨기고(真事隱去) 이상(通
　　　靈)한 말을 가지고 지은 것이 이 석두기란 소설이다. 그래
　　　서 진사은(甄士隱)(甄의 音은 진이니 真事隱과 同音)
　　　이라 하는 것이다. 그러면 이 소설에 적힌 것은 무슨 사실
　　　이냐? 나는 또 말한다. 세상에 碌碌히 한가지도 이룬 일

---

[1] 關於日本的翻譯與評論,伊藤漱平整理的《日本〈紅樓夢〉的流行——從幕府末期到現代的書志學的素描》對此做了詳細的介紹。

[2] 《時代日報》(學藝面)的影印本中收録了《曹雪芹作石頭記/白華譯》(一)與《石頭記/白華譯》(十七),另外還寫明了時期爲:"1.2"與"6.8"。在後來的編輯過程中對此的記載失真,實際上《時代日報》(縮刷版)影印本中,第一回連載於1925年(大正十四年)1月12日,以後的部分遺失,直至6月8日第17回本的連載也得以影印了出來。

이 없는데다 별안간 그때의 여자들이 생각나서 하나씩 하
나씩 자세히 비교하여 보니 그 행동과 식견이 모두 다 내
위 뛰어나는 것같다. 이 나로 말하면 당당한 남자인데 진
실로 그 여자들만 같지 못하니 참으로 부끄럽기 그지없고
후회하여도 무익한 노릇이라 지금은 다시 어찌할 수 없
는 때이다. 이때를 당하여 기왕에 천은과 조덕으로 비단
옷을 입고 단 것을 먹던 날에 부모의 교육과 사우의 훈계
를 저버리어 오늘날에 아무것도 이루지 못하고 반생을 이
럭저럭 지내던 죄를 가지고 이것을 써서 천하에 발표하려
한다. 원래 나의 지은 죄가 많은 줄은 안다.（連載第1回,
1925年1月12日）

　　（作者自云：曾歷過一番夢幻之後，故將真事隱去，而借
通靈說此《石頭記》一書也，故曰"甄士隱"云云。但書中所
記何事何人？自己又云："今風塵碌碌，一事無成，忽念及當日
所有之女子：一一細考較去，覺其行止見識皆出我之上。我
堂堂鬚眉誠不若彼裙釵，我實愧則有餘，悔又無益，大無可如
何之日也。當此日，欲將已往所賴天恩祖德，錦衣紈袴之時，
飫甘饜肥之日，背父兄教育之恩，負師友規訓之德，以致今日
一技無成、半生潦倒之罪，編述一集，以告天下；知我之負罪
固多，然閨閣中歷歷有人，萬不可因我之不肖，自護己短，一
併使其泯滅也。）

　　如果與其1918年在《每日申報》上發表的《紅樓夢》進行比
較的話，雖然沒有很大的變化，但是可以看出他嘗試重新進行翻
譯的意圖。與前面的引文進行比較的話，雖然兩種翻譯並不相
同，但是沒有任何部分被省略，相反，採用的翻譯方式是全譯的。
　　很可惜的是我們找不到所有的17回的連載文，無法進行比
較分析。但是就像前面我們已經提到過的，梁建植是一個爲了更

新譯文而不斷努力的人。但是不知道中途中斷是不是由於《紅樓夢》這一小說自身龐大的規模與特性並不適合在報紙上連載的緣故。前後兩次翻譯都被中斷,這顯然是一件十分可惜的事情。可以說梁建植失去了在解放以前以單行本的形式翻譯《紅樓夢》最好的機會。後來張志暎也翻譯過《紅樓夢》,仍然是在中途中斷了,《紅樓夢》的單行本這一成果始終未能出現。除了這些翻譯家,解放以前韓國沒有人對《紅樓夢》再進行過討論與研究。此後韓國的紅學史進入一段空白期。當然我們也期待著將來能發現一些材料來填補這一空白期。

五、結語

以下我們對梁建植的《紅樓夢》的評論與翻譯的意義再做一番整理。

首先,梁建植於1910年代從對中國文學的現代意義的評論與介紹入手,通過報紙與雜誌向國內介紹了《紅樓夢》。

第二,1910年後半期也是中國學術界真正意義上開展對小說與戲曲進行研究的一個時期。幾乎是在同一時期,韓國也開始了介紹與翻譯中國小說與戲曲。

第三,中國小說給予韓國小說的影響主要體現在明代小說上。韓國對清代小說的瞭解還很不足,在報紙上開始大膽地以報紙連載的形式進行介紹,而且對中國學術界的研究情況與問題進行了分析與整理。這在韓國的《紅樓夢》研究史上佔有非常重要的地位。

第四,特別是梁建植在《紅樓夢》的翻譯上,對中國小說的翻譯進行了現代化的改造，嘗試使用最新的現代語言。特別是對其中詩詞與韻文的翻譯，靈活運用了韓國時調的方式。梁建植翻譯中的意譯爲我們提供了這樣一種十分獨特的翻譯的先例，可以説在近代翻譯史上佔有非常重要的地位。

　　白華梁建植作爲1910年代近代小説作家，理所當然的應該在韓國文學史上得到恰如其分的評價。但是誠如前文所述，在韓國的近代翻譯文學史及韓國《紅樓夢》研究上，對其取得的成績也缺乏相應的評價，有繼續深入探討的必要。作爲對《紅樓夢》的研究與傳播做出過貢獻的人物，筆者以爲，我們應該注意到，他也是世界《紅樓夢》研究史上的一個非常重要的人物。

第六章　張志暎的《紅樓夢》翻譯連載文[*]

一、前言

從19世紀末期朝鮮宮中樂善齋全譯《紅樓夢》截至目前，在這130餘年的時間裏出現了十餘種《紅樓夢》的翻譯之作。其中值得我們注意的是在報紙上以連載的形式發表的《紅樓夢》譯文。從1900年至1990年總是陸陸續續有《紅樓夢》的譯文在報紙上連載。從大體上看可以劃分爲三個時期，即20世紀10年代至30年代，20世紀50年代，以及20世紀90年代。我們不妨將各時期在報紙上連載《紅樓夢》的情況以目錄的形式做如下的整理。

---

*本章與盧仙娥共同撰寫，發表於《中國語文論叢》第49輯，中國語文研究會，2011年6月。

表1:《紅樓夢》報紙連載翻譯情況目錄

報紙名稱	譯者	連載期刊	備注
		（連載回數/原文份量）	
《每日申報》	梁建植	1918.3.23—10.4 （138/28回）	未完成
《時代日報》	梁建植	1925.1.12—1925.6.8 （17/3回）	未完成
《朝鮮日報》	張志暎	1930.3.20—1931.5.21 [1] （302/40回）	未完成
《中央日報》	張志暎	1932.4.1—4.30 [2] （25/3回）	未完成
《自由新聞》	金龍濟	1957.2.21—12.31 （288/120回）	縮譯
《土曜新聞》	姜龍俊	1990.9.12—1991.5.8 （34/15回）	縮譯與添譯
《韓國經濟新聞》	趙星基	1995.3.1—1996.12.31 （613/120回）	改譯

① 張志暎在《朝鮮日報》上自1930年3月20日至1931年5月21日連載了《紅樓夢》的譯文,共計302回。然而這期間也有一些日期的報紙遺失,也有僅刊載有《紅樓夢》譯文的那一面遺失的情況。因此,譯文中回數重復的情況或者遺漏的情況不少。筆者實際上確認的《朝鮮日報》上的譯文共計230回。至於遺漏的部分需要將來繼續進行收集整理。

② 張志暎在《中央日報》上發表的《紅樓夢》譯文一共25回,其中只有第9回遺失,其他的都可以調查清楚。但是很遺憾的是,保存狀態並不理想,有很多都無法判讀。

　　上表中值得我們特別注意的是日本帝國主義强佔時期(即
1910—1945)的《紅樓夢》翻譯情況。之所以需要特別關注,第一
個原因就是其翻譯形式與衆不同。這一時期在報紙上連載的《紅
樓夢》翻譯在形式上與此前傳統的翻譯大爲不同。而且與後來
的現代單行本形態的《紅樓夢》翻譯也有許多不同。第二個原因
是,此期間呈現出來的翻譯態度基本上都是採取忠實於原文的翻
譯態度。誠如上表中所展示的,到了1950年代及1990年代,對於
《紅樓夢》的翻譯或者採取故事情節爲中心的縮譯,或者添加一
些內容,這些與原作已經有相當大的距離。相比之下,日治時期
的《紅樓夢》翻譯雖然大多未能完譯全書,但是基本上都是忠實
於原文進行的,由於展示了翻譯者的這種意圖,因此具有極高的
研究價值。[①]

　　1910—1930年代,梁建植與張志暎二人先後陸續在報紙上
連載《紅樓夢》的譯文。對於梁建植的《紅樓夢》翻譯,此前已經
發表了一些研究成果[②],因此本文擬集中對張志暎的《紅樓夢》翻
譯做一番研究。張志暎曾於1930年代先後在《朝鮮日報》與《中
央日報》兩處連載《紅樓夢》的譯文。各報刊上連載的第1回與
序文的形態如下:

①這一點我們從梁建植開始刊載《紅樓夢》譯文的《每日申報》的預告文
　中可以看得很清楚。"菊如梁建植以現代韓國語忠實於原文進行苦心翻
　譯......"(《每日申報》1918年3月19日)
②關於梁建植的中國文學翻譯的研究,亦有如下的研究成果:李錫浩:《中
　國文學的傳信者梁白華》,《延世論叢》,1976年第1號(總計第13輯);
　朴在淵:《對於梁白華中國文學翻譯作品的評價——以現代小説與戲曲爲
　中心》,《中國學研究》,1988年第4輯;高宰錫:《白華梁建植的文學研究
　(1)》,《韓國文學研究》,1989年第12輯等。梁建植與《紅樓夢》的相關
　研究主要有:崔溶澈:《梁建植的紅樓夢評論及翻譯文分析》,《中國語文論
　叢》,1993年第6輯;崔溶澈:《1910—1930年韓國紅樓夢研究和翻譯——
　略論韓國紅學史的第二階段》,《紅樓夢學刊》,1996年第2期等。

圖1《朝鮮日報》上連載的第1回（1930年3月20日）

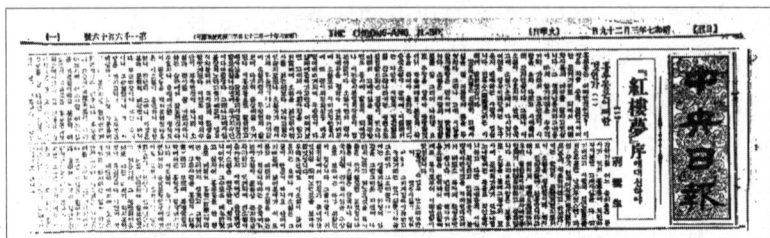

圖2《中央日報》上連載的第1回（1932年3月29日）

在進入本論之前,我們先對《紅樓夢》的譯者張志暎的生平做一番考察。同時也對張志暎譯文的體系以及他所翻譯的《紅樓夢》中呈現出來的多樣化的特點,擬從詩詞的翻譯、注釋的方式、作品的解題等等幾個方面進行分析考察。

二、譯者張志暎的學問生涯

張志暎生於朝鮮末期的1887年,卒於1976年,享年90歲。字亨玉,號洌雲。張志暎的一生經歷過日本帝國主義的侵略、光復、韓國戰爭,以及南北分裂等近代韓國的各種激烈變動的時

期。張志暎翻譯《紅樓夢》的當時，日本帝國主義雖然標榜所謂
"文化統治"的政策，但是在學術活動方面却採取極爲森嚴的監
督制度。雖然身處這種環境之中，但是他從未忘記自己作爲學者
的身份。

　　張志暎生前做過獨立運動家、教育者、報刊工作人等多種職
業，但是現在最爲人們稱道的是其作爲學者的身份。對于張志
暎的記録，在외솔회的《愛國》雜志第92號(1978)①、國立國語
研究院的《洌雲張志暎先生的學問與人間》(1997)②，以及韓國
語文教育研究會的《語文研究》第96號(1997)③上能找到相關
記録。這些論文集中描述了張志暎作爲一名學者的形象，特別
强調了其對中國文學，尤其是對《紅樓夢》的研究是備爲人們稱
道的。

----

① 《愛國》雜誌第29號是爲了追慕張志暎於1978年在외솔회發行的雜誌。
　其中收録了張志暎的年譜《洌雲張志暎先生的二三事》以及手記《我走過
　的路。另外在《韓文》雜誌(韓文學會)上也刊載了張志暎的論著。除此
　以外，追慕張志暎的他的弟子們的文章中也有收録，如이관구的《讓民族
　之魂閃光的洌雲先生 》，전규태的《洌雲的學問與人間 》，전택부《北間道
　時期的洌雲先生 》，이석린的《洌雲先生與朝鮮語研究會 》，최은희的《我
　的恩人——洌雲先生 》。
② 文化體育部爲了讓爲愛國而奉獻一生的張志暎的生平廣爲人知，1997年
　10月將張志暎選定爲文化人物。隨後，國立國語研究院於1997年出版了
　《洌雲張志暎先生的學問與人間》一書。這本書收録了張志暎的學生們
　的文章，如：김민수的《張志暎先生的生平與學問 》，고영은的《洌雲先生的
　語法研究與我國的語文觀 》，전규태的《洌雲先生的古典文學研究 》，이현
　주的《日本帝國主義强佔時期張志暎先生的民族運動 》，문효근的《我的老
　師洌雲張志暎先生的教育活動 》，另外還收録了張志暎先生的子嗣張世慇
　的文章《我的父親 》，《洌雲的吏讀研究及其他研究 》。另外是書中還收録
　了張志暎的《年譜及研究目録 》，展示了張志暎先生生前的研究成果。
③ 韓國語文教育研究會於1997年發行的《語文研究》第96號中一共刊發了
　21篇文章。其中有4篇是與張志暎相關的文章，分別是：張世慇的《我的
　父親 》，鄭晉錫的《通過言論看張志暎先生的國語運動 》，金敏洙的《關於
　張志暎先生的傳記 》，崔泰永的《我的老師張志暎先生 》。

　　張志暎雖然不是專門研究中國文學的專家,但是他自幼就開始學習漢文與中國語,因此很難説他中年時期開始翻譯《紅樓夢》與幼年時期的學習經歷没有任何關係。他對於中國文學有着豐富的見識,這爲他從事《紅樓夢》的翻譯奠定了基礎。因此,下文擬從漢語學習經歷、國語學專攻者、韓中古典文學翻譯與注釋等幾個方面,對張志暎的學問生涯進行一番考察。通過對其爲學問的一生的張志暎的考察,我們可以找出其翻譯《紅樓夢》的原因。

(一)漢語學習

根據張志暎的弟子全圭臺先生的回憶録,張志暎是精通中國

圖3 張志暎像

白話文的。[1]這是因爲,張志暎在接受韓文教育之前,首先接受了漢文與漢語的教育。張志暎出生於學問世家,從小就接受了私塾中的四書五經之類的儒家教育。依照其《我走過的路》手記,"在家塾中接受的儒家思想及漢文學,是和我的思想非常合拍的。因此,很早我就對中國極爲熟悉,從此對中國學産生思慕之心"。[2]

幼年時期對漢學的這種興趣使他1903年進入漢城外國語學校漢語科。

---

① 전규태:《洌雲的學問與人間》,《愛國》雜誌第29號,1978年。
② 關於張志暎在家塾中學習漢文學的時間,存在爭議。《洌雲張志暎先生的二三事》一文中認爲是在張志暎5歲的那年即1891年開始進入家塾學習的。而《年譜與研究目録》中記載爲1893年亦即張志暎7歲時進入家塾開始學習漢文。張志暎的手記《我所走過的道路》中對此没有任何記載,很難確認正確的時間。由他自幼開始接受儒教思想與漢文學的教育來看,他應該是很小的時候就接觸了與之相關的學問。(參閲張志暎:《我所走過的道路》,《愛國》雜誌第29號,1978年)

自17歲至其20歲,即1903—1906年,他在這所學校裏學了三年
的漢語。畢業以後他回母校做了兩年的副教官(1906—1908)。
張志暎在其20歲之前接受了中國相關學問的訓練。在自幼就非
常熟悉的漢學的基礎上接受了漢語教育,因此他不僅會說漢語,
而且同時也具備很深厚的中國古典文學的學養。張志暎具備深
厚的中國古典文學的素養,這一點我們可以通過其他很多事例證
明。他寫作獨立運動宣言時曾引用了駱賓王討伐武則天時所寫
的檄文。[1]另外他在爲延世大學的一處校内建築命名時,命之爲
"聽磬館",這裏的樂器"磬"就是來自《禮記》中的"君子聽磬聲
則思死封疆之臣"的這句話。[2]此外,到了新年,弟子們前來拜見
他時,他從《詩經》或者劉向《説苑》中選出字句爲弟子取字、號
或堂號。[3]張志暎在中國古典文化上的這種淵博的學識對後來他
翻譯《紅樓夢》產生了重要的影響。[4]

　　然而,1905年在日本帝國主義的强迫之下,韓國與日本締結

①上海臨時政府成立以後,在全協推舉義親王(李堈)爲朝鮮的新王之前,全
　協曾委託張志暎撰寫一篇獨立宣言書。張志暎對此這樣記載道:"在文章
　中我引用駱賓王討伐武則天的檄文結束全文。"(參閲張志暎:《我所走過
　的道路》,《愛國》雜誌第29號,1978年)
②전규태:《洌雲的學問與人間》,《愛國》雜誌第29號,1978年。
③문효근:《我的老師洌雲張志暎先生的教育活動》,《洌雲張志暎先生的學
　問與人間》,國立國語研究院,1997年,第124頁。
④除此以外還有一條與張志暎相關的記録值得我們注意。即1908年在朝鮮
　刊行的鄭喬的《南明綱目》中收録的張志暎的跋文。《南明綱目》是鄭喬、
　盧憲容、黄翰週三人編纂的有關明朝史迹的書。在《南明綱目》跋文的結
　尾有這樣一句話:"余受史學於秋人先生有年矣。粗解華夷之辨,不揆猥
　越,敢附數語於煌煌一部綱目之尾云。歲在戊申小春之望海。左張志暎
　端拜。謹跋。"跋文中稱張志暎曾跟隨秋人先生學習過歷史,因此大體上
　知道華夷之辨。另外跋文中提到的"戊申小春"當爲1908年陰曆十月。
　1908年張志暎畢業於漢城外國語學校,時年22歲。張志暎寫作這篇跋文
　的可能性無法排除。但是這在張志暎的手記中没有任何相關記録,因此
　很難講這兩個"張志暎"到底是不是同一個人。(參閲鄭喬編纂,盧憲容參
　校,黄翰周改定:《南明綱目》,漢城,普文社,1908年。現藏于高麗大學)

了《乙巳條約》,忠正公閔泳煥向皇帝上疏,但是事情並未按照其希望的樣子發展,閔泳煥最終自盡殉國。張志暎置身閔泳煥的行列,在此期間他對自己曾經暗中欽慕不已的中國的態度開始發生一些根本性的變化。佔據其内心的是民族獨立運動。爲了實現民族獨立,他曾經學習過的漢學以及中國語開始讓位於對韓文的學習,此後的人生裏,他作爲一名韓文學者而生存著。

　　1908年,張志暎在周時經(1876—1914)[1]門下正式開始學習韓文,至此後在朝鮮日報社工作,在這20年的時間裏,我們很難找到其與中國語或者與中國文學相關的記録。只有唯一的一條記録,那就是1910年他在北間島的明東學校教過國語的記録。[2]這件事始於他1911年爲教授國語與數學前往平安北道定州五山學校之前[3]。關於他生前是否去過北間島,他的手記中並没有相關記録,因此很難判斷是否屬實。然而,如果他確實在北間島生活過的話,雖然不會超過一年的時間,他幼年時期學習過的漢學與中國語應該會給他的教學帶來很大的幫助。此外,這件事情成爲

---

[1] 周時經是出生於黄海道國語學者。字經宰,號學慎、한힌셈(一白泉)、白泉、한희메、太白山等。17歲時就意識到漢文是他國語言,於是轉而開始學習韓文。1894年入學百濟學堂,致力於構建韓國語語法體系。在尚洞青年學院裏開始夏期國語講習所,教授韓文。張志暎就在這裏學習的韓文。此後分別在梨花學堂、興化學校、畿湖學校、隆熙學校、中央學校、徽文義塾、百濟學堂等處授課,39歲英年早逝。周時經的代表著作有:1908年完成的《朝鮮的語法》。(韓文學會編:《韓文學會50年史》,1971年;張志暎:《任歲月流逝,仍歷歷在目——回憶周時經先生》,《愛國》雜誌第4號,1971年,第54—58頁)

[2] 北間島的明洞學校位於中國吉林省龍井縣。關於張志暎往北間島的説法,存在不同的意見。認爲張志暎去過北間島的有전택부的《北間島時期的洌雲先生》以及이현주的《日本帝國主義强佔時期張志暎先生的民族運動》,另外認爲張志暎的手記中没有任何記録因此此説並不可信的有:김민수的《張志暎先生的學問與人間》以及《關於張志暎先生的傳記》。

[3] 張志暎於1908—1911年跟隨周時經學習國語。當時,張志暎於精理舍數理專業畢業。

他擴展對中國文學的興趣的契機的可能性也不是沒有。

　　張志暎以20歲之前積累的中國語的知識爲基礎,到了中年時期開始翻譯《紅樓夢》,教授漢語。他第一次翻譯《紅樓夢》始於他在朝鮮日報社工作的1930年與1931年之間。1931年他從朝鮮日報退職出來,《紅樓夢》的翻譯雖然未能完成,連載也因此中斷。翌年1932年,他再次試圖在《中央日報》上連載《紅樓夢》譯文,但是這次連載也是無疾而終。

　　從他退職朝鮮日報的1931年至1942年的期間,他在首爾養正中學教授中國語與韓文語法。他赴任養正中學的原因當然是爲了去那裏教授韓文語法。然而1937年中日戰爭之後,日本帝國主義的高壓日漸加深,朝鮮本土的課程被廢止,取而代之的是漢語課程。依照聽過他課的學生鄭重賢(音譯)的説法,他教授的漢語被認爲是"正宗的漢語",受到學生們的大力稱讚。[①]他授課的内容於1939年編成《中國語會話全書》[②]一書,1957年又編寫了一本高中漢語教材《中國語》[③]。在其流傳於今日的八種著述中有兩種是中國語教材。

(二)國語專攻者

　　上文中已經提到過,張志暎是追隨閔泳煥的行列中的成員,長期以來在獨立運動中耗費了頗多精力。在從事獨立運動的同時,他也在尋找與之志同道合的同志,這樣他在尚洞禮拜堂第一次遇到了周時經。曾在漢城外國語學校作爲副教官身份工作的張志暎開始正式成爲周時經門下的學生學習韓文語法。在接受

①문효근:《我的老師洌雲張志暎先生的教育活動》,《洌雲張志暎先生的學問與人間》,國立國語研究院,1997年,第120頁。
②張志暎:《中國語會話全書》,京城:群堂書店,1939年。現爲高麗大學收藏。
③張志暎、金用賢:《中國語》,首爾:正音社,1957年。現爲延世大學收藏。

圖4《中國語會話全書》與《自叙》

了三年的韓文教育之後，他很快率先開始從事韓文研究與普及。下面對他與韓文研究相關的經歷作如下的整理。

1911年張志暎結束韓文學習之後，開始先後在五山學校、首爾尚洞青年學院、徽信中學，以及養正中學教授國語。1921年他組織創辦了朝鮮語研究會，國語研究開始走上體系化的道路。[①]1926年，他進入朝鮮日報社工作，當上了文化部長，率先開始了政治意義上的韓文普及運動。1928年至1930年期間，他擔任過"朝鮮總督府諺文（韓文）綴字法"的審議委員，1933年，朝鮮語學會改定"韓文標點符號統一方案"時，他是制定委員之一，在韓文的綴字法規定中付出了心血。[②]然而，在朝鮮光復之前的1942年爲朝鮮語學會事件所連累被逮捕入獄受苦。到了韓國光復以後他仍然埋頭於韓文研究工作，先後出版了《國語入門》（韓文社，1946）、《古韓文》（正音社，1946）、《吏讀詞典》（正音社，1976）。另外在培養後學方面也傾注了不少精力，他先後在首爾大學師範學院、梨花女子大學、濟州大學、延世大學等學校教授過國文。[③]

---

① 朝鮮語研究會於1931年更名爲"朝鮮語學會"，1949年更名爲"韓文研究會"。

② 朝鮮語學會的會員們在創立的初期就通過韓文鼓吹民族思想。1929年甚至組織朝鮮語詞典編纂委員會編纂了《大辭典》。日本將朝鮮語詞典編纂會的發起人108人悉皆看作具有民族思想的人物，並對編纂會進行了强制解散，這一事件被稱爲"朝鮮語學會事件"。（參考daum百科辭典：http://enc.daum.net/dic100/contents.do?querry1=b19j243a）

③ 張志暎的韓文研究相關經歷可以參考其手記《我所走過的道路》以及《洌雲張志暎先生的二三事》，以及《年譜與研究目録》等。

　　在這些經歷中,其在朝鮮日報社工作時期翻譯《紅樓夢》的
事情值得我們特別注意。在張志暎進入朝鮮日報社之前的1924
年,當時朝鮮語研究會已經出版了《朝鮮語典》(中等語文册,油
印本),開始活潑地展開對國文的研究。在這一背景下,張志暎
進入了朝鮮日報社,通過放假期間回鄉的男女學生率先發起了對
農村文盲進行掃盲的運動。1930年3月18日至6月17日,他在
《朝鮮日報》上發表的《韓文綴字法講座》①(共55回)就是這一
掃盲運動之一部分。通過這樣的韓文普及運動,當時受到這一影
響學習韓文的學生就超過30萬人。另外,這一時期張志暎作爲
"諺文綴字法"與"韓文標點符號統一方案"的審議與制定人,
也參與對韓文綴字法統一方案的討論。這一時期可以説是張志
暎在朝鮮日報社工作期間爲大衆普及韓文,研究並確立韓文綴字
法的一個時期。

　　那麽,這一時期他翻譯《紅樓夢》的理由又該怎樣説明呢?
這也可以説是他研究韓文的產物。換句話説,他翻譯《紅樓
夢》,是他這一時期正式開始研究韓文,普及韓文運動的產物。
比如 ,在韓文綴字法未能形成定論,持續被議論的狀況之下,由
於是翻譯《紅樓夢》,因此經常能看出一些在我們以今天的文體
來看並不統一的瑕疵。②然而爲了制定明確的綴字法統一方案,
在研究韓文的時候,他開始示範性的翻譯《紅樓夢》。這不僅在
韓文發展史上而且在韓國紅學翻譯史上,具有極爲重要的意義。

---

①《韓文綴字法講座》一書後來在梁在瀷的推薦之下更名爲《朝鮮語綴字法
　講座》以單行本的形式出版。(參閲張志暎:《朝鮮語綴字法講座》,京城:
　活文社,1930年)

②張志暎在翻譯《紅樓夢》的時候,通過作爲"語文綴字法"審議委員與"韓
　文標點符號統一方案"的制定委員的身份參與了綴字法統一方案的討
　論。因此通過《紅樓夢》的翻譯,可以推測當時正在實施處於熱議中的韓
　文綴字法的實驗的可能性。例如,《朝鮮日報》連載的譯文中,剛開始寫作
　"로마님","로야"(10,17,19回),而到了後來更改爲"노마님","노야"。

　　總而言之，張志暎自幼年時期學習了漢語，並開始接觸
《紅樓夢》，在其教學時亦將此書視爲非常有用的漢語教材。[①]
另外，他目睹了此前梁建植未能完成《紅樓夢》全書翻譯就中
途夭折的事情，覺得非常遺憾，因此下決心一定要完成全書的翻
譯。[②] 在這種背景之下，加上他朝鮮日報文化部長的身份，他開
始了實踐《紅樓夢》翻譯的想法。張志暎的《紅樓夢》翻譯較之
梁建植的《紅樓夢》翻譯，在語言上更接近現代韓文，由此我們
窺見其作爲國語學學者的責任心與自豪感。

（三）韓中古典小説的翻譯與注釋

　　比起長期以來的學術活動，張志暎的著作算不得很多。這
與他生活在一種不安定的時代環境中也有密切的關係。這也與
他在做到完美之前不喜歡提前發表的潔癖症有密切的關係。[③]
不僅如此，他對韓國與中國古典小説的翻譯與注釋也是值得我

①衆所周知，《紅樓夢》一書被很多外國人用作學習漢語的教材。現在在俄
　羅斯科學院東方文獻研究所聖彼得堡分院收藏著早期抄本《石頭記》，這
　是當時俄國的庫連鍥夫爲了學習漢語在北京購買後帶回去的。在日本，
　《紅樓夢》曾被用作學習漢語的教材。在香港與澳門，爲了教授傳教士
　漢語，《紅樓夢》被翻譯成英文。另外，由於《紅樓夢》是學習漢語的教材，
　王力先生在寫作《中國語法理論》時所舉的例子全都出自《紅樓夢》。（王
　力：《王力文集》2，山東：山東教育出版社，1985年，第3頁）
②“這部小説被翻譯成韓國語，這對於我們研究中國文學而言是一件大事。
　朝鮮的紅學家梁建植先生十多年前翻譯此書，這是首次韓國人翻譯此書，
　翻譯手法熟練，很可惜的是未能完譯全書。此次筆者不揣淺陋……”（參
　考《中央日報》1932年3月29日刊載之《紅樓夢代序》）這是張志暎在《中
　央日報》上連載《紅樓夢》譯文之前發表的一篇序文。這篇文章不僅參
　考了梁建植的評論文章，而且這篇文章連載了三天才結束，可見其篇幅之
　長，規模之龐大。因此本文無法對此進行全面把握，希望將來能另外撰寫
　一篇文章專文論述。
③全圭臺：《洌雲張志暎先生的古典文學研究》，《洌雲張志暎先生的學問與
　人間》，國立國語研究院，1997年，第80頁。

們注意的。自然，他真正意義上開始的翻譯是《紅樓夢》，至於
韓文小説，與其説是翻譯倒不如説是解説與注釋更爲準確。張
志暎注解的韓文小説中發表的有《洪吉童傳》與《沈青傳》。

　　在對《洪吉童傳》的解説中有這樣一種觀點，認爲這部
小説是模仿《水滸傳》的作品。對此，張志暎提出了這樣的
看法："雖然我們不知道貫穿這部小説的精神是否相通，但
是無論是其結構上的自成體系，還是其他方面，都很難這樣
講。到了最後，洪吉童回到栗島，成爲該島之國王，這一情
節與明末陳忱的《水滸後傳》中混江龍李俊帶一些人去往南
海，成爲了暹羅國的國王的情節是相似的。"①另外，他對這
兩部作品有何不同之處也做了比較，通過他的比較我們對這
兩部作品能作更詳細的把握。②這樣看來，張志暎對韓文的
興趣擴展到對韓中古典小説的興趣上來了。或者我們可以
作這樣的揣測：張志暎幼年時期接受的儒教式的教育使他後
來對通俗小説發生了興趣。然而張志暎也是一個思維非常
通脱之人。這一點我們通過其子張世懋先生在《我的父親》
中説的話來印證："父親雖然重視傳統的禮法，但是也是比誰都

---

① 張志暎注釋：《洪吉童傳　沈青傳》，首爾：正音社，1964年，第79頁。
② 此前學界一般將《洪吉童傳》與《水滸傳》進行比較，而張志暎先生却將之
　與《水滸傳》的續書《水滸後傳》進行比較，這一點讓人耳目一新。《水滸後
　傳》是陳忱（1615—1670，字退心，號雁宕山樵）於清初創作的一部小説，
　共8卷，40回。這部小説講述了以《水滸傳》中的人物混江龍李俊的故事，
　在《水滸傳》的續書中是一部文學趣味較高的續書。現存版本中最早的是
　康熙甲辰（1664）本。《水滸後傳》傳入韓國的情況不甚明確。只能看到在
　高麗大學所藏的乾隆三十五年（1770）木版本《繡像水滸後傳》（古宋遺
　民著，雁宕山樵評，刊行處不詳），在首爾大學亦收藏有清代木版本《蔡元
　放批評水滸後傳》（刊行者與刊行年代皆不詳），可推知《水滸後傳》較早
　傳入韓國。

開明的人。"①

　　此外,張志暎在光復以後在大學的講壇上講授過韓國古典文學鄉歌。②也曾在《韓文》雜誌上發表過對高麗鄉歌進行解讀的《古歌謠鑒賞》。③如果對張志暎對古歌謠的思想進行考察的話,我們可以窺見其對古小説所持的大體的態度。張志暎認爲古歌謠的特徵是能表現普通百姓真率的生活與感情。另外對於其中被朝鮮儒學者們認爲"男女相悦之詞"是"淫詞"與"妄誕之詞"的説法,進行了反擊,認爲表現男女情事關係的大膽描寫是一種真情的展現。另外他對兩班階層創作的作品,認爲大多數只是倫理觀念的投射,只停留在語言游戲上,對於感情的發展過程未能進行細緻的描述。④這樣看來,對人類的本性和人與人之間各種"情"進行描繪的《紅樓夢》,作爲對真率感情進行描繪的典範,自然就與張志暎的審美趣味是極爲合拍的。⑤由此看來,張志暎翻譯《紅樓夢》可以説絶不是一時衝動與偶然事件。

---

①張世愍:《我的父親》,《洌雲張志暎先生的學問與人間》,國立國語研究院,1997年,第139頁。

②延世大學獎學生會:《鄉歌講義》,首爾:1957年,現爲延世大學收藏。

③張志暎對《青山別曲》、《井邑詞》、《古歌品讀——相杵歌》等作品的解讀先後發表在《韓文》雜誌上。

④全圭臺:《洌雲張志暎先生的古典文學研究》,《洌雲張志暎先生的學問與人間》,國立國語研究院,1997年,第85頁。

⑤張志暎在《中央日報》上連載之前,在《紅樓夢代序》這篇文章中引用陳獨秀的話:"小説必須表現人的情感。""在表現人的情感的作品中,《紅樓夢》可以説是這類作品中的代表作。"在這篇序文中,張志暎對這種觀點表示贊同。(參閲《中央日報》1932年3月29日刊載之《紅樓夢代序之一》)

三、《紅樓夢》翻譯文的體系

　　張志暎分別於1930年至1931年之間在《朝鮮日報》連載《紅樓夢》的譯文，1932年又在《中央日報》連載譯文。在這兩份報紙上連載譯文時，都使用了《紅樓夢》的書名，報紙上割出兩三段以供發表其《紅樓夢》的譯文。關於譯者與插圖作者，《朝鮮日報》上做了這樣的處理："洌雲譯、夕影畫"，而《中央日報》上在序文中指出了譯者"洌雲生"，在譯文中又稱"洌雲張志暎譯、墨鷺畫"。插圖的作者分別是安碩柱（夕影）與李用雨（墨鷺）。在各回中都隨著大題目設置了小標題，插圖設置在譯文中。下面我們對張志暎譯文的底本，小標題以及插圖情況進行一番考察。

圖5《朝鮮日報》第3回（1930年3月22日）

圖6《中央日報》第20回（1932年4月22日）

（一）底本的考察

在對張志暎的《紅樓夢》譯文進行考察之前我們有必要對其採用的底本是什麼首先進行一番考察。然而有關張志暎《紅樓夢》翻譯的相關材料非常少，没有資料提到張志暎翻譯《紅樓夢》時採取的是何種本子爲底本，很難對底本進行考察。雖然我們可以採取將譯文與原文一一對照進而把握底本這一方法，但是由於譯者張志暎在翻譯《紅樓夢》時對於其中過多的描寫以及典故過多的部分進行了省略或者意譯，因此以直接對照的方法很難對底本進行確認。在此僅以翻譯上呈現出來的幾個特徵以及所引用的原文對張志暎使用的是何種底本進行推測。

在此先提出我們的結論：張志暎翻譯時採用的底本是清中葉以後傳播最爲廣泛的王希廉評本①系統的可能性最大。這可以通過加入小標題的《紅樓夢》的回目與内容進行考察。回目中特點最爲明顯的是《紅樓夢》第7回的回目。在《朝鮮日報》上發表的譯文中《紅樓夢》第7回相關的小標題是《赴家宴寶玉會秦鐘》，這裏的"赴家宴"三個字在王希廉評本中出現過。程甲本與程乙本等版本中分别寫作"寧國府"與"宴寧府"。王希廉評本中寫作"赴家宴"，是因爲該書刊行的當時，道光皇帝（在位時期爲1821—1850）的名字"愛新覺羅·旻寧"中有"寧"字，爲了避諱，王希廉評本中去掉了"寧"字。②

除此以外，王希廉評本中對於總目的回目與回首的回目的標

---

① 《王希廉評本新鑴全部繡像紅樓夢》是清代《紅樓夢》評點本中代表性的版本，由王希廉（字雪香，號護花主人）於道光十二年（1832）刊行於世。在卷首，繼《紅樓夢批序》（王希廉）之後分别收録了《總目録》，《紅樓夢論贊》（讀花人—壑瀛），《大觀園圖説》，《紅樓夢題詞（並序）》（周綺），《紅樓夢總評》（王希廉），《音釋》等多種資料。通行本有1977年臺灣廣文書局的影印本。

② 崔溶澈：《紅樓夢版本的回目比較研究》，《中國語文論叢》第35輯，2007年。

記都不一樣，這也是其特徵之一。比如《紅樓夢》第72回，總回目中是："埋香塚飛燕泣殘紅"，而回首的回目中將"飛燕"寫成"黛玉"。另外第29回亦是如此，總目中寫作"惜情女情重愈斟情"，回首中將"惜情女"寫作"多情女"。《朝鮮日報》上的譯文中，遵從王希廉評本分別寫作"黛玉"與"多情女"。第33回的總目爲"不肖種種大承笞撻"，回首中將"大承"寫作"大受"。譯文中也做了同樣的處理。

　　張志暎翻譯《紅樓夢》時參考了王希廉評本的可能性我們從譯文的正文中也可以找出證據證明這一點。

　　《紅樓夢》第一回末尾有賈雨村談論因爲賈家火災而失去財產而寄生在其丈人封肅家的情節，無論是在程甲本系統還是在清末的《金玉緣》版本中，都寫作"支持了一二年"，而在王希廉評本中卻寫作"支持了二三年"，張志暎在《朝鮮日報》上發表的譯文中寫道："사은이 글이나 닑을 줄 알고 살림에 서투른 탓으로 그럭저럭 삼년(三年)을 지나고 나서"[1]，顯然遵從的是後者。第5回中對"太虛幻境金陵十二釵判詞與紅樓夢曲"的翻譯中，張志暎原原本本的插入了原詩，這裏另有一個句子可以證明張志暎翻譯時採用的底本是王希廉評本。對元春的預言詩中，將"三春爭及初春景"寫作"三春怎及初春景"，在紅樓夢曲第二支《終身誤》中將"都道是金玉良緣"寫作"都道金玉良緣"，第九支《虛花悟》中將"把這韶華打滅，覓那清淡天和"寫作"把這韶華打滅，那清淡天和"，這並不是書寫上的錯誤，都是遵從王希廉評本的結果。通過這些例子，我們可以推定張志暎翻譯《紅樓夢》時參考的底本就是王希廉評本。

　　然而在《朝鮮日報》上的譯文中也有在版本根據上與王希廉評本相抵牾之處間或發生。另外他在《中央日報》上發表的《紅

---

[1] 參閱《朝鮮日報》1930年3月23日刊載之《紅樓夢》第4回。

樓夢》譯文是否也是這一本子，對此尚不明確。《朝鮮日報》上的
發表譯文中缺少第1回《作者之言》，然而在《中央日報》上發表的
譯文中却收録了這一《作者之言》。這是張志暎在採用同一底本進
行翻譯時人爲的修正，還是使用了兩個不同的底本？ 對此很難考
察。另外上文中舉例説明的"支持了"部分中，《中央日報》的譯文
中是這樣翻譯的："원래 글이나 낡은 사람으로 살림이나 농사에
닉지 안허지 간신히 한두 해(一二年)를 부지하고는。"①

　　這是遵從程甲本與《金玉緣》本系統的文字，這一點也是其
不同之處。

　　事實上，在張志暎翻譯《紅樓夢》時，人們對《紅樓夢》的版
本意識並不明確。因此，張志暎在翻譯《紅樓夢》時在以王希廉
評本爲底本的同時，參考了程甲本與《金玉緣》本的可能性也存
在。②《中央日報》上發表的譯文只相當於《紅樓夢》原文的前三
回，與《朝鮮日報》上發表的譯文相比有明顯的差距。因此，對於
翻譯時採用的底本將來還需要做進一步的探討。

---

① 參閲《中央日報》1932年4月8日刊載之《紅樓夢》第8回。
② 翻譯時參考了諸多版本，這種情況在樂善齋全譯本《紅樓夢》中已有出現。
　樂善齋本全譯《紅樓夢》中收録的原文以程甲本爲根據，譯文則根據王希
　廉評本，參考了多種版本。而張志暎在翻譯《紅樓夢》時參考了程乙本系
　統。他在《中央日報》上刊載的《紅樓夢序之二》(1932年3月30日)一文
　中，提到了有正書局的戚序本與程刻本時云："程氏的本子有兩個，一個是
　胡適之所謂的'程甲本'，即乾隆五十六年本。一個被胡適之稱之爲'程乙
　本'，即乾隆五十七年本。這一版本是高鶚在程甲本刊行之後，對此本多
　有不滿，於是在參考諸多版本的基礎上重新修訂於翌年出版的本子。這一
　本子是現在流行的《紅樓夢》的諸多版本中流傳最爲廣泛的本子。日本幸
　田露伴根據戚序本進行翻譯，這時程乙本尚未發現，因此戚序本最好。與
　程本相比多少有出入，各有得失，無論是從那一點上來看，程乙本都是最好
　的，胡適之持此見。"這篇序文寫於《朝鮮日報》連載《紅樓夢》之後，也有可
　能參考了梁建植的文章。因此僅從這篇序文來判斷得出張志暎翻譯《紅樓
　夢》時採用的底本爲程乙本的結論，屬於有失草率。所謂程乙本是指在胡
　適的建議下，由上海亞東圖書館於1927年刊行的亞東重排本。

（二）小題目的處理

張志暎的譯文中,除了《紅樓夢》這一作品名稱之外,在每回的故事中都加了一個小標題。這些標題來自《紅樓夢》的回目。《紅樓夢》回目的形式是兩句話,每句有八個字。《朝鮮日報》上發表的譯文只去了這兩句中的一句,而《中央日報》上發表的譯文將《紅樓夢》中的這兩句回目都寫了。

表 2 :《朝鮮日報 》,《中央日報 》中所載《紅樓夢 》回次分類表

原文回數	王希廉評本總目		《朝鮮日報》譯文小標題
1回	甄士隱夢幻識通靈	賈雨村風塵懷閨秀	賈雨村風塵懷閨秀（1—4）
2回	賈夫人仙逝揚州城	冷子興演說榮國府	冷子興演說榮國府（5—9）
3回	托内兄如海酬訓教	接外孫賈母惜孤女	接外孫賈母惜孤女（10—17）
4回	薄命女偏逢薄命郎	葫蘆僧亂判葫蘆案	薄命女偏逢薄命郎（18—24）
5回	賈寶玉神游太虛境	警幻仙曲演紅樓夢	警幻仙曲演紅樓夢（21—33）
6回	賈寶玉初試雲雨情	劉姥姥一進榮國府	劉姥姥一進榮國府（34—41）
7回	送宮花賈璉戲熙鳳	宴寧府寶玉會秦鐘	赴家宴寶玉會秦鐘（42—48）
8回	賈寶玉奇緣識金鎖	薛寶釵巧合認通靈	賈寶玉奇緣識金鎖（49—55）
9回	訓劣子李貴承申飭	嗔頑童茗煙鬧書房	嗔頑童茗煙鬧書房（56—61）
10回	金寡婦貪利權受辱	張太醫論病細窮源	張太醫論病細窮源（62—66）
11回	慶壽辰寧府排家宴	見熙鳳賈瑞起淫心	慶壽辰寧府排家宴（67—72）
12回	王熙鳳毒設相思局	賈天祥正照風月鑒	王熙鳳毒設相思局（73—76）
13回	秦可卿死封龍禁尉	王熙鳳協理寧國府	秦可卿死封龍禁尉（77—81）
14回	林如海捐館揚州城	賈寶玉路謁北靜王	賈寶玉路謁北靜王（81—87）
15回	王鳳姐弄權鐵檻寺	秦鯨卿得趣饅頭庵	王鳳姐弄權鐵檻寺（89—94）
16回	賈元春才選鳳藻宮	秦鯨卿夭逝黃泉路	賈元春才選鳳藻宮（95—103）
17回	大觀園試才題對額	榮國府歸省慶元宵	園工竣試才題對額（104—115）

續表

原文回數	王希廉評本總目		《朝鮮日報》譯文小標題
18回	皇恩重元妃省父母	天倫樂寶玉呈才藻	皇恩重元妃省父母（116—122）
19回	情切切良宵花解語	意綿綿静日玉生香	情切切良宵花解語（123—132）
20回	王熙鳳正言彈妒意	林黛玉俏語謔嬌音	王熙鳳正言彈妒意（133—140）
21回	俊襲人嬌嗔箴寶玉	俏平兒軟語救賈璉	俏平兒軟語救賈璉（140—146）
22回	聽曲文寶玉悟禪機	制燈迷賈政悲讖語	聽曲文寶玉悟禪機（147—155）
23回	西廂記妙詞通戲語	牡丹亭豔曲警芳心	西廂記妙詞通戲語（156—162）
24回	醉金剛輕財尚義俠	癡女兒遺帕惹相思	醉金剛輕財尚義俠（162—172）
25回	魘魔法姊弟逢五鬼	紅樓夢通靈遇雙真	魘魔法姊弟逢五鬼（173—180）
26回	蜂腰橋設言傳心事	瀟湘館春困發幽情	瀟湘館春困發幽情（181—190）
27回	滴翠亭楊妃戲彩蝶	埋香塚飛燕泣殘紅	埋香塚黛玉泣殘紅（191—197）
28回	蔣玉菡情贈茜香羅	薛寶釵羞籠紅麝串	蔣玉菡情贈茜香羅（198—213）
29回	享福人福深還禱福	癡情女情重愈斟情	多情女情重愈斟情（213—213）
30回	寶釵借扇機帶雙敲	椿齡畫薔癡及局外	椿齡畫薔癡及局外（223—226）
31回	撕扇子作千金一笑	因麒麟伏白首雙星	撕扇子作千金一笑（227—235）
32回	訴肺腑心迷活寶玉	含耻辱情烈死金釧	訴肺腑心迷活寶玉（236—243）
33回	手足耽耽小動唇舌	不肖種種大承笞撻	不肖種種大承笞撻（244—249）
34回	情中情因情感妹妹	錯裏錯以錯勸哥哥	情中情因情感妹妹（250—258）
35回	白玉釧親嘗蓮葉羹	黃金鶯巧結梅花絡	白玉釧親嘗蓮葉羹（258—265）
36回	繡鴛鴦夢兆絳芸軒	識分定情悟梨香院	繡鴛鴦夢兆絳芸軒（266—273）
37回	秋爽齋偶結海棠社	蘅蕪苑夜擬菊花題	秋爽齋偶結海棠社（274—286）
38回	林瀟湘魁奪菊花詩	薛蘅蕪諷和螃蟹詠	林瀟湘魁奪菊花詩（282）
39回	村姥姥是信口開合	情哥哥偏尋根究底	情哥哥偏尋根究底（287—294）
40回	史太君兩宴大觀園	金鴛鴦三宣牙牌令	史太君兩宴大觀園（295—302）
原書回數	《中央日報》譯文小標題		

原文回數	王希廉評本總目	《朝鮮日報》譯文小標題
1回	甄士隱夢幻識通靈　賈雨村風塵懷閨秀（1—8）	
2回	賈夫人仙逝揚州城　冷子興演説榮國府（10—16）	
3回	賈雨村夤緣復舊職　林黛玉抛父進京都（16—25）	

　　如果對《朝鮮日報》上所載譯文的小題目進行整理的話，可以發現張志暎的譯文不過相當於《紅樓夢》原文前四十回的内容。小題目原來採取的是上下兩聯的形式構成，看似没有什麼規則，實際上是按照内容所取的。另外第27、29與33回中“黛玉”、“多情女”、“大承”這些詞，前面我們已經提到過，並不是取自總回目，而是取自回首的回目。儘管第17回的回目大部分寫作“大觀園試才題對額”，而在譯文中“大觀園”被寫作“園工竣”。這在其他地方很難看到，譯者到底是以何種根據做出的修改不得而知。[①]

　　而《中央日報》上發表的譯文的小題目使用了原來的小標題，從篇幅上來看相當於原書的前三回。與《朝鮮日報》不同的是删去了原書第1回的“緣起”部分，直接引用了原書第1回的回目。另外，第2回的回目被丟棄，添加了“説”字。在譯文中加入小標題，這一點與此前梁建植的譯文存在諸多不同。話説回來，張志暎在連載其《紅樓夢》譯文時，在創作小説與翻譯小説中都加入小標題是當時的風尚。然而，與梁建植的翻譯文進行比較的時候，張志暎的譯文中小題目的添加呈現出體系化的特點。

---

① 在早期的脂硯齋評本中第17回與第18回處於未分離的狀態，使用了共同的回目。分離以後，第一句都使用了同樣的句子。而在《紅樓夢稿本》（全抄本）中，將“大觀園”修改爲“會芳園”，而“園工竣”之類的修改却没有。

(三)插圖與插圖作者

張志暎的譯文中都安插有插圖。《朝鮮日報》上的插圖的作者是夕影安碩柱(1901—1950),《中央日報》上的插圖的作者是墨鷺李用雨(1904—1952)。《朝鮮日報》譯文的插圖的作者安碩柱可以說是一個多才多藝之人。他擔任過《朝鮮日報》學藝部的部長,既是新聞記者,也是畫家、歌手、演劇演員、小説家、詩人,廣播劇作家兼電影導演。他創作美術作品始於他入學徽文高中以後。1922年他在爲《東亞日報》連載的羅稻香的小説《歡喜》繪製插圖時,初次在報紙上亮相。在東亞日報與時代日報工作後,1927年他進入朝鮮日報,這一時期他與張志暎是同事。1936年,爲了集中精力製作電影,他退出了朝鮮日報社。在此之前,他爲李光洙的《女人的一生》、廉想涉的《三代》、李箕永的《故鄉》等小説繪製過插圖。還有他自己的小説《春風》包括在内。當時看過他的插圖的報刊讀者,因他的插圖的緣故,對報刊連載小説產生很大的興趣。但是他在畫插圖之十多分鐘之前,小説翻譯原稿趕到他的手裏。他就得十分鐘以内要完成插圖,因此神經緊繃,他曾向人吐露過他的這種苦衷。①

由於這個原因,《朝鮮日報》在登載張志暎的《紅樓夢》譯文時,並不是每回都有插圖。現在我們能看到的230回的譯文中只有138回的連載文中有安碩柱的插圖。安碩柱的插圖大體上可以分爲兩類,一類是以人物爲中心的插圖,一類是以故事内容爲中心的插圖。他在創作插圖的時候,是否參考了《紅樓夢》原書中的插圖,對此需要進一步的考察。然而,儘管如此,把握人物的一兩個基本特徵而畫出來的這些插圖對於我們理解人物與故事十分有幫助。另外,原作的一回在報紙上連載時往往以多回的形式出現,

---

① 朝鮮日報社史料研究室:《朝鮮日報人》,首爾:랜덤하우스중앙出版社,2004年,第547—553頁。

《紅樓夢》原書中未能描繪的趙姨娘與多姑娘等次要人物在張志暎的譯文中都繪製了插圖，這一點可以説是其特點之一。

另外在《中央日報》上發表的譯文中畫插圖的李用雨是1911年京城書畫美術會的第一期學生，他是專門學習美術的東洋畫家。1918年，他成爲書畫協會最年輕的正式會員。1920年與吳一英（1890—1960）一起參與了昌德宮大造殿的壁畫《鳳凰圖》的繪製。①他主要負責山水風景與人物的繪製。這種繪畫風格也運用到了《紅樓夢》插圖的繪製之中，與安碩柱的繪畫風格有明顯的不同。比起人物，李用雨的插圖對整個故事的背景的描繪更能吸引人的注意。另一方面，他在其插圖中插入一些字句，這樣使得他的插圖藝術上的趣味性過高以至於喧賓奪主。

李用雨與張志暎的交游機緣始於物産獎勵會②的活動。1914年李用雨是京城高等普通學校設立的教員養成所的第四期的學生。與之同期的其他六名學生構成了朝鮮産織獎勵契③。這一獎勵契即是後來物産獎勵會的前身，自此張志暎與李用雨結識。由於這一機緣，後來二人在《中央日報》一作爲小説翻譯家，一作爲插圖作者再次相遇。

安碩柱與李用雨的插圖是韓國人繪製的《紅樓夢》插圖，這一點具有十分重要的意義。這些插圖與《紅樓夢》原書的插圖有著密切的關係，需要我們花時間來做更加深入的研究。

---

① 李錫元、柳濟順：《美術名家人名事典》，首爾：教學社，1993年，第83頁。

② 物産獎勵運動是指在日本强佔時期朝鮮爲了擺脱日本的經濟控制實現民族經濟自立的實踐運動。當時張志暎等人從印度甘地的非暴力不合作運動中受到啟發，率先穿自己親手製作的衣服。當時很多人隨從張志暎的這樣的行動，形成了一股大衆啟蒙運動，這股運動被稱之爲"物産獎勵運動"。（daum百科辭典：http://enc.daum.net/dic100/contents.do?query1=10XX426850）

③ 이현주：《日本帝國主義强佔時期張志暎先生的民族運動》，《洌雲張志暎先生的學問與人間》，國立國語研究院，1997年，第96—97頁。

圖7《朝鮮日報》第5回
（1930年4月5日）

圖8《中央日報》第13回
（1932年4月15日）

四、《紅樓夢》譯文分析

張志暎的《紅樓夢》翻譯
具有多方面的特點。在此擬
對其文體上的特徵、詩詞的翻
譯、注釋的方式、以及作品解
題等四個方面進行一番考察。
首先需要說明的是，本文以張
志暎發表在《朝鮮日報》上的
230回與《中央日報》上發表
的24回爲對象。

《朝鮮日報》刊載的張志
暎《紅樓夢》譯文，1930

（一）文體上的特徵

就像前面我們提到的，張志暎的《紅樓夢》翻譯是在當時韓
文綴字法的規定還處在討論階段時進行的。因此，如果與現代韓

文進行比較的話,文體上還有很多不成熟之處。但是,主張廢止
"·(아래아)"以及漢字的韓文標記,同時開始了用精煉的韓文
來翻譯《紅樓夢》。享有韓文學者名聲的張志暎主要用韓文詞彙
進行《紅樓夢》的翻譯,這是其翻譯的主要特徵。如果將此與梁
建植的翻譯進行一番比較的話能看得更清楚。

(甲)却説하고 져 女媧氏가 돌을 고와 하날을 가울
때에 大荒山 無稽崖에서 高十二丈 方二十四丈되난 큰 石
塊 三萬六千五百零一個를 고와 맨들엇셨다. 그 中에셔
三萬六千五百個만 쓰고 다만 한個난 靑埂峰아래에 내바
려두엇셨다. 이 버려두웟든 한 個 石塊난 오래 鍛煉을 밧
은 것으로 그러하던지 神奇하게 靈性이 通하야 自由로
往來도 하며 제물에 컷다 졋었다하야 神通自在의 妙를 어
덧다. 그런데 다른 石塊들은 제각기 하늘 기울 때에 入
選이 되엇난대 져 홀로 手段이 不足하야 參與 못한 것이
怨痛하야 晝夜로 이를 슯허하고 잇셨다.[①]
(乙)여와씨(女媧氏)가 한울을 땔 때에 대황산무계
애(大荒山無稽崖)에서 높이가 열두길 사방이 스물네길
되는 큰 돌멍이 삼만륙천오백한개를 구어내서 그 가운데
에서 삼만륙천오백개만 쓰고 한 덩어리가 남어서 청경봉
(靑埂峰) 알애에 던저두엇더니 이 돌이 한번 단련을 겪
은 뒤로 령통하여저서 제풀로 왓다갓다하며 컷다 적엇다
하면서 다른 둘들은 다 한울을 때는데 쓰여지되 저홀로
재목답지 못하여 뽑히지 못한 것을 한편으로 원망하며 한
편으로 붓그러워하야 밤낮으로 슯어하였다. (1930)[②]

① 參閱《每日申報》1918年3月23日刊載之《紅樓夢》第1回。
② 參閱《朝鮮日報》1930年3月20日刊載之《紅樓夢》第1回。譯文中的錯
誤通過在括弧中標注的辦法處理。

（甲）與（乙）是對《紅樓夢》第1回，即這部小說的來歷進行說明的部分。（甲）是採用國文與漢文混合使用的古代韓文進行翻譯的梁建植的譯文，發表在《每日申報》上[①]，（乙）是張志暎發表在《朝鮮日報》上的譯文。一眼就能看出，比起（甲），（乙）是使用現代韓國語進行翻譯的譯文。（乙）對除了人名與地名這些不可避的情況以外，都使用韓文進行了翻譯。張志暎的翻譯距離梁建植的翻譯不過晚十二年，不過還是可以看出具有現代韓文翻譯小說的基本框架。

除了使用韓文進行翻譯這一點，另外張志暎的翻譯中還有一個重要的特徵就是使用括弧對漢文進行標記。上面的引文中，對於像"여와씨（女媧氏）"，"대황산무계애（大荒山無稽崖）"，"청경봉（青埂峰）"等專有名詞，採取了先是用韓文標注發音，然後在後面的括弧中加注漢字的辦法。即使是這樣，也只是在剛開始的時候出現過，後來干脆就直接寫作韓文而不加注漢字。這種態度也是其《朝鮮語綴字法講座》中貫穿如一的。[②]

在括弧中標注漢字，以韓文爲主進行翻譯，這種特點在其《中央日報》的譯文中也是如此。第1回的故事的譯文如下：

이는 책을 펴며 첫 회이니 작자는 스스로 이런 말을 하였다. 일즉 한바탕 꿈결가튼 일을 격고난 뒤에 짐짓 참사실은 숨겨버리고 통령（通靈）이란 말을 빌어다가 이 석

---

① 梁建植雖稱"冒險嘗試以現代韓國語翻譯此書……"；但是他的翻譯是國語與漢文混合使用的語體，這一點是其不足之處。（《參閱《每日申報》1918年3月21日刊載之《關於紅樓夢》）

② 고영근在《洌雲先生的語法研究與我國的語文觀》這篇文章中指出："《朝鮮語綴字法講座》與其此前抑或此後的著述不同，採取的是以韓文爲主，對漢字用括弧加注的辦法。"（參閱고영근：《洌雲先生的語法研究與我國的語文觀》，《洌雲張志暎先生的學問與人間》，國立國語研究院，1997年第43頁）《朝鮮語綴字法講座》先是在《朝鮮日報》上連載，後來以單行本的形式出版《한글綴字法講座》。（參考205頁注釋①）

두긔(石頭記)를 이야기 하였다. 그리하야 진사은(甄士
隱)이라고 한 것이다. 다만 책 속에 긔록한 바가 어떠한
사실이며 어떠한 사람이냐? 함여는 자긔는 이러케 말한
다. 나는 록록한 풍진 중에서 한가지 일도 일움이 업섯다.
홀연이 당시에 잇든 바 여러 녀자들의 생각이 낫다. 낫낫
치 상고하며 자세히 비교하여 보매 그 행동거지와 식견
이 다들 나보다는 나은 듯 하였다. 나는 당당한 남자로서
진실로 저 녀자들만 못할진댄 나는 참으로 붓그러움에 남
음이 잇고 뉘우쳐도 쓸데 업다. 어찌하려야 어찌할 수 업
는 시긔이다. 이날을 당하야 나는 이리케나 하여보라고
한다. 내가 옛날에 나라의 은혜와 조상의 덕으로 릉라주
의로 몸을 감고 진수성찬으로 배를 불릴때 그때에 부모의
교육하는 은혜를 등지고 스승의 훈계하는 공덕을 저버리
다가 오늘날에 한가지 재주도 일움이 업시 반평생을 망쳐
버리게 된 죄를 책으로 때어서 나의 지은 죄가 참으로 만
흠을 전하여 고해 알리고 십다. (1932 年) [1]

在這裏,張志暎對“록록한”, “풍진”, “당당한”, “릉
라주의” [2], “진수성찬”等漢字語並没有標記漢字,而是直接寫作
韓文。由此可見他盡可能使用韓文進行翻譯。張志暎認爲標準
韓國語的成立條件是“使用純碎的韓國語而不應該勉强使用漢
字”。他將純粹的韓文跟漢字一併書寫是受到了歷史上崇尚漢
文化的緣故。張志暎指出,從漢字中探求韓國語中的固有語的語
源,或者認爲發音相似,因此很多情況下都使用漢字,如果容忍這
一現象,那麼韓國的語法與標點法就會亂套,韓國的詞彙就會減

① 參考《中央日報》1932年4月1日刊載之《紅樓夢》第1回。部分韓文古
　語,改成現代寫法,特爲標明。
② 原書“錦衣紈綺”,却寫作“綾羅綢衣”。

少,韓國語的價值就會下降。①

　　爲解決這一問題,張志暎提出了《韓國語中摻入漢語的問題（四）——如何解決這一問題？》,在這一解決方案中這樣寫道："我們使用的漢字語中,值得我們另外使用的話現在看來是没有的……"②就這樣,張志暎從以往人們無條件接受漢字的使用的觀念中挣脱出來,主張首先應該使用韓國語。這一點也體現在其《紅樓夢》的翻譯中。他耗費一生精力從事韓文研究,就是這樣一位學者用自己的雙手採取使用韓文爲主的辦法翻譯《紅樓夢》,這件事可以説是一種後無來者的寶貴經驗。

（二）詩詞的翻譯

　　張志暎的《紅樓夢》翻譯譯文中對於詩詞的翻譯也呈現出各種態度。基本上,有只存在於譯文中的形態,也有譯文與原文已經收録的形態,也有只收録原文的形態,或者干脆對詩詞進行省略的形態。對於描寫過於細緻或者典故太多需要花費很多筆墨進行説明的時候,干脆省略,或者一併收録譯文與原文,這對於讀者充分理解原作的意藴很有幫助。

　　詩詞的翻譯中最主要的兩個特徵如下。第一,詩詞翻譯時儘量符合韓國傳統的時調的韻律。張志暎對《紅樓夢》中詩詞的翻譯雖然大體上來看是忠實於原文的翻譯,但是對於絶句構成的原文以時調的形式用三句話進行翻譯。

---

①張志暎主張,標準語成立的條件有四:一是,以首爾話爲標準語音;二是,使用這一時代的話作爲標準;三是,符合學理,具有一定規模;四是,至於純粹的韓國詞語,不該勉强寫成漢字詞語。（張志暎:《朝鮮語綴字法講座》,京城:活文社,1930年,第1—9頁）

②參考《朝鮮日報》1930年11月23日刊載之《韓國語中摻入漢語的問題——這一問題該如何處理？》。

（甲）《朝鮮日報》－《紅樓夢》27回　原文

베틀을 머물을 덕이야 애닯을만 하다마는　可嘆停機德

류서를 읊조릴 재주는 누구가 어엿버하리　誰憐詠絮才

금비녀 눈속에 묻히엇고 옥띄는 수풀에걸럿더라

金簪埋雪裏

玉帶掛林隈[①]

（乙）《朝鮮日報》－《紅樓夢》第28回　原文

깨끗고저 한다마는 깨끗한제 어느 제며　欲潔何曾潔

비엇다 말을 말어라 비어보든 못하리라　云空未必空

가련하다 금옥질이 흙 속에서 잠겻구나　可憐金玉質

終陷淖泥中[②]

　　（甲）與（乙）中的内容來自《紅樓夢》第5回,賈寶玉在夢中進入太虛幻境看到講述金陵十二釵命運的册子時的預言詩。採取的都是同時收録譯文與原文的形態。（甲）是同時對林黛玉與薛寶釵二人的命運進行説明的判詞,（乙）是對妙玉的命運進行説明的判詞。這兩首詩,原文都是四句構成的絶句,而譯文則由三句構成。這種三句構成的詩歌是韓國時調的主要特徵,這樣翻譯是出於譯者希望最大限度的符合韓國式的特徵的意圖。1918年在梁建植的翻譯中就已經採用了這種方式。[③]

① 參考《朝鮮日報》1930年4月18日刊載之《紅樓夢》第27回。原文的引用上略有出入。最後的兩句話原文中當爲:“玉帶林中掛,金簪雪裏埋。”不知何故,譯者在引用這兩句時却做了錯誤的引用。

② 參考《朝鮮日報》1930年4月19日刊載之《紅樓夢》第28回。這一句不同的版本的記載都不一樣。庚辰本以下,脂硯齋評本中寫作“終陷淖”。程刻本中寫作“終掉陷泥中”,王希廉評本與《金玉緣》本都是這樣寫的。

③ 梁建植用韓文古語翻成此首詩。“됴희에 가득함에 황당한 말뿐이라, 흐르나니 한옥홈 신산한 눈물뿐 이로다. 모도다 작자를 우치라 하고, 맛 모를가 하노라”(滿紙荒唐言,一把辛酸淚。都云作者癡,誰解其中味。)（參考《每日申報》1918年3月24日刊）

　　第二個特徵是,原文的字數雖然不均等,但是在譯文中對譯文的字數進行了調整使之實現精巧的整齊統一。下面我們對《朝鮮日報》與《中央日報》上的實詞逐一舉例進行説明。

（甲）喜冤家

무정한짐승중산의이리야	中山狼無情獸
네어찌근본을잊어비리고	全不念當日根由
한골스로교만코사치하야	一味的驕奢淫蕩貪歡構
음탕하게질길줄만아느냐	覷著那

후문에고히길린천금소저	侯門艷質如蒲柳
로류장화같이천대란말가	作踐的公府千金似下流
가여워라꼿다운고운넋이	嘆芳魂艷魄
한해만에저승길어인말가	一載蕩悠悠 ①

（乙）好了歌

세인이신선은 조타고하지만	世人都曉神仙好
공명은참아도 니즐수업다네	惟有功名忘不了
고금의장상이 어대에잇느뇨	古今將相在何方
거칠은무덤에 풀닙만욱엇다	荒冢一堆草没了

세인이신선은 조타고하지만	世人都曉神仙好
금은은참아도 니즐수업다네	只有金銀忘不了
넉넉히못모임 한치를말아라	終朝只恨聚無多
넉넉한그때엔 네눈도감것다	及到多時眼閉了

| 세인이신선은 조타고하지만 | 世人都曉神仙好 |

---

① 參考《朝鮮日報》1930年4月23日刊載之《紅樓夢》第3回。

처첩은참아도 니즐수업다네　　只有姣妻忘不了
살어서은정을 믿지를말어라　　君生日日說恩情
너가면대실이 예비해잇다네　　君死又隨人去了

세인이신선은 조타고하지만　　世人都曉神仙好
자손은참아도 니즐수업다네　　只有兒孫忘不了
자애한부모는 예부터만치만　　癡心父母古來多
효자와순손을 본이가그뉜가　　孝順子孫誰見了 ①

（甲）是《紅樓夢》第5回《紅樓夢十二支曲》中第八首，即對賈迎春的命運進行暗示的一支曲。對此，譯者在《朝鮮日報》上以譯文的形式直接展示了原文，詞曲的翻譯上雖然談不上有什麼特點，但是值得一提的是翻譯中非常精巧的將字數調整爲非常整齊的形式。（乙）是發表在《中央日報》上的《紅樓夢》第1回中跛足道士所唱的《好了歌》。與原文保持了相同的字數，都是七個字，從韓國語的角度來看也是非常精妙的。②（甲）與（乙）的譯文都給人一種非常精妙的感覺。在張志暎看來，詩歌與散文的最大的區別就在於對其最具有說明性的因素進行壓縮而創作的含蓄

---

① 參考《中央日報》1932年4月8日刊載之《紅樓夢》第8回。雖然我們未能將原文與譯文進行對照，但是根據王希廉評本，最後一句話應該是引用的"孝順子孫誰見了"。

② 《好了歌》的名稱的翻譯十分有特點，且頗爲有趣。張志暎在《中央日報》上連載譯文時將此歌名翻譯爲《조타업다타령》，姜龍俊（音譯）在《土曜新聞》上稱："누군들되고싶지않으리선도님이야/헌대도부세의인연을못끊는대서야"，因此將此歌歌名翻譯爲《이여서야가》。（參閱《土曜新聞》1999年2月16日刊載之《紅樓夢》第5回）在中國的朝鮮族翻譯家安義雲的翻譯中是這樣的："신선이 좋은 줄은 번연히 알면서도/오로지공명출세잊지못한다（世人都曉神仙好，功名富貴忘不了）"，因此將這首歌翻譯爲《도다타령》。（安義雲譯：《紅樓夢》，北京：外文出版社，1978年，第24頁）

性的形象。[①]通過上面引用的詩詞的譯文,我們可以感受到張志暎對壓縮美玉含蓄美的追求。這種對字數進行整齊劃一的調整的努力不僅給人一種視覺上的衝擊還具有一種非常華美的感覺。

(三)注釋的方式

　　《紅樓夢》是一部描摹人情世態的小說,對清代人的生活與風俗進行了非常詳盡的描寫,而這些內容有很多對於韓國讀者而言是難以理解的。張志暎雖然對《紅樓夢》進行了儘量解釋性的翻譯,但是在不得已需要說明的時候,他會通過加注釋的方式來幫助讀者理解。通過他加注的注釋,我們可以考察他對於中國語與中國的風俗具有多麼淵博的知識。

　　張志暎的譯文中使用的注釋方式主要有:訂正、告白、注、備考等幾種形式。這些注釋按照注釋出現的位置可以分為如下的幾類。首先,位於譯文結尾的有訂正、告白與備考。訂正主要對翻譯中出現的錯誤以及順序上的前後調整進行說明時使用,告白主要是說明自己的翻譯時的想法。[②]備考主要是對正文的內容進行詳細的解說。以下舉例說明。

　　　　(備考)按照我國的風俗,同姓之家的婚姻自然是不允許的,即使是不同姓的親戚之間的婚姻,即使是關係相隔六寸也要避免互相通婚。而這在中國却與我國不同。同姓之

---

① 全圭臺:《洌雲張志暎先生的古典文學研究》,《洌雲張志暎先生的學問與人間》,國立國語研究院,1997年,第86頁。

② "告白"只在《朝鮮日報》刊載的《紅樓夢》譯文第26回中出現過。張志暎這樣寫道:"從本回始至後四回,由於原文凝練含蓄的緣故,雖然譯者曾思考過如何翻譯得簡單通俗易懂,但是由於這部小說中所有文字都關涉全篇,因此不能遺漏任何一處;加上其中文字作者皆有深意,並非隨意下筆之故,一次在每個字的翻譯上都費墨頗多。然而這部小說可謂記錄女人們一生的小說,讀者諸君不可不留意。"(參閱《朝鮮日報》1930年4月17日刊載之《紅樓夢》第26回)

間的婚姻自然與我國一樣是必須避免的,而不同姓的親戚之間,如果是"內外從男妹"或者"姨從男妹"之間的婚姻是可以允許的。不僅可以結婚,而且"四寸"親戚之間的婚姻被認爲是親上加親的婚姻。如果年齡相仿的內外從男妹或者姨從男妹之間不締結婚姻關係的話,甚至會被人們懷疑是出於欠缺的原因而不結婚。①

（備考）絳珠草本來是生在西方靈河邊的一種仙草。女媧補天時剩下的一塊石頭通靈,自由的落下來。這一塊靈石滾到山坡,每天到河邊汲水澆灌絳珠仙草,因此仙草獲得生機,併發願變成人體,以感謝靈石的恩德:"但願在來世用我的眼淚還給他。"這樣,絳珠仙草就在來世化身爲林黛玉,而靈石則化身爲賈寶玉,這是木石前姻。②

第一個備考是對中國的婚姻風俗相關的說明,是譯者自己添加的內容,而第二個備考中,是對林黛玉前身是絳珠仙草,賈寶玉前身是靈石的說明,事實上這一內容是小說正文中收錄的內容。可以看出備考的內容比較長,而且比較詳細。除此以外,下面我們對"注"的使用作如下的說明。

（注）:按照中國的風俗,嫂子對叔子不使用敬語,而是使用像對待弟弟一樣的平輩語言。③

（注）:中國人居住的平房,房內一邊設置高臺,底下設置地暖。此種溫突稱之爲"炕"。④

（注）:金玉良緣意思是指賈寶玉與薛寶釵的姻緣。木石之

---

① 參閱《朝鮮日報》1930年4月15日刊載之《紅樓夢》第24回。韓國風俗"內外從男妹"或"姨從男妹"指表兄妹。
② 參閱《朝鮮日報》1930年4月20日刊載之《紅樓夢》第29回。
③ 參閱《朝鮮日報》1930年4月2日刊載之《紅樓夢》第12回。
④ 參閱《朝鮮日報》1930年4月3日刊載之《紅樓夢》第13回。

盟是指寶玉與黛玉的前生姻緣。所謂"雪"指的是薛寶釵,所謂
"林"是指林黛玉。①

（注）:家中請唱劇團來演出時拿出戲單,在單子上可以點想
聽的曲目,這在當時非常流行。主人邀請客人,客人之間互相傳
遞單子,每人可點一兩首曲子,這是一種禮節。②

上面的四個注釋分別對稱呼、詞彙、內容以及風俗加以説
明。可見張志暎《紅樓夢》翻譯中添加的注釋主要是對詞語或中
國風俗進行説明的。由於注的是比較簡單的內容,因此每回能出
現很多次。另外,注與訂正、告白以及備考有所不同,主要是在正
文中間即需要對內容進行説明。這是爲了幫助讀者盡快理解。

這些形態各異的注釋在《中央日報》連載翻譯時明顯有所減
少。第一回中只有對"甄士隱"與"賈雨村"進行説明。這是考
慮到有時太多的注釋,反而對讀者欣賞小説有所妨礙。張志暎所
持的態度是盡可能爲讀者考慮的翻譯態度。

（四）作品解題

除了《紅樓夢》的翻譯之外,張志暎很少有與《紅樓夢》有關
的文字。他在《朝鮮日報》上連載譯文的當時,曾委託梁建植爲
《紅樓夢》寫作評論文章。③此後,在《中央日報》上連載《紅樓
夢》譯文時,曾寫過三篇序文。按照筆者調查的結果,張志暎關
於《紅樓夢》的評論文章只有這三篇。在此僅對這三篇文章的大
致內容作一番簡要的考察。

---

① 參閲《朝鮮日報》1930年4月22日刊載之《紅樓夢》第30回。
② 參閲《朝鮮日報》1930年6月10日刊載之《紅樓夢》第71回。
③ 參閲《朝鮮日報》1930年5月26日—6月25日刊載之《中國的名作小
　　説——紅樓夢考證》。

　　第一篇文章是他於1932年發表在《中央日報》上的《紅樓夢序》的文章。張志暎在這篇文章中引用陳獨秀的話,在對歷史與小説進行比較的同時,這樣評價道:"《紅樓夢》是使用中國現代語進行創作的作品中的代表作。"由於《紅樓夢》並不是以故事爲中心展開,因此讀者會有諸多不滿,張志暎在指出這一點的同時,還寫了敬請讀者多多理解之類的話。另外,在文章的結尾對梁建植未能完譯全書表達了遺憾之情,並表達了一定要完譯全書的意志。

　　第二篇文章是他於1932年3月30日發表在《中央日報》上的《〈紅樓夢〉代序二》這樣一篇文章。較之前一篇文章,這篇文章應該説是一篇真正意義上的解題。對於《紅樓夢》的作家問題,張志暎引用了程偉元與高鶚的序文,將全書分爲前80回與後40回對作者進行了分析。除此以外,還引用胡適的話,提及了《紅樓夢》的版本問題。

　　第三篇文章是他於1932年3月31日發表在《中央日報》上的名爲《〈紅樓夢〉代序三》的一篇文章。在這篇文章中,他提到"紅學"這一話題,對關於《紅樓夢》由來的四種學説進行了説明。這四種説法,第一種説法認爲是書是以清世祖與董鄂妃的故事爲原型而創作的,第二種説法認爲小説描寫的是納蘭性德家的家事,第三種説法認爲《紅樓夢》是一部描寫康熙乾隆年間政治的一部小説。第四種觀點認爲這部小説是曹雪芹的自叙傳。關於這四種説法,在梁建植發表於《東亞日報》上的《紅樓夢是非——中國的問題小説》[1]這篇文章中就已經有介紹,可以説是對當時中國的紅學界的學説進行大體上介紹的一篇文章。

---

[1]《東亞日報》,1926年7月20日—9月28日,《紅樓夢是非——中國的問題小説》,1—17。

五、結論

　　以上我們以1930年代張志暎的《紅樓夢》譯文爲中心，對張志暎的學術生涯，以及譯文的體系與特徵進行了考察。首先，通過對張志暎學術生涯的考察，對其因所處的各種環境而開始《紅樓夢》的翻譯的原因進行了考察。然後，在對其譯文的體系進行考察時，通過對小標題與内容，我們對其翻譯時採用的底本進行了考察。此外，張志暎的譯文中插入的韓國畫家的插圖可以説是韓國紅學研究中非常重要的資料，具有很高的價值。譯文的分析中，我們通過對其文體上特徵，詩詞的翻譯，注釋的方式，以及作品解題等四個方面進行了分析。張志暎翻譯的特徵是譯文以韓文爲主，在其譯文中我們可以發現運用韓國的時調進行翻譯的特點。另外，譯文中加注了很多注釋，這些注釋有助於讀者理解《紅樓夢》這部小説。

　　張志暎是日本帝國主義强佔時期接續梁建植出現的第二個翻譯《紅樓夢》的翻譯者。從時間上來看，二者雖然相差大約十年的時間，但是張志暎的翻譯引人注目的是其譯文更接近現代意義上的韓國語。另外，從文體上來看，張志暎的翻譯主要以韓文爲主進行，可以説爲後世韓文翻譯樹立了榜樣。作爲早期的韓國紅學資料，具有非常重要的價值與意義。通過張志暎的翻譯我們可以對20世紀前半葉韓國人是如何接受《紅樓夢》這一問題進行考察，另外也爲我們未來的紅學研究提示了發展的方向。

第七章　《紅樓夢》的現代韓文譯本

一、前言

中國古典小說的最高峰《紅樓夢》在1800年初期就已經傳入韓國。最起碼可以這樣説,在19世紀中期以前,朝鮮時代的知識份子之間在談論中國通俗小説時,就有關於《紅樓夢》及其續書的言論。由此可見當時朝鮮社會的文人們已經知道了《紅樓夢》一書的存在。

李圭景(1799年生,卒年不詳)所著的《五洲衍文長箋散稿》①之《小説辯證説》中就提到了明清的小説戲曲,如《桃花扇》、《聊齋志異》等。同時,也提到了1791年刊行的《紅樓夢》與1799年刊行的《續紅樓夢》。

另外趙在三(1808—1866)在其所著的《松南雜識·稽古

---

① 李圭景:《五洲衍文長箋散稿》影印本,首爾:明文堂,1985年。另有民族文化促進會的譯本。

類》[①]中,有《西游記》、《水滸傳》、《三國志》、《西廂記》、《南征記》、《彰善感義録》、《剪燈新話》等條目。其中《西廂記》條目中就提到了《金瓶梅》與《紅樓浮夢》[②]的書名。

　　可以説雖然在朝鮮時代《紅樓夢》就已經傳入韓國,但是這不過是在英祖、正祖以後的單個文人對《紅樓夢》抱有興趣而已,在公開場合占主流的還是正統文學,人們對俗文學採取的態度還是一種否定性的態度。因此没有留下什麼值得稱道的研究或者表明其愛好的痕迹。進入朝鮮朝後期,出現了很多喜愛小説的女性群體。這些女性讀者對國文小説的創作與大量中國小説的翻譯起著巨大的推動作用。

　　其中最突出的一點就是,供宫廷妃嬪與侍女閲讀的韓文小説的創作以及中國小説的翻譯。樂善齋本小説就是其中一個例子。

　　樂善齋本小説中包含近三四十種中國小説,其中就有《紅樓夢》120回本,以及《後紅樓夢》、《續紅樓夢》、《補紅樓夢》、《紅樓夢補》、《紅樓復夢》等五種續書。可見朝鮮後期的讀者對《紅樓夢》及其續書有着非一般的興趣。全譯本《紅樓夢》(現存117册)由專門的翻譯家——譯官們負責翻譯,是收録了原文與漢語的發音、並以精巧的楷書宮體寫就的對譯本。無論是從哪個角度來看,這都有著非常重要的資料價值。由於缺少翻譯年份的正確記録而不易考證,但是大致上可以認爲是成書於1884年前後。高宗二十一年前後由李鐘泰爲首的文士們受命加以翻譯這批小説, 這是李秉岐的説法,值得我們重視。[③]

　　樂善齋本被認爲是120回全文都得以翻譯出來的最早的全

---

① 趙在三:《松南雜識》影印本,東西文化院,1987年。

② 《紅樓浮夢》,該書亦不見於中國小説書目,可能是《紅樓夢》的續書,也有可能是《紅樓夢》或《紅樓復夢》的誤記。

③ 對樂善齋本的考察,請參閲拙稿:《樂善齋本全譯紅樓夢初探》,《中國語文論叢》,1988年第1輯。

譯本,具有十分重要的意義,在韓國翻譯史上也是非常重要的資料。對於這一點將在另外的文章中展開論述。本文中將對1945年光復之後韓國刊行的現代譯本,與在中國刊行的韓文譯本的特徵進行簡要分析與比較。

在此之前需要說明的是,樂善齋本之後,經過舊韓末期（大韓帝國1897—1910）至日治時期（1910—1945）,很難找到《紅樓夢》的譯本或研究資料。由於諸多條件的制約,很難進行徹底的調查。希望有關這一時期《紅樓夢》研究上的空白以後會有相關的研究成果不斷湧現。

對光復之後《紅樓夢》譯本的調查也並非盡如人意,將來須對其中遺漏之處進行補充。

本章中論及的譯本共計九種,時間上最早的是1955年正音社出版的金龍濟的譯本。時間上最晚出現的是1988年,平民社發行的洌上古典研究會的譯本（第一卷）。這九種譯本中有七種譯本是在韓國出版的,另有兩種是在中國延吉與北京出版的全譯本。雖然譯者是中國少數民族之一的朝鮮族（現在大約有180萬人）,但是讓人感到驚訝的是從1970年代後期至1980年代初期,竟有兩種全譯本的《紅樓夢》得以刊行於世。相比之下,韓國刊行的七種譯本中,雖然李周洪的譯本可以稱得上是全譯本,但是翻譯時採用的底本並不明確。作者在進行翻譯的時候幾乎沒有什麼版本概念,僅僅是從小說興趣度出發,翻譯的過程中隨意進行了添加或者改動。禹玄民的譯本卷數多達6卷,也屬於文庫版,但是實際上不過是對《紅樓夢》後半部進行壓縮。洌上古典研究會雖然標榜爲"全譯",預定翻譯8冊,第一卷刊行後很快吸引了讀者的注意。但是對於翻譯底本的選擇沒有進行專門的研究,對於新出現的版本系統也視若罔聞。這是我們不得不指出的。

僅從以上的這些譯本的情況來看,也能看出《紅樓夢》在中國的研究是多麼的興盛。而相反的,韓國學界在此期間對《紅樓夢》的研究又是多麼漠不關心！本文通過對《紅樓夢》韓文譯本的出版情況及對其特徵的分析，在整理這一時期《紅樓夢》翻譯與研究的成果的同時，希望爲將來《紅樓夢》的研究與新的翻譯指出前進的方向。

二、對現代譯本的個別分析

本章中提到的九種《紅樓夢》的譯本大體上按照出版年代進行了列舉。先述在韓國刊行的譯本，次述在中國刊行的譯本。文章對於各個譯本的介紹將圍繞對標題、譯者、回數、回目翻譯記錄、附錄、出版年度、翻譯過程的考察展開，並分析各個譯本的特徵。文中爲了説明其特徵，將會引用一些翻譯例句，對譯本的比較（亦即綜合分析）將在下一章中展開。譯本的名稱雖然很多，但下文中僅以出版社名稱要而言之進行區分，謹做如上説明。[①]

（一）正音本

《紅樓夢》全2卷（上下），120回，金龍濟譯，1955（上）、1956（下）初版，1960與1977年再版，首爾：正音社，《中國古典文學選集》第11、12卷[②]，上卷（1—60回）456頁，下卷（61—120回）440頁。

該譯本雖爲光復以後最早出現的譯本，扉頁上却寫著《全譯

---

① 對於譯本一般以譯者的姓名進行略稱，至於"洌上古典研究會本"、"延邊大學紅樓夢翻譯小組"以及"外文出版社本"等皆爲共同翻譯，很難突出個人譯者，因此筆者以出版社的頭兩個字爲該譯本的名稱。

② 正音社的《中國古典文學選集》中收録了《三國志》（1—3）、《水滸傳》（4—5）、《金瓶梅》（6—7）、《西游記》（8—10）。

紅樓夢》的字樣。譯本由120回構成,回目皆換爲短句。例如,第
1回爲《石頭記的由來》,第2回爲《貴公子賈寶玉》,第3回爲《黛
玉上京》,第102回爲《紅樓幻想》等,各回的内容都用一句話進行
了概括。各回初皆有插圖(無畫家署名),下卷卷末有後記。

　　在後記中提到了紅學的興起以及《紅樓夢》的各種異名,也
説明了抄本與版刻本的區别、作家曹雪芹的家世與生平。另外以
賈寶玉、林黛玉與薛寶釵爲中心對小説的主要内容進行了概括,
同時也提到了在《紅樓夢》影響之下出現的數量衆多的續書。最
後在譯文末尾以"附録"的形式收録了《賈氏一門家系圖》。

　　在該譯本的封面、扉頁及後記中都没有提到譯者,只是在
卷末記録出版社的地方寫著"譯者金龍濟"的字樣。金龍濟
(1909—?),詩人,號知村,生於忠清北道陰城。在日本期間發
表過《我愛着的大陸》,自此開始其文學活動。他擔任過《東洋之
光》的主編,投身過普羅詩歌運動,不過後來轉向。解放之後,一
時中斷過寫作。似乎其對《紅樓夢》的翻譯就是利用的這一段時
間。據我們推測,金龍濟的譯本是在日譯本的基礎上進行的二次
翻譯。

　　第1回《女媧補天》部分中,作家自我發揮的緒論部分在金
龍濟的譯本中被省略了,但還是從女媧神話開始。僅見於"甲戌
本"的"至吳玉峰題曰紅樓夢"這一句(上卷,11頁)在金龍濟的
譯本中被翻譯了出來。[①]金龍濟的譯本採取縮譯形式,很多内容
都被省略掉了。至於韻文的翻譯,如果韻文是一些比較簡單的韻
文的話,譯者對原文中的暗示以及典故進行了注釋。對於前者,
我們舉例來説,如第3回"混世魔王"(《西游記》中出現過的"妖

①甲戌本的"至吳玉峰題曰紅樓夢"這一句在中國的版本中也没有這樣的字
　樣,國内的譯本中自正音本以來,大多數譯本都插入了這句話。這句話取
　自日譯本,後來進入了韓文譯本。

王"），捐官（用錢買官職），其類如此。而後者的情形，例如對於第5回金陵十二釵的正册判詞，都有作者的解説。第62回中，對於"酒令"的典故也另行進行了解釋。

雖然譯本的版本系統並不明確，但是從内容上來看，應當是屬於程乙本系統。

（二）乙酉本

《紅樓夢》全五卷，李周洪譯，120回，1969年初版，1979年再版，首爾：乙酉文化社，《中國古典文學選》之一種。[①] 各卷分爲24回，第一卷（1—24回）503頁，第二卷（25—48回）505頁，第三卷（49—72回）597頁，第四卷（73—95回）546頁，第五卷（96—120回）563頁。

封面上題字使用了"廣益書局刊本"的題簽。這裏的"廣益書局刊本"指的就是1934年中國出版的版本（李菊廬校閱）。扉頁與正文中插入了清代改琦的畫像。

第一卷的卷首有譯者李周洪的"解説"（1968年秋，於東萊温泉），並引用清人的文獻説明了紅學的由來，另外略述了續書與異名、版本等問題。此外，還對作者曹雪芹以及續作者高鶚作了説明。同時在文中聲明，在翻譯詩歌時得到了李載浩教授的幫助。還指出，目次中的小題目是作者隨意加上去的。

目次由120回構成，各回都有一個三個字的小題目，如《石頭記》（第1回），《榮國家》（第2回），《塵緣絶》（第119回），《太虚情》（第120回）。通過這些小題目對全文進行了概括。

該譯本雖然大體上能稱得上是全譯本，但是全於採用的底本

---

① 乙酉文化社，《中國古典文學選》中除此以外還收録了《三國志》（金東成譯，5卷），《水滸志》（李周洪譯，5卷），《金瓶梅》（金東成譯，3卷），《西游記》（金東成譯，3卷），《列國志》（金東成譯，3卷），《聊齋志異》（崔仁旭譯，3卷）。

是哪一種，却不甚了然。在其譯文中也能看到一些添加的内容和一些改動的部分。第一回的開頭大略如下：

> 세상만사에 어느 일 하나 그렇지 않은 것은 있으랴
> 만, 오늘의 꽃이 내일의 꽃이 아니고 오늘의 젊은이 내일
> 의 젊은이 아닌 것인데, 사람은 기쁨도 슬픔도 한바탕의
> 꿈속에서 사랑에 멍들고 의리에 눈물 지우면서도 백년을
> 살것 같이 허둥대다가 끝내는 이러한 뼈저런 이야깃거리
> 도 남겨놓게 된다.(제1권 13쪽) [①]

> （世上萬事中，没有哪一件事是永恒不變的。今日之花
> 明日或許即凋謝，今日之年輕容顔明日或許就會老去。人們
> 在悲喜交織的夢幻中因爲愛而撞得頭破血流，即使留下傷
> 心的眼淚，也要拼其一生追逐名利，而結局終究不過是一場
> 空。這部書講的就是這樣一個故事。）

另外，在原書的第一回中對於作家的創作背景進行了説明，對小説的主題也有解説。而這些在譯文中都被省略了，接續下來的故事就是女媧神話。譯者的解説在正文中並没有另行標識而直接插入，在此原文翻譯後，譯者再加翻譯性的解説，例如《紅樓夢》第120回賈雨村和甄士隱回答曰“老先生莫怪拙言，貴族之女俱屬從情天孽海而來，大凡古今女子，那淫字固不可犯，只這情字也是沾染不得的。所以崔鶯蘇小，無非仙子塵心；宋玉相如，大是文人口孽。但凡情思纏綿，那結局就不可問了。”在這裏譯者加上下面的注解。

> 崔鶯鶯에 대해서는 그전에도 나온 적이 있지만 西廂
> 記의 여주인공이고 蘇小小는 南齊시대의 名妓, 宋玉은

---

①這一解説是譯者添加的翻譯？ 還是從日語中轉譯過來的？ 對此很難明確
考察。將來有必要將其與日語譯本進行具體的比較研究與考察。

戰國시대의 楚의 시인, 司馬相如는 전한의 문인이나 모두가 艷福家이다.(제5권,557쪽)

另外,在小説原文中雖然没有,而譯者爲了幫助讀者理解而添加進去的解説部分,舉例如下:

　　　영화의 나라니,고귀의 집이니,화류번화의 땅이니,온유부귀의 고을이니,한 것은 앞으로 이 주인공이 활약하게 될 지리적 배경 長安이다.실제로는 北京이 쓰이고 있는 터이지만 榮國邸이니,大觀園이니, 紫芝軒—이것도 紫芸軒의 잘못씀이라 함—이니 하는 것을 伏綫해 놓은 것이다.(제1권15—16쪽)

　　　(説什麼榮華之國、高貴之家、花柳繁華之地、温柔富貴之郷, 這些都是形容一個地方,那就是後來主人公活躍的地理空間的背景——長安。雖然這部作品實際上寫的地點是北京,但是所謂榮國邸、大觀園、紫芝軒(當爲紫芸軒之誤),這些都是作者設下的伏綫。)

譯者李周洪(1906—1987),小説家兼兒童文學家,號向坡,生於慶尚南道陝川。1929年,其短篇小説爲《中央日報》入選之後,開始發表文學作品。譯有《水滸傳》、《金瓶梅》、《中國諧謔文學全集》、《紅樓夢》等。

該譯本展現了譯者作爲小説家的才華,大部分採用的都是文采流動的意譯。對於詩詞的翻譯,採取與原文進行對譯的方式。譯者自稱,其目的是爲了提高讀者對詩詞的理解。此後出現的知星出版社譯本受其影響頗大。

(三)徽文本

《紅樓夢》全1卷,金相一譯,1974年5月初版。首爾:徽文出版社,《最新輯世界文學》第十三卷。

該譯本卷首有"曹雪芹像(摹寫)①"與"大觀園圖"以及其他附圖,卷首另有"解説"與"賈氏世系表",全書共529頁。

該譯本對原作的內容任意進行了分段,共分爲72章,每一章添加了小標題。例如:(1)《作者言》;(2)《石頭記》;(3)《甄士隱與賈雨村》……(71)《寶玉之遁世及其餘生》;(72)《終章》。如此等等,以段落爲單位隨意增加了一個個小標題。

第一章《作者言》中對原書中的楔子部分進行了非常完美的翻譯。又僅見於甲戌本的凡例最後部分的七言詩一首進行了如下的翻譯:

> 詩曰:
> 浮生着甚苦奔忙,현세,무엇 때문에 분주하고 괴로운고,
> 盛席華筵終散場。滿盤珍饈의 잔치도 드디어는 흩음이 있을진대.
> 喜悲千般同夢幻,인생의 희비가 모두 일장춘몽,
> 古今一夢盡荒唐。고금의 꿈이 모두 황당무계한 것.
> 謾言紅袖啼痕重,붉은 女人의 소대를 말하지 마오,다만 그 상처가 무겁소.
> 更有痴情抱恨長。더욱이 情痴의 원한 또한 오래이니.
> 字字看來皆是血,그 남긴 글자 이제 읽으니 모두 피로다.
> 十年辛苦不尋常。②십년의 신고 심상치 않도다.

很難説這首詩翻譯的有多麽好。這首詩僅見於早期的抄本,可以看出是在日譯本基礎上的二次翻譯。譯文正文中加入了一些簡

---

① 雖然在該譯本中對《曹雪芹像》的畫作者並未明確交代,但是在體制與之相同的金星本中,指出該畫的作者爲"杉本健吾",筆者亦持此見。

② 這首詩既非出自小説正文,亦非曹雪芹自作。這是初期評點家脂硯齋的卷頭詩,此詩僅見於甲戌本,不管該詩具體如何進入韓國譯本中,反正這一過程中這首詩被翻譯成了韓文是很幸運的。

單的注釋,爲讀者理解小説提供了便利。第二章中有這樣的内容:"抄寫人吳玉峰將此改稱《紅樓夢》。"這是僅見於甲戌本中的一句話。譯者金相一也是從事文學評論的文人。

(四)知星本

《新譯紅樓夢》全五卷,120回,吳榮錫譯,1980年9月初版,首爾:知星出版社,《中國古典文學系列》之一種。

該譯本將原書的120回修改爲120章,各章以短句代替回目。例如,在各章前分別添加了第1章《金陵十二釵》,第2章《榮國府》,第3章《林黛玉》……第119章《聖明仁德》,第120章《石頭記》。正文中,插入了鄭龍培所繪製的插圖。至於序跋、後記等一併被删除。

將該譯本進行比較的話,可以發現,該譯本與李周洪翻譯的乙酉本比較類似。但是較之李周洪的翻譯,有一些内容在吳榮錫的譯本中被删去,或被修改,或被補充。第一章的開頭部分爲添加的部分,内容爲"此後吳玉峰將稱是書爲《紅樓夢》"。回目中有一些與乙酉本的回目相同,也有一些回目與之不同。比起乙酉本以三字句爲回目這一原則,該譯本中並没有採用這種回目命名的方式。例如第7章回目名爲《秦鐘》,第22章回目名爲《正初謎語》,第5章回目名爲《水流花謝》,使用的是類似這樣的三個字或者四個字的短語。

以下以第五章開頭題詩的翻譯爲例,與乙酉本進行比較。

> 春因葳蕤擁繡衾,恍隨仙子別紅塵。
> 問誰幻入華胥境,千古風流造孽人。

乙酉本的譯文如下:

> 노곤하여라 춘곤은 이불 속에서

> 홀린 듯 선녀따라 하늘을 날은다.
> 꿈에 논 화서의 나라는 어디이더냐
> 그 많은 풍류의 죄는 누가 지은고

知星本的譯文如下：

> 이불 속에서 춘곤은 노곤하도다
> 선녀따라 홀린 듯 하늘을 나른다
> 꿈에 본 화서의 경계는 어디이더뇨
> 수 많은 그 풍류의 죄는 누가 지었는고

事實上，這首詩僅見於己卯本與戚序本，《紅樓夢稿本》與俞平伯的《紅樓夢八十回校本》[1]就是以戚序本爲依據的。後來伊藤漱平的日譯本採用的底本就是俞平伯的本子。因此，韓文譯本乙酉本與知星本採用的底本就是伊藤漱平的日譯本。

吳榮錫（1934—）也是當代小説家。1959年，通過《現代文學》登上文壇，發表過長篇小説與短篇小説。譯著除了《紅樓夢》之外，還有《小説十八史略》等。

（五）瑞文本

《新譯紅樓夢》，全6卷，禹玄民譯，1982年8月初版，京畿道高陽市：瑞文堂，瑞文文庫第285—290卷，第一卷（1—11回）319頁，第二卷（12—22回）312頁，第四卷（23—39回）310頁，第四卷（40—67回）312頁，第五卷（68—94回）317頁，第六卷（95—120回）319頁。

目次中没有標明回目，在各回的開頭的下段原文照録了原書

---

① 俞平伯：《紅樓夢八十回校本》，北京：人民文學出版社，1958年。前80回本採用的是戚序生序本，後40回採用的是程甲本。有1974年香港中華書局本以及1980年臺北華正書局本。

的漢文回目。其他諸如序跋、附録等,皆無。從正文的翻譯來看,前半部分的翻譯比較詳細,内容也很多;而到了後半部分,有很多地方被省略了。第1回原書的開頭部分作者自云的内容被非常完整的翻譯了出來,"至吴玉峰題曰《紅樓夢》"這一句也以另外注釋插入其中。

　　譯文正文中插入了雙行注釋,這有助於讀者理解。例如:文君(卓文君,前漢司馬相如妻,富文才)。子建(魏曹植,曹操之的第二子,富文才)等等類似這樣的一些注釋。

　　雖然没有提及翻譯時採用的底本,但由第5回的回目"賈寶玉神游太虚幻境"、第7回的回目"宴寧府寶玉會秦鐘",以及第2回的"不想隔了十幾年又生了一位公子"[1]等句子來看,可以斷定該譯本前後部分採用的都是程乙本系統。然而第4回的回目"葫蘆僧亂判葫蘆案"屬於早期抄本脂評本,後面的版本中改爲"判斷",該譯本的翻譯到底經歷了怎樣一個過程,實在令人難究其詳。

　　禹玄民(1926—)也是小説家兼翻譯家,在中國與日本都留過學。譯著除了《紅樓夢》之外,還有《西游記》、《三國演義》、《莊子》及《陶淵明詩全集》等。

(六)金星本

　　《曹雪芹紅樓夢》全1卷,金河中譯,總486頁,1982年3月初版,首爾:金星出版社。

　　該譯本全文分爲73章,題目爲譯者所添加。該譯本被編入《愛藏版世界文學大全集》第73卷。扉頁上有曹雪芹像(杉木健吾畫),書背面爲"《紅樓夢》的舞臺與大觀園想像復原圖"及"婚

---

[1]程甲本系統中爲"不想次年又生了一位公子",高鶚在意識到元春與賈寶玉之間只有一歲的差别而造成諸多矛盾時,於翌年(1792)刊行了程乙本,將原書中的"一歲之差"修改爲"隔了十幾年"。

禮行列圖”等,收錄了目次73章的題目。

目次爲譯者任意編制的題目,如(1)《作者言》;(2)《石頭記:石頭的故事》;(3)《甄士隱與賈雨村》;(72)《寶玉的遁世與大觀園的凋落》;(73)《結局》。譯文正文前有《賈家系譜》,另外甲戌本凡例中的一首七言律詩也被翻譯了出來。

由以上的介紹可知,該譯本與1974年的徽文本大體上是相似的,只有一些小題目被修改或者正文的内容被部分修訂。[①]但是,由“曹雪芹像”的作者爲日本人杉木健吾以及詳細的解説來看,可能並非直接照抄的徽文本。對於具體的翻譯過程,還需要進行全面調查。

正文中出現的漢字詞彙以小字書寫,並在旁邊標注了發音。注釋採用在括弧中以雙行注釋的方式。卷末以附錄的形式收錄了《譯者解説》及《紅樓夢年表》、《年譜》等資料。在“解説”中,利用相當篇幅詳細叙述了“紅迷與紅學”、“曹雪芹的生平”、“曹雪芹的作品及其性格”、“紅樓夢的批注”、“紅樓夢的世界”等問題。文中另有一些插圖。

在譯者解説中,譯者對曹雪芹的生平與《紅樓夢》的創作過程以及作家的藝術世界進行了詳細的分析。又,譯者在《抄譯的方法》這樣一篇文章中稱,該譯本編譯的是原書的四分之一的内容,省略了一些人物及事件,只是本着忠實於原文的原則採録了一些譯者認爲重要的内容。另外還指出原作中的服飾飲食的描寫,以及酒令玩樂、放風筝等娛樂活動和一些花名等等。這一些細節描寫是《紅樓夢》的特色,這些内容都被完整的翻譯了出來。

《紅樓夢年表》是參照作品各回的具體内容進行整理的。爲了便於讀者瞭解原書的120回被壓縮爲73章這一情況,譯文

---

① 金星本比徽文本要多出一章,共73章;其他内容都大致相同,只是文句上略作改動,增加了第四章的《好了歌》。

中標注了章數。"年表"中以年代爲序整理了曹雪芹與高鶚的生平。譯者指出,對於其中不能確定的部分暫時先採用推論。從這張年表來看,曹雪芹生活的年代爲康熙五十四年(1715)至乾隆二十七年(1762,是年陽曆爲1763年2月12日)之間,享年48歲。以上的三篇附録應該説爲讀者理解與感受《紅樓夢》提供了很大的幫助。

金河中畢業於首爾大學中文系,擔任過"雜誌記者協會"的會長,譯著除了《紅樓夢》以外,還有《阿Q正傳》與《駱駝祥子》等。

(七)平民本

《紅樓夢新譯》(第一卷),洌上古典研究會,1988年6月,首爾:平民社,第一卷(1—15回)303頁,計劃刊行8卷,後被中斷。

該譯本的封面上強調該譯本爲"全譯本",對於原書的作者標注爲"曹雪芹、高鶚",另外添加了副標題,爲"《紅樓夢》——中國規模最大的戀情小説"。題目"紅樓夢新譯"由淵民李家源教授所題簽。卷頭有劉旦宅的繪畫四副(寶玉悟情、黛玉葬花、寶釵撲蝶、鳳姐弄權),皆爲天然色。另外收録了李家源的《紅樓夢新譯序》(1988年春,梅花書屋主人)及凡例,目次中没有收録回目,但是標注了回數與頁數。

序文中先稱,該譯文爲洌上古典文學研究會共同翻譯的成果,全書計劃刊行8卷。又在序文中提到了影印樂善齋國譯本與訪問北京大觀園的事情。李家源教授爲了表達對以新的翻譯視野來增進韓華兩民族文化交流之希望的心情,在北京大觀園中口占了三首絕句,在這篇序文中收録了李家源教授的這三首詩歌作品。凡例由六項組成,翻譯所採用的底本是臺北里仁書局的"彩畫本紅樓夢校注"本,同時也參考了奎章閣所藏的樂善齋本《紅樓夢》以及英譯本《The Story of the Stone》(Translated by David Hawkes & John Minford,Penguin Books,1973—1986)。卷末附有

"家系圖"、"通靈寶玉"、"金釵"、"主要人物解説"、"國譯紅樓夢景刊行序"等。

譯文正文中同時收録了譯文與原文,並加了注脚,對難解的部分進行注釋。注脚的數量不多,並非每回都有。現在我們能看到的第一卷(1—15回)的注脚共計165條[1],以下對這些注釋舉例來説明:

> 第一回:(1)"賈雨村"與"假語村言",在漢語中"賈雨村(jia yu cun)"與"假語村(jia yu cun)"的發音相似;
>
> 第十五回:(9)守備:官職名。負責城池的守備任務,明代身份最高的武官。

附録"主要人物解説"中對賈寶玉、林黛玉、薛寶釵等人的性格及關係進行了説明。並指出,這篇文章是對《紅樓夢入門》(蔣和森著,小川陽一翻譯,日中社出版)一書的簡要概括。李家源教授的《國譯紅樓夢景刊行序》本爲亞細亞文化出版社所影印的樂善齋本《紅樓夢》卷首的序文,在該序文中李家源教授論及了該譯本的翻譯情況,並説明了作者、全書内容及紅學概況,提到了朝鮮時代韓國知識份子的小説觀,並指出洌上古典文學研究會的現代語譯本與樂善齋本一道將爲韓國學界帶來極大的便利。

洌上本與此期間其他的譯本不同,它從學術的角度出發,指明了翻譯時採用的底本。翻譯時採取的是集體翻譯的形式,這一點意義重大。[2]標題中的"此乃全譯本",以及回目都被完整

---

① 注脚的回別統計。(前爲回數,後爲注脚數)1—5,2—3,3—0,4—9,5—66,6—3,7—2,8—8,9—5,10—5,11—1,12—0,13—38,14—11,15—9。(總計165條)

② 洌上古典研究會的翻譯成員一共11位,皆爲延世大學國文系與中文系博士課程研究生。卷末的"譯者介紹"按照先後順序做了如下的介紹:김경미,김성희,김장환,손종흠,안대회,유재일,윤기홍,윤덕진,이강엽,이경규,조관희等。

的翻譯了出來。同時收録原文與譯文,另外加入了序文與凡
例,並加入了注脚,等等。這些都是該譯本的特色。如果全書
刊行8卷的計劃得以實現的話,無疑將會成爲非常有意義的
一種譯本。

　　但是該譯本也有一兩處需要指出。這是因爲如果是考
慮學術的價值而不是商業上的價值來從事該書的翻譯的話,
那麽就應該在翻譯的時候格外慎重,並在卷首對版本進行解
説和説明。

　　首先,翻譯底本採用的是《彩畫本紅樓夢校注》(1983)。
但是對於選定該本爲底本的原因並没有明確説明。該本爲北
京人民文學出版社1957年以程乙本爲主、在參考其他七種本
子的基礎上進行校注的本子(“校注本”,啟功注釋)。出版後
經過了幾次再版,1983年,臺北里仁書局以繁體字出版了這
個本子(實際上使用的是1979年的本子)。相比之下,翌年
(1984)里仁書局新出的《革新版彩畫本紅樓夢校注》,是在另
外的版本系統的基礎上,以1982年由中國藝術研究院紅樓夢
研究所校注刊行的新的本子爲依據的。後者屬於庚辰本的系
統,並進行了重新注釋。從版本上來講,這與曹雪芹原作是最
爲接近的。

　　第二,所謂奎章閣所藏之諺解本《紅樓夢》,雖然在影印本
中以標題的形式指出了樂善齋本,但是名稱上並不統一。另
外“藏書閣”被誤以爲是奎章閣。奎章閣上段收録的原文是
程甲本的系統,與本衙藏本、王希廉評本等比較接近,與程乙
本有很大的差異。因此,有必要對其中的回目與内容進行另
外的注釋。

　　第三,作爲翻譯參考書的《The Story of the Stone》一書,全書
爲五卷,第一卷至第三卷爲David Hawkes所譯,由Penguin Books

出版社出版,但是對這些信息並未做明確的説明。[①]

　　除此以外,雖然主張忠實於原文、對原文不做任何删減,但是由於各回的譯者不一的原因,也能找到一些前後文脈上的不順暢甚至是錯誤的翻譯。

(八)延邊本

　　《紅樓夢》全四卷,120回,延邊大學紅樓夢翻譯小組翻譯,中國延吉:延邊人民出版社。第一卷(1—30回)1—679頁,1978年5月出版;第二卷(31—60回)681—1471頁,1979年10月出版;第三卷(61—90回)1473—2308頁,1980年3月出版;第四卷(91—120回)2390—3102頁,1980年5月出版。

　　該譯本在封面上用韓文標明了題目、作者與出版社。書的扉頁的左邊標明有1974年由北京人民出版社出版的《紅樓夢》的字樣,並説明了該本即爲此譯本所採用的底本。卷首與卷末都没有序文與後記。雖然對於當時的翻譯情況無從考知,但是由於指出了翻譯時採用的底本,我們可以知道該譯本當屬於程乙本系統。該譯本中的注釋採用的是啟功先生的校注,總計318條。

　　在目次中,各回的回目都被翻譯了出來。例如第七回寫道:"傳宮花賈璉戲熙鳳,宴寧府寶玉會秦鐘"。翻譯中雖然使用的主要是韓文,但是需要的時候還是在括弧中標注了漢字。另外在翻譯詩歌時,也很好的考慮了韓國人的審美口味,也可以看出使用了一些純粹的韓國語的詞彙。試舉例如下:

---

①該英譯本的卷别與出版年度如下:
　　Vol.1. The Golden Days(1—26回),544頁,1973。
　　Vol.2. The Crab-flower Club(27—53回)608頁,1977。
　　Vol.3. The Warning Voice(54—80回)637頁,1980。
　　Vol.4. The Debt of Tears(81—98回)400頁,1982。
　　Vol.5. The Dreamer Wakes(90—120回)383頁,1987。

百足之蟲,死而不僵:백족지충은 죽어도 뻐드러지지 않는다.(제1회)

有名的一個潑皮破落戶兒,南省俗稱辣子,你叫他鳳辣子就是了。유명짜한 말괄량이다.거,남경에서는 "왈패"라고 하지,그래 "왈패희봉"이라고 부르면 된단다."(제3회)

頑劣異常,極惡讀書,最喜在內帷廝混。몹시 데설궂어 공부는 싫어하고 계집애들과 시시 덕거리기를 제일 좋아하는데(제3회)

嗔頑童茗烟鬧書房:소소리패를 꾸짖으며 명연은 글방을 들부시다.(제9회)

紅樓夢引子:開闢鴻蒙,誰爲情種? 都只爲風月情濃,奈何天傷懷日寂寥時,試遣愚衷,因此上演出這悲金悼玉的《紅樓夢》。〈홍루몽서곡〉혼돈세계 열릴 제,그 누가 사랑의 씨앗 뿌렸나? 너나없이 사랑의 정 짙어만 가네.속절없는 날,가슴아픈 날,쓸쓸한 이 시각에 애타는 맘 풀어보려고 노래엮어 부르노라 금과 옥을 슬퍼우는〈홍루몽〉(제5회)

這一譯本在中國得以刊行,對於韓國的讀者或許比較生疏,但是對於居住在中國的朝鮮族而言,是影響很大的一個本子。延邊大學組建了翻譯小組進行翻譯,這一點從學術上來講應該給予高度評價。翻譯小組的成員共有六人,分別爲:金昌傑(1911—1991)、金永德(1932—)、李海山(1936—2008)、朴相峰(1930—)、許龍九(1937—1999)、玄龍淳(1927—2009)等。[①]

(九)外文本

《紅樓夢》全5卷,120回,朝鮮文翻譯組(安義運、金光烈等

---

① 這是2010年筆者在延邊大學調查的情況。

翻譯），北京：外文出版社。第一卷（1—24回）567頁，1978年出版；第二卷（25—48回），578頁，1980年出版；第三卷（49—72回），671頁，1981年出版；第四卷（73—96回），604頁，1982年出版；第五卷（97—120回），563頁，1982年出版。

書的封面上寫有韓文書名，另外畫着大觀園的圖畫。正文中的插圖及整體的裝幀形式皆爲外文出版社的刊本《A Dream of Red Mansions》（3冊，Yang Hsien-yi, Gladys, 1978—1980）的形態。扉頁上表明作者爲"曹雪芹、高鶚"，出版情況爲"外文出版社，北京"。另外表明了插圖的作者爲"敦邦"。敦邦即當代著名畫家戴敦邦。

第一卷卷首中有名爲《寫在古典小説〈紅樓夢〉出版之前》的序文。在這篇序文中，作者略述了曹雪芹所處的時代背景及其家世與生平，將《紅樓夢》評價爲反映政治鬥爭的政治小説，認爲小説第四回爲全書的中心。並認爲，在第四回中出現的對四大家族（賈史王薛）的壓迫史的描寫及其興亡盛衰史，構成了作品的全部內容。另外，是書爲成書於兩百多年前封建時代的作品，書中殘留了一些對宿命論思想與色空觀念進行思考的痕迹。

接下來，在這篇序文中作者説明了《紅樓夢》的創作背景及版本情況。在梳理兩百年間的研究情況的同時，指出該譯本前80回以人民文學出版社出版的《戚廖生序本石頭記》（1973年9月）爲底本，後40回以1959年人民文學出版社出版的《紅樓夢》的後半部分（即程乙本系統）爲底本。

目次中對各卷收録的24回的回目都進行了翻譯，另外收録了注解在回末。各回中注解的數量都是不固定的，另外也有一些

回中没有注解。注解總共261條。^①

第五卷卷末有名爲《寫在〈紅樓〉出版之際》的跋文。在跋文中作者指出該譯本的抄譯由安義運、金光烈負責,前半部分的校閱工作由李博、李哲俊負責,後半部分的校閱工作由安義運負責。

該譯本因外文出版社《紅樓夢》翻譯事業而得以成型,爲中國國内具有代表性的韓文譯本。特別是在翻譯標題與回目、正文及注解的時候,幾乎不使用漢字,而是使用韓國語,這是這一譯本最大的特點。目前我們所見到的在韓國刊行的所有譯本中,對正文中的人名、地名、事物名以及難解的句子,都採取在括弧内加注漢字的辦法。對於注釋,也只是原原本本的照抄漢字。該譯本對於人名等固有名詞及一些難解的詞彙作了韓文音譯,而給讀者的理解造成了一定的困難。同時在該譯文中也使用了一些在韓國不爲人們常用的詞彙以及一些彆扭的表達方式,表現出了在中國生活的朝鮮族傳統的語言習慣。大體上,從該譯本的語言使用上來看,譯文所使用的語言遵循的是北韓的語言規則,雖然對標點符號及語法上的差別有必要進行分析,但是下文中僅就該譯本翻譯上的一些特別之處及版本上的問題進行探討。

> "지금 부른 노래가 무슨노래인가요? 그저 '도, 다', '도, 다'만 자꾸 되풀이 하시는구려. 당신 귀에 '도, 다' 소리라도 들렸다면 그 뜻을 해독하신거나 다름 없소이다. 세상만사란 모두 '도'가 '다' 아닌 것이 없고

---

①注解的回別統計:(前爲回數,後爲注解數;無注解的回則省略)1—22,2—2,3—8,4—1,5—38,6—1,7—2,8—2,9—5,10—3,11—6,13—2,14—2,15—1,18—2,19—1,21—1,23—3,28—1,30—2,35—1,36—1,37—3,38—1,39—1,40—2,42—2,44—1,45—1,47—1,49—2,51—11,57—1,62—4,64—9,69—1,73—2,74—1,75—3,76—3,78—23.,79—2,81—2,84—5,86—1,87—5,89—5,93—2,99—1,101—2,102—8,105—2,107—1,108—3,109—1,110—1,112—1,115—2,117—-1,118—2,119—2,120—2。(加注的共有64回,注解總共261條)

'다'가 '도' 아닌 것이 없는게 아니겠소. '도'가 아니면
'다'가 아닌 게고 '도'가 되려면 '다'가 되지 않아서는
아니되는 게지요. 그래서 나의 이 노래를 '도다'타령이라
고 하는 거지요." (제1회)

("你滿口説些甚麼? 只聽見些'好了''好了'。"那道
人笑道:"你若果聽見'好了'二字, 還算你明白。可知世上
萬般, 好便是了, 了便是好。若不了, 便不好; 若要好, 須是
了。我這歌兒便名《好了歌》。")

上文爲《好了歌》的譯文, 譯文所採用的翻譯方法是其他的譯本
所没有的, 在注解中另有一段説明如下:

這首詩的原文之第1、5、9、13行的最後一個字都以"好"結
束, 第2、4、6、8、12、14、16行皆以"了"字終了, 遂得名"好了歌"。

譯文中最後的字分別爲"도"與"다", 因此我們把這首歌稱
之爲《도다타령》。

除此之外, 版本上值得關注的問題還有僅見於甲戌本第1回
中的"後經吳玉峰之手將該書定名爲《紅樓夢》", 這在注解中並
没有明確説明。另外, 在第5回中有"賈寶玉隨警幻仙子夢游太
虛幻境"以及"警幻仙子將《紅樓夢曲》交付寶玉"的内容。這些
内容本爲程刻本中的内容, 在注解中也没有説明。譯者稱翻譯時
採用的底本是戚序本, 第7回的回目果然隨之寫作"尤氏女獨請
王熙鳳, 賈寶玉初會秦鯨卿", 遵循的確爲《戚序本》。

正文中除去加注編號的回末的注解之外, 在括弧中也加注了
簡單的解説。舉例如下:

이홍쾌록(怡紅快緑:붉은빛 즐기고 푸른빛 탐내네. 喜
歡紅色貪戀緑色)(第1回)

그런다고 발이 커질까? (哪裏就走了脚? 옛날 중국여
자들이 발이 작을수록 미인으로 인정되었던 것이다. 古代

的中國人認爲女人的脚包的越小越美)(第54回)

　　금의부(錦衣府)(지금의 검찰청. 相當于現在的檢察院)(第81回)

　　한간아동착류화(閑看兒童捉柳花:한가롭게 아이들이 버들꽃 잡는 것을 보도다. 有閑暇的小孩子插着柳花)(第108回)[①]

以上的注釋是爲了消解僅寫作韓文時帶來的理解上的困難而使用的一種辦法。

三、翻譯概況綜合分析

　　前面我們提到的9種韓文譯本的《紅樓夢》,從數量上來看,遠遠多於世界上其他國家。可惜的是,這些譯本在翻譯的時候並沒有考慮版本,有一些甚至未能直接使用中文原文。但是與韓國的情況不同的是,借中國紅學研究的東風而湧現出來的延邊與北京出版的兩種譯本,給我們提供了很多啟示。

　　本章中將以截至目前所刊行的九種譯本爲對象,通過對一些問題進行綜合比較分析,以此來瞭解《紅樓夢》韓文譯本的狀況。

(一)翻譯時採用的底本

　　《紅樓夢》的版本非常複雜。因此對版本不做任何慎重的調查就直接選定顯然是不行的。曹雪芹生前流行的早期抄本脂評本,在程甲本以後的本子都囊括了其蛛絲馬迹。程甲本與程乙本

---

① 引用的原中文如下:"怡紅快綠","哪裏就走了脚","錦衣府","閑看兒童捉柳花"(此爲楊萬里《初夏睡起》中的句子)。

系統在清末及民國時期成爲一時流行的主要的本子。近來，以脂評本爲依據重新整理的本子又開始爲人們所重視。

樂善齋本被認爲是朝鮮後期的譯本，對樂善齋本進行考察的話，樂善齋本應當比較接近屬於當時流行的程甲本系統的王希廉評本。到了現代，日本的伊藤漱平本及松枝茂夫的改譯本採用的是屬於脂評本的俞平伯的《紅樓夢八十回校本》。霍克斯（D.Hawkes）英譯本用程乙本，楊憲益的英譯本主要參考戚序本。

然而國內的譯本中對於翻譯時所採用的底本問題都沒有明確説明，在日語譯本的基礎上進行的二次翻譯的情況很普遍。這是由於譯者對於版本的系統也未能具體進行區分的緣故。乙酉本與知星本之間存在著一定的影響關係，而徽文本與金星本基本類似，有可能使用的是同一個底本。比較明確的指出過版本的是平民本，雖然平民本有直接使用了中國版本這一優點，但是在選定底本時却錯誤的選擇了程乙本爲底本。中國出版的延邊本及外文本，在這一點上具有比較明確的學術考量，在譯本中指出分別採用的是人民文學本（1974）及戚序本，並忠實於原文進行了翻譯。

（二）譯者問題

韓國國內譯本的譯者大多爲小説家或者翻譯家，這些人翻譯過很多中國的作品。儘管如此，很少有人專門從事《紅樓夢》的翻譯。平民本雖然是國內唯一的以研究會組建翻譯小組的形式進行翻譯的例子，但是在專業性上還是略顯不足。與之相似的是，中國的延邊本及外文本也是採用共同翻譯的形式，由大學或者出版社組建了翻譯小組，具有較强的專業性，並制定了較爲長期的翻譯計劃。

韓國國內的譯本中較爲突出的譯本是乙酉本，該譯本顯現了譯者李周洪嫺熟的翻譯技巧。長期以來最爲讀者歡迎的譯本是正音本,但是在正音本中很多内容都被删除了。解説與附録最爲詳細豐富的是金星本,雖然正文中有很多地方是縮譯的,但是也具有一定的參考價值。《紅樓夢》的譯者中最專業的譯者,當屬在中國外文出版社工作時譯外文本的安義運[①]等人。

(三)回目的處理

解放迄今,雖有數量衆多的中國小説被翻譯出來,但是採用中國版本完整的進行翻譯並徹底加注的譯本並不多。對於回目的翻譯,很多譯本都省略掉了,或者以單句代替;而回數則任意進行標注,並另外加注小標題。

遵循《紅樓夢》120回本的有七種,餘下的兩種分別編譯爲72章與73章。另外120回本的譯本中對回目進行直譯的只有平民本與中國的延邊本及外文本。其他的譯本中對此皆以單句標明;在瑞文本的目次中甚至干脆删掉了回目,在正文前只收録了漢字原文。

由於《紅樓夢》版本系統上的不同,回目及正文部分在一些地方會不太一樣,因此在翻譯時根據所參考的版本也呈現出一些差異。翻譯《紅樓夢》回目的譯本有三種,在這三種譯本中,延邊本屬於程乙本系統,外文本屬於戚序本系統;韓國國内的平民本以程乙本爲主,同時也編入了依據樂善齋補充的程甲本系統(特别是王希廉評本)。雖然對回目沒有翻譯,但收録原文的瑞文本使用的是程乙本系統。其他的譯本隨意地附著小標題,因此很難將其與原作的回目進行對照。

---

① 安義運(1940—),生於中國瀋陽,畢業於北京中央民族大學中文系。譯著《紅樓夢》之外還有《西游記》三卷(北京:外國文學出版社)及《唐宋詞一百首》(首爾:正宇社)等。

（四）翻譯狀況

韓國國内的譯本都没有對版本根據進行明確説明,因此其學術上的正確度及真實度都很難爲人所重視。忠實於原文進行直譯的譯本實在很少,幾乎没有一個譯本對全書不做任何遺漏全部進行翻譯。

韓國國内的譯本中乙酉本包含的内容是最多的,幾近完美。然而對其中添加或者縮譯的部分等這些需要另外指出的部分却未能加注説明。由於譯者爲小説家,因此譯文顯得非常生動。對原文的前面一部分的翻譯非常詳盡的是瑞文本,然而對後半部分的删減却令人觸目驚心,因此,很遺憾,瑞文本也未能成爲全譯本。平民本雖然標榜全譯本,但是目前我們所見到不過是全書的八分之一,僅15回。由於各回的譯者並非同一人,因此也無法克服文體上的不自然。

翻譯小説時,對正文中收録詩詞的翻譯也不能不説是一個大問題。乙酉本中稱,對於小説中的詩詞進行翻譯的時候,得到過專門人士的幫助。在延邊本與外文本中,爲了遵循完全依原文進行翻譯的原則,使用了很多固有詞彙,這一點是很清楚的。但是我們也可以看到對於其中的漢字語只是作了原文照録,這給讀者的理解顯然帶來了一定的困難。

（五）對注釋的處理

對注釋的處理大致可以分成兩類,一種是在正文的括弧中加注,一種是加注括弧之後,在其他地方集中進行注釋。若從形態的角度再進行分類的話,前者採用的是小字雙行注,以及字體大小與正文相同的單行注;後者採用的是在每頁下端進行注脚,以及每回末的回末注。主要可以分爲如上的兩種情况。

正音本與乙酉本等國内的大部分譯本都採取在正文中加注的方式;另外也在"譯者解説"之類的文字中另行説明。直到平民本才出現注脚。

　　人民文學本（1974）原來收録了啟功先生的注釋，以此爲底本的延邊本直接採用了其中的注釋，並翻譯爲韓國語。外文本獨特的注解在回末進行了標注。

　　由以上的分析可以看出，《紅樓夢》的翻譯中呈現出對注釋、解説等内容的添加專門化、細化的傾向。我們期待著將來另行集中進行注釋的本子的刊行。

四、結語

　　《紅樓夢》傳入韓國的歷史已逾150年。《紅樓夢》給朝鮮後期國内的小説創作帶來深刻的影響，出現了可以譽之爲"世界最早的全譯本"的樂善齋的翻譯本。20世紀上半期，雖然出現了兩位翻譯家，而始終没有出版單行本，這是非常遺憾的事。

　　但是好在自1950年代至今國内出現了7種譯本，在中國出現了2種譯本，共計9種。這些譯本將來必將成爲學術研究必須參考的資料，這對於《紅樓夢》的讀者諸君來講，應該説是一件值得慶幸的事情。①

　　韓國國内的譯本大多借助日本《紅樓夢》研究與翻譯之力而進行。很多譯本都是在日語譯本基礎上進行的二次翻譯，或者在參照日語譯本的基礎上進行的，從中獲得了很多啟發。在韓國國内《紅樓夢》研究尚不成熟的情況下，這些各種各樣的譯本在向韓國讀者傳播《紅樓夢》方面發揮著重要的作用。諸如正音本之

---

① 這是直到1990年之前的情況。如今（2016）已有12種完整的譯本，若包括潤色修改本，應該更多。

類的譯本雖爲添譯本,但是在幫助讀者瞭解故事的大致情節方面應該没有太大的問題。乙酉本與知星本幾乎收了原書全部的內容,必將給一般讀者帶來很大的幫助。徽文本與金星本被收入該出版社的《世界文學全集》叢書中,這也再次證明了《紅樓夢》足以進入世界文學之林。雖然在內容上有很多都被刪除,但是與其他的譯本一樣具有積極的意義。

瑞文本在保障國內的讀者數量方面發揮了重要的作用。洌上古典研究會組織專門翻譯小組試圖全譯的平民本,以超前的學術預見性出發進行全譯,這必將成爲《紅樓夢》翻譯中的典範。除此以外,中國出版的韓文全譯本延邊本與外文本是爲在中國的朝鮮族讀者而刊行的本子,可以説給世界紅學研究熱潮尚未席卷的韓國學界以強烈的衝擊,同時也給韓國學界帶來了不少的啟發。

將來對《紅樓夢》進行重新翻譯時,首先必須對版本進行慎重的選擇,必須嚴格以原典爲根據,並詳加注釋。這是因爲,這不僅僅是中國版本刊行的新趨勢,還是在世界各國的《紅樓夢》研究與翻譯的傾向中出現的新趨勢。

近來廣爲人們所關注的版本是以曹雪芹生前流行的脂硯齋評本爲依據進行重新校勘注釋的本子。中國藝術研究院紅樓夢研究所的《紅樓夢》(人民文學出版社,1982,簡稱"新校注本")就是其中的代表。儘管尚有許多問題有待解決。我們期待著一部完美的校勘本的出現。

在全譯《紅樓夢》時,譯者對其中的內容進行隨意添加或者縮減都是不行的,必須嚴格遵循這一原則。如果爲了文脈上的順暢,一些部分不得不做潤色修改的話,必須在注釋中詳細加説明,而不損傷其學術價值。

對這部小説進行注解的書籍與詞典的刊行始於近來。對於中國讀者而言是一種必須的注釋,在韓國語的譯本中不能將這

些省略掉。必須在參閲已有的研究成果的基礎上進行詳細的注
釋,期待將來有另行注釋的本子的刊行。筆者之所以考察《紅樓
夢》現代譯本,是出於這樣一種希望:希望將來出現以此期間的
成果與經驗爲基礎而進行的新的譯本。因此不揣淺陋做了如上
的考察。①

---

① 按照以上的考慮,崔溶澈、高旼喜翻譯:《全譯紅樓夢》,首爾:Nanam出版社,
   2009年。使用翻譯底本爲紅樓夢研究所新校注本(曹雪芹、高鶚著,中國藝術
   研究所紅樓夢研究所校注:《紅樓夢》,北京:人民文學出版社,1996年)。

第八章 《紅樓夢》韓文譯本的文化翻譯

一、前言

自古以來,韓國一直受到中國文化的影響,接受了大量的中國文獻。到了15世紀發明韓國文字之後,開始把各種中文文獻譯成韓國文字。朝鮮後期的翻譯文獻中,中國小說的翻譯是比較特出的。由於寵大的篇幅和逼真的描寫,在翻譯文學史上獲得了極爲重要的地位。19世紀80年代出現的《紅樓夢》及其續書五種的翻譯,是最引人注目的成果。

樂善齋本《紅樓夢》,是世界最早的120回全譯本,而且是原文與譯文並存的對照本,在原文旁加韓文注音,非常難得。但是這個本子是在宮廷由譯官翻譯,流傳的範圍比較狹窄,對民間讀者的影響並不明顯。從目前流傳的藏書目錄來看,可能曾經存在過一部副本,但原書已佚。①

　　20世紀前半期,日本統治時代的韓國,出現了兩種《紅樓夢》翻譯,曾經連載發表於主要報刊上,可惜始終沒有完成全書,也沒有出版單行本。從一九四五年韓國光復,到20世紀80年代,出現了數種譯本,大部分是以日譯本爲底本的重譯本。80年代初期,中國大陸出現了兩種朝鮮語翻譯本,屬於朝鮮族翻譯家的全譯本,而由於翻譯底本不同,翻譯内容有時出現差異。②

　　由於韓國學界的紅學研究起步較晚,紅學專家的翻譯工作,最近才有一些成果。筆者和高旼喜教授共同翻譯的《紅樓夢》全譯注釋本,即將問世。由於筆者淺學菲材,不敢自認這是最完美的翻譯,但是至少我們曾經深入考慮過《紅樓夢》原本的種種問題以及翻譯上的許多課題。韓中兩國,雖然擁有不少共同的文化基礎,但畢竟是屬於不同的民族系統和語言體系,在翻譯工作中,經常出現應該不同處理的各種問題。筆者對《紅樓夢》的外文翻譯問題,一直保持密切的注意,同時加以研究,曾發表一些管見。③

　　如今筆者根據已發表過的文章,加上最近翻譯工作的體會,對《紅樓夢》的文化翻譯問題發表一些淺見,敬請方家批評指正。

① 日本東京大學白山黑水文庫曾收藏的《紅樓夢》朝鮮文翻譯本60卷,也有《紅樓夢》續書五種翻譯本,均少於樂善齋翻譯本的卷數,可以推測那是一種副本。
② 據譯者透露,北京外文本使用戚序本,延邊大學本使用程乙本。
③ 拙稿:《紅樓夢翻譯本及其翻譯方法》,收錄於《傳播與交融——第二屆中國小説與戲曲國際學術研討會論文集》,臺北:里仁書局,2006年。拙稿:《試論紅樓夢的外文翻譯》,《紅樓夢學刊》2006年第6期。

二、韓文本《紅樓夢》的翻譯策略

一般來說，翻譯者在面對翻譯文本時，由于譯出語（Source Language）與譯入語（Target language）之間的文化差異，如何決定宏觀策略及進行微觀操作，這是翻譯成功與否的關鍵。只要認清翻譯的本質，就會明白翻譯活動所涉的不僅是對兩種語言的普通認知，而是對兩種文化的深厚涵養。翻譯可以學，翻譯技巧可以通過實際訓練來加強，但這只是培養翻譯家的過程，而非成爲翻譯家的必然途徑。

據香港翻譯家金聖華教授透露，傅雷翻譯巴爾扎克前就要讀《紅樓夢》及老舍的作品。傅雷說“爲了配合巴爾扎克19世紀的風格，譯者有時還得運用‘舊小說套語’”[1]由此可見，譯者的語文修養，尤其對中西文化異同的瞭解，在確定宏觀的翻譯主調時，起了關鍵性的作用，而這種主調的確立，也直接影響了翻譯時每一程式的微觀操作。[2]按照以上的翻譯理論，我們要翻譯《紅樓夢》，除了熟悉中韓語言方面的知識之外，當然要求對中韓傳統和現代文化方面有全面的認識。

下面是筆者在從事《紅樓夢》翻譯時，所面臨的一些文化翻譯課題，試加說明。

從《紅樓夢》翻譯的宏觀策略出發，我們首先要決定翻譯底

---

[1] 傅雷致宋淇函，1951年10月9日。

[2] 以上內容，筆者參照金聖華教授（香港中文大學）的《文化差異與翻譯策略》一文，發表於高麗大學文學院成立六十周年紀念“翻譯學與人文學”國際學術會議，2006年10月。

本,還要決定全書的翻譯方式。翻譯的種類不少,我們采取比較保守的方式,盡量保持原書的面貌和本來的意思。過去五十年來,韓國雖然出現了幾種譯本,但大部分是來自日譯本的重譯,還沒有真正的紅學家直接對原書加以翻譯。重譯本《紅樓夢》有時比較適合讀者的口味,閱讀時比較通順,但他們畢竟是經過另一種語言而來的,有些詞語已經失去原書的味道。20世紀80年代,中國大陸出現的朝鮮語翻譯本,基本語言接近北韓方言(他們所謂文化語),現代首爾讀者覺得有一些距離感。因此20世紀90年代,逐漸出現這些譯本的改寫本。在不少人改來改去之後,變得不倫不類,很難代表韓國紅學界的真正成果。我們采取的翻譯底本是由中國藝術研究院紅樓夢研究所校注,人民文學出版社1996年出版的《紅樓夢》(上下二冊)。這是1982年版(上中下三冊)的改訂本,前80回用庚辰本(1760,存78回),後40回用程甲本,因此可以説比較接近作者曹雪芹原作的面貌。

為了讀者閱讀方便,早期譯本中,很少翻譯回目,近年來古典小説的翻譯,都是有回目的全文翻譯。我們也對回目加以翻譯,而且考慮到原書回目的對偶關係,在譯文中盡量找到恰當的詞語,也比較講究字數的安排。回目譯文之後,仍然附有漢文回目,方便有心讀者對照欣賞。其實,對翻譯家來説,原文的對照非常限制翻譯上的想像空間。例如朝鮮末年的樂善齋本,全書為原文對照本,是非常特殊的翻譯本。譯文中直接使用原文漢字(韓文音譯)或換用其他漢字詞語的非常多,當然這是當時的翻譯習慣,無可厚非,但上下對照的翻譯方式,的確給翻譯家帶來不少的心理壓迫。在韓國翻譯學界,對中國古典文學的翻譯,文言體的散文或詩歌等韻文,如今還是采用這種約定俗成的傳統方式,但的確是費力不少,對翻譯文體的發展,也有所限制。所以我們盡量采用意譯,但在翻譯回目時,考慮到漢文回目畢竟是强調對偶韻律的,因此我們在譯文的音節,韻律等方面還是比較注意,並附上原文,以滿足特定讀者群之需要,《紅樓夢》中爲數不少的詩詞曲賦,也采用了這種方法,因爲譯文中還是要講究古典詩歌的韵律和風格的。

(一)書名的翻譯

　　至於書名的翻譯和分册副題的命名問題,也是値得商榷的大問題。在文學作品的翻譯上,首先要考慮的是翻譯本的書名。衆所周知,《紅樓夢》的最早抄本,全名是《脂硯齋重評石頭記》,稍後出現的抄本只用《石頭記》之名,到了程偉元刻本問世,確定《紅樓夢》之名。英語翻譯上,長期使用《Dream of the Red Chamber》,如今中國大陸楊憲益和戴乃迭(Yang Hsienyi & Gladys Yang)的英文本改稱《Dream of the Red Mansions》。可能是譯者們考慮到《紅樓夢》的"紅樓",並不意味著一般的"樓閣"而應該是大家庭、大家院。西方翻譯家霍克斯(David Hawkes)的全譯本,雖然使用程乙本系統做翻譯底本,翻譯了120回,但却使用《The Story of the Stone》之名。這是譯者的嗜好而已,没有版本上的根據。有人仍然對《紅樓夢》的英文翻譯,表示異見,他覺得Red Mansion (紅色的公寓)無法表現女兒樓的原意,不如索性譯爲《The Dream of the Girls》或《The Dream of the 12 Girls》。但似乎仍覺得不够恰當。[①]

　　東方漢字文化圈國家,如韓國和日本,可以直接使用《紅樓夢》原名,一般不會存在書名翻譯上的困惑,只是發音上念法不同而已。

　　但韓日兩國的情況,其實稍有不同。日本在生活上常常使用

---

① 參照苗鋒《從紅樓夢譯名説起 》, 2006年03月17日, 原文資料收録于 http://blog.people.com. cn/blog/log/showlog. jspe? log_id=31088&site_ id=3462

漢字,所以不需翻譯,直接使用"紅樓夢"三個漢字,韓國的漢字
使用頻度越來越低,因此,有時出現韓國文字的題目《홍루몽》。
中國大陸的朝鮮族文化上長期從屬于北韓,翻譯本上全用한글
(韓文),因此延邊大學本和北京外文本均使用홍루몽三字。

(二)副題的命名

至於在全書的分冊上,另題小題目(或副題)的,以霍克斯和
閔福德(John Minford)的英譯本爲先例。[①]筆者和高教授共譯的
《紅樓夢》(以下稱韓文譯本),擬將出版六冊,每20回裝訂一冊,
共有120回(崔溶澈翻譯前80回,高旼喜翻譯後40回),我們決定
每冊上除了正題《紅樓夢》之外,還加上不同的小題目,以便讀者
理解全書故事變化的脈絡。

《紅樓夢》

第一冊: 통령 보옥의 환생(通靈寶玉的幻生)   [幻生]

第二冊: 흩날리는 꽃잎을 묻고(埋葬飄落的殘花)   [葬花]

第三冊: 정월 대보름의 잔치(元宵佳節的宴會)   [盛宴]

第四冊: 스산한 가을 바람소리(蕭瑟的秋夜來風)   [秋聲]

第五冊: 엇갈린 운명 과 이별(錯過的命運與別離)   [別殤]

第六冊: 다시 돌이 되어(回到原處的頑石)   [歸元]

在英文本的先例之外,韓國的一些長篇小説或翻譯小説也有
每冊另題小題目的例子。這是爲了吸引現代讀者的鑒賞興趣。
《紅樓夢》爲長篇小説,雖然每回各具回目,而對外國讀者來説,
却不容易控制全書的起承轉合脈絡,在這點上,韓國讀者和西方

---

① 《The Story of the Stone》的分冊書名如下:"The Golden Days"(Vol 1,
1973),"The Crab-Flower Club"(Vol 2,1977),"The Warning Voice"
(Vol 3,1980),"The Debt of Tears"(Vol 4,1982),"The Dreamer
Wakes"(Vol 5,1986)。

讀者並無二致,因此特別起了分册題名。

(三)傳統的翻譯方式

現在談談翻譯方式的問題。上面談到,雖然我們看到對譯原文的方式比較限制譯者的想像空間,但我們還是采取比較保守方式的翻譯,之所以如此是因爲我們優先考慮的還是原書的本來意思,而不是一般讀者的接受心態。因爲,首先至少應有比較完整的翻譯本,比較正確的翻譯典範,在此以後,以此爲本,才可以出現種種不同的翻譯本,如比較輕鬆的譯本,青少年用的節譯本,或者介入譯者想像的改寫本,甚至以此重新創作的電影或電視劇本,也未嘗不可。這樣才可以擁有更廣泛的讀者群,這是我們翻譯的最終目的。

如《紅樓夢》中常出現彈琴的情節,韓國也有名勝地"彈琴臺"。但韓國的琴,叫"거문고(玄琴)",有六弦,是韓國傳統固有樂器,中國的琴是七弦琴,與此不同。韓國一般翻譯作品中,常譯成"거문고(玄琴)",很少譯成七弦琴。在韓國音樂界,一般情況是男性演奏者喜歡"거문고(玄琴)",女性演奏者喜歡"가야금(伽倻琴)",伽倻琴爲伽倻國(韓國南部的古代國家)樂師于勒所制,有十二弦。是非常特殊的傳統樂器。前者音調比較鈍重,後者音調比較輕快。那麼《紅樓夢》的琴聲,應該具有屬於女性的韻味,與韓國傳統的玄琴,在感覺上有點距離。如果進行意譯,可以用"가야금(伽倻琴)"來代替"琴"的翻譯,我們在韓文翻譯上,考慮到以上種種情況,就採取七弦琴的譯法。雖然對一般讀者來說,是比較陌生的詞語,但還是講究正確意義的。

第7回焦大酒後罵主人,亂講"咱們紅刀子進去白刀子出來"。原來這句話是錯的,應該是"白刀子進去紅刀子出來",作者如此寫是爲了表示焦大喝醉的程度。早期脂評本如此寫,而後期刻本中已經改寫成後者,校勘者以爲前者是不對的,没有想到

作者如此寫是爲了真切描寫書中人物説話時的心理狀況。這句話如果意譯的話，只是“要殺人見血”，韓文譯文應該是“칼부림 날 줄 알아！”但我們尊重原文，還是逐字翻譯成“붉은 칼날 들어갔다 허연 칼날 나오는거야”，用心的讀者可以想像這句話的具體情景，也可以更準確地理解醉後的老僕人隨口亂講罵人的切實風格。

（四）詩歌的翻譯

《紅樓夢》可説是詩化小説，除了以作者視角寫出的詩歌之外，還有許多書中人物所作的詩詞。詩詞的翻譯，還是要考慮它本身的格律和風格，也要考慮前後的對偶。第1回出現的《好了歌》的翻譯，是一件值得討論的事。因爲《好了歌》的題名，是來自結尾的好字和了字的，同時這兩個字表示“世上萬般，好便是了，了便是好。若不了，便不好，若要好，須是了”的深刻含意。翻譯的時候，要同時滿足這兩種要求，實在不容易。英文翻譯家也考慮到這點，用了非常的苦心。我們雖然還是用《好了歌》的題名，但每句的結尾總是考慮到押韻的問題，現對照如下：

> 世人都曉神仙好，세상사람 모두 신선 좋은 줄은 알면서도
> 惟有功名忘不了！ 오로지 부귀 공명을 잊지 못한다네
> 古今將相在何方？ 고금의 장수 재상 지금은 어디에 있나
> 荒塚一堆草没了。황량한 무덤 위엔 들풀만 덮여 있다네

> 世人都曉神仙好，세상사람 모두 신선 좋은 줄은 알면서도
> 只有金銀忘不了！ 오로지 금은 보화를 잊지 못한다네
> 終朝只恨聚無多，하루종일 모자란다 원망만 하다가는
> 及到多時眼閉了。돈 많이 모여지면 두 눈 감고 만다네

世人都曉神仙好,세상사람 모두 신선 좋은 줄은 알면서도
只有嬌妻忘不了！오로지 예쁜 아내 잊지를 못한다네
君生日日説恩情,님이 살아 있을땐 날마다 은정 말해도
君死又隨人去了。님이 죽어 떠나가면 남을 따라 간다네

世人都曉神仙好,세상사람 모두 신선 좋은 줄은 알면서도
只有兒孫忘不了！오로지 아들 손자를 잊지 못한다네
癡心父母古來多,어리석은 부모는 예로부터 많았지만
孝順兒孫誰見了？효도하는 자손은 아무도 못 보았다네

從以上的譯文可以看出,譯文結尾故意采用"ㅡ 도 ㅡ 네 , ㅡㅡ
네"的形式。因爲原文第一聯結尾都用"好"字,第二聯和 第四
聯結尾都用"了"字,因此翻譯文也"도 do"和"네 ne",第三聯結
尾的字,每首不同,如"方""多""情""多",因此譯文中 也有
變化,如"나 na""는 neun""도 do""만 man"。

　　這是一個例子。最後一句,如直接翻譯爲"그누가보았는
가",這裏末字不同于前面,因此改爲"아무도못보았다네"（誰
也没見到）。韓文翻譯中,曾有把《好了歌》改叫《도다타령 (Do
da ta ryng)》[1],因爲他所翻譯的譯文結尾,均以"도 do"和"다 da"
字結束,타령（打令）是韓國民俗音樂之一種。譯者（安義運）想
到《好了歌》的命名由來,以同樣的方式爲這首歌命名。迄今這
是唯一的例子,其他譯者還是認爲有點疏離,覺得不太適合,不採
用這個方式,還是覺得"好了歌"之名,直接露出的好。

___

①安義運、金光烈譯:《紅樓夢》,北京:外文出版社,1978—1982年。

三、中韓文化差異在翻譯上的反映

　　《紅樓夢》翻譯的微觀操作，可以在許多方面加以考察，因爲篇幅的關係，在此我們只談下面幾個方面。

　　文學作品的翻譯，除了考慮語言形式和翻譯方式之外，進行實際翻譯操作時，首先要考慮文化上的差異問題。中韓兩國，自古以來已經形成相當多的共同文化，如儒家思想和典章制度等。在如此相同的文化背景之下，人名和地名以及書名等名詞類，如果是以漢字構成的詞語，可以直接使用音譯，但中韓兩國的語言系統不同，動詞和形容詞以及副詞等，都要翻成純粹的固有韓文。而兩國的民間生活文化，總是有很多差異。下面就幾個方面加以論述。

（一）衣食住行的生活文化

　　《紅樓夢》被稱爲中華文化的百科全書，表現的内容非常豐富，又非常細膩。中國文化是東方文化的主流，經數千年中韓文化的交流，韓國傳統文化中，包含相當多的中國文化因素。但是在《紅樓夢》中出現的清朝的中國文化，和韓國的傳統文化已有相當大的距離。這些文化差異也給我們的翻譯工作帶來很多的困擾。

　　曹雪芹在《紅樓夢》中通過小説人物的描寫，非常精心地描繪了女性人物的服飾。因此《紅樓夢》的服飾文化，已經成爲專題研究的課題。胡文彬先生在《紅樓夢與中國服飾文化》一文指出,《紅樓夢》服飾文化描寫有三種特點。[①]第一是紅樓服飾無法考出朝代年紀和地域邦國的要素,第二是紅樓服飾全部集中於女性服飾上面,第三是紅樓服飾集中於世家巨族的富貴華麗的特色。《紅樓夢》服飾描寫的這些特點,讓外文翻譯者感到非常困難。第3回林黛玉上京初見賈母的時候,從黛玉的視角看王熙鳳的描寫,極爲細緻。翻譯的時候,需要詳細的説明,或要加注。如"頭上戴著金絲八寶攢珠髻,綰著朝陽五鳳掛珠釵",前者是髮髻,後者是長釵,金絲八寶是用金絲穿繞珍珠和鑲嵌八寶(八種寶石)的。五鳳掛珠,一支釵上分出五股,每股一支鳳凰,口銜一串珍珠。這些注釋説明,應該在翻譯文中反映出來。又如"身上穿著縷金百蝶穿花大紅洋緞窄褃襖,外罩五彩刻絲石青銀鼠褂",前者是她所穿的褃襖,後者是褂子。外文翻譯的讀者可以想像大致的華麗服裝,却很難把握正確的形象。

中國的飲食文化聞名于世。《紅樓夢》中主要人物的生活舞臺是榮國府和大觀園,書中人物的描寫總是在宴會中吃吃喝喝説説笑笑的文化活動中展開的,因此出現許多不同形式的宴會,出現難以盡寫的食品和茶點。這些中國傳統固有的飲食文化詞語,在外文翻譯時,當然不容易表現出來。據胡文彬先生在《紅樓夢與中國飲食文化》中的介紹,紅樓飲食的文化特徵,有以下四個方面可講,第一,滿漢飲食文化融合,如燒烤鹿肉,奶子,野鷄崽子湯,内造餑餑,熊掌、獐子、鹿子、山兔、雉鷄、人參、榛子、松穰等都是來自白山黑水之間的滿洲地區。第二,南北地域飲食文化交融,如蝦丸鷄皮湯、酒釀蒸鴨子、火腿炖肘子、胭脂鵝脯、惠泉酒等都是南方的食品。第三,中外飲食文化互相影響,如暹羅茶、西洋鴨、暹羅猪、西洋葡萄酒、西洋玫瑰露等外國物品。第四,貴族飲

① 胡文彬:《紅樓夢與中國文化論考》,北京:中國書店,2005年。此書中著者對《紅樓夢》的服飾、建築、園林、飲食、民俗、游戲等各方面,詳細探討。

食文化和民間飲食文化互相吸納，如炒蒿子杆兒、油鹽炒豆芽、蒸芋頭、醬蘿蔔炸兒等民間鄉村飲食。

上述食品，如燒烤牛肉或豬肉是韓國常見的飲食。獐子(노루)，山兔(산토끼)，雉雞(꿩)，榛子(개암)，松穰(잣)在韓國也是常見的，人參(韓國漢字寫成人蔘)是韓國特産，蒿子(쑥)，豆芽(콩나물)，芋頭(토란)，蘿蔔(무)等都是鄉村出産的韓國常見食物。這些食品的翻譯比較容易處理。有的食品雖然不是韓國的固有食品，可是可以找到類似的食品加以對譯，如内造餑餑(bobo)是一種年糕，我們翻成"궁중떡"(宮廷年糕)，但是很多食品，和韓國食品無法對應。比如一些罕見的菜肴，或作者有意創造的新菜名，我們不得不加以注釋説明。例如，療妬湯(第80回)，千紅一窟茶(第5回)，萬豔同杯酒(第5回)等。

中國的建築和庭園文化，是比較發達的。大觀園的園林文化，在翻譯當中給我們帶來一些困難。再比如炕。炕是中國北方家屋中，室内設置的長方臺子，下面可燒火取暖，一角有煙筒通室外，可供坐卧。

怡紅院的寶玉和丫頭們常在坑上玩耍。韓國的冬天比較寒冷，因此每個居所具有暖房設備，叫做"温突"，韓文叫"구들(gudeul)"，雖然與中國的炕相似，而韓國的是一進房門整個地板全是温突，並不是房中突起的臺子。因爲温突與炕的取暖原理相同，只是外形有異，我們就直接譯成温突或"구들"，當然在讀者的想像畫面中，會有一些歧異，可只能做如此處理。因爲太多的意譯説明，會影響譯文對原文風格的把握。

中國人的游戲文化，也是非常豐富的。《紅樓夢》的女兒世界中出現的游戲種類相當多，如抹骨牌、行酒令、解九連環、射覆、拇戰(劃拳)、擊鼓傳花、鬥葉、搶新快、打雙六、擊鼓 催詩等。在第40回劉姥姥進大觀園以及第63回怡紅院夜宴慶祝寶玉生日這兩段中出現最多。

有些游戲,東方各國都玩,並不陌生,因此不必加注,也可理解。有的游戲,在韓國傳統游戲中没有出現過,對當代的讀者來説幾乎無法理解,因此需要注釋説明。例如,拇戰的方式不同于剪刀石頭布(가위바위보),因此譯文中使用原書詞語, 在前面添加説明,如 "손가락을펴보이며승부를가리는모전(屈伸指頭而勝負的拇戰)"。酒令是中國小説經常出現的文人游戲,玩法比較複雜,行酒令時要有酒面和酒底。因此翻譯時,我們文後加以説明,如"주면은 자기몫의 술을 마시기 전에 하는 말이고(酒面是喝自己杯中酒之前説的話),주저는 자기 몫의 술을 마신 뒤에 하는 말이다(酒底是喝完自己杯中酒之後説的話)。"這不是注釋,而是文中添譯的内容。在翻譯時,如此需要説明的不少。

我們有時加以添譯。如第62回,記名符爲記載姓名的護身符(기명부는 이름을 적은 호신부)。祝願長壽的南極壽星人偶(장수를 비 는 남극 수성노인 의 인형),管掌自己命運的星座神靈本命星官(자신의 운명을 맡은 별자리 신령인 본명성관),管掌當年命運的值年太歲(그 해 의 운명을 관장하는 치년태세)等。女先兒又稱女先生,是占卜或講故事的民間藝人,大半是盲人。因此翻譯成 "講故事的女盲人女先兒(맹인 이야기꾼인 여선아)"。

(二)語言習慣與特殊含意詞語

《紅樓夢》書中人物,在表示感歎的時候,經常出現 "阿彌陀佛" 之語,或直接説 "念佛",如劉姥姥第二次進榮國府的時候,看到非常貴的螃蟹,就很驚訝地説,"這樣螃蟹,今年就值五分一斤。十斤五錢,五五二兩五,三五一十五,再搭上酒菜,一共倒有二十多兩銀子。阿彌陀佛!這一頓的錢够我們莊稼人過一年了。"(第39回)在中國,念佛或直接念阿彌陀佛,是一種嘆詞,表示祝願或驚訝。

　　在韓國一般没有這樣的習慣,少數鄉下老婦人身上或許有點殘存。我們只好在念佛前後,加上嘆詞,來保存原形,如"아이구머니,나무아미타불!"劉姥姥講故事,寶玉信以爲真,認真對答,劉姥姥故意表示強烈的驚訝態度,如"阿彌陀佛!原來如此。不是哥兒説,我們都當他成精"。(第39回)我們仍然翻成"나무아미타불!아,그렇구만요"。有些形容人物的詞語,中韓兩國習慣不同,如第3回林黛玉上京拜見外祖母的時候,首次見到賈府的三位小姐,其中第二個(指探春)是"削肩細腰,長挑身材,鴨蛋臉面,俊眼修眉,顧盼神飛,文彩精華,見之忘俗"。其中鴨蛋臉面是在中國文學中常見的形象描寫詞語,但韓國文學上很少出現,因此只能改成"雞蛋臉面",因此翻成"계란형 얼굴"。

　　至於《紅樓夢》中有些漢字詞語的特殊含意,如"女兒"兩個字,在《紅樓夢》是極爲重要的關鍵字。主人公賈寶玉説"女兒是水作的骨肉,男人是泥作的骨肉",甄寶玉説"這女兒兩個字,極尊貴,極清净的,比那阿彌陀佛,元始天尊的這兩個寶號更尊貴無比"。因此《紅樓夢》中女兒的稱呼,具有非常特殊的含意,也出現女兒茶,女兒棠,女兒國等的新詞。"女兒"在辭典上的意思,不外乎自己的親生女或干女兒以及未婚女子,《紅樓夢》中稱女兒,不包含已婚女子,因此寶玉説,"出了嫁不知怎麽,就變出許多的不好的毛病來……再老了,更變的不是珠子,竟是魚眼睛了"。(第59回)在韓文中的"女兒",也有親生女和小女孩兒之意,但一般指生後三四年之内的小孩兒,如果直用女兒,有時非常不合適,應改譯爲"少女"或"處女"。女兒茶,是一種普洱茶,由於顏色關係,寶玉隨意改稱的,因此不可能譯成女人茶。女兒國,我們一般習慣稱女人國,但作者故意選擇這個詞語。這些特殊含意的詞語,在韓文翻譯時,我們都慎重考慮區別對待。

　　在中文裏,姑娘一詞含意比較多。詞典上的意思,亦有姑母,丈夫的姐妹(方言),未婚女子,女兒,妓女(方言)等各種意思。

第77回尤氏對惜春稱呼姑娘,云:"姑娘是誰? 我們是誰? 姑娘既聽見人議論我們,就該問著他才是。"

這裏的姑娘,韓文翻譯應是"시누이媤妹"[1]。丫鬟對小姐的當面稱呼,也叫姑娘,如:"鶯兒也嘻嘻的笑道:'我聽這兩句話,倒像和姑娘的項圈上的兩句話是一對兒。'"(第8回)這裏應是翻譯成"아가씨小姐"。姑娘的含意,在《紅樓夢》中使用得更複雜,翻譯時一一根據情況加以不同處理。[2]

(三)稱謂的翻譯與語體的表現

在不同文化的社會裏,微妙的人際關係的表現,是非常複雜而難以翻譯的。身份和地位,年齡和性別,親疏和尊卑關係,引起人物之間稱呼的不同,這是不同文化的重要特色。在韓文翻譯中,應該以不同的方式加以處理。

一般讀者閱讀《紅樓夢》時,覺得最麻煩的就是複雜的人物關係。作者自己也早就認識到《紅樓夢》人物關係的複雜性,因此在第2回裏,首先安排"冷子興演説榮國府"一節,由作品人物來概括説明以賈寶玉爲中心的榮國府人物世界的大概情況。雖然作家通過書中人物之口,説明了人物的大概情況,但讀者還需要從人物的對話中,感受書中人物之間的種種關係。

《紅樓夢》中的親屬稱謂,作者常以不同的方式處理。如林黛玉的母親賈敏,由於姓賈,又稱賈夫人,賈寶玉的母親,由於姓王,叫王夫人。但薛寶釵的母親,雖然也姓王,不叫王夫人,爲了

---

[1] 媤字爲韓國固有常用漢字,女方結婚之後,對婆家或其家族稱呼,如媤宅、媤父、媤母、媤叔、媤同生等。

[2] 參見陳建萍:《真姑娘,假姑娘——紅樓夢中姑娘稱呼語的語義語用辨析》,《紅樓夢學刊》,2006年第2期。對陳建萍之文,還有異見,如胡欣裕文章。參閱胡欣裕:《這姑娘不是那姑娘——也談紅樓夢中姑娘這一稱呼語》,《紅樓夢學刊》,2006年第4期。

區別,以寶玉的立場,叫薛姨媽。這些稱呼,中國讀者或許容易理解,但對外國讀者却未必不成爲問題。

如第37回,寶釵的一段對話云:"這個我已經有個主意。我們當鋪裏有個夥計,他家田上出的很好的肥螃蟹,前兒送了幾斤來。現在這裏的人,從老太太起連上園裏的人,有多一半都是愛吃螃蟹的。前日姨娘還説要請老太太在園裏賞桂花吃螃蟹,因爲有事還沒有請呢。你如今且把詩社別提起,只管普通一請。"《紅樓夢》中的姨娘,多半指薛姨媽或趙姨娘,很少指王夫人的。但是這裏是薛寶釵説的姨娘,不會指自己的母親,更不會是趙姨娘,當然指的是王夫人,而有些翻譯本,就錯認爲是薛姨媽,如日文譯本和以前的韓文譯本,都犯了同樣的錯誤,只是英文本明確表示寶釵説的是王夫人。

可見別説是普通讀者,就是海外紅學翻譯專家亦會出現理解上的混亂。所以我們在翻譯時,應該注意不讓讀者引起混亂,如薛姨媽的翻譯。有時譯成"설이모(薛姨母)",有時譯作"설부인(薛夫人)"。李紈的嬸嬸,原文叫李嬸,由于韓文没有嬸嬸的稱呼,韓文翻譯本,便用"이숙모(李叔母)"或"이부인(李夫人)"。太太(韓文,마님)的韓文翻譯,不可能一律使用同樣的詞彙,因爲一般韓文裏,마님(太太)是常用於奴婢對主人或女主人的稱呼而已。有時改譯母親(寶玉稱呼,어머니)有時改譯嬸嬸(賈璉稱呼,숙모님),每次不同處理。也就是説在親屬稱謂的翻譯方面,我們是很用心的。

類似問題還有很多。對書中太太一詞究竟是指何人,也有理解上的問題。《紅樓夢》中的太太,大部分只用於邢夫人和王夫人。但在第43回,大家湊錢給王熙鳳做生日宴會的一段,丫鬟們對尤氏回説:"那府裏太太和姨太太打發人送分子來了。"這裏的姨太太自然是薛姨媽,所謂"那府裏太太",應是邢夫人,因爲送來的錢,"連寶釵、黛玉的都有了",而按前文,邢夫人應替黛玉出錢。接著又有"尤氏問還少誰的,林之孝家的道:"還少老太太、太太、姑娘們的和底下姑娘們的。"在此所謂太太究竟指的是誰,引起翻譯家很大的不同理解。如今英文本和韓文本以及日文本,均有不同。楊憲益英文本和安義運韓文本都在文中注釋上説邢夫人,伊藤漱平日文本却説王夫人。[1]

　　我們仔細考察,邢夫人和薛姨媽的錢已經交納,那麼没交錢的夫人,自然是王夫人。所以日文本的理解是正確的。這裏應該指的是王夫人。不必加以注釋。其他親屬稱謂,在翻譯時也遇到很多問題。我們知道中國的親屬稱謂已經很複雜,韓國同樣複雜,且呈現出另一種面貌。《紅樓夢》中的親屬稱謂,有時表現出一種隨意性。例如,東府的賈珍對賈璉之妻王熙鳳叫大妹妹。王熙鳳是寶玉舅舅(韓文외숙부外叔父,외삼촌外三寸)的女兒,但在婆婆家(韓文;媤宅),賈寶玉是小叔子(韓文:四寸媤同生,媤叔),因此賈寶玉稱王熙鳳一會兒是姐姐,一會兒是嫂子,但我們在翻譯時,還是需要統一,否則會引起讀者更大的接受困擾。

　　賈母是《紅樓夢》賈府的最高權位者,又稱史太君。賈母,經常被稱爲老祖宗,這裏應該指的是"賈府孫輩的祖母"之意,因此霍克斯英文本把賈母翻譯成"Grandmother Jia"。賈母娘家的姓爲史,太君爲高級官員的母親的一種封號,因此叫史太君。韓文没有這樣的稱呼習慣,有些韓文本翻譯成"大夫人(대부인)",表示大家庭夫人中的最老的夫人。但爲了儘量保持原書的面貌,我們韓文翻譯中仍稱"가모賈母"。

　　另外一個,就是語體的問題。韓國語是有語體的語言。在翻

---

①Hawkes (2—234p) "...only the other day Aunt Wang was saying that we ought to have a crab and cassia-viewing party for Lady Jia." Yang Hsienyi (1—548p) "Only the other day aunt talked of inviting the old lady to the Garden to enjoy the fragrant osmanthus and eat some crabs."

譯書中人物的對話時，一定要考慮他們的地位、年齡、親戚關係來決定哪一方使用敬語，哪一方使用平語。成人和孩子的對話，主人和奴僕的對話，使用的語體都不同，很容易區別雙方的年齡和地位，這種語體差異使我們在翻譯人物對話時，遇到很大障礙。如賈寶玉和他的侍女之間的對話。怡紅院的丫鬟們在和寶玉説話時，很多時候表現不出尊卑之別，這種親密隨便的對話，進入韓國語語體中就很難表現。因爲用韓語表現不可能不用敬語，而用敬語可能就會破壞原文對他們之間的微妙關係的描述。再如鴛鴦，這個有地位的大丫鬟，在和鳳姐、寶玉，甚至和邢夫人説話的態度，由於語體的障礙，也很難加以精細再現。

　　其他人物對話的翻譯，有時也會有語體使用方面的困擾，如迎春和黛玉的對話，黛玉應叫迎春姐姐，那麼口氣上，有時還要用敬語。寶釵比黛玉大，按照韓國語習慣，黛玉對寶釵應使用敬語，但如一直使用敬語，就很難譯出原文中兩個人之間複雜微妙的關係。因此我們在處理時，區別對待。在高興地游玩的時候，他們可以平語相對。但在特殊情況下，如寶釵譴責黛玉在行酒令時，不小心説出《西廂記》句子的情況，此時黛玉承認自己錯誤，我們處理成用比較嚴肅的敬語體來回答。有時，同樣身份的年齡差不多的人之間，如果書中沒有明確説明，譯者非常不容易區別他們關係的高低。因此翻譯時，會出現很多困難。

　　上述問題是在韓文翻譯時，應該特別注意的地方。有時一些出版社爲了把一部新出的文學作品，盡快翻譯成韓文，分成幾個部分，交由各翻譯家分頭進行翻譯，翻譯家們沒有對全書進行深入把握，結果出現各種矛盾。常常弄不清楚書中人物的正確身份和人物之間的具體關係，翻譯上誤譯的情況應該更多了。

四、結語

翻譯家履行的是一種文化中介人(Cultural mediator)的職責,通過翻譯號稱中國文化百科全書的《紅樓夢》,我們更深刻地認識到中韓文化的共通點和不同點,更切實地體會到韓國傳統文化的固有性和獨特性。翻譯是從陌生中碰到熟悉,同時也是從熟悉中發現陌生。旅行者在陌生的旅行地感受到故鄉的氣息,有時也會在故鄉裏發現從來沒有過的新奇。[①]

《紅樓夢》的完整翻譯,是每位外文紅學家的一個夢想,但從事實際的翻譯工作時,翻譯者總會覺得那是一個非常苦澀難忍的夢魘。即便如此,我們還是樂於承擔,因爲這是文化中介人的職責。

筆者七八年來,一直爲了《紅樓夢》的翻譯而殫精竭慮,始終無法擺脫一種概念,那就是一定要實現文化翻譯的理想,但如今却覺得不但没有達到那麼高的境界,反而深深覺悟到文化翻譯的理想世界,只能存在於太虛幻境裏,人間難以找到。不過還好,這些不滿又給我一種新的挑戰,就是要譯出不同方式的嶄新的譯本。翻譯,有人曾喝破説是叛逆!曹雪芹的《紅樓夢》,到了我的腦海裏,不再姓曹了,我可以翻譯出我所理解的我的《紅樓夢》。也許所有的文學翻譯者,最後的野心就在此吧。

---

① 金聖坤(首爾大學英文系教授)的文章《翻譯的艱難:文化翻譯時代的文學翻譯》,發表於 The 7th International workshop for the Translation & Publication of Korean Literature, 2008年6月18日,韓國文學翻譯院。

第九章 韓文本《紅樓夢》回目的翻譯方式

内容提要:從19世紀末的樂善齋諺解本出現至今,韓文譯本《紅樓夢》已有十多種問世,既有全譯本,也有節譯或改譯本。各種譯本的回目處理方式皆不相同。早期譯本多數没有翻譯回目全文,而是以每回中的關鍵語另作題目,以概括該回的核心情節。後來的譯本則翻譯回目全文,並添加小題目,以便讀者閱讀。近代以來,海內外流傳的《紅樓夢》版本比較複雜,這些在韓文譯本的回目中也多有反映,加之不同譯者各有創見,導致韓文本的回目出現了更爲複雜的情況。

關鍵字:紅樓夢 韓文譯本 回目翻譯

一、《紅樓夢》回目的創作藝術

在中國古典小説長期的發展過程中,題名方式也在逐漸變化。話本小説的題目,由早期的名詞短語,如《京本通俗小説》中的《碾玉觀音》,一變而爲充滿節奏韻律感的單句,如《古今小説》中的《蔣興哥重會珍珠衫》;再後來又形成雙聯對句,如《拍案驚奇》中的《轉運漢巧遇洞庭紅,波斯胡指破鼉龍殼》,等等。

長篇章回小說的回目，也由早期的單句，發展爲雙句，由每回的字數不均，變爲整齊劃一。

　　《紅樓夢》的回目是作者在完成故事的基本情節之後分章定題而來，在小說第一回作者的表白中可以清楚地看到這一點："後因曹雪芹於悼紅軒中披閱十載，增删五次，纂成目録，分出章回。"這一目録便是作者在精心斟酌之下，作成的上下兩聯皆爲八字的完整回目。①如第1回的"甄士隱夢幻識通靈"和"賈雨村風塵懷閨秀"；第6回的"賈寶玉初試雲雨情"和"劉姥姥一進榮國府"；第23回的"西廂記妙詞通戲語"和"牡丹亭豔曲警芳心"等等。其對偶之工巧，直至今日還讓我們嘆服不已。

　　《紅樓夢》多以書中人物設定回目，因此較常出現如下形式："□□□（人名）+□□（動詞）+□□□（物名）"。如第15回"王鳳姐弄權鐵檻寺，秦鯨卿得趣饅頭庵"；第35回"白玉釧親嘗蓮葉羹，黃金鶯巧結梅花絡"；第70回"林黛玉重建桃花社，史湘雲偶填柳絮詞"。人名加有姓氏的情況較多，如林黛玉與史湘雲，王鳳姐與秦鯨卿。甚至侍女之名也要加上姓氏（《紅樓夢》中的侍女大多姓氏不明），像白玉釧與黃金鶯，以人名與顏色構成巧妙對偶。以人物構建回目的方式還有"□（一字評）+□□（人名）+□□（副詞+動詞）+□□□（修飾+物名）"，例如第52回"俏平兒情掩蝦須鐲，勇晴雯病補雀金裘"；第62回"憨湘雲醉眠芍藥茵，呆香菱情解石榴裙"，在兩名字前用一個字凸顯人物特性，即所謂"一字評"，爲《紅樓夢》作者獨特的人物批評方式之一。

　　《紅樓夢》的回目還有一個常見形式，即"□□□（副詞）+□□（時間）+□□□（動賓結構）"例如第19回"情切切良宵花解語，意綿綿静日玉生香。"情切切"與"意綿綿"摹情至真，

---

① 關於《紅樓夢》八字回目的形成及其意義，請參考李小龍：《紅樓夢與八字回目地位的確立》，《紅樓夢學刊》，2009年第6期。

“花解語”與“玉生香”既來自典故，又暗喻花襲人和林黛玉，回目對仗精巧，含意深長。

　　還有一種形式，“□□□□（四字格）＋□□□□（主述結構）”如第89回“人亡物在公子填詞，蛇影杯弓顰卿絶粒”，這種回目前爲四字成語，後以減縮語或別號代指人物，構成對偶，同時“人亡物在”叙寶玉之痛，“蛇影杯弓”顯黛玉之疑，較好地概括了回目的中心内容。

　　在翻譯時，上述種種回目特色，如人名巧對，一字評語，豐富暗示，諧音雙關，以及對章回内容的概括説明等，這些言有盡而意無窮的表現，在翻譯之時，極難處理，是翻譯者面對的最艱巨任務。

　　同時，因《紅樓夢》版本系統的複雜，各版本的回目也不盡一致①，如第17回和第18回，在“己卯本”和“庚辰本”中尚未分離，共用“大觀園試才題對額，榮國府歸省慶元宵”之句。至於“列藏本”雖已分離，但並未新立回目。到了“蒙府本”將原來的上下兩句，分别而爲第17回和第18回的回目，即第17回爲“大觀園試才題對額，怡紅院迷路探曲折”第18回則爲“慶元宵賈元春歸省，助情人林黛玉傳詩”。不只是脂評本之間回目不同，程刻本以及清代後期的一些評點本也有不同，如第5回回目，各版本都不相同，第7回則只有王希廉評本的回目是“送宫花賈璉戲熙鳳，赴家宴寶玉會秦鍾”。

　　由於每種韓文譯本的底本不同，更由於譯者在翻譯時根據各自所據底本採取直譯、意譯、省略、改譯甚至獨創新題等多種方式，使得韓文譯本的回目呈現出非常複雜的局面，並總是與原中文《紅樓夢》的回目不同。雖然回目翻譯的變化，在英、日等外文譯本中也常出現，並非僅見於韓文譯本，但由於韓國《紅樓夢》翻

---

① 對於各種版本不同回目的來源情況，筆者已經做過研究，具體參看崔溶澈：《紅樓夢版本的回目比較研究》，《中國語文論叢》第35輯，2007年。

譯的來源比較複雜，就使得韓文譯本的回目表現出不同於其他文字譯本的獨特之處。

在此，筆者將對比較重要的韓文本的回目處理方式稍作探討，以加深學界對《紅樓夢》韓文譯本特色的把握。

二、歷代韓文本《紅樓夢》的回目翻譯

首先看看韓國歷來《紅樓夢》譯本的回目處理方式。最早的韓文本《紅樓夢》出現於19世紀末葉（1884年前後），即原藏於朝鮮王室昌德宮樂善齋的諺解本，簡稱爲"樂善齋全譯本《紅樓夢》"（NSJ 1884）①。共120册，現存117册。譯本每頁上段用朱筆抄録小説原文，原文的每個漢字左邊用韓文字母加注音，下段用墨筆朝鮮宮廷筆體（宮體）抄録譯文，譯文中没有漢字，全是朝鮮文（韓文，Hangul）。回目雖也爲朝鮮文，但只是將漢字按照韓國發音標記爲韓文，這只能説是音譯。從回目的情況來看，NSJ（1884）的底本是王希廉評本系統，因爲其中第7回回目的後句是"赴家宴寶玉會秦鍾"，在歷代《紅樓夢》版本中，只有王評本使用該回目。

20世紀初（1918），梁建植的譯文（YGS 1918）連載於《每日申報》，這是第一個現代意義上的全文翻譯本，可惜連載到138回（原書的28回）就中斷了。此連載譯文没有對回目進行翻譯。

①NSJ代指乐善斋，以下YGS代指梁建植，JJY代指張志暎，KYJ代指金龍濟，LJH代指李周洪，KSI代指金相一，KHJ代指金河中，YB代指延邊大學紅樓夢翻譯小組，WW代指外文出版社，WHM代指禹玄民。YS代指韓國洌上古典研究會，JSG代指趙星基。C&K譯本代指崔溶澈（Choe，Yongchul）、高旼喜（Kho，Minhee）共譯本。

1930年，張志暎翻譯《紅樓夢》（JJY 1930）連載於《朝鮮日報》，共連載302回（到原書的40回），但這次也未能完成全譯而中斷。張志暎的譯文，除了開頭題以“緣起”之外，其他部分也不對回目進行翻譯，只抄錄原文漢字。所用底本可能也是王希廉評本系統的，因爲第7回回目後句也是“赴家宴寶玉會秦鍾”。由此可見，王評本在韓國的影響是比較廣泛的。梁建植和張志暎的翻譯，雖然後來別的報刊試圖重新連載，但都没能長期進行而被中斷。因此日本强佔時期的韓國，没有出現韓文《紅樓夢》的單行本。

　　韓國光復以後出現的金龍濟單行本《紅樓夢》（KYJ 1956），雖然是對小説正文内容的節略翻譯，但120回的回目盡皆具備。具體翻譯手法是略去原書回目的上下對偶文句，改以重新命題的單句來概括該回的基本内容。如“石頭記的由來”（1）、“貴公子寶玉”（2）、“太醫的藥方”（10）、“饅頭庵夜話”（15）、“落花祭（23）”，等等。字數没有定規，但皆爲十字以内的單句。李周洪的《紅樓夢》（LJH 1969）是一部全譯本，但譯者以小説家的文筆作了部分的補充修改，以方便韓國讀者的閲讀。這個譯本也略取原書回目，於每回另加小題，小題皆爲三字短語，非常整齊。如“石頭記”（1）、“榮國府”（2）、“林黛玉”（3）、“甄英蓮”（4）、“十二釵”（5）、“解語花”（19）、“埋香塚”（27）、“金麒麟”（31）、“不肖子”（33）、“雀金裘”（52）、“鴛鴦劍”（66）、“離恨天”（98）、“癡公子”（104）、“絳珠草”（106）、“太虛情”（120），等等。這些譯者煞費苦心地命題，對正文内容加以概括，便於讀者把握。但有些題目，似乎並不恰當。如第10回，名爲“張太醫”，但此回核心人物應是秦可卿，張太醫不過是看病論病源的引綫人物。而且譯本全以三字爲題，也不容易概括每一回的主要故事情節，有時甚至會錯導讀者。如第18回描寫賈元春歸省探親，寶黛諸人寫詩進獻，黛玉助寶玉寫詩一段，戚序本回目的後句是“助情人林黛玉傳詩”，李周洪却將此回題爲“代作詩”，並不能全面概括當時的場景。第88回LJH（1969）題名"江南菜"，該題應來自原書回目後句"正家法賈珍鞭悍僕"這一段內容，描寫的是莊頭送來果子和菜蔬由此引發奴僕之間的矛盾。以"江南菜"作關鍵字來概括這一回的情節稍顯勉強。

　　除了以上兩部譯本，尚有金相一的單行本《紅樓夢》（KSI 1974）是改寫壓縮本，分成72章，沒有與原書對應的回目，而是由譯者另分章節設立小題。類似的譯本還有金河中的《曹雪芹紅樓夢》（KHJ 1982）分成73章。

　　1980年前後出現的韓文本《紅樓夢》，有中國大陸朝鮮族翻譯家翻譯的兩種，和韓國出版的兩種。其中延邊大學紅樓夢翻譯小組①譯出的《紅樓夢》（YB1978—1980）共四冊，底本是程乙本系統的人文本（1974），全文及回目都作了翻譯。由於使用程乙本，一些回目和其他譯本有所不同。如第8回回目後句爲"薛寶釵巧合認通靈"，本屬甲辰本系列，後來程刻本系統繼承，YB（1978—1980）依此譯爲"薛寶釵在偶然機會看到通靈玉"。這個譯本的翻譯存在一些問題，如第13回回目前句"秦可卿死封龍禁尉"，採取直譯的方式，這便容易引起誤讀，認爲是秦可卿死後，被封爲龍禁尉。第14回脂評本和程甲本的回目前句是"林如海捐館揚州城"，而YB（1978—1980）根據程乙本譯成"林如海死後歸葬蘇州城"。

　　北京外文出版社朝文翻譯組翻譯的《紅樓夢》（WW 1978—1982），共5冊，回目全文譯成韓文，有些地方爲了更清楚地表達而加入人物或地點，如第2回回目後句的"冷子興演説榮國府"，便在譯文中加入演説地點"客店"。再如第5回後句"警幻仙曲演紅樓夢"之句並未提及具體聽者，而譯文中却加有"寶玉"。上文提到的第13回前句"秦可卿死封龍禁尉"也補上了被封龍禁尉的賈蓉之名，譯爲"秦可卿死後賈蓉獲得官職"。這個譯本的底本

① 該譯本的翻譯工作，有六位延邊大學教授參與，即金永德、朴相峰、金昌傑、許龍九、李海山、玄龍順。

是戚序本系統的俞校本,因此回目獨具特色。如第18回按照戚序本"慶元宵賈元春歸省,助情人林黛玉傳詩"的回目文字進行翻譯,第79回回目前句也譯自戚序本的"薛文龍悔娶河東獅",但有趣的是翻譯時把"河東獅"譯成了"江東獅"。第80回回目也從戚序本的"懦弱迎春腸迴九曲,姣怯香菱病入膏盲",但在回目上下兩句中補充了做媳婦和因忌妒的字樣。需要説明的是薛蟠之字脂評本爲"薛文龍"程乙本則爲"薛文起",俞校本後40回底本爲程高本,因此該本便出現矛盾,第79回回目中題爲"薛文龍"第85回回目則根據程刻本題爲"薛文起",韓文譯本完全按照回目原文翻譯,便也繼承了這一矛盾現象。

雖然WW(1978—1982)使用戚序本系統的版本,但也有例外,如第3回回目後句,戚序本是"接外甥賈母惜孤女"而此譯本這一處用的却是程高本的"接外孫賈母惜孤女"。再如第5回回目戚序本是"靈石迷性難解仙機,警幻多情秘垂淫訓",而此譯本用的是程高本的"賈寶玉神游太虛境,警幻仙曲演紅樓夢",而在翻譯説明時,並未提及上述情況。

WW在首爾重新出版時,大部分還是套用原來的回目譯文,並未多作改變,但青年社出版的7冊重排本(WW 1990)中有些地方則有修改。例如第79回原書回目中來自戚序本俞校本的薛文龍被不知來歷的編者不加説明統一爲前後一致的"薛文起",這個錯誤在後來的清溪出版社12冊重排本(WW 2007)中因襲下來。YB(1978—1980)在首爾重新出版時,各出版社稍作修改,在原回目譯文之外另加小題。如藝河出版社出版的六冊改裝本(YB 19901),每回除原書的兩行回目之外加上一行新題如"賈雨村與甄士隱的相遇"(1)、"榮國府與寧國府的來歷"(2)、"寶玉與黛玉的相遇"(3)、"薛寶釵向京都出發"(4)、"紅樓之夢,最後的歸結"(120)等。這些新題比金龍濟、李周洪所制題目稍長,文句是説明式的。比較特別的如第6回,雖然開頭提到寶玉雲雨之事,主要則描寫劉姥姥進榮國府的細節,而該譯本却題爲"夢幻中經驗雲雨之情",第18回應爲"元妃歸省探親",但譯本却題"元妃回皇宮",再如第34回原書回目爲"情中情因情感妹妹,錯裏錯以錯勸哥哥",寫黛玉之病和薛蟠惡行,但譯本却以瀟湘館之竹爲題,冠以"窗外竹林,千株竹林"這一充滿詩韻的標題。東光出版社的六册改裝本(YB 1990)也是YB在首爾重新改編出版的一種,除了原來的回目翻譯之外,編者還加上了單句小題,如"石頭記的成書"(1)、"賈雨村和冷子興的相遇"(2)、"黛玉進入榮國府"(3)、"虛張聲勢的判決"(4)、"聽取紅樓夢曲"(5)、"狗兒家得到幫助"(6)、"爬灰的爬灰"(7)、"金鎖和通靈寶玉"(8)、"黛玉的疑忌(20)"等,也稱得上是獨具特色。

韓國國内出版的譯本有禹玄民翻譯的《新譯紅樓夢》(WHM 1982)。此譯本的底本屬程乙本系統,但第1回中有"至吳玉峰題曰紅樓夢"之句,由此可以看出譯者參考了早期的日譯本。該譯本全書的前半部分翻譯得比較詳細,後半部分則對內容作了壓縮,對回目的處理仍是只抄録原書的漢字回目,沒有轉譯成韓文。韓國洌上古典研究會翻譯的《紅樓夢新譯》(YS)基本參考了NSJ(1884)而此譯本的底本是王評本,因此NSJ第7回回目的後句也是"赴家宴寶玉會秦鍾"。

趙星基改編翻譯的韓文《紅樓夢》(JSG 1997)共三册。故事由編譯者改寫,全書不分回而分部,共有12部,每部有小題,分別爲"雲雨之情"(1)、"甄士隱和賈雨村"(2)、"黛玉和寶釵進入榮國府"(3)、"賈瑞的相思病"(4)、"漫然同性戀的學校"(5)、"秦可卿和林如海之死"(6)、"榮國府的慶事"(7)、"良宵與静日"(8)、"大觀園的戀情"(9)、"豔情與嫉妒的季節"(10)、"蜂逐蜂,花逐花"(11)、"落葉庭園照夕陽"(12)。可以看出,這些小題目,如"甄士隱和賈雨村"以及"良宵與静日"等來自原書的回目文字。

三、最新《紅樓夢》全譯本的回目處理方式

2009年由筆者和高旼喜教授共同翻譯出版的《紅樓夢》[①]可說是新的由韓國紅學專家共同努力譯出的學術性較强的韓文全譯本(C&K 2009)。共六册,前80回由筆者翻譯,後40回由高教授完成,但前後文體和一些常用的固有名詞和詞彙的譯語經商討加以統一。每册按照故事情節的發展變化,加以副題,每回除了原來回目(中文)和譯文回目(韓文)之外,爲幫助讀者理解,另題以單句題目概括該回的核心情節。此種回目處理方式,是筆者綜合以前韓文譯本和其他外文譯本的經驗,結合個人發揮而決定的。

具體説來,新的C&K譯本所用底本是"紅校本"(1982、1996)[②]。這個版本主要來自脂硯齋評本中内容最多的庚辰本,第17回和第18回尚未分開,只有一個回目,是這個版本的最大特色。此前並未有以"紅校本"爲底本的外文譯本。

先來看看C&K(2009)每册副題的命名過程。我們知道,《紅樓夢》原書有幾種不同的題名,如"石頭記"、"情僧録"、"風月寶鑒"、"金陵十二釵"等。甲戌本除此之外,另有"紅樓夢"之名,而早期脂硯齋評本只使用"石頭記",到了程刻本,則採用"紅樓夢",此後此書之名在文壇和出版界幾乎被固定。但清末有些

[①] 此本簡稱C&K。崔溶澈(Choe, Yongchul)、高旼喜(Kho, Minhee)譯:《紅樓夢》,首爾:Nanam出版社,2009年。

[②] 筆者在以前的論文中,簡稱此本爲"新校注本"。如今採納西南交通大學外國語學院《華西語文學刊》首倡《紅樓夢》文本縮略語一覽之建議,用"紅校本"即中國藝術研究院紅樓夢研究所校注本,北京:人民文學出版社,1982、1996、2006年。

版本尚使用《金玉緣》、《大觀瑣録》等名。中文版《紅樓夢》分册各不相同,皆未有爲每册另加題名的例子。但在外文翻譯中,爲分册加以小題目的版本却屢有所見,如霍克思和閔福德共同翻譯的"The Story of the Stone(《石頭記》)"(H&M 1973—1986)分成五册,每册都另有題目,第一册 The Golden Days,第二册 The Crab-Flower Club,第三册 The Warning Voice 第四册 The Debt of Tears,第五册 The Dreamer Wakes。[①]斯洛伐克譯本(MC2001-2003)分成四册,各册的副題分别爲"春、夏、秋、冬"。因爲譯者認爲《紅樓夢》故事情節的發展,就像春夏秋冬的季節變化,是一個由盛而衰的過程。這樣的處理方式,可以使外國讀者更容易理解此書的基本結構和主旨。C&K(2009)在韓國翻譯完成,出書之際,考慮到讀者的閱讀接受,決定將全書分成六册,因爲以春夏秋冬的季節變化來諭示《紅樓夢》的情節展開,固然新鮮並有獨特的吸引力,但考慮到前80回和後40回的分段問題,還是決定採取分成六册的方式每20回成一册,並給每册冠加副題以引導讀者的閱讀。

　　C&K(2009)所加副題,轉譯成中文如下:第一册"通靈寶玉的幻生",第二册"埋葬飄散的殘花",第三册"元宵佳節的盛宴",第四册"清冷的秋夜來風",第五册"錯過的命運與别離",第六册"回到原處的頑石"。可以簡稱爲"幻生","葬花","盛宴","秋聲","别殤","歸元"等。這些題目,可以説是理解《紅樓夢》各階段情節發展的關鍵語。除去"幻生"和"歸元",其他四個階段也可對應一年四季的交替,象徵青春的盛衰變化。雖説曹雪芹並非完全按照一年四季的變化對賈府的盛衰和寶黛愛情進行呆

①對英譯本的研究,早有林以亮的《〈紅樓夢〉西游記——細評〈紅樓夢〉新英譯》(臺北:聯經出版事業公司,1976),以及近年出版的劉士聰主編的《紅樓譯評——〈紅樓夢〉翻譯研究論文集》(南開大學出版社,2004)等專著。

板的描寫，根據書中寶玉十三歲到十九歲的年齡安排，其具體故事情節也無法按照一年四季的次序展開，第二册（第21—40回）中既有春天的描寫（戲蝶、葬花），也有秋天的情景（菊花、螃蟹），第三册（第41—60回）也有春天、秋天和冬天的描寫，第53回"除夕祭宗祠，元宵開夜宴"則是賈府的頂峰時期，但總體來說，其故事情節和人物之間的氛圍變化，與四季的變化很是相似，與此書的主題"青春的消失"也很合拍。各分册加副題的方式，或者會使韓國讀者在尚未讀完全書之前，就能很容易地理解整個《紅樓夢》的情節安排。

　　如上所述，《紅樓夢》韓文譯本中回目全文的翻譯出現較晚，早期譯本只用短語或短句表示每回的基本内容，很多韓國讀者也已經習慣這種方式，甚至會覺得回目全文的翻譯太繁瑣而不得要領。那些對偶句式，帶有濃厚象徵和深刻寓意的詩句，也很難使外國讀者領會，更不用説通過這樣的句子來瞭解正文的内容了，而以單句概括正文核心内容的方式則很適合外國讀者的閱讀。

　　因此，最新出版的C&K（2009）爲方便讀者閱讀，決定除了對原書回目進行全文翻譯以外，每回還加單句標題（約十字之内），以概括全回的中心内容。譯成中文則有如"石頭的故事"（一）、"榮國府的人物"（二）、"林黛玉進京"（三）、"賈雨村判案"（四）、"金陵十二釵"（五）、"劉姥姥的登場"（六）、"秦可卿和秦鍾"（七）、"薛寶釵的金鎖"（八）、"書堂的大騷擾"（九）、"秦可卿卧病"（十）等。雖然這樣的處理，會使得原來複雜深奧的情節内涵變得單調簡陋，難以表現小説原來的藝術境界，但是這樣的提綱，對吸引有心讀者的閱讀興趣倒是非常有幫助的。

　　《紅樓夢》120回回目的前後兩句，各表述一個故事，從回目上看，可以説全書共有240個事件。但實際上，大的情節往往在幾回中延續，小的事件則在一回中多有發生，如果要將每個故事都表現出來，實在是非常困難。翻譯中，在爲每章添加能够概括正文内容的小標題時，就更要花費不少心血。

　　我們在處理這一問題時，本著儘量簡化題目詞句的原則，常常選用原書回目兩聯中的一聯爲命題中心，如第7回原回目"送宫花賈璉戲熙鳳，宴寧府寶玉會秦鐘"（庚辰本）中，有兩個關鍵詞語"送宫花"和"會秦鐘"，但筆者將之題爲"秦可卿"和"秦鐘"，略去了"送宫花"。加入秦可卿是因爲可卿雖已在第5回出現，却在第7回才有細緻叙寫。這個小題目雖兼顧到内容的這一方面，却不能將"送宫花"一併表現。第14回原文回目爲"林如海捐館揚州城，賈寶玉路謁北静王"，筆者選取前句之義，題曰"林如海的死亡"。雖然這一回並没有對林如海之死多加筆墨，但林如海的死亡是林黛玉一直寄居賈府的原因，而且黛玉家境的變化自然會影響到寶玉與之關係的發展，因此小題不應忽略此事，但這樣的題目便無法展現王熙鳳協理寧國府的内容。同樣，第19回"花襲人的忠告"，也没能寫出黛玉的情意。第27回的原回目是"滴翠亭楊妃戲彩蝶，埋香塚飛燕泣殘紅"，這是葬花故事的來源，本應以此命題，但筆者已經在第二册以此爲封面副題，在此不可重復，因此選用了前聯，題爲"追捕蝴蝶的薛寶釵"，第38回的回目，原書雖"菊花詩"和"螃蟹詠"並舉，筆者也只選前聯，定題爲"菊花詩"奪魁的林黛玉。定題偏取一方的做法雖差强人意，但也是不得已而爲之。

　　有時，我們選用上下聯中的關鍵語擬定題目，如第23回，利用《西廂記》和《牡丹亭》表達賈寶玉和林黛玉的真情交流，筆者就以"西廂記"和"牡丹亭"爲副題。第24回回目前句寫倪二幫助賈芸，後句談賈芸拾取小紅手帕，筆者便删去倪二，題爲"賈芸和小紅的相遇"。

　　有時參照正文内容中的核心故事，以概括的方法自定標題，並不拘泥於原書回目的文字。如第42回回目本以蘅蕪君和瀟湘子爲題，但此回正文中有賈惜春畫大觀園的描寫，而筆者特別重視這一情節，便題爲“惜春的大觀園圖”。再如第79回的“薛文龍悔娶河東獅，賈迎春誤嫁中山狼”，内容皆爲誤選結婚對象，命題之時，無法偏重於一方，因此略去人物，概括題爲“錯誤的相遇”。第97回“林黛玉焚稿斷癡情，薛寶釵出閨成大禮”也是以這樣的方式定題的。

　　至於回目全文的翻譯，基本上按照翻譯所據底本（即紅校本）的原文，但有時由於韓中兩國語言和文化上的差異，無法按照原文加以直譯，只好用意譯的方式加以表達。如第3回回目後句爲“林黛玉拋父進京都”，回目只寫林黛玉進京而不寫她入賈府，筆者則按照文本内容譯成“林黛玉離開老家進京到外婆家”。第13回的回目“秦可卿死封龍禁尉，王熙鳳協理寧國府”原句表意不明，如果不讀正文，無法據回目得知具體内容，因此筆者添譯成“秦可卿亡故後丈夫封爲龍禁尉，王熙鳳幫助完成寧國府的葬禮”。第19回“情切切良宵花解語，意綿綿静日玉生香”，是利用“解語花”和“玉生香”的典故表現花襲人和林黛玉對賈寶玉的感情和關懷，“花”、“玉”又代指二人，但這些意蘊難以翻譯，因此直接加入人名，譯爲“花襲人夜裏以切切之情獻上忠告，林黛玉白晝以綿綿之意表露真心”，雖然不及原文意味深長，但可有助讀者的理解。其他如第20回回目中没有出現的“趙姨娘”和“史湘雲”，第26回回目中没有出現的主人公“賈芸”和“黛玉”都在翻譯文中加以補充。如第二十六回譯作“蜂腰橋上賈芸傳心事，瀟湘館中黛玉露幽情”。第27回回目中出現的楊妃和飛燕，在翻譯文中也改成“寶釵”和“黛玉”，第47回回目的“呆霸王”和“冷郎君”也直接譯爲“薛蟠”和“柳湘蓮”。如此翻譯，雖然減少了原句具有的詩意和對人物的品評，但在譯本中却必須如此，方能便於另一文化環境中的讀者的解讀。

四、結語

古典小説作家在創作小説時,往往先完成故事的正文,然後分成章回,擬定回目,以概括每章的内容。回目由單句發展到雙句對偶,並使用象徵和隱喻等各種創作技巧,使回目文字充滿詩韻。《紅樓夢》作爲古典小説的頂峰之作,回目的創作藝術也達到了前所未有的高度,這就使得外文翻譯難上加難,操作時面對的困難遠遠超過對小説正文的翻譯。同時,因爲《紅樓夢》版本系統的複雜,不同版本的回目也有所不同,這些都反映在韓文回目的翻譯之中。

在多種韓文本《紅樓夢》中,出現了各種各樣的回目處理方式,如原文音譯,自擬短語題目、單句題目,雙句全譯,創新改作等多種方法。最早的NSJ(1884)採取原文音譯,YGS(1918)則省略回目,JJY(1930)則取部分回目,KYJ(1956)使用單句,LJH(1969)使用三字詞語,WW(1978—1982)和YB(1978—1980)都用雙句全譯,而筆者與高旼喜共譯的C&K(2009),每册增加副題,每回另加單句題目,再對回目全文進行翻譯,且在回目文字的翻譯中,C&K(2009)譯文也儘量考慮運用前後對偶的技巧,努力做到文質彬彬。

筆者認爲回目的創作,雖然看上去似乎屬於概括章回正文内容的次要之物,但實際上卻是作者(包括後來抄録或刊行者)高超文學技巧的表現。同樣,回目翻譯也是譯者需要加以重視並認真對待的工作。好的回目翻譯,不僅可以忠實地傳遞原書作者的意圖和藝術功力,而且可以幫助讀者加深對文本内容的理解,更好地引導讀者進入唯美的藝術天地。

第十章 《紅樓夢》韓日英譯文比較研究

一、前言

　　《紅樓夢》的早期抄本中年代上最早的是甲戌本。甲戌年爲1754年,當時曹雪芹還健在。現在傳下來的本子爲"過録本",現存不超過16回。而從内容上來看,可以説在某種程度上比較接近全書的狀態。1759年的己卯本與1760年的庚辰本收録了前80回抄本而形成,自此開始流傳開來。

　　但是數年之後曹雪芹留下了未完稿,四十多歲就過早去世。截至曹雪芹死後的三十年,此期間該書一直以抄本的形式流傳。1791年程偉元、高鶚將該書刊印發行,很快就在全國傳播開來,甚至流傳到海外。接着以其他的語言在中國境内或者在海外,開始了《紅樓夢》的翻譯。

　　《紅樓夢》的翻譯與傳播是同時進行的。在中國境内,蒙古

語與滿語①是當時比較重要的兩種語言，《紅樓夢》就被翻譯成了
這兩種語言。另外在西洋文化影響深遠的廣東地區，在當地刊行
的雜誌上刊載了一些英文譯作，以及一些介紹性的文章。在距離
中國最近的東方國家——朝鮮與日本，很早就有了這部書。19世
紀末在朝鮮的宮中以非常龐大的規模將該書翻譯成了韓國語。
這就是世界上最早的以原文注音對譯本爲特徵的樂善齋的全譯
本。在日本，程刻本出來之後很快傳入該國，但日本的翻譯却較
晚，一些文人翻譯併發表了這部書的一部分内容。

　　截至20世紀初期，開始出現了職業翻譯家忠實於原典而進
行翻譯的注釋本，到目前爲止已經出現了好幾種全譯本。可以説
這些本子在世界範圍來看都稱得上是翻譯的典範，其中日語譯本
的價值不容忽視。19世紀末與20世紀中後期，在西方人與中國
人的聯手之下，出現了一些節譯的英文譯本。1970年代與1980
年代之後，中國也出現了一些全譯本，受到人們的關注。

　　本文中闡述了《紅樓夢》翻譯史上的主流，同時將介紹在韓
國比較容易接觸到的韓日英三種語言的譯本的翻譯歷史以及主
要譯本，並探討三種譯本各自所呈現出來的翻譯上的特點，希望
此後能夠繼續夯實《紅樓夢》翻譯事業的基礎，這是我們最終的
目的。②

---

①當時的滿語譯本未能流傳至今，然而有記錄顯示該書曾出現過。參閱一
　粟編:《紅樓夢書録》，上海:上海古籍出版社，1981年，第84頁。
②近來《紅樓夢》的海外翻譯精彩紛呈。在亞洲，以韓國與日本爲首，出現
　了包括越南、泰國、緬甸等語種的譯本;在西方，俄羅斯、德國、捷克、羅馬
　尼亞、匈牙利、法國、西班牙等國的譯本也陸續問世。筆者很難將這些資
　料都一網打盡，希望將來有機會能對此進行更具體的介紹。參閱胡文彬:
　《紅樓夢在國外》，北京:中華書局，1993年。

二、《紅樓夢》漢英日翻譯的歷史

　　本文中僅就漢英日三種語言的譯文與譯本進行介紹。首先按照時代順序以編年的方法對整體的變遷情況做一番介紹。

　　按照記録，可以説1816年出現的譯本是《紅樓夢》最早的外文譯本。R.Morrison所翻譯的内容是第31回，本回中賈寶玉用脚踢到了襲人的前胸導致襲人吐血。[①]此後1830年，J.F.Davis在《英國皇室亞細亞學會雜誌》第二卷以《中國詩歌》爲題介紹了《紅樓夢》第三回賈寶玉與林黛玉初次見面的部分以及《西江月》詞兩首。譯者指出這兩首《西江月》就選自《紅樓夢》，另外對這部作品的特點進行了簡略的介紹。1842年在廣州刊行的英文雜誌《中國文庫（Chinese Repository）》五月號上也介紹了《紅樓夢》（Hung lau mung ,or Dreams in the Red Chamber）。該文章的作者——德國傳教士Karl A.F.Gutzlaff又另外指出了這部小説的文獻事項：是書20卷，大小爲4.2英尺×6.2英尺，當時流通的20卷

---

① 對於該譯本的翻譯最早進行介紹的是洪濤。參閲洪濤：《紅樓夢的主要英譯本及其重要特徵》，《紅樓夢的傳播與翻譯國際學術會議論文集》，2004年。筆者在博士論文《清代紅學研究》（臺灣大學，1990）的第七章《清代紅樓夢外文的翻譯及其影響》中未能做相關介紹，該記録在胡文彬的《紅樓夢在海外》中亦未收入。按照洪先生的説法，該譯稿現在保存於香港的某教會，尚未對外公開。

本。依照胡文彬先生的考察當爲東觀閣本。[1]1846年,R.Thom爲了學習漢語以讀本的形式將"劉姥姥進賈府"翻譯成了英文。[2]該譯文後來發表於寧波刊行的《中國話(The Chinese Speaker)》(P62—89)上面。1868年末至1869年初,Edward Bowra在《中國雜誌(Chinese Magazine)》上以連載的形式發表了《紅樓夢》的開頭至第8回的譯文。[3]

　　1884年前後,韓國出現了樂善齋全譯的120回的抄本。此抄本出現的年代爲朝鮮末期的高宗年間,但是並沒有在民間流傳開來。這是世界上最早的全譯本,其特徵可以概括爲:標注原文與發音的注音對照本。[4]

　　從1892年至1893年,B.Joly翻譯了《紅樓夢(Hung lau mung

---

[1] 該雜誌亦保存於高麗大學圖書館,因此筆者有機會直接查閱。作者花大概8頁左右的篇幅對事案進行了比較具體的研究與介紹,並提出了自己的見解。在女媧神話出現的開頭部分中,甄士隱與賈雨村被扭轉的人生,黛玉的喪親,太虛幻境之夢,貴族家庭閨秀們的日常生活,貴妃省親,賞花寫詩等,以及賈氏小姐的不幸的婚姻,直至薛蟠殺人等盡皆囊括於其中。然而讓人感到不可思議的是,作者在小說中將主人公賈寶玉認爲是女性,稱之爲"Lady Pauyu",在故事情節上似乎未能很好的把握賈寶玉、林黛玉與薛寶釵等人的三角關係。值得我們注意的是,在對《紅樓夢》做出"該小說結構繁複冗雜"的評價之後,又這樣向讀者安慰道:在閱讀完第1回之後,讀者將漸入佳境;並勸慰道,該小說以白話的北京官話寫作,因此定能勝任精讀。另外也能看到這樣的一些特徵:對當時似乎受到廣東語影響的"紅樓夢"、"女媧"、"賈府"、"甄費(甄士隱)"等的音譯分別標做:Huang lau mung,Nukwa,Ka family,Chin Fi 等。在此向爲筆者推查版本系統提供幫助的胡文彬先生及在發掘資料時提供幫助的車泰根先生表示感謝。

[2] 在已有的介紹文章中認定爲1842年,對於內容也儘量壓縮進行介紹,在前文中提到的洪濤先生的文章中,很明確的指出了是對第6回這一部分的翻譯。關於年代上的差異,洪濤先生解釋爲這是由於譯文的發表時間與書的刊行時間不一致所導致的。

[3] 《中國雜誌》的上卷於1868年在上海發行;下卷於1869年在香港發行。

[4] 是書於1988年由亞細亞文化社以影印本15卷的形式刊行。2004年在鮮文大學中韓文獻翻譯研究所的主管下,由以會出版社出版了校勘注釋本2卷。

,or Dreams in the Red Chamber)》譯本兩册,這是真正意義上的譯本。上卷發表於香港,下卷發表於澳門。該譯本以當時駐澳門英國領事館副領事的名義刊行。這是截至當時篇幅最大的最早的英譯本,具有很高的學術價值。

進入20世紀,最早出現的譯本是1913年日本岸春風樓翻譯的39回的《新譯紅樓夢》。該譯本爲節譯本,分爲上下兩卷刊行,爲單行形式的刊本,具有一定的意義。

1918年,韓國(時值日治時期)梁建植在《每日申報》上以現代韓國語連載了其譯文,但是並未能全譯,在《每日申報》上發表至138回就中斷了。[①]

1920年至1921年之際,日本的幸田露伴與平崗龍城以中國有正書局刊行的戚廖生序文本爲底本,翻譯並出版了《國譯紅樓夢》共三册,該書被收入《國譯漢文大成》叢書中。從内容上來看僅局限於前80回,但是可以説是最早的忠實於原本的全譯注釋本。

1929年僑居美國的王際真的英文譯本得以刊行。該譯本中的細節描寫被壓縮,爲40回的壓縮本。儘管如此,在西歐造成了很大的影響。該書在倫敦出版,書中收有中國文學研究專家A.Waley所撰寫的序文。

1930年在日本統治下的韓國,張志暎開始了在《朝鮮日報》上連載《紅樓夢》的譯文。截至翌年共計連載302回,很可惜的是未能最終完成。[②]張志暎的譯文的語言或許更加流暢自然,譯文中呈現出一定的現代感,但是後來該譯文也未能變爲單行本出版。

1940年至1951年之間,日本的松枝茂夫刊行了120回本的《紅樓夢》全譯本。先是被收入岩波文庫14卷,1972年至1980

①梁建植的翻譯的相當於原書的前28回。梁曾於1925年嘗試在《時代日報》上進行連載,連載了17回之後再次中斷。
②張志暎的翻譯相當於原文的前40回。日治時期《紅樓夢》在韓國未能以單行本的形式刊行。

年之際再次刊行了改定本。這是繼朝鮮末期樂善齋本之後首次出現的現代注釋全譯本,給世界各國都造成了很大的影響。

1955年至1956年之際,韓國的正音社出版了金龍濟的譯本《紅樓夢(上下兩卷)》,被收入"中國古典文學選集"叢書。①

1958年,王際真英文譯本在紐約得以再版,該版將原來的40回本擴充爲60回本。卷首收入了M.Van Doren撰寫的序文。

1958年至1960年之際,日本伊藤漱平在平凡社出版了三卷本的全譯注釋本,該書被收入《中國古典文學全集》。此後,1969年與1972年,該書又分別兩次再版。該譯本與松枝茂夫的譯本有著一定的差別,是一部具有很大影響力的全譯本。

1965年,日本的富士正晴與武部利男共同翻譯的《紅樓夢》(單卷,河山書房)爲濃縮各回故事情節的節譯本。雖然也是對前80回各回的故事情節進行濃縮,後40回的高鶚的續書(自第81回至120回)的内容僅以一章做了介紹。

1969年,韓國乙酉文化社出版了李周洪翻譯的《紅樓夢》(全5卷)。内容上來看,比較接近全譯,但是也有很多是原文中沒有而譯者添加或者改動的内容,對於注釋也不是採取另外加注的辦法,而是在正文中加注。該譯本並不考慮底本問題,而是考慮方便讀者這一點,是在日語譯本的基礎上進行的二次翻譯。

1973年,David Hawkes(霍克斯)的英譯本第一卷問世。該譯本與以上我們所論及的英譯本不同,書名並非《紅樓夢》,而是《石頭記(The Story of the Stone)》。此後截至1980年,全80回以3卷的形式得以刊行,接着1984年與1986年,John Minford(閔福德)的後40回本問世,這樣全5卷都得以刊行了出來,引起學界的高度重視。

---

① 金龍濟的譯本爲120回的節譯本,盡量在故事情節上與原書相符,每回有單句的回目。

　　1978年至1980年之際,中國北京外文出版社出版了楊憲益與戴乃迭的英文譯本《紅樓夢(A Dream of Red Mansions)》。英文翻譯家楊憲益此前就已經在雜誌上發表過《紅樓夢》英文譯文,文革之後進入新時期,這些譯文得以出版。同一時期的1978年至1980年之際,中國延邊大學紅樓夢翻譯小組(參與者六人)翻譯了《紅樓夢》(全4卷),由延邊人民出版社出版發行。另外,幾乎是在同一時期,1978年至1982年之間,在北京的朝鮮族人安義運與金光烈翻譯的《紅樓夢》(全5卷)由外文出版社出版,與楊憲益的英譯本採取了相同的體制與裝幀進行刊印。

　　1980年問世的韓國吳榮錫的《新譯紅樓夢》(知星出版社,全五卷)與此前李周洪的譯本採取了相似的底本,全書標爲120章,回目做了隨意的更換。

　　1980年與1981年之間日本集英社出版了飯塚郎的日語全譯本《紅樓夢》三卷。

　　1982年知星出版社出版了金河中的《曹雪芹紅樓夢》單卷本,全書爲壓縮至73章的節譯本。據筆者判斷,該書翻譯時採取的底本當爲日語譯本。1982年,禹玄民翻譯的《紅樓夢》(瑞文堂文庫本)6卷得以刊行。剛開始的部分爲全譯,到了後半部分很多地方都被省略掉了。該譯本採用的底本是伊藤漱平本,體制上遵照的是松枝茂夫的本子。

　　1988年,韓國的洌上古典研究會翻譯的《紅樓夢新譯》第一卷得以刊行,該譯本受到了樂善齋本《紅樓夢》很大的影響,同時也參考了《The Story of the Stone》。該譯本出版第一卷後即中斷。

　　以上我們以刊行年代爲序簡單考察了19世紀以來截至20世紀的韓語、日語、英語的譯本。這裏也簡要考察一下對《紅樓夢》翻譯進行研究的概況。事實上對《紅樓夢》翻譯進行的研究在整個紅學研究中所占的比重並不大。西歐最早介紹《紅樓夢》的文章是法國李辰東（Lee Chen-tong）的《紅樓夢研究》①。
1961年英國牛津大學吳世昌先生的《紅樓探源》也提出了當時紅
學研究中存在的一些問題，受到英國學界的關注。②吳世昌先生
後來又寫了一篇《紅樓夢的西文翻譯和論文》③的文章，介紹了用
西歐語言撰著的翻譯與研究資料。

1965年臺灣的陳鐵凡發表了《紅樓夢外文迻譯述略》④的文
章，1974年，陳炳良在《近年紅學評述》中對紅學研究的進展做了
比較詳細的介紹。⑤

1976年康來新發表了《英語世界的紅樓夢》⑥的文章，在
這篇文章中對英語圈《紅樓夢》的翻譯與研究情況一網打盡。
Lucien Miller 的博士論文《Masks of Fiction in Dream of the Red
Chamber》（普林斯頓大學出版社出版，普林斯頓：1975）中對西
洋的翻譯與研究資料進行了相當全面的收集。

中國國內曾出版了對中國小説戲曲的先行翻譯與研究相關
的信息進行持續性介紹的王麗娜的文章⑦。接著胡文彬在《紅樓
夢在國外》⑧中對世界各國的《紅樓夢》的傳播與翻譯情況，做

---

①李辰冬的《紅樓夢研究》（Etude sur Le Songe du Pavillon Rouge，1934，刊
　行於巴黎）於1942年在重慶中正書局重新得以刊行，後來此書在臺灣繼續
　流通。

②Wu Shih-chang：*On the Red Chamber Dream——Acritical Study of Two
　Annotated Manuscripts of the 18th Century*，Oxford出版社，1961年。

③吳世昌的《紅樓夢的西文譯文和論文》（Oxford，1961）於1962年6月《文
　學遺産增刊》上以中文發表，收入吳世昌1978年的《紅樓夢探源外編》中。

④陳鐵凡：《紅樓夢外文迻譯述略》，《大陸雜誌》，1965年10月刊。

⑤陳炳良：《近年紅學述評》，《中華月報》，1974年1月號。

⑥參閱康來新：《英語世界的紅樓夢》，《中外文學》，1976第5卷第2期。該
　文後作爲附録收録於其專著《紅樓夢研究》（文史哲出版社，1981）。

⑦王麗娜：《中國古典戲曲小説名著在國外》，上海：學林出版社，1988年版。

⑧胡文彬：《紅樓夢在國外》，北京：中華書局，1993年版。

了最專業的調查與整理。英國霍克斯與閔福德的全譯本還未問
世[1]，香港學者林以亮看到此前出版的部分翻譯後，出版了《〈紅
樓夢〉西游記——細評〈紅樓夢〉新英譯》[2]。可以説這是在對譯
本的特徵進行分析這一領域進行專門研究的書籍。最近香港的
洪濤對《紅樓夢》的英譯本給予了格外的關注，發表了二十餘篇
相關系列論文，這些論文被結集爲《紅樓夢英譯評議》一書出版。

日本的伊藤漱平的《紅樓夢在日本的流行——從幕府末期
至現代的文獻學的素描》[3]中最早對《紅樓夢》的傳播與影響進行
了介紹。但主要集中在幾種主要譯本上，缺乏相應的分析研究。
在韓國對此進行研究的有拙稿:《韓國樂善齋本紅樓夢研究》
（1990）、《梁建植的紅樓夢評論與翻譯文》（1993）、《對紅樓夢翻
譯的再檢討》（1996）等，除此以外，對此没有其他專門性的研究。

三、譯本的類型與底本的特徵

《紅樓夢》的翻譯類型與其他作品一樣，主要有全譯本、節譯
本及縮譯本，以及在其他外語譯本的基礎上盡心的重譯本，還有

---

①Hawkes（霍克斯）翻譯了前80回，John Minford（閔福德）翻譯了後40回，
　在兩個人的合作下完成了全書的翻譯。第一卷在1973年刊行出來之後，
　最後的一卷（即第5卷）本直到1986年才得以刊行出來，前後持續了14年
　的時間。

②林以亮:《〈紅樓夢〉西游記——細評〈紅樓夢〉新英譯》,臺北:聯經出版,
　1976年。

③該文章收錄在《中國文學之比較文學研究》（汲古書院,1986）。中文譯文
　《紅樓夢在日本的流傳——江户幕府末年到現代》早先發表於《紅樓夢研
　究集刊》第14輯(1989)。該論文的韓文譯文由任秀彬翻譯,收錄於《紅樓
　夢的傳播與翻譯國際學術會議論文集》（高麗大學,2004年11月）。

以故事情節爲主重新進行改寫的改譯本等。19世紀出現的英譯本、日譯本皆爲節譯本或縮譯本。1884年前後,朝鮮的樂善齋本爲全譯本,意義深遠。該譯本可以説是將原本直接進行對照翻譯,一個字也無法更改的全譯本。儘管具體的譯者尚不明確,也沒有留下底本的相關資訊,考察起來困難重重。該書製作並保管於宮中,僅供宮内人士閲讀,並未在宮外的一般讀者中間流通。①

　　真正意義上的全譯注釋本的刊行,始於20世紀中後期的日本,即松枝茂夫與伊藤漱平等的譯本。他們的翻譯給世界各國的《紅樓夢》翻譯帶來了深遠的影響。當然我們也不能因此抹殺此前幸田露伴的功績。因爲雖然幸田露伴的《紅樓夢》依照底本僅翻譯了前80回就結束了,但是該譯本根據原本進行了徹底的全譯,並加了注釋,且收錄了原文;顯示出全譯本的基本特徵,原文以附錄的形式收錄。從這一點上來看,譯本可以與譯文上段收錄原文的樂善齋本相媲美。

　　此後出現的譯本中我們很難能看到收錄原文的情況。英譯本中以全譯本的形式出現的譯本有Hawkes本與楊憲益本。值得注意的是,譯者分別爲西方人與中國人,出版地亦如此,一個在西方出版,一個在中國出版。Hawkes本剛問世之初,中國人(特別是在香港臺灣地區)學者們歡欣鼓舞,反應强烈。由於對朝鮮的樂善齋全譯本與日語譯本没有這樣的反應,從另外的角度上來看也是值得深思的。大概是由於英語是全球通用的語言的原因,或者是由於將中國文學作品翻譯成英語並非易事,故而表示敬意?

①與之相似的譯本早已收錄在日本白山黑水文庫中。有目録云:朝鮮語翻譯的《紅樓夢》60册,《後紅樓夢》10册,《續紅樓夢》9册,《後紅樓夢》25册,《紅樓夢補》14册,《補紅樓夢》8册。很可惜的是在關東大地震時這些譯本都被燒毁了。該目録與樂善齋本《紅樓夢》叢書的目録一致,篇幅均較後者少,筆者以爲可能是樂善齋本的副本,並曾在宮外流傳。目録中收錄有國會圖書館編的《韓國古書綜合目録》(1968)。另外,筆者從大塚秀高先生處獲得當時的目録資料(東京大學所藏油印件),並進行過核對。

不得而知。

英文節譯本主要有"Joly本（56回,1892）"、"王際真初譯本"（39章,1929）、"王際真重譯本"（60章,1958）。日文節譯本主要有"富士正晴本"（全82回,每回縮略,後40回僅爲概要,1965）。韓文節譯本有"金龍濟本"（120回,每回縮略,1955）等。這些本子雖被稱爲節譯本,但是也可細分爲諸多形態:有忠實於每回原文進行翻譯而不久中間中斷未能譯完的;有前半部分全譯,而到了後半部分進行縮譯的;也有每回進行縮譯、以故事情節爲主的翻譯等等。節譯本的出現與譯者的翻譯能力、翻譯條件、以及出版社的經費等都有著密切的關係。

刊行像對《紅樓夢》這樣的長篇小説一字不漏的全譯本,是一項工程浩大的工作。另外由於這部小説圍繞日常生活的細節描寫展開,因此要求讀者在閱讀之初就要有一定的耐心,這是很困難的。因此爲了獲得讀者積極的反應,出版社必然要求故事以較快的速度展開。不妨以禹玄民的譯本爲例,該譯本上半部分以十分精細的翻譯開始,然而到了中後半部分,轉爲縮譯,計劃的12卷被壓縮成了6卷。

另外無視原典120回的基本形態,以故事情節爲中心重新編譯的縮譯本也爲數不少。特別是爲了方便一般讀者輕鬆閱讀而編制的通俗讀物,更是如此。富士正晴本的後40回無視正規的回別故事,對原書内容胡亂打包,以故事爲中心進行翻譯。此前的英譯本王際真本、韓文譯本金相一本與金河中本皆是如此。

與此不同的原文對照譯本的形態可另行論述。樂善齋本屬於全譯本中採取與原文相同形態的一個十分特殊的例子。其他大多數是爲了學習北京話而編制的教材形態的譯本。民國時期袁家驊與石明加了注釋,對作品進行部分節錄的中英對譯本《紅樓夢斷鴻零燕記選》（上海北新書局，1933）等就是此類譯本。①

　　重譯本指的是譯者並不考慮底本，而是採用某一其他語言的譯本爲底本進行翻譯的本子。雖然有很多的原因，但這與譯者的語言能力以及出版社財政上的問題都不無關係。《紅樓夢》的重譯本在東西方都能找到相關的例子。在德國，1932年譯成的"弗蘭兹・庫恩（Franz Kuhn）德語本"就是對周邊諸國譯本的重譯本，以這部譯本爲底本的有：荷蘭譯本（1947）、麥克休譯本（1957）、法語譯本（1957）、義大利語譯本（1958）、匈牙利譯本（1959）等。韓國光復之後的金龍濟本、李周洪本、吳榮錫本及禹玄民本等都很難説是直接從中文原典翻譯過來的。雖然翻譯時採用的底本並不明確，但是我們可以斷定的是這些都是一定情況下對日語譯本的重譯。解放以後韓國與中國斷交，因此缺乏研究中國學的學者。

　　另外活躍在日本文壇的作家們由於突然的政局變動不能使用日語，在當時的社會氛圍下，也不能向韓國介紹日本文學。因此出於政治立場的考慮，開始了對相對較爲安全的中國古典文學中較爲讀者熟知的名作小説的翻譯，這樣自然就需要參考當時從日本進入韓國的各種譯作，對日語譯本的重譯就是在這樣的背景下出現的。

　　這樣，無數的中國古典小説就由這些專門從事中國文學研究的研究者們翻譯了出來。這其中大部分就是在這種扭曲的環境下出現的。當然這其中也有一些譯本爲學界提供了不少幫助，因此我們並不能將其視作阻礙學術正常發展的絆腳石。這在受全

---

①康來新：《英語世界的紅樓夢》，載於《紅樓夢研究》，臺北：文史哲出版社，1981年，第241—242頁。

國民衆廣泛關注的《三國演義》的翻譯上表現的更爲充分。[1]

　　改譯本在現代譯本中數量衆多。日語譯本中數量相對較少，這裏僅以趙星基本（三册，民音社，1997）爲代表舉例説明。該書共分爲20部，故事的基本構成以及人物雖然都來自《紅樓夢》，然而其中的細節描寫較之原著做了大量的删減，過分集中於其中的男女情愛問題上，並隨意作添删。這對原書的形象是一種大大的損傷。該譯本剛開始在《韓國經濟新聞》上連載，以引起讀者的興趣爲目的，與嚴格意義上的翻譯還有一段距離。發表時並不使用"翻譯"這一詞，而是寫作"曹雪芹原作、趙星基編作"。儘管如此表示了，但是還是有必要明確區分。這類的改譯本雖然能流行一時，但是讓人擔憂的是，這在《紅樓夢》傳播史上反而會影響讀者們對《紅樓夢》的解讀。事實上這種現象與出版社及社會的風氣有着密切的關係。

　　無論是哪種小説作品，一旦對其翻譯情況進行考察時，就不能不注意到翻譯時採用的底本的問題。對於版本系統本身就非常複雜的《紅樓夢》而言情況更是如此。這是因爲，沒有任何原則地從其他的版本中這兒抄來翻譯一點，那兒抄來翻譯一點的話，結果只會弄成一個沒有根源的或者改寫的譯本。當時沒有哪一種譯本是只參考一個本子進行翻譯的。爲了本國讀者做出一個好的譯本的這種努力，也是譯者對於讀者的一種義務。但是從《紅樓夢》的實際翻譯情況來看，並不這麼簡單。對現在我們能看到的主要譯本進行考察的話，一眼就能看出問題是相當複雜的。爲了能一目瞭然的瞭解這一問題，下面我們以前面所提到的

---

① 讓人頗感失望的是，近來韓國出版界關於小説《三國演義》的翻譯論戰並非是由學界發起的論戰，而是一些人氣作家與出版社之間展開的利益之爭。考慮到形成廣大的讀者群這一現實時，韓國的中國小説翻譯史未能走上一條朝正確的方向發展的道路是很可惜的，重新確立這一方向需要學界的努力。

譯本中比較重要的譯本爲對象，進行系統性的再整理。

我們先來看一下在中國的《紅樓夢》自身的版本系統，以及中國廣爲人所知的通行本，以及具有學術價值的校勘本。

《紅樓夢》大致來看有脂硯齋評本《石頭記》及程偉元校勘本《紅樓夢》兩種。脂硯齋評本中年代最早的是甲戌本（現存的本子有過錄本）。現存的回數只有16回，沒有對此進行校勘的本子。接著是己卯本，也只有43回左右，篇幅很小。作家生前的庚辰本，完整的保存了78回，因此很早開始就受到人們的重視。

1982年紅樓夢研究所出的校注本《紅樓夢》就是以庚辰本爲主要底本的。但是還沒有將此書作爲底本利用的例子。完整的收錄了脂評本前80回的本子是戚序本（有正書局本）。該書刊行於1912年，傳播最爲廣泛。

1920年，幸田露伴本就是以此爲底本的。胡適的《紅樓夢考證》出版於1921年，幸田露伴的譯本是在新紅學出現之前就已經問世的直譯的譯注本。回目也是逐字進行了翻譯。

1958年，俞平伯以戚序本爲底本、以庚辰本爲校勘本重新校注出版了《紅樓夢八十回校本》。附錄中收錄的後40回爲程甲本。該書出版以後在海外的翻譯界引起了很大的反響。但是在中國國內，由於受到“《紅樓夢》批判運動”的影響，並未受到很多人的關注。日本伊藤漱平的本子就是以俞平伯的本子爲底本的。原來以前80回採用程乙本的松枝茂夫也在其改譯本中參照了俞平伯的校本。楊憲益與安義運在北京外文出版社出版的譯本都明確說明了使用的是戚序本與程乙本，但是都沒有說使用了俞平伯的本子。中國與日本在使用翻譯底本上的不同，這一點當然也與俞平伯的政治見解是有關係的。①

　　在程刻本中有程甲本（1791）、程乙本（1792）以及最近的程丙本（年代未詳）等。但是到了清代後期基本上是程甲本系列。無論是白文本還是評點本基本上都是這一系列。到了現代，以該本爲底本的有啟功先生作序的北師大本。譯本的情況是，在19世紀以前出現的大多數譯文或譯本都屬於程甲本系統。1884年前後，朝鮮宮中製作的樂善齋全譯本中保留了使用屬於該系統的後期各種版本的痕迹。上文中，德國傳教士在介紹《紅樓夢》時提到的、1842年問世的20卷本也是清代主要版本之一——東觀閣本。②1921年上海亞東圖書館出版的亞東初排本也是屬於程甲本系列的現代排印本。此後1927年胡適提供的程乙本又重新得以影印，版本的局面也順勢改觀，這就是"亞東重排本"。1934世界書局的本子、1953年作家出版社的本子、1957年人民文學出版社的本子等以這一版本爲根據的新增版得以刊行。可以説在現代的中國成了程乙本的天下。譯本中屬於程乙本系統的有松枝茂夫初譯本，另外中國楊憲益英文本與安義運的韓文本的後40回都是以此爲底本。

　　後40回取"程甲本"的情況主要見於海外。在中國，俞平伯的《紅樓夢八十回校本》附録中所收的後40回就取自程甲本。因此很多海外的翻譯家在翻譯的時候都是以此爲底本。近來，作爲中國新時期以後的研究成果，新校注本受到了學界的關注。該校

---

① 對俞平伯的《紅樓夢》批判運動始於1954年。事實上當時的執政者希望以此爲契機向這些文學的"僕人"播撒基於社會主義唯物史觀的文藝理論，因此故意擴大了這場運動。也可以説，這是爲了壓制在當時的文壇與學界廣泛浸潤的胡適的自由主義思想而開展的一場運動。參閱高旼喜：《關於1954年的紅樓夢論爭的考察》，《現代中國文學》，1987年創刊號；孫玉明：《紅學，1954》，北京：北京圖書館出版社，2003年。
② 這一點已爲胡文彬先生確認過。詳見曹立波：《東觀閣本研究》，北京：北京圖書館出版社，2004年。

注本以作家生前留下的庚辰本爲根據,由中國藝術研究院紅樓夢研究所校注,人民文學出版社1982年出版。從這一點上來看,其在學術上得到了學界的認可。另外,不違背中國學術界的新趨勢這一點也得到了海外學界的認可。但是目前還没有直接以這一版本爲底本進行的譯本出現,韓國現在正在進行的譯本就打算直接以這一版本爲底本進行翻譯。①

四、底本的選定與譯文的增加

甲戌本雖然有很多很重要的特徵,但卷首的"凡例——紅樓夢旨義"在其他的版本中都見不到,甲戌本就是以這樣一種獨特的形式與内容構成。另外,在第1回"緣起"部分結束的時候,出現了很多的書名。脂評本與程刻本中都有四個題目:"石頭記"、"情僧録"、"風月寶鑒"、"金陵十二釵",唯獨只有甲戌本在"情僧録"的後面增加了"至吴玉峰題曰紅樓夢"這一句。接下來在引用了一首絶句之後②,寫了這樣一句話:"至脂硯齋甲戌抄閲再評仍用石頭記。"這一句僅見於甲戌本中。③

下面我們來看一下今天我們所能見到的韓日英譯本中是怎麽處理甲戌本的這一内容的。實際上,在20世紀以來廣泛流通

---

① 筆者與高旼喜教授正在進行的全譯注釋本的翻譯以該版本的第二版(1996)爲底本。

② 這一絶句在所有的版本中皆有,全文爲:"滿紙荒唐言,一把辛酸淚。都云作者癡,誰解其中味。"

③ 版本的名稱取自絶句中的"甲戌"。曹雪芹於1754年已經在某種程度上完成了作品。我們從脂硯齋的再評中可知,曹雪芹的創作時期始於此前的十年前,現存的抄本爲重新抄謄的寫本。

的主要中國版本中,甲戌本的這一内容基本無法找到。1927年以
亞東重排本(程乙本)爲底本的現代排印本、在臺灣與大陸長期以
來廣爲流傳的世界書局本(1934,此後爲臺灣版),以及人民文學
出版社版(1957,1973)都從第1回"此開卷第一回也"開始,"十
年辛苦不尋常"的詩都被漏掉了。另外也没有"至吴玉峰題曰紅
樓夢"這一句。怎麽樣也看不到甲戌本的痕迹。1958年俞平伯的
校注本以屬於脂評本的戚序本爲根據,然而也是從"此開卷第一
回也"開始,只是加入了底本中没有的"十年辛苦不尋常"這一首
詩①,"至吴玉峰題曰紅樓夢"這一句仍然不見蹤影。由於這種多
樣的處理結果,因此這些被稱之爲新的校勘本。

　　但是截至目前,韓日英譯本中有很多譯本都收録了呈現甲戌
本主要特徵的句子。

　　在日本松枝茂夫(1940,改定本1972)的改定本中,譯者稱
以俞平伯本爲底本。而在翻譯的過程中也有譯者隨意修改的地
方。實際上對於第1回,松枝茂夫的處理方式是嚴格遵循了甲戌
本的形式與内容。首先在卷首收入了中國通行本中從不採用的
甲戌本的"凡例——《紅樓夢旨義》"。可以説這一點是非常特别
的。另外在正文中有"至吴玉峰題曰紅樓夢"的句子,在"吴玉峰
にいたつてこれに題して『紅樓夢』といい"這句話中明確的説
明了這一點。但是,譯者是可能覺得僅見於甲戌本的"至脂硯齋
甲戌抄閲再評仍用石頭記"這一句話没有必要,於是就省略了這
一句,而没有翻譯出來。②

　　金龍濟的韓文譯本(1955)是光復之後第一個單行本譯本,

①除此以外,戚序本中雖然没有,但是在甲戌本《凡例》第五條的最後部分在
　"乃是第一回題綱正義也"下增加了七十字。

②1941年以來的初譯本中,對於這一部分是如何處理的尚不明確;在後記中
　也没有另外的説明,由此看來,初譯本也十分重視當時胡適强調的甲戌本
　的地位,可能是後來添加的。

是一個兩卷篇幅的節譯本。第1回中解釋書名由來的"至吳玉峰題曰紅樓夢"這一句話被翻譯了出來，如果考慮到當時除了甲戌本之外沒有其他任何本子中有這一句話這一點的話，那麼譯者金龍濟的譯本很有可能參考了前面提到的松枝茂夫的初譯本。

　　王際真的英譯本（1958）是全卷被壓縮爲60回的節譯本，譯本的底本雖然也是程乙本，但是令人意想不到的是，第1回中甲戌本的句子都收錄了。王際真也特別強調，自己加入了胡適所藏的甲戌本的内容。

>　　After this the Taoist called himself "the Compassionate" and changed the title of The Story of the Stone to Transcroption of the Compassionate Priest.Later Wu Yu-feng gave it the title of Dream of the Red Chamber,whlie K'ung Mei-chi called it Precious Mirror of Breze and Moonlight.Still later Ts'ao Hsueh-ch'in studied it for ten years in his retrea The Mourning of the Red,and revised it five times.He divided it into chapters and then composed an analytical couplet for each.He gave it yet another title,The Twelve Maidens of Chinling.He also composed a poem on the novel.（詩從略，引用者注。）Finally,when "Chih-yen Chai" made still another copy together with a new set of comments in the year chia-hsu（1754）,he restored the original title——The Story of the Stone.

　　王際真在胡適的基礎上，在自己的節譯本中，增加了當時成爲重要研究對象的甲戌本中的這些内容。在最後的句子中，特別是將"至脂硯齋甲戌抄閱再評仍用石頭記"這一句也翻譯了出來，這一現象是特別的。在收錄了"凡例"的松枝茂夫本中僅删去了這些内容，可以説這是值得大書特書的。①

　　雖然伊藤漱平日譯本（1973）很顯然依照的是俞平伯的校正本，但是在一些地方也留下了甲戌本的痕迹。雖然同松枝茂夫一樣，在卷首没有收入"凡例——紅樓夢旨義"，但在第1回的序頭部分，收録並翻譯了"浮生着甚苦奔忙……十年辛苦不尋常"的七言律詩，形成了一個新形態的版本。本來在甲戌本中"凡例"的最後收入了這首詩，戚序本中雖然以"此開卷第一回也"開始，但是中間的内容却被省略了。俞平伯本從戚序本中摘録了這首詩，前面部分七十個字從甲戌本中移了過來，形成了自身獨特的版本。這一現象在日語譯本中也有譯者任意進行取舍、自由進行選擇的先例，這成爲翻譯上的一種新的方法。

　　"此開卷第一回也"以下的"作者自云"的内容是甲戌本第一回前面"凡例"的最後部分的内容，在其他的早期版本中都没有前面的三個部分，僅從凡例第五條到第1回正文開始。然而這並非正文部分，而是脂評的一部分。最早提出這一主張的是陳毓羆。小説實際上的正文從"列位看官"開始。不僅如此，紅樓夢研究所的新校注本也以庚辰本爲底本，原原本本的進行了引用，只是承認了是原來的脂評本的一部分，並處理爲兩格縮排的形式。②伊藤漱平考慮到這一點，省略了屬於脂評的内容，然而讓人感到矛盾的是又收録了這首詩。

　　英譯本"Hawkes本"（1973）基本上以程乙本爲底本，譯者隨意進行處理的地方也不少。至於第1回中出現的五個書名，該譯本不做任何更改地進行了引用，收入了"至吳玉峰題曰紅樓

①王際真的初譯本（1929）雖然無法確定，當時胡適發現了"甲戌本"併發文強調了甲戌本的重要性（1928），可能這一情節是後來補上去的。如果真是如此的話，那麼松枝茂夫的翻譯中也應該參考了這一内容。

②中國藝術研究院紅樓夢研究所校注：《紅樓夢》上卷第一回，校記（一），北京：人民文學出版社，2002年，19頁。

夢"的句子,甚至連"至脂硯齋甲戌抄閱再評仍用石頭記"這一句也收錄其中。但原典中書名的順序爲"石頭記—情僧録—紅樓夢—風月寶鑒—金陵十二釵",不知何故將"紅樓夢"與"風月寶鑒"的順序進行了調換,"風"在前,"紅"在後。[①]

He therefor changed his name from Vanitas to Brother Amor,or the Passionate Monk,(because he had approached Truth by way of Passion),and changed the tilte of the book from The Story of the Stone to The Tale of Brother Amor.Old Kong Mei-xi from the homeland of Confucious called the book A Mirror for the Romantic.Wu Yu-feng called it A Dream of Golden Days. Cao Xueqin in his Nostalgia Studio worked on it for ten years,in the course of which he rewrote it no less than five times,dividing it into chapters,composing chapter headings, renaming it The Twelve Beauties of Jinling,and adding an introdutory quatrain.Red Inkstone restored the orginal title when he recopied the book and added his second set of annotations to it .

韓文譯本的安義運本(1978)以俞平伯本爲根據,其中也收錄了"至吴玉峰題曰紅樓夢"這一句話。在《紅樓夢》句子中没有收錄注釋。探尋翻譯時採用的底本的根據也並不明確,只是

---

① 對於 Hawkes 的英譯本有這樣的評價:他是西歐最早嘗試將《紅樓夢》翻譯成英文的人,他也是一位對中國的紅學界非常熟悉的學者。儘管如此,無論是在使用程乙本時没有任何根據的就使用了《石頭記》這一書名,也不管其在書名使用上的前後不一致,另外在其翻譯中也存在對作品進行隨意加注或妄加判斷的情況,等等這些失誤都不免讓人大跌眼鏡。與其説是出於某種特別的意圖將《紅樓夢》與《風月寶鑒》的順序做調整,筆者以爲倒不如説純粹是一種失誤。

對意思進行了解釋。^①我們通過禹玄民本（1982）的回目與正文可以確定當屬於程乙本的系統,禹玄民本中"至吳玉峰題曰紅樓夢"的句子被翻譯了出來。而所有中國版本中皆有的"此開卷第一回也"這一句却沒有翻譯出來,而是直接從"作者自云"開始。

另外,並不隨意收録甲戌本的内容、而是忠實於底本内容進行翻譯的本子有下面的幾種。1920年幸田露伴本由於採用的是在中國不久前刊行的有正書局本（戚序本）,内容與文采上嚴格遵循了底本。楊憲益的英譯本明確説明了以俞平伯的本子爲根據,因此其譯文中也沒有甲戌本的内容。雖説與此前的安義運本之類的譯本不同,但是不能不説的是該譯本受到了日語譯本的影響。延邊大學本（1978）明確説明了以人民文學出版社（1974）的本子（程乙本）爲底本,因此譯本中沒有"至吳玉峰題曰紅樓夢"這個句子。可知是完全按照底本進行的翻譯。另外飯塚朗本的日語譯本（1980）也稱,以人民文學出版社本（1972）爲底本,但是翻譯時部分參照了俞平伯的校正本,可知飯塚朗本的譯本基本上遵循的是程乙本的系統。韓文譯本洌上本（1988）以臺灣里仁書局初排本（亦以程乙本系統爲底本）,因此也沒有"至吳玉峰題曰紅樓夢"這個句子。

由以上的整理可以看出,忠實於原典的翻譯、與對學界重視的甲戌本進行任意的添加的譯本,形成了與衆不同的風格獨具的系統。《紅樓夢》自身複雜的版本系統也使譯本的情況變得複雜多樣。

---

① 安義運本的原注爲:若要對"홍루몽（紅樓夢）"三字進行解釋的話,"홍루（紅樓）"是紅色的樓閣,是少女們居住的閨閣的意思,"몽（夢）"就是夢的意思。因此"홍루몽（紅樓夢）"是閨中之夢的意思。

五、作品的書名與回目的翻譯

《紅樓夢》剛開始名爲"石頭記",在作品的開始部分交代了這部作品的形成過程,並提到了五種書名。程偉元刊本出現之後,《紅樓夢》這一書名就開始廣爲人知。到了清末,也有人寫作"石頭記"①,也有人也發明了"金玉緣"與"大觀瑣錄"這樣的書名。譯本的標題選擇何種題目,這與對翻譯底本及譯者的判斷是有關係的。一般來看,對於屬於漢字文化圈的韓國與日本,基本上没有將書名翻譯成各自國家語言的例子。但是在西歐,對於標題的翻譯就呈現出多種多樣的方法。首先我們來簡單看一下從19世紀的譯文到最近的情況。

書名的英譯,比如《The Dreams of the Red Chamber》(R.Thomm,1842)、《Dreams in the Red Chamber》(K.F.Gutzlaff,1842)、《The Dream of the Red Chamber》(E.C.Bowra,1869)、《The Dream of Red Chamber》(B.Joly,1893),在很多類似這樣的一些英譯本中,一般都是將"紅樓"翻譯成"Red Chamber",將"夢"翻譯成"Dream"。在20世紀造成巨大影響的王際真的譯本中也是翻譯成"Dream of Red Chamber",英文的書名翻譯基本上被確定了下來。

但是到了1973年,以西洋人全譯《紅樓夢》第一人爲目標的Hawkes在其譯本的第一卷中,出人意料地將書名翻譯爲"The Story of the Stone"(1973)。他使用的底本爲程乙本。不僅如

①除了脂硯齋評本中寫作"石頭記"之外,另有張新之的《妙復軒評石頭記》(1980),光緒年間的《增評補圖石頭記》(王希廉、姚燮的合評)。吳趼人在清末有科幻小說《新石頭記》,由題目來看應該是《石頭記》的續書。

此,對於書名的翻譯採用的是僅見於脂評本的"石頭記"。1978
年中國譯者楊憲益的譯本中,拋棄了西方人熟悉的書名,而翻譯
爲"A Dream of Red Mansions"。將《紅樓夢》翻譯成意爲閣樓與
臥室的"Red Chamber",事實上從D.Hawkes開始就有人對此感
到不滿了。總之,自此以後中國人開始將意味著寬敞華麗宅邸的
"紅樓"翻譯成"Red Mansions"①。

下面我們以三種主要的英文譯本爲例,來探討一下第1回中
出現的五種書名的英文翻譯的情況。在D.Hawkes的譯本中,序
文與正文中提到的書名,對照了書名之間的差異,爲我們提供了
參考。

《石頭記》:
The Story of the Stone(王際真本)
Shitou ji(The Story of the Stone)(D.Hawkes本的序文)
The Story of the Stone(D.Hawkes本的正文)
The Tale of the Stone(楊憲益本)

《情僧録》:
Transcription of the Compassionate Priest(王際真本)
Qing seng lu(The Passionate Monk's Tale)
(D.Hawkes本的序文)
The Tale of Brother Amor(D.Hawkes本的正文)
Record of the Passionate(楊憲益本)

《紅樓夢》:
Dream of the Red Chamber(王際真本)

①例如,紅樓夢研究的代表性學術刊物《紅樓夢學刊》的英文名也譯作
"Studies on 'A Dream of Red Mansions'"。

Hong lou meng（A Dream of Red Mansions ）
（D.Hawkes本的序文）

A Dream of Golden Days（D.Hawkes本的正文）

A Dream of Red Mansions（楊憲益本）

《風月寶鑒》:

Precious Mirror of Breeze and Moonlight（王際真本）

Fengyue baojian（A Mirror for the Romantic ）
（D.Hawkes本的序文）

A Mirror for the Romatic（D.Hawkes本的正文）

Precious Mirror of Love（楊憲益本）

《金陵十二釵》:

The Twelve Maidens of Chinling（王際真本）

Jinling shier chai（Twelve Young Ladies of Jinling）
（D.Hawkes本的序文）

Twelve Young Beauties of Jinling（D.Hawkes本的正文）

The Twelve Beauties of Jinling（楊憲益本）

下面我們對回目進行一番考察。章回小説《紅樓夢》分章設回,並列標題。我們在第1回中能看到説明該書創作過程的相關情況。甲戌本中在石頭、空空道人（改名爲情僧）、吳玉峰、孔梅溪等人之後,接著出現了曹雪芹的名字,第一回中交代曹雪芹所做的工作無非就是進行校正、編制回目、劃分章節等①。今天我們能見到的早期抄本（即脂硯齋本）的上段部分,或者回目有別,或者尚需續編,或者回目與正文多被漏掉。後40回有"紅樓夢稿本（全抄本）"、程甲本、程乙本等各種不同的版本,譯本中採用的是

---

① "後因曹雪芹於悼紅軒中批閲十載,增删五次,纂成目録,分出章回,則題曰金陵十二釵。"（第1回）

哪種本子爲底本,這也是值得我們注意的。另外,譯本中對回目的處理方法也各不相同。

在此,我們按照底本,對差異甚多的第5回與第7回的回目的翻譯採用的是何種版本集中進行考察。

幸田露伴本嚴格遵循底本戚序本對回目進行了翻譯。將第5回的回目"靈石迷性難解仙機,警幻多情秘垂淫訓"進行了直譯,翻譯爲"靈石迷性仙機を難き解く,警幻多情淫訓を秘垂す"。對於第7回的回目"尤氏女獨請王熙鳳,賈寶玉初會秦鯨卿"也進行了直譯,翻譯爲"尤氏の女獨う 王熙鳳を 請ひ,賈寶玉初て秦鯨卿に會ふ"。當然該譯本使用的底本是戚序本,且遵循原文進行翻譯這並不是什麼怪事。然而後來出現的各種版本與譯本,就算果真是以戚序本爲根據進行翻譯的,在第5回與第7回的題目的翻譯上也各有不同,這一奇特的現象是值得我們注意的。舉例來説,在以戚序本爲主要依據的俞平伯的本子中,第5回與第7回的回目根據的是另外的己卯本與庚辰本,分別依之更改爲"游幻境指迷十二釵,飲仙醪曲演紅樓夢"與"送宮花賈璉戲熙鳳,宴寧府寶玉會秦鐘"。這就造成了後來以此爲底本的譯本的混亂。

松枝茂夫在對《紅樓夢》進行改譯的時候(1972),遵循的是俞平伯的本子。對於第5回與第7回的回目都以來源於庚辰本的"游幻境指迷十二釵,飲仙醪曲演紅樓夢"與"送宮花賈璉戲熙鳳,宴寧府寶玉會秦鐘"爲根據進行了翻譯,分別譯爲"幻境に游びて十二釵の圖に迷い、仙酒を飲みて紅樓夢の曲を聞く","宮花を送られて賈璉熙鳳に戲れ、寧國邸の宴にて寶玉奏鐘に會う"。伊藤漱平也以俞平伯本爲根據,翻譯了同樣的內容,但是在語感上與此前的松枝茂夫略有不同。我們來看他們對第5回與第7回的翻譯,皆譯爲"幻境に游ばせ十二釵の繪を解くこと、仙酒を飲ませ紅樓夢の曲を演すこと","宮花を屆けしに賈璉熙鳳と戲れ居たこと、寧國邸の宴にて寶玉奏鐘と顏を合わすこ

と”。加入了“こと”一詞(意爲“所做的事情”)。這種追求形式
上的統一的翻譯方式非常特別。

飯冢朗本(1980)在卷首没有收録回目,而是在各回的前面
收録並翻譯了回目。忠實地遵循底本程乙本,將第5回翻譯爲
“賈寶玉まぼろしの境に游び、警幻仙 紅樓夢の曲を奏さす”,
將第7回翻譯爲“造化を届けて真晝の房事を耳にし、榮國邸の
宴に寶玉と奏鐘の出會い”。

下面我們來看一下英譯本。王際真本(1958)是壓縮爲6章
的節譯本,各章都有回目[①]。但是與原典無法進行對照,進行了一
些取舍與裁剪。整體上來看,王際真的譯本並非是一味的壓縮,
在前半部分幾乎與原典比較接近地進行了翻譯,翻譯着翻譯着就
開始了壓縮。對於回目的翻譯,並非是忠實於原標題的直譯,而
是按照該回的內容進行了意譯。比如,“Chapter1 : In which Chen
Shih-yin meets the Stone of Spiral Understanding,And Chia Yu-tsun
encounters a maid of unusual discernment”就是對原書(程乙本)
第1回的“甄士隱夢幻識通靈,賈雨村風塵懷閨秀”的翻譯。然而,
“Chapter2 : In which Chia Yu-tsun takes a positon as tutor to Lin
Tai-yu,And Leng Tzu-hsing gives an account of the Yungkuofu”却是
對第2回“賈夫人仙逝揚州城,冷子興演説寧國府”上聯的意譯。
本來是“가부인은 양주에서 세상을 하직하고(賈夫人仙逝于揚州
城)”(延邊大學本),而這裏却根據實際内容更改爲“가우촌이 임
대옥의 가정교사가 되고(賈雨村做了林黛玉的家庭教師)”。大
體上來看,截至譯文第十章,以與原典第10回的回目相符的順序對

---

① 原書的前80回部分在翻譯時成爲該書的53章,後40回部分壓縮爲剩下的
6章。並非將全書壓縮爲一半。

回目進行了翻譯①,漸漸地就開始了將兩回並作一回進行壓縮。原典的第11回與第12回的內容被壓縮,第11回的內容被全部翻譯了出來,第12回中的林黛玉赴揚州奔父親喪的故事(原書第14回,上聯"林如海靈返蘇州郡"),以及王熙鳳主持操辦秦可卿葬禮(原書第13回,下聯:"王熙鳳協理寧國府")等被翻譯了出來。

D.Hawkes本中,對於題目的翻譯也呈現出多樣性;對於回目的翻譯,意譯的情況也有很多。第2回"賈夫人仙逝揚州城"題目中直接交代了賈敏之死,而D.Hawkes翻譯爲"A daughter of the Jias ends her days in Yangzhou city",意思是"賈夫人的女兒結束了揚州生活",意即上京。原書中的賈夫人與冷子興對句的技法沒能很好的表現出來。第5回中依照程乙本,譯爲"Jia Bao-yu vistis the land of illusion;and the fairy Disenchantment performs the'Dream of the Golden Days'"。"Dream of the Golden Days"就是對《紅樓夢》的翻譯。可以説這是爲了將之與全書的書名進行區分而採取的一種譯法。

該譯本被分爲五卷,每卷譯本中另外加了一個小標題,第一卷的小標題就是出自上文的"the Golden Days"。②所有的小標題都是出自譯者的想法。像這樣在每卷中添加小標題的例子在其他的譯本中很少見。譯文的第7回使用的是程乙本,回目被翻譯爲"Zhou Rui's wife deliver palace flower and finds Jia Lian puring night sports by day;Jia Bao-yu visites the Ning-guo mansion and has an agreeble colloquy with Qin-shi's brother"。

①原書的第10回的題目爲"金寡婦貪利權受辱,張太醫論病細窮源",在譯本的第十章也是遵照原題進行了翻譯,譯文如下:In which Widow Kin swallows her pride because she cannot afford the cost,And Physician Chang reachers a corret diagnosis because he has the experiences.

②前五卷各卷的副標題分別爲:Vol.1 The Golden Days、Vol.2 The Crab-flower Club、Vol.3 The Warning Voice、Vol.4 The Debt of Tears、Vol.5 The Dreamer Wakes.

筆者以爲譯者將"秦鐘"翻譯爲"秦氏的弟弟",這樣翻譯大概是爲了幫助讀者理解。事實上,在第15的回目中,秦鯨卿直接被指爲秦鐘。該譯文中的"寧國府"在第11回的譯文中却爲"Ningguo house",可見其翻譯的標準並不統一。

楊憲益以戚序本爲根據,忠實於原典進行了翻譯。第5回的回目"靈石迷性難解仙機,警幻多情秘垂淫訓"被翻譯爲"The Spriritual Stone is too Bemused to Grasp The Fairy's Riddles; The Goddess of Disenchanment in her Kindness Secretly Exopounds on love",第7回的回目"尤氏女獨請王熙鳳,賈寶玉初會秦鯨卿"被翻譯爲"Madam Yu Invites Hsi-feng Alone;At a feast in the Ning Mansion Pao-yu First Meets Chin Chung"。可以説都是忠實於原書的翻譯。①

金龍濟的韓文對譯本(1955)雖爲120回,却爲節譯本。回目皆爲字數不整齊的單句。例如,第1回爲"石頭記的由來",第2回爲"貴公子賈寶玉",第5回爲"紅樓夢曲",第7回爲"寶玉與秦鐘等。相比之下,李周洪本(1969)將回目都翻譯爲三字句,第1回爲"石頭記",第2回爲"榮國家",第5回爲"十二釵",第7回爲"秦少年",標識了各回的核心詞語。

但是不知道這種辦法是不是來自于其翻譯時采用的日語底

---

① 將"紅樓"視爲賈府,因此把"紅樓夢"翻譯成爲"Red Mansion",這大概是寧國府被翻譯爲Ning Mansion的一個有力的根據。韓國語翻譯"寧國府"的時候由於存在同音的情况因此按照發音進行翻譯爲"녕국부"。

本呢？還是譯者獨創的方法？ [①]安義運本以戚序本爲底本，儘管如此，在第5回中不做任何説明就遵從了程乙本，爲“가보옥은 선녀 따라 태허환경에서 노닐고, 경환선녀는 보옥에게 홍루몽곡을 들려주다(賈寶玉隨仙女夢游太虛幻境,警幻仙子向賈寶玉傳授《紅樓夢曲》)”。而且將僅見于戚序本的回前詩翻譯了出來。第七回以戚序本爲根據，翻譯爲“우씨는 조용히 왕희봉을 초청하고 가보옥은 처음으로 진종을 만나보다(尤氏女獨請王熙鳳,賈寶玉初會秦鯨卿)”。

延邊大學本(1978)各回嚴格遵循原文進行翻譯，以底本程乙本爲根據進行了翻譯。1990年，在此基礎上編輯而成的首爾版“藝河本”中，編者任意在每卷的卷頭增加了一個韓文小標題，並以單行的形式列出。各回的正文部分亦是如此，在每卷的開頭的那一章中都有一個韓文小標題，在小標題的下面又寫上了回目譯文，採取的是找到回目的原文並附記的形式。韓文的小題目，比如第1回爲“賈雨村遇甄士隱”，第5回爲“寶玉聽紅樓仙曲”，

---

① 該譯本採用的底本是日譯本，這一點我們從文中的解説轉移自松枝茂夫的注釋這一點可以確定。李周洪在翻譯《紅樓夢》第1回“昌明隆盛之邦……温柔富貴之鄉”時，增加了小説原文中本來没有的部分，具體如下：“영화의 나라니, 고귀의 집이니, 화류번화의 땅이니, 온유부귀의 고을이니 한 것은 앞으로 이 주인공이 활약하게 될 지리적 배경 長安이다. 실제로는 북경이 쓰이고 있는 터이지만 榮國府이니 大觀園이니 紫芝軒—이것도 紫芸軒 의 잘못 씀이라 함 - 이니 하는 것을 복선해 놓은 것이다. (是昌明隆盛之邦、詩礼簪纓之族？ 花柳繁華地、温柔富貴鄉？皆非也。此處爲將來主人公生命躍動的長安。雖然實際上寫作是北京,寫作榮國府,亦或是大觀園,亦或是紫芝軒[爲“紫芸軒”之誤]不過是爲下文埋下的伏筆。)實際上這一段文字是松枝茂夫的第4條至第7條注釋中的文字,松枝茂夫的原注出自戚序本。甲戌本中寫作“紫芸軒”。實際上在作品中雖然没有名爲“紫芸軒”的建築,但是由甲戌本的其他情節中使用“瀟湘館紫芸軒”的情況來看,實際上這裏的“紫芸軒”指的是賈寶玉自己親自書寫匾額的“絳芸軒”。松枝茂夫曾提到過這一點,但是在李周洪的譯本中却省略掉了。只是三字回目的根據是否出現在其他的日譯本中,却無從得知。

到了第7回就出現了問題，小題目爲“薛氏夫人送花”。這樣翻譯的話就是將“送宮花”的人理解成了薛夫人。然而，薛夫人是下達送花令的人，實際上送花的人是周瑞的老婆（周瑞家的）[①]。作者曹雪芹利用這次機會，介紹了迎春、探春、惜春及其侍女，並讓王熙鳳的情事與平兒一同登場，甚至連最後接到花的林黛玉的敏感反應也一併表現了出來。

　　另外首爾版“藝河本”中回目被譯爲：“궁화를전하는데가련은희봉을희롱하고，녕국부연회에서보옥은진종을만나다”（延邊大學組譯本與之相同），“藝河本”找到並列舉了原文中没有的内容，寫作“送宮花賈璉戲熙鳳，赴家宴寶玉會秦鐘”。然而第二句“赴家宴寶玉會秦鐘”與原文並不相同。人民文學出版社本的底本爲程乙本，回目爲“宴寧府寶玉會秦鐘”。“赴家宴寶玉會秦鐘”是清末王希廉評本使用的題目[②]。可以説這種錯誤是因對於《紅樓夢》複雜多端的版本之間的微小的差異未能理解而造成的。

---

① 這一點與東洋的語言中省略主語的語言習慣不同，在英譯本中一定能找到相關的例子。參考前文中提到的Hawkes的英譯本的第7回中的“Zhou Rui's wife deliver palace flower and finds Jia Lian pursuing night sports by day”，就能清楚的看到這一點。

② 第7回在不同的版本中也呈現出不同的面貌。甲戌本中爲“送宮花周瑞歎英蓮，談肆業秦鐘結寶玉”，己卯本與庚辰本中則爲“送宮花賈璉戲熙鳳，宴寧府寶玉會秦鐘”，列藏本（現在被稱爲“彼藏本”，即舊稱的列寧格勒收藏本）與戚序本中則爲“尤氏女獨請王熙鳳，賈寶玉初會秦鯨卿”，程甲本爲“送宮花賈璉戲熙鳳，寧國府寶玉會秦鐘”，程乙本與己卯本同，爲“宴寧府”。“赴家宴寶玉會秦鐘”這一句僅見於王希廉評本中。在韓國的樂善齋全譯本中採用的就是這一句。程甲本的校注本——北京師範大學出版社的《紅樓夢》（1987）實際上使用的是“宴寧府”，在校記中寫道：原文雖爲“寧國府”，但是本校注本中遵從己卯本與庚辰本做了修改。（校記云：“宴寧府”原作“寧國府”，從己卯、庚辰本改）

六、作品的人名與雙關語的翻譯

對於《紅樓夢》中數量衆多的人名，一般在漢字文化圈內對此並不做翻譯，而是直接讀爲漢字音，最近也有人將其翻譯成現代漢語的發音。但是我們對於人的稱呼一般要按照符合本國習慣的原則進行翻譯。但是如果是用西方語言進行翻譯的話，就會有林林總總的翻譯方法。對此紅學界早有關注。

在王際真的譯本（1958）中，同時採用了音譯與意譯的辦法。首先，在回目中"林黛玉"先後被譯作"Lin Dai-yu"與"Black Jade"，"寶釵"被翻譯爲"Precious Virtue"（如寶貝一般的德行），"王熙鳳"被翻譯爲"Phoenix（鳳凰）"。"王夫人"與"邢夫人"分別被翻譯爲"Madame Wang"與"Madame Hsing"。"寶玉"與"劉姥姥"分別被音譯爲"Pao-yu"與"Liu lao-lao"。至於侍女基本上都是採取意譯的辦法，平兒被翻譯爲"Maid Faith"，"襲人"被翻譯爲"Pervading Fragrance"，"紫鵑"被翻譯爲"Purple Cuckoo"，"雪雁"被翻譯爲"Snow Duck"，"鶯兒"被翻譯爲"Oriole"。此後的D.Hawkes本中就遵從了這一先例。

另外王際真爲山東人，用自己的方言標注發音，因此其音譯中的一些發音與今天的普通話的發音還有一定的差別。例如，高鶚、女媧、孔梅溪、榮國府、金氏、尤氏等的發音分別被標注爲Kao Ou,Nugua,Kung Mei-chi,Yungkoufu,Kin-shih, Yu-shih,與現代通行的普通話不一致。D.Hawkes本中對於人名的翻譯也是採取音譯與意譯結合的辦法。林以良在《紅樓夢與西游記》中已經指出了這一點，譯者在關注原書用語的同時，也從接受美學的角

度考慮到了要便於西方人接受這一點。例如,第5回的"悲金悼
玉的紅樓夢"被翻譯爲"A Dream of Golden Days"。本來譯者認
爲應該翻譯爲"A Dream of Golden Girls",但是將"金釵"翻譯爲
"Golden Girls"這一短語。對於西方人而言,很容易讓他們聯
想到在海邊享受日光浴的金色膚質的年輕女性。這樣的話,《紅樓
夢》中脆弱無力的少女們的形象就無法傳達出來,譯者做了這樣
的判斷。主要人物的名字採取音譯的辦法[1],如Zhen Shi-yin, Jia
Yu-cun, Wang Xi-feng, Jia Bao-yu, Lin Dai-yu, Xue Bao-chai,加入
稱呼的時候,如"Lady Xing","Lady Wang"等。對於侍女的名
字翻譯一般根據侍女名字中體現出來的個性進行意譯。例如:"襲
人"被翻譯爲"Aroma(香氣)","小紅"被翻譯爲"Crimson(紅
色)","鴛鴦"被翻譯爲"Faithful(忠誠)","金釧兒"被翻譯爲
"Golden(金飾品)","鶯兒"被翻譯爲"Oliole(黃鶯)","紫鵑"
被翻譯爲"Nightingale(斑鳩)","雪雁"被翻譯爲"Snowgoose(雪
雁)","卍(萬)兒"被翻譯爲"Swastika(十字架)"。

　　楊憲益英譯本(1978)中對於人名的標記使用了西方通行
的wade式漢語標記,採取的辦法是以標準普通話進行音譯的辦
法。例如,曹雪芹被翻譯爲"Tsao Hsueh-chin",高鶚被翻譯爲
"Kao Ngo",甄士隱被翻譯爲"Chen Shih-yin",賈雨村被翻譯爲
"Chia Yu-tsun"等等。因此本該最能體現韓語特色的外文本中,
反而使用的是西歐人名、地名標記方法,這是該譯本的特點之一。

　　D.Hawkes本爲西方人翻譯的本子,但是對於人名的翻譯使
用的是對於中國人而言比較熟悉的中文拼音方式。雖然楊憲益
的翻譯比較接近直譯,但是譯者似乎是按照自己的想法在尋求一
種適切的方案。翻譯混合型的句子的時候,先將能翻譯出來的句
子先翻譯出來,翻譯固有名詞的時候呢,則採取加注的辦法。賈

---

[1] 林以亮:《紅樓夢——西游記》,臺北:聯經出版,1976年,第13頁。

夫人（林黛玉的母親賈敏）被翻譯爲"Lady Chia"，"榮國府"的"榮"字被認爲是固有名詞，因此被翻譯爲"Jung Mansion"，劉姥姥被翻譯爲"Granny Liu"。

在日語與韓國語譯本中，在人名等的翻譯上並没有什麽特别的方法，大部分只採取的是音譯的辦法。但是，也有一些例外，以下我們簡要看一下這些例外的情况。

日語譯本中對於人名、地名、作品名等幾乎都是直接使用漢字。雖然能方便讀者很快理解，但是也有一些與日本式的語法不一致而進行修改的情况。寧國府與榮國府都被統一的改爲寧國邸與榮國邸。但是也有一些例外的情况。"松枝茂夫本"與"飯塚朗本"中對於"賈夫人"與"老太太"的翻譯直接使用了這兩個人名。而在伊藤漱平的譯本中，"賈夫人"被换做"林夫人"，"賈母"（史太君）被换做"賈後室"。可能是譯者從日本的語言習慣出發，覺得有必要進行修改吧。①

也有一些相反的情况。與"伊藤本"的回目中依照原文寫作"劉姥姥"與"宫花"相反，松枝茂夫本與飯塚朗本中分别寫作"劉老婆"與"造花"。劉姥姥的稱呼來自與其外孫子與外孫女對她的稱呼。王狗兒的妻子劉氏，劉氏的親母爲劉姥姥。雖然劉姥姥的本姓不可知，但是《紅樓夢》的命名法也在這樣一種非常自然的氣氛中形成了。韓國語與日語譯本中將劉姥姥翻譯成"劉老婆"是最爲自然的，這對於讀者瞭解其由來非常重要。實際上在伊藤本的正文中也翻譯爲"劉老婆"與"造花"。

在韓國語譯本中對於人名、地名、作品名也是採取音譯的辦法。除了一些比較特别的情况，其他的皆無二致。대옥（黛玉）

①這是爲了方便讀者進行區分《紅樓夢》中指稱人物的稱呼而採取的一種辦法。另外以賈寶玉爲中心呈放射狀進行命名的情况也很常見。事實上，雖然薛夫人的丈夫姓薛，而王夫人與邢夫人的丈夫皆爲賈姓，這一點從倫理上很難講清楚。

與보차(寶釵),습인(襲人)與청문(晴雯)等都是用韓國漢字
音的發音進行標記的,只有寶釵的 “釵”,根據韓文學會編的《韓
國語大辭典》,以及最近以來高麗大學民族文化研究院編的《中
韓辭典》,真明出版社的《中韓大辭典》,將之解釋爲 “비녀차(簪
釵)”,因此應該寫作보차(寶釵)。朝鮮後期的樂善齋本中寫作
“보차”,包含主格助詞 “이” 的時候,寫作了 “보채”。①

　　下面對於雙關語的翻譯,我們僅以《好了歌》的翻譯爲例進
行考察。事實上《好了歌》的命名,一方面由於 “世人都曉神仙
好,只有功名忘不了” 之類的句子的結尾爲 “好” 與 “了”;另外一
方面,甄士隱與道士的問答中的 “好便是了,了便是好;若不了,便
不好;若要好,便須了。” “好了” 二字概括了這句話的含義。由
於以上兩方面的原因,這首歌被命名爲 “好了歌”。於是,歌曲結
束的句子 “了” 連同 “好” 直到結束的意思都要包含在內,因此各
國的翻譯家們對《好了歌》翻譯使出了渾身的解數。

　　早期王際真的譯本中爲了調和《好了歌》的本來形態及其意
義,在句子的末尾安排了 “free” 與 “forget”,對於歌曲的題目則這
樣解釋道:“That's why I call my soon ‘Forget and be free’”。
D.Hawkes 的譯本中也使用了雙關語,詞彙換做具有象徵性的詞
彙,句子的每一句結尾安排爲 “won” 與 “done”,最後的句子翻譯
爲:“I shall call my song the ‘Won-Done Song’”。這一翻譯不免

---

①然而在一些詞典中對於 “釵” 字同時列舉了 “차” 與 “채”,特別是在文字
處理器上輸入漢字 “釵” 的時候,對應的韓文發音只有 “채”,這一錯誤不
知道誤導了多少人。雖然現在流行的譯本中將 “寶釵” 翻譯爲 “보채”
的情況還很普遍,但是在洌上古典研究會的《紅樓夢新譯》中就寫作 “보
차”。在新的譯本中 “金陵十二釵” 與 “寶釵” 應該統一寫作 “보차”。

讓人覺得很彆扭。① 楊憲益反而在其譯本中在句子的結尾不用雙關，直接翻譯出"好了"這一意思，最後的句子被譯爲："My song is called 'All Good Thing Must End'"。

日語譯本大體上翻譯爲："好了之歌"，伊藤本使用了原書的辦法，翻譯爲"日語"，結尾"たれも成りたや仙人さまには、さりとて出世も舍てきれぬとは"，取了一個小題目，命之爲"にはとづくし"。譯者又在注釋中對原典中《好了歌》的由來進行了說明。

韓文譯本安義運的譯本中也使用了這一獨特的方法，命之爲《도다타령》，安本中翻譯了《好了歌》的第一句，爲："신선이 좋은 줄은 번연히 알면서도 오로지 공명출세 잊지 못한다(世人都曉神仙好，只有功名忘不了)"，通過前一句的"도"與後一句的"다"的反復出現，成爲歌曲的韵脚，因此安義運的韓文譯本中將《好了歌》命名爲《도다타령》。伊藤漱平譯本中可以說也采用了與之類似的辦法，《도다타령》是否很好的體現出了《好了歌》中的"好便了"的意思？ 這還不好說。

在翻譯的技巧中，對雙關語的處理並非易事，只能期待在翻譯的時候能找到一個好的詞語，不可能希望在所有的情況下都能十分精巧的翻譯出來。

---

① 林以亮對這一方法極爲讚賞，特別是第一句中的最後一個"了"字與最後一句的"了"字，認爲很難看做是同一個"了"字，在翻譯的時候對於前一個"了"字翻譯爲"be won"，對於後一個"了"字，則翻譯爲"every one"，"another one"，"a one"等。了"one"這一發音，顯示出高超的翻譯技法。前書第29—31頁。

七、結語

　　《紅樓夢》的翻譯始於19世紀前期,在接近兩百年的時間裏取得了相當多的成果。但是由於《紅樓夢》本身版本上的複雜性,國内外經歷了相當複雜的傳播過程,翻譯的面貌也因此顯得五光十色、多種多樣。到了19世紀末期朝鮮宫中出現的樂善齋本是當時唯一的全譯本。翻譯時採用的底本大體上是清末以後的版本,這一點是可以確定的。20世紀最早的全譯本爲全譯前80回有正書局本(戚序本)的幸田露伴日譯本(1920)。1940年代開始的松枝茂夫本、1958年開始的伊藤漱平本也是20世紀全譯本中的代表。日本的全譯本由於進行了徹底的注釋,以及翻譯過程中嚴肅的翻譯態度,無論是在學術上還是在翻譯史上都對世界其他國家的《紅樓夢》翻譯產生了重大的影響。可以説,20世紀以後的韓國未能繼承朝鮮宫中保管且爲宫中人物閲讀的樂善齋本的優秀傳統,而是受到了日譯本的不小的影響。

　　至於英語譯本,19世紀末期有"Joly本(56回)",20世紀中期美國王際真的譯本(40回本,60回本)曾一度流行,雖然内容上並不完整,但是對西歐的讀者產生了重大的影響。70年代以後出現的"Hawkes本"與"楊憲益本"皆爲全譯本,是東西方《紅樓夢》譯本中的代表譯本。前者通過與西洋文化的比較,目的是爲了提高人們對中國文化的理解,採取的是意譯的翻譯方式;後者是忠實於原書的、以傳統直譯爲主的方式進行,這可以説是這兩部譯本的各自特徵。

　　韓文譯本中在日語基礎上重譯的有"金龍濟本"與"李周洪

本",這兩部譯本很早就廣泛流傳。儘管如此,"安義運本"與"延邊大學本"在首爾重新改定出版之後,90年代初期成了一時的主流。但是這些版本目前處於絕版的狀態,我們期待著一部能滿足學界與一般讀者要求的嶄新的全譯注釋本的出現。

　　翻譯本該忠實於原書進行翻譯,同時也有從爲讀者考慮的接受美學的角度出發,並不完全忠實於原書而另外賦予其意義的趨勢。像《紅樓夢》這樣包含中國文化傳統與語言特徵的名作,用他國語言進行翻譯,這並非易事。筆者以爲,對已經出現的翻譯成果進行綜合分析,對於重新翻譯這部作品,可能會有所助益。

附　録

韓文全譯本《紅樓夢》解題

　　說明:今年七月,新的《紅樓夢》韓文全譯本誕生。韓國在朝鮮末期的1884年,出現了世界最初的全文對照翻譯本樂善齋本全譯《紅樓夢》。此後直至20世紀,雖然人們一直沒有停止過對這部小說的關心,但是在此期間,並未有過出自真正的韓國學者之手的全譯本。這次出版的全譯本是由韓國紅學專家崔溶澈教授(高麗大學)和高旼喜教授(翰林大學)分工合作完成的,其中崔溶澈教授承擔了前80回的翻譯,高旼喜教授則承擔了後40回的翻譯工作。本文由高麗大學趙冬梅教授翻譯。

　　《紅樓夢》是18世紀中國出現的最優秀的小說,問世雖已二百餘年,但其人氣並未因時間的流逝而減弱,反之有愈漲愈高之勢。最初,這一作品在北京以作者周邊人群爲中心靜靜流傳,在120回刊行本問世後迅速吸引了中國全境的讀者,不僅在文人層廣受矚目而且受到了大家庭閨秀和青年讀者的狂熱追捧,他們對這部作品就像現在的青少年對他們崇拜的演藝明星一樣喜愛。進入近現代,中國的一些文化大家對這本書的價值作了現代性的再解讀,海內外學者紛紛給予這本小說以高度評價。甚至在書禁森嚴的文革時代,由於政治家的喜好,《紅樓夢》也一直被廣泛研究。時至今日,各種關於"紅學"的討論仍然成爲中國社會論爭的焦點。可以説，將《紅樓夢》視爲理解現代中國各種現象的一個橋梁也並非誇張之語。

《紅樓夢》是叙述紅樓幻夢的小説。"紅樓"是年輕漂亮的女性們的豪宅，她們在此享受著富貴榮華的生活。然而，紅樓之夢却不是希望之夢，而是像泡沫一樣消解的青春幻夢。大觀園的閨閣雖如夢鄉之美，但留下的終究只是哀婉憂傷，在一切坍塌之後，遺存的只是白茫茫的"乾净"大地。 紅色，是中國人最喜愛的顏色，《紅樓夢》也受到了中國人的特別喜愛。它繼承了中國由來已久的通俗文學的傳統，尊重女性並刻畫了女性化的男主人公形象，構造了温柔美麗詩一樣的氛圍，而且小説描述了"人生如夢"、"南柯一夢"這一主題，引導人們從人生的虛幻中解脱出來，給予中國的讀者以無限的感動。

《紅樓夢》的基本内容可以從兩個方面加以概括，一是以賈寶玉爲中心的故事。描述賈寶玉和林黛玉、薛寶釵這三個男女主人公之間的愛情糾葛以及不如意的婚姻。主人公賈寶玉出生之時口銜美玉，且命中注定他在今生與頸戴金鎖的薛寶釵有著"金玉良緣"。但是，賈寶玉前生已結下"木石之盟"。前身爲絳珠草的林黛玉受賈寶玉甘露之惠，托生以報，但是，兩個人的姻緣在今生今世却無法締結。賈母接受王熙鳳獻策，使失玉而瘋癲的賈寶玉，在不知情的情況下與薛寶釵成親，而成婚的同一時刻，受到深深衝擊的黛玉將詩稿全部焚毁，一痛而絶。不久，清醒後的賈寶玉厭棄榮華，在參加科舉考試後出家爲僧，在廣袤的雪地上悠然遠行。小説的另一條綫索則以年輕、專横的貴夫人王熙鳳爲中心展開，極寫賈氏一門興盛衰亡的過程。具有出衆美貌和才能的王熙鳳，代替賈府中心人物王夫人治理家事，漸漸逾越身份掌握了核心權力，並侵吞財物，大飽私囊，慢慢走上没落之路。王熙鳳的没落象徵著賈氏家族的衰落。作者在描寫這一形象時並未表現出自己對這一人物的喜愛或厭惡之情,而只是進行了逼真的刻畫,運筆非常成功。

《紅樓夢》在結構上前後對稱,在第1回開頭和第120回結束部分,都由起同樣作用的甄士隱和賈雨村登場,將真真假假融於一處的人生真相顯現出來。小說中的主要人物也在兩個人的見面及對話中登場退場。此外,第2回中對榮國府的詳細介紹,第3回林黛玉進京,第4回薛寶釵進京,第5回賈寶玉夢游太虛幻境等内容,都對這部巨著的整體内容及主題意識作了隱喻性的描寫。而在第116回中,賈寶玉再入太虛幻境,覺悟到人生的虛無,第119回賈寶玉參加科舉考試後出家的一幕也與前面的描寫形成對應。第6回寫劉姥姥登場並以此展開對大觀園中的間接描寫,也是小說作者在情節結構方面的精心安排。

《紅樓夢》對人的感情世界進行了精微細緻的描述,稱得上是一部人生的教科書,它使人們感受到人的愛情生活有著怎樣的重要價值。小說的世界開始在歡快明媚的春天,繼續於鮮花盛開的繽紛夏日,接著轉入陰雨濛濛落葉飄零的寒秋。年輕讀者因與小說中的美麗少女牽手徜徉於春日花園而内心悸動,中年讀者在閱讀中則會有春光易逝、清冷寂寞的歎息。最後大樹轟然倒地,群鳥驚惶四散,在荒涼的廢墟之中,人們會有怎樣的人生感悟,會流下多少悲傷的淚水。

特別需要注意的是,主人公賈寶玉家中四姐妹之名的隱喻意義。元春、迎春、探春、惜春,正是從春日的起始到春日的終結。春天在時間的流動中逝去,在青春漸逝和春光褪去之時,林黛玉在落花之前哀感自身的命運,作《葬花詞》將落花埋於花塚,這一場面也將人生的虛無幻滅之感真切地刻畫出來。

生於富貴榮華之中的貴公子賈寶玉,與圍繞在他身邊的眾多女性們一起度過了天真爛漫的童年時光。這些女性有仙界中與他結下因緣的林黛玉,也有在塵世中與他結下姻緣的薛寶釵,還有讓他感受到溫暖的姊妹們以及一些花季侍女。在這樣的環境中，賈寶玉覺得生活是那麼美好，充滿快樂。他對周圍的女性細緻關懷，包容理解，對所有的女性都真心愛惜，是她們的知己，真正的代言人。可以說，他是一位將迄今爲止從未有人實現過的人生内容付諸實踐的女性崇拜者。可是，冷酷的現實漸漸讓賈寶玉失望，最終，他身邊的女性一個個離他而去，他只能獨自品味孤獨。在目睹家族衰亡以及眾多女性的悲慘境遇之後，賈寶玉從内心深處體味到情感世界的虛幻，走向茫茫雪野。賈寶玉對女性的愛是無條件的，是與生俱來的，也是盲目的，甚至可以說有些傻氣。他對自己遇到的每一位女性都溫情有加，時時刻刻保持著愛的忠誠，是一位愛的獻身者。眼前有了黛玉，他便表現出對黛玉的種種摯愛；眼前有了寶釵，他也爲之全身心的奉獻。他總是小心翼翼，生怕對方因爲自己的言行受到傷害。賈寶玉的愛不是皮膚濫淫的低俗之愛，而是充溢著的人的精神之愛的體現。但是在淒冷的人世，愛情無法走到永遠，總是爲愛勞心的賈寶玉只能看著周圍那些他珍惜摯愛的女子一個個無情離去。

《紅樓夢》的作者究爲何人，一直以來看法不一，但是根據此書卷首所叙，小說的基本結構以及内容的絕大部分明白無誤出自曹雪芹之手。曹雪芹的生平尚有很多未詳之處，其族譜也只記載到他上一代，所以很難瞭解關於他生平的詳細内容。幸而有他的平生知己敦敏、敦誠兄弟與其詩簡往來，留下了《贈曹雪芹》、《贈芹圃》等詩，可以從中窺知曹雪芹一生中的一些片斷。曹雪芹本名霑，字夢阮，號芹圃，芹溪居士。他的祖先居於遼東遼陽，在滿族興起之時歸附，後來一直與清朝皇室保持著密切的關係。其曾祖母孫氏是康熙皇帝的乳母，家族也因此而興盛，掌江寧織造一職，享榮華60餘年。家族的中心人物曹雪芹的祖父曹寅與皇室淵源甚深，康熙皇帝南巡，四次以曹家爲行宮。關於曹雪芹的生卒年雖然有各種說法，但一般認爲，他是曹顒的遺腹子，康熙年間

（大約1715年）生於南京江寧織造府，是一個不折不扣的貴公子。少年時期，他在亭臺樓閣之中過著稱心如意、富貴榮華的生活。但是，他的家族隨著康熙皇帝的死去而没落，十三歲時隨家人一起移居北京，開始了窘迫的生活。晚年住在北京香山脚下，在貧困中以詩畫自娛，創作了巨著《紅樓夢》。在幾乎完篇之時，唯一的幼子夭折，因受到衝擊而卧病在床，據傳於當年（1763）臘月除夕亡故，年紀約在48歲。

曹雪芹出身名門，繼承了家族重視文學的傳統，博學多識，不拘於成規時俗，有著自由奔放的性格和高邁脱俗的氣質。在家族没落、爲衣食奔波的貧窮生活中，也不肯卑躬屈膝於權門，而是像六朝時代的風流文人一樣，過著瀟灑絶塵的生活。曹雪芹精通多種游戲，且言談爽利，極富感染力，可使身邊之人聽之終日而不知厭倦。據説他還能詩善畫，特別長於畫石，《紅樓夢》原名即爲《石頭記》，給無生命的石頭以靈魂，從中也可看出曹雪芹如魔法師一樣的神來之筆。

曹雪芹少年時代生活在富貴榮華之中，學通古今，才能卓越，但因未能具備參加科舉考試的資格，而失去了輔政的機會。他在蔑視權貴的同時，也對自己無才補天的命運感歎不已。《紅樓夢》中，賈寶玉的前身便是被女媧棄用的補天頑石，這種稱呼也暗喻著作者的處境。《紅樓夢》雖基本出於曹雪芹之手，但後40回還存有疑問。從前80回的評點和校訂中可以得知，後40回的原稿在周圍人傳閲之時散佚。傳至今日的早期鈔本有幾種，皆爲以《石頭記》爲名的前80回本。其中甲戌本（1754），己卯本（1759），庚辰本（1760）等是在曹雪芹生前就已流傳的鈔本，今存於世的本子是其過録本。在他去世之後，《紅樓夢》愈加受到讀者歡迎，尋找原稿的人也越來越多，其中酷愛此書的程偉元希望將收集的後半部原稿整理出來，補成完本刊版發行。他請高鄂將自己數年之間收集的三十餘回修訂補完，終於在1791年刊行了120回本《紅樓夢》,這個版本被稱爲程甲本,第二年出現的修訂本被稱爲程乙本。從此,《石頭記》以《紅樓夢》之名在中國全境傳播開來。程偉元刊行的程甲本成爲清代刊行的衆多新版本的底本。評點本中有名的有道光年間的王希廉評本、光緒年間的《金玉緣》本等。民國以後,胡適等首倡"新紅學",以程乙本爲底本的新的通行本流行甚久,同時,隨著脂硯齋評本被發現,人們開始强調早期鈔本的重要性,以此爲本的校勘本出現在今天,並得到廣泛傳播。我們此次翻譯所依據的底本是中國藝術研究院紅樓夢研究所校勘、人民文學出版社出版的《紅樓夢》(1996)。該書前80回依據庚辰本、後40回則活用程甲本校勘,於1982年出版。我們在進行翻譯時,參照的是1996年修訂的第二版。根據脂硯齋評本的校勘本還有以戚廖生序文本爲底本的俞平伯本,以《紅樓夢稿本》爲底本的潘重規校本。但是,以早期鈔本中保存了最多内容的78回的庚辰本爲校勘底本,應該最接近作者原著的面貌。在清代後期的文人社會中已經形成了游戲性的"紅學"這一名稱,而"紅學"在近代以後也正式成爲中國知識階層的研究對象,並成爲20世紀三大顯學之一。清末學界泰斗王國維認爲《紅樓夢》思想深奧,是"宇宙之大著述",實有再深入探討之必要。此後,很多學界名人都對《紅樓夢》關心頗多。蔡元培著《石頭記索隱》,將《紅樓夢》視爲康熙年間政治小説;新文學運動的旗手胡適則對作者和版本進行研究,發表《紅樓夢考證》,展開了"紅學論争"。胡適的研究取得了劃時代的成就,奠定了"新紅學"的基礎。上述種種,都表明了《紅樓夢》研究的活躍。當此之時,中國學界形成了考證派、索隱派、文學批評派等各種紅學流派。這些有關《紅樓夢》思想、藝術、價值、意義等方面的論争一直延續到今日。

　　《紅樓夢》在海外的傳播在18世紀末葉開始,19世紀中葉在澳門和香港等地出現了英語譯本。部分内容被譯成日文並對近代的日本文學産生了影響。在韓國，1884年，樂善齋本《紅樓夢》問世，該書收録120回本原本並用韓文字母標記漢語發音，這是世界上最早的全譯本。此外，還有《後紅樓夢》、《續紅樓夢》、《紅樓復夢》、《紅樓夢補》、《補紅樓夢》等多種續書被譯成韓文，這在全世界也是少見的現象。進入20世紀，多種外國語翻譯本問世，代表性的有松枝茂夫和伊藤漱平翻譯的日文全譯本，中國的楊憲益夫婦和英國的Hawkes及Minford各自翻譯的英文全譯本。上述譯本皆以其獨有的特色受到翻譯家們的廣泛關注。《紅樓夢》或者可以成爲我們靈魂的安憩之所，進入《紅樓夢》的迷宮，我們或許會領悟到人生的真諦，也能或多或少地領會到人與人之間的交往之道。這個迷宮既深且遠，但是我們能在苦痛中體味深深的感動。在此，深深祝願讀者在《紅樓夢》的旅行中獲得美的享受。

翻譯後記：在快樂相遇之後的艱辛歷程

　　呼吸着家鄉的空氣，閱讀着外國的小説，與外國文化相遇，精神離開故土，徜徉在另一個遥遠的文化空間，間接體驗與我們完全不同的另一個世界中的人的生活，會有許多憧憬和感動。但是將好奇心擱置一旁，努力將讀到的一切用我們的語言、我國的文化來解讀、翻譯，這就不再是單純的閱讀欣賞，而是一個艱辛的再創作過程。翻譯使我們在閱讀欣賞時享受的快樂時光變成了工作過程中的艱辛困苦。將中國文學的代表作品，如同中國文化大辭典一樣的巨著《紅樓夢》翻譯成韓文，在工作開始之時我們就知道這絕非容易之事。因此在很長一段時間内，我們謹慎持重，耐心磨礪，兢兢於工作，很擔心對原著有領會不到之處。可現在想來，這項工作應該更早開始，因爲不能説翻譯開始得越晚工作才會做得越好。《紅樓夢》的韓文版譯者都是從1970年代開始接觸這部巨著的。大學時，在中國長大並受到教育的恩師李允中教授（高麗大學中文系）所做的關於《紅樓夢》的特别講義，使我陷入到對紅樓世界的迷戀中，結果我選擇了《紅樓夢》作爲自己的研究對象，碩士、博士論文皆以《紅樓夢》爲題。雖然如此，我仍然覺得手中的這部《紅樓夢》依舊是一本很難透徹把握的作品，是一部在閱讀中不斷擊節讚歎但又明白地感覺到有無數難以理解的重要場面在不斷出現的小說。30年過去了，《紅樓夢》仍如泰山之重橫在我面前。在此期間，研究者日益增多，《紅樓夢》之名也漸漸廣爲人知，讀者群也在不斷擴大。從日譯本轉譯的韓文譯本以及從中國大陸傳來的翻譯本暫時緩解了讀者的閱讀饑渴，此時，我也深深感到，應該有一本出自於專門研究者之手的正規翻譯本問世了。但是，這些想法還是僅僅在我的心頭盤桓，在這部深奧的作品之前，我們顯得很是渺小，頗多畏懼，總覺得應該多多學習，多做準備，因此尚未能舉步開始這個艱難的旅程。

第一位激勵我、給予我勇氣的是Nanam出版社的趙相浩社長，那時是2000年春天，譯者當時心中還沒有下定決心開始這項工作。但是趙先生以他的超凡能力使這一翻譯大長征得以開始，在翻譯過程中也不斷給我以勇氣並不斷督促我的工作。相較其他圖書的翻譯速度而言，我的工作早該完成，但我在開始之後，經歷了太久的時光。2005年，新的同伴高旼喜教授參與進來，我們分擔了前80回與後40回的翻譯工作，至此，遲遲不進的工作獲得了新的動力。爲了實現共同的目標，我們彼此激勵，互相引導，繼續著這項艱苦的事業。雖然速度仍然很慢，但終於日漸接近完成。在翻譯本交稿排版之時，中國藝術研究院紅樓夢研究所的第三次校訂本出版，我們因而未能將第三次校訂本的情況加以反映，覺得非常遺憾，希望這個遺憾能在他日彌補。

到譯本交稿爲止，我們得到了很多人的幫助。中國紅樓夢學會名譽會長馮其庸先生不顧年老體弱，慨然允諾，爲韓文譯本的刊行寫了賀辭。爲使韓文譯本能夠加入我們希望使用的卷首插圖，北京的杜春耕先生親自出面斡旋，與作家出版社協調，解決了我們使用清代《孫溫繪全本紅樓夢》的版權問題，杜先生還將自己收藏的《金玉緣》的插圖提供給我們。爲《紅樓夢》的校勘傾注了全部心血的知名紅學家胡文彬先生對《紅樓夢》在海外的翻譯也十分關心，並不吝珠玉，向譯者提出許多寶貴的意見。譯者在翻譯過程中,曾將自己的一見之得以及一些感想整理成文,在中國紅學會主辦的國際紅學會議上發表,其間受到海內外的紅學家們多方指正,在此並表誠摯謝意。在翻譯的過程中,還有更多的人爲我們付出了努力,金芝鮮、金明信、文丁晈、崔琇景、李知恩等諸位博士,在很長一段時間裹熱心參加讀書會,與我們一起漫步於"紅樓"世界。爲了幫助讀者更深入地理解《紅樓夢》,對此作專門解讀的著作《紅色樓閣的夢》(《紅樓夢大觀》)也已列入出版計劃。《〈紅樓夢〉大觀》是《紅樓夢》韓文譯本的姊妹篇,將對後者做全面性的解説,以幫助讀者閱讀。在此,也向參與編纂過程的叙事文學研究會的年輕同學們致以謝意,祝願同學們有一個光輝燦爛的未來。最後,再一次向Nanam出版社編輯部表示感謝並致以深深敬意,謝謝各位能耐心等到本書的最後完成,並給予我們不斷的支持和力量。

2008年12月,海東研紅軒

此文曾收録《紅樓夢學刊》2009年第5期

《紅樓夢》韓文譯本序

馮其庸

高麗大學的崔溶澈教授和翰林大學的高旼喜教授合作,把《紅樓夢》譯成了韓文本,這是紅學史上的一件大事,也是兩國文化交流史上的一件大事,值得慶賀。《紅樓夢》是一部世界一流的小説,它概括反映了康、雍、乾時代清代社會的各個方面,而尤其深刻生動地描繪了上層貴族社會的生活和矛盾。它對這一時期的政治、思想衝突也有深刻的反映。當然它反映的手段是文學的藝術的而不是直白的政治和思想。它對當時社會上人們最關心的科舉制度和婦女守節問題,也作了生動而巧妙的批判,它對當時的社會道德和虛僞浮誇風氣也有極生動的描寫,甚至它利用小説人物的名字,也對社會投以諷刺,如卜世人(不是人)、單聘人(善騙人)、戴權(大權)等等。但是《紅樓夢》爲人們提出來的最現實,最迫切也是最深刻的問題是人生問題、婚姻問題和婦女問題,而這三個問題又是密切相關的,也可以説是一個問題的幾個方面。

曹雪芹筆下賈寶玉和林黛玉的愛情,寫得多麽有詩意而又多麽生活化,賈寶玉、林黛玉對青春的眷戀和愛惜,對愛情的執著——執著到生死繫之,對前途的憧憬,對理想生活的追求……這種種都牽動著讀者的心,都讓人們與他們息息相關;然而,由於不可抗拒的壓力,這美好的青春,美好的人生,美好的理想,美好的愛情,一切都化爲泡影,最後只好無可奈何地以悲劇結局,而這樣的一個大悲劇,多麼具有震撼人心的力量! 所以,曹雪芹雖然是寫的二百多年前的古人,但至今他對每一個人物的描寫,仍牽動著今人的心,牽動著不同地區、不同國家的人的心。因爲人的命運都是有相同的一面的,因爲人人都要經歷愛情和生活的,人人都會有悲和喜的。特別令人讚歎的是,曹雪芹在二百多年前提出的人生問題和婚姻問題,至今還是現實的而不是過去的,這就非常值得我們來反復閱讀《紅樓夢》了。我相信韓國人民讀了《紅樓夢》,面對著書中人物的命運,也同樣會產生理解和共鳴的。

但是,《紅樓夢》是一部很難翻譯的書,日本的松枝茂夫先生和伊藤漱平先生都曾與我說過這個問題,因爲他們都用日語翻譯過《紅樓夢》,有切身的體會。現在崔溶澈教授和高旼喜教授當然也會經此難點。我與兩位教授相識多年,我深知他們對《紅樓夢》的研究是很有成就的,對《紅樓夢》的理解也是很深的,因此他們是以紅學研究專家的身份來翻譯這部書的,所以他們自然會很理想的解除這些難點,取得非常理想的成果的。這也是韓國人民的幸運,當然也是中國人民的幸運,因爲借重這個《紅樓夢》的韓文譯本,兩國人民可以得到更深、更富有歷史內涵的溝通了。如果曹雪芹地下有知,他也一定會感到欣慰和幸福,會深深地感謝兩位教授的!

2007年7月27日於瓜飯樓

此文曾收錄於《紅樓夢學刊》2009年5期

《紅樓夢》在韓國——訪《紅樓夢》韓文本譯者崔溶澈教授

趙冬梅

　　説明:最近三十年來,在韓國的中文學界,高麗大學的崔溶澈教授稱得上是《紅樓夢》研究界及翻譯界的代表人物。他1972年進入高麗大學中文系後,便對中國文學情有獨鐘,並決心將《紅樓夢》作爲自己的研究對象。赴臺灣大學中文研究所留學後,在吳宏一教授指導下以《紅樓夢》爲課題完成了碩士、博士學位論文。在多年的研究活動中,他著有《紅樓夢的傳播和翻譯》等專著,近年來(2009)與學妹高旼喜教授共同完成了《紅樓夢》韓文全譯本,受到國內外學界的極大關注。雖然韓國早在朝鮮末期就已經出現了諺解本《紅樓夢》的筆寫本,但是這一嚴謹的翻譯傳統並未被延續下來,解放(1945)以後,韓國流通的《紅樓夢》譯本大部分爲日譯本的重譯,由韓國專門學者作出的從《紅樓夢》原作出發的翻譯是第一次,從這一方面來看,崔教授和高教授合譯的《紅樓夢》極具學術價值。下面我們將通過專訪瞭解一下崔溶澈教授的紅學研究與他翻譯《紅樓夢》的心路歷程。

　　關於《紅樓夢》的研究。

　　趙冬梅(以下簡稱趙):崔教授您好! 我們知道您從20世紀

70年代起就開始了對《紅樓夢》的研究,碩士論文和博士論文都是以《紅樓夢》爲研究對象的。我們很想知道,是什麼讓您在大學期間就對《紅樓夢》産生了濃厚興趣,在臺灣留學期間也埋頭於紅學研究的呢?

　　崔溶澈(以下簡稱崔):到1970年代爲止,在韓國被廣泛閱讀的中國小說主要局限於四大奇書,而《紅樓夢》在民間很少流傳。事實上,我也是進入大學學習中國文學史時才知道有《紅樓夢》這部小說存在的。當時,我們中文系有一位在北京度過了青年時光的李允中教授,他對《紅樓夢》和魯迅極爲重視。在他的引導下,我也被《紅樓夢》神奇的故事結構和逼真的人物描寫的魅力所吸引,選擇她作爲自己大學畢業論文的主題。當時,韓國的紅學資料極爲少見,那篇現在看起來很簡單的論文花費了我極大的精力。

　　不久之後我去臺灣留學,才接觸到《紅樓夢》研究的廣闊世界。至今記得當時看到書店一角滿滿地擺放著紅學論著時的激動,當時我高興地把一個月的生活費全部拿出來買了整整一層書架的書。此後書店一旦有這方面的新書出現,店主人馬上就會聯繫我,在臺灣留學期間,我幾乎收集了臺灣可以看到的大部分紅學論著,包括大陸書的翻印本。那時臺北各種報紙隔幾天就會登載與《紅樓夢》有關的信息,1980年美國威斯康辛大學召開第一次國際紅學會議的新聞就登載在《聯合報》和《中國時報》上,我甚至把這樣的消息剪下珍藏。那時,市內的公共圖書館等場所間或也會有知名人士的《紅樓夢》講座,我都不會錯過。臺大的講座我自然要聽,就是其他大學有相關講座我也一定跑去旁聽。當時我去私立東吳大學聽過臺靜農先生的小說講座,他當時從臺灣大學退休在東吳授課。說起來,臺先生是我的太老師,因爲他是我的指導教授的老師,能聽到他的講座,對我來説,真是一大幸事。特別是碩士畢業時，臺先生也是我的論文答辯委員會的委員，這更讓我感到無比榮幸。遺憾的是，博士畢業時，臺先生已經仙逝。那時文化大學以潘重規教授爲中心對紅學和敦煌學作集中研究，至今記得爲了聽文化大學開設的《紅樓夢》版本的夜間講座，我坐上2個小時的巴士去陽明山聽課的情景。

趙：看來，您在臺灣留學的生活稱得上是與《紅樓夢》共處的日子了。那麼，作爲一個外國人，在研究《紅樓夢》時是不是存在一些困難呢？

崔：《紅樓夢》是一部卷帙浩繁的長篇小說，由白話寫就，裏面有很多對於外國學生來說難於理解的通俗白話詞彙。她是中國古典文化的寶庫，有不計其數的俗語、歇後語以及罕見的典故等，同時又包含詩詞曲賦等各種文體，這些對我來說，的確會造成很多理解方面的困難。在學習中，我用了很多辦法去解決這些問題，比如說，在住宿舍的時候，每天早晨我都去運動場或醉月湖邊，大聲朗讀小說的部分內容。爲了能得到專門輔導，我還特意請某大學中文系的一位大學院生做我的老師，我們花費了數月時間，一起閱讀《紅樓夢》，一個難點一個難點地解決，至今我還記得自己當年苦讀《紅樓夢》的情景。

事實上，當時遇到的困難不只來自文本，最困惑的是同學和周邊的其他人對一個大學院生將《紅樓夢》作爲研究主題的不予贊同。當時，臺灣的《紅樓夢》研究非常熱門，領域極寬，民間也有不少紅學家。有很多吸引人眼球的觀點，也有很多煽情的著述，各種媒體報導中，經常有關於《紅樓夢》的京劇、電影等話題，質實、嚴謹的研究氛圍受到破壞，學術界也充斥著各式各樣讓人頭痛的主張和論述，在這種情況下，很多人勸我另選一個主題作爲自己的研究方向。

　　在我猶疑之時,我的指導教授只用一句話就使我堅定了自己的的選題方向,他問我說:"韓國有没有研究《紅樓夢》的? 紅學研究情況怎麼樣? 如果没有,你更應該研究下去。"

　　是啊! 當時韓國的《紅樓夢》研究幾乎没有展開,這種情況下,我是應該而且必須要研究《紅樓夢》,不管文本多麽龐大,關聯資料如何之多,不管花費多大力量,我都不能不研究中國最優秀的作品《紅樓夢》,直至今日,我仍然感謝當時吳教授對我的激勵和深深的信任,他給了我戰勝困難的勇氣和力量。

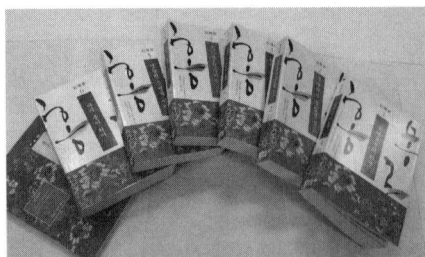

　　趙:您不僅戰勝困難,將《紅樓夢》作爲自己的研究對象,還主持翻譯了韓文版《紅樓夢》,譯作已於2009年與韓國讀者見面。那麽,能不能請您談談《紅樓夢》是什麽時候傳入韓國的? 它在韓國是否産生過很大影響呢?

　　崔:關於《紅樓夢》傳入韓國(朝鮮半島)的具體時間,目前尚無法確定。已知的最早文字資料出現在1830年前後李圭景的《小説辯證説》中。裏面有關於《紅樓夢》和《續紅樓夢》的介紹。這説明,至遲在1830年,《紅樓夢》已經在文人社會中流傳。雖然如此,考慮到1791年程刻本刊行不過幾年之後便隨商船傳入日本長崎的情況,我們推定它在1800年代初期便進入韓國也是可以成立的。因爲當時每年都有人員達數百名的朝鮮燕行使節團訪問北京,喜歡購買書籍的朝鮮人完全可能將這部書帶入韓國。前文提到的李圭景,其祖父李德懋就曾在乾隆年間作爲燕行使節去過北京,因此,李圭景閱讀的《紅樓夢》,或者就是家傳之書,有可能就是身爲燕行使節團成員的祖父帶回朝鮮的。但由於當時的朝鮮不同於日本,士大夫及文人集團受儒家思想深刻浸潤,小説的購入、閱讀和流通等情況很少有人在自己的文集中言及,這就給我們對《紅樓夢》傳入韓國具體時間的考察帶來了一定的困難。

中國小説對韓國文學産生巨大影響的首推《三國演義》,它對韓國古代文學的影響可以説滲透到各個領域。其他如《水滸傳》、才子佳人小説等對韓國古典小説的創作也産生了一些影響。《紅樓夢》和這些作品相比,就相形見絀了。不過有趣的是,在下面這部作者身份尚有爭議的小説中,我們可以看到《紅樓夢》要素的出現。

朝鮮時代金萬重創作的著名小説《九雲夢》在小説史上具有非常重要的地位。前些年,韓國嶺南大學圖書館發現了一部以這部小説的梗概爲藍本的擴編作品,白話小説《九雲記》,很多學者認爲這是一部由朝鮮文人改作的白話體漢文小説, 如果這種論斷成立,那麼我們就可以找到《紅樓夢》對韓國古典文學産生影響的直接例證了。《九雲記》將很多中國小説的内容捏合在一起,其中搬用了《紅樓夢》中的很多内容,如主人公楊少游和八仙女設宴之時所寫之詩皆出自《紅樓夢》,鄭瓊貝等八仙女的住處齋名都來自大觀園金陵十二釵的居所,甚至小説中的一些人物姓名也是從《紅樓夢》中借用的。學界還有見解,根據金進洙的《碧蘆集》詩注記載,説《九雲夢》傳到中國之後,由中國文人參照多部中國小説,竟寫出《九雲記》。但從小説的創作面貌、語言使用等多方面來看,《九雲記》爲朝鮮小説的可能性極大,這大概便是《紅樓夢》對韓國文學影響的一個例子了。

　　值得注意的是,朝鮮時代在正統文人社會並未產生太多影響的《紅樓夢》,到了朝鮮末期,在翻譯文學領域中大規模登場,出現了樂善齋全譯本《紅樓夢》。這也是時代變化、新的傾向出現的結果。這種傾向漸漸成長,它們導致了20世紀初期梁建植和張志暎的《紅樓夢》翻譯連載的出現。

　　趙:那麼韓國人是如何看待《紅樓夢》,如何評價這部作品的呢?

　　崔:《紅樓夢》在過去250餘年間一直被視爲中國小說的頂峰之作。但是在韓國,她却並未得到如此盛評,無法達到《三國演義》的高度,原因有以下幾個方面。
　　首先,與其傳播時期有關。《紅樓夢》傳入朝鮮的時間較之以《三國演義》爲首的明代四大奇書爲晚。《三國志演義》在16世紀後半便已經進入朝鮮。當時即由朝廷的校書館以金屬活字本的形式刊刻出版,產生影響之大,竟使朝廷大臣和儒生之間發生論爭。不久之後壬辰倭亂爆發(1592,萬曆朝鮮役),因明朝支援軍的緣故,中國小說便更爲廣泛地傳播開來。影響所至,以至於朝鮮各地出現了關羽祠堂(關帝廟)。而《紅樓夢》至18世紀末期才有刊本問世,19世紀初葉才傳來韓國,影響力遂無法達到上述程度。
　　其二,與《紅樓夢》的文體和内容有關。《紅樓夢》是長篇白話小說,使用了大量的俗語成分,不懂白話的朝鮮文人要讀起來,遠遠不如淺白文言的《三國演義》。還有,《紅樓夢》用很大筆墨描繪了青年男女之間的愛情,如上所言,對於朱熹理學思想盛行的朝鮮社會,這種内容無法被正統文人所接受。我們在朝鮮後期的文人文集中就可以發現有衛道文人將其歸入《金瓶梅》一類,認爲她是不可使"新學少年"和"律己君子"閱讀的有害書籍。而且，與歷史小說或歌頌英雄的《三國演義》、《水滸傳》等作品相比，將一個貴族家庭的大事小情做細密描寫的通俗白話小說《紅樓夢》是朝鮮文人不易理解的。這也無法使人們更好地認識到她的價值。

需要説明的是，在日本殖民時期，韓國人對《紅樓夢》的關注度提高了。由於當時中國已經將《紅樓夢》視爲最有價值的小説，紅學成爲甚受矚目的顯學，韓國一些文人對中國新紅學論爭也頗爲關心，其結果便是梁建植、張志暎的《紅樓夢》譯文開始在報紙上連載。梁、張的《紅樓夢》翻譯雖在向當時的韓國人介紹《紅樓夢》這一點上做出了貢獻，但並未在社會上引起强烈反響，對《紅樓夢》的研究也並未展開。

解放（1945年）之後，由於韓國（南韓）與中國大陸的交往斷絶的原因，研究自然也無法有效進行。1992年韓中建交以後，民間交流急速增進，作爲瞭解中國的一環，韓國社會對《紅樓夢》的關注度開始提高。事實上，我們所以翻譯《紅樓夢》，也正是爲了滿足讀者對《紅樓夢》的閱讀需求。"瞭解《紅樓夢》，可瞭解中國人"，"要知道中國文化，先從《紅樓夢》入手"等，這一些新的口號在今天的韓國讀者的紅學觀中可以看到。

趙：您上面談到了《紅樓夢》的翻譯，我們想詳細瞭解一下這方面的情況，比如韓文版《紅樓夢》是什麼時候出現的，有幾種譯本等等，能請您給我們談一談好嗎？

崔：韓國《紅樓夢》譯本出現得非常早。朝鮮末期的高宗年間（約1884年前後），昌德宮樂善齋（地點在今首爾）整理收集了數量龐大的小説筆寫本，其中有大量創作小説，也有不少中國小説的翻譯本。其中最引人注目的便是《紅樓夢》的翻譯。這是一部120回全譯本，而且是將作品原文和發音（注音）一併録入的中韓對譯注音全譯本。它採用的是朝鮮時代特有的韓文諺解形式，以韓文宮體（毛筆字體的一種）筆寫。這個譯本是《紅樓夢》翻譯史上最早的外文全譯本，在中國紅學界也受到非常大的重視。不僅如此，樂善齋所藏的中國小説翻譯本中，尚有《紅樓夢》的續書五種（《後紅樓夢》、《續紅樓夢》、《紅樓復夢》、《補紅樓夢》、《紅樓夢補》）皆被翻譯。可見，樂善齋譯本的主要讀者宮中的妃嬪和實際的翻譯者譯官，對《紅樓夢》及其系列作品是多麼的關心，只可惜，這部翻譯作品並未流布社會，否則定會大大加强《紅樓夢》在韓國的影響，擴大讀者的接受範圍。

　　之後就是我們上文談到的梁建植和張志暎的翻譯連載。

　　解放以後也出現了數種譯本，但是大多爲節譯本或者是日本譯本的重譯本，尚無從原作出發的全本翻譯。Nanam出版社出版的六卷全譯本《紅樓夢》於2009年7月刊行。其中本人承擔了前80回的工作，高旼喜擔任了後40回的工作，在西洋已有這種前80回後40回由兩人分擔的先例。我開始這項工作是在2000年，因爲在翻譯過程中，時時被其他工作牽扯精力，所以花費時間頗長，在著手的9年後才完工。

　　趙：這麼説，《紅樓夢》在韓國已經有了幾種譯本，那麼與其他譯本相比，你們的譯本有什麼特色呢？

　　崔：Nanam版《紅樓夢》是第一部從中文原作出發的直接翻譯本，也是第一部由《紅樓夢》研究者翻譯的譯本。到目前爲止，除了樂善齋全譯本《紅樓夢》之外，韓國（南韓）出現的韓文《紅樓夢》基本是以日文譯本爲底本的重譯本，譯者也大部分爲小説作家或翻譯家。韓國《紅樓夢》研究始於1970年代後半，我們這個譯本的兩個譯者都是從那個時期起便進入到紅學研究這一領域內的。大學院的碩士、博士論文也都是以《紅樓夢》爲研究對象的，因此，我們敢說，對《紅樓夢》原作的多種解說和理解較之他人可說是所知較詳。這些對文本內容的理解自然會表現在我們的譯本中，在忠實於原作這一方面我們還是比較有自信的。這可說是我們這個譯本的一個特點。

再有就是我們在翻譯時，儘量使用在今日韓國使用範圍極廣的通俗韓語，可讀性較強。在譯文中，注意語言的精準、通達、流暢，在翻譯回目、詩詞時，注意韓國語的音律，在音節和腳韻上花了很大功夫，力求將《紅樓夢》原文營造出的氛圍傳達出來。

爲了幫助讀者理解作品，我們做了一些具體的舉措。首先，我們將全書分爲六卷，每卷20回，另制題目，希望所制題目能將《紅樓夢》的故事進程概括展示給讀者。這六卷題目分別爲"幻生"，"葬花"，"盛宴"，"秋聲"，"別殤"，"歸元"。《紅樓夢》斯洛伐克譯本也是分卷定題出版的，該譯本分爲四卷，分別定題目爲"春"、"夏"、"秋"、"冬"，以季節變化寓示《紅樓夢》故事展示的興盛衰亡的過程。可見，這一譯本分卷立題的目的與我們相同。

在讀者理解難度較大的部分我們詳加注釋，特別是在回目和詩詞部分，爲了使那些希望對原文多有了解的讀者得到幫助，我們將漢字一併附上，這一點使它具有了與中國大陸延邊和外文出版社朝鮮語譯本不同的特色。六卷一函的全譯本還另附一冊由譯者編輯的《〈紅樓夢〉大觀》以供讀者參考，該冊有"更易閱讀、加深理解、擴大視野"三個環節，所收內容皆爲幫助讀者理解小說內容的解說資料及相關論述，或者這些方面可以成爲本部譯作的優點。

趙：您剛提到了，翻譯《紅樓夢》是一個浩大的工程，那麼，是什麼使得您在承擔教學研究工作的同時，又承擔了這項艱苦的任務呢？

　　崔:前面提到過我進入高大中文系後便對中國文學特別是《紅樓夢》產生了濃厚的興趣,到了臺灣後便開始了浸潤於《紅樓夢》之中的生活,深深感受到了這部小説的魅力,但一直沒有由自己來翻譯這本書的念頭。我從臺灣回國,繼續研讀《紅樓夢》之時,就發現韓國已有的《紅樓夢》譯本基本是日譯本的重譯,很難見到反映中國學界研究或版本情況、具有學術價值的譯本,對上述現象筆者深感惋惜,作爲多年研究《紅樓夢》的學人,終於產生了以全文翻譯《紅樓夢》爲己任的想法,在2000年與Nanam出版社簽下了翻譯《紅樓夢》的協議。但此後,因爲本人還有《剪燈三種》的翻譯任務需要完成,所以工作進度較爲遲緩。時間在流逝,《紅樓夢》全部翻譯工作的完成似乎遙遙無期,終於,和我一同在高麗大學學習,也以《紅樓夢》爲自己研究課題的後輩高旼喜教授應我的請求承擔了後40回的翻譯,在她的協同合作下,我們完成了一人獨自難於完成的工作,這讓我非常高興。在翻譯工作中,高麗大學的研究生們舉行了數次討論會,並以此爲基礎,在高麗大學成立了"紅樓夢研究會",這是翻譯《紅樓夢》的意外所得,這個陣地的建立也讓人無法不感到喜悦。

　　如今,六卷本韓文《紅樓夢》雖已問世,我們還想完成一項工作,就是整理出版一套將翻譯文和原文並録,且加以詳細注釋,以供專家和研究生使用的原文對譯注釋本《紅樓夢》。雖然目前存在出版方面的困難,但是出版這樣的完備校勘本仍然是我們決心達成的下一個目標。

　　趙:上面您提到根據日譯本的重譯本沒有反映版本情況,那麼,您和高教授的Nanam本是根據中國哪個版本翻譯的呢?
　　崔:對朝鮮末期出現的樂善齋全譯本加以考察,我們可以發現它使用的底本是王希廉評本,但如上所説,解放之後出現的數種《紅樓夢》譯本很難考察出所用之底本,原因在於它們使用的底本並非中國的版本。這樣的譯本，對於《紅樓夢》研究者來説，很難有參考價值。因此，我們在翻譯時，在選擇版本方面，花費了很大心思。

研究《紅樓夢》的人都知道，她的版本系統太過複雜，各個時期流行的系統都不相同，哪種最爲理想很難作出判斷。程刻本雖然在乾隆末年到民國初期這一時段頗爲流行，但在胡適重視新的版本之後，程乙本似乎更獲認可，而在以戚序本爲準的俞平伯校本出現之後，該版本在很長一段時期内成爲研究和翻譯的底本。我在臺灣大學撰寫學位論文的時候，最初使用的也是這個版本。此後，中國藝術研究院紅樓夢研究所校注的《新校注本》問世。《新校注本》前80回主要依據庚辰本，後四十回則以程甲本爲底本。1982年之後，這一版本在中國和臺灣甚爲流行，90年代以後在學界一直受到極大重視。該版本的長處，校勘主管者馮其庸教授已作强調説明，這些看法也得到了紅學界的認同。鑒於以上情況，我們決定以新校注本作爲我們翻譯的底本，因爲我們認爲它更有學術價值。後出的程乙本，雖文中脈絡有很多不能銜接之處，但文筆流暢，所以有很多人認爲對於面向外國人的《紅樓夢》來説，以程乙本爲底本似乎更爲合適，因此，目前爲止，尚未出現以新校注本爲底本的譯作。但是，我們希望能給讀者提供更有學術價值的版本，希望我們的翻譯能够更好地體現紅學界的研究現狀，這是我們選擇這一版本的理由。

我們的譯本是以1996年的第二次校勘本爲底本的。在我們的翻譯本完成組版之時，第三次校正版才問世，所以我們無法在譯稿中把第三版的情況反映進去。對這一點，我們深感遺憾。

翻譯本的插圖選擇了古典小説色彩濃厚的清代畫家孫温的畫作，以彩色圖片的方式分附在各卷卷首，卷中則將《金玉緣》版本的插圖附入其中，以强調小説優雅鄭重的氛圍。封面書名則設計以韓國傳統書法表現，上述種種都使韓文本《紅樓夢》在外觀上有凝重完滿之感。

　　趙：您在翻譯過程中，遇到的最大困難是什麼？

　　崔：如上所言，《紅樓夢》的翻譯過程是一個不斷改進的過程，中國語和韓國語雖有一部分詞彙語義近似，可以對譯，但基本語序具有非常大的差異，與和韓國語相同語序的日本語相比，這種差異愈加明顯。在翻譯時，如何將兩種思維表達完美轉換需要花費非常多的時間，而原文中一些動詞含義豐富的模糊表達也讓我們在換用韓語加以表現時遇到許多困難。對《紅樓夢》裏中國獨特的俗語、歇後語、四字成語的翻譯，也是一個較難解決的部分，因爲處理不好，就會影響原文意旨的傳達。最困難的是歷史文化的隔膜，韓國社會的尊卑差異、家族親緣的遠近（韓國語稱之爲"寸數"），在語言上都會以尊稱語與卑稱語的方式表現出來，中國語中則沒有類似區分，尊卑更多的是通過使用不同詞彙表現出來的。最明顯的例子，賈寶玉和林黛玉爲姑舅兄妹，薛寶釵爲賈寶玉的兩姨表姐，他們彼此之間，年齡差異不大，在非常親近隨便的情況下可以不使用敬語，但是在特殊場合，則應使用正式語體。這裏的細微差異，都需要我們花費心思。可以説，在對《紅樓夢》的翻譯中，幾乎所有的對話應該使用哪種語體，我們都必須根據當時情況細加斟酌。

　　文化隔膜造成的難點還有其他方面的表現，如《紅樓夢》整體講述的是姻戚之間的愛情和婚姻故事，對韓國人來説，這是很少見、很生疏的現象。這種文化帶來的差異如果不加以注釋和解説，強求讀者理解是很困難的（高麗時代，宮中有這種婚戀文化，但朝鮮以後，由於儒家思想的强調，10寸以内的姻戚不可聯姻，至於"同姓同本"之人，寸數再遠也不能締結婚姻，這種情況一直持續到前幾年）。

服飾和飲食之名以及所用之材料也是翻譯中的難點，對這些部分的處理，都花費了我們相當的心思。總之，可以説，困難是處處可見的。

趙：您覺得，翻譯《紅樓夢》的現代意義是什麽呢？

崔：我認爲，《紅樓夢》是理解中國人和中國文化的鑰匙。通過《紅樓夢》，可以打開中國人的内心，也可以深入瞭解中國的傳統文化，這是這部作品不可忽視的價值所在，也是我們把她翻譯成韓文，介紹給韓國讀者的原因之一。

今天的韓中關係已越來越重要，我們處在前所未有的密切聯繫中，這種聯繫還會不斷繼續下去。在中國人、甚至是全球的華人世界中，不知道《紅樓夢》的人幾乎並不存在。喜歡這部作品的人更可説是不計其數。有幾位以前我教過的學生曾對我説過，在他們與中國人做生意時，談到學習過的一些關於《紅樓夢》的話題，常常能在很短的時間内和中國人溝通内心，成爲朋友。《紅樓夢》就這樣成爲抓住中國人心靈的鑰匙。

《紅樓夢》是體現了中國文化精神的超越時空限制的文學精品。在這部小説中，作者有意没有言明小説的時空背景，這也使得我們可以將其視爲一部發生在任何時間、任何地點，描寫人類永恒人性、情感的作品。因此，《紅樓夢》如今不僅是中國的文化遺産，也是世界人類的文化遺産。我們可以在《紅樓夢》的人物身上讀出人的愛恨情仇，人的孤獨喜樂。從這個意義上説，將《紅樓夢》翻譯成韓文，不僅能够讓我們在閱讀中更深入地理解中國文化，走近中國，還能在欣賞作品時，感受到人類文化遺産的永恒魅力，這也是翻譯《紅樓夢》的現代意義所在。

趙：您在翻譯過程中最大的感觸是什麽？

崔：感觸太多也太深了，在上面對很多問題的回答中，我已經將這些感觸表達過了。前面說過《紅樓夢》是理解中國文化的鑰匙，這是我發自肺腑的感受。我覺得翻譯《紅樓夢》的過程也是自己對中國文化進行新的再認識的過程，這部作品的翻譯，使我對中國文化的很多認識完全具象化了。

趙：一般認爲，《紅樓夢》的人物形象塑造得非常成功，能不能問問您，您最喜愛那個人物呢？

崔：如同大家所言，《紅樓夢》的最偉大之處在於人物形象的塑造，小說中出現了形形色色、栩栩如生的人物。而讀者也可能會根據自己的天性，各自從《紅樓夢》中找到了自己嚮往的理想模特兒。或喜歡薛寶釵的慎重，或喜歡史湘雲的灑脫，或喜歡尤二姐的溫順，或喜歡尤三姐的潑辣，喜歡誰討厭誰完全在於自己個人的取向和人生觀。

雖然如此，當我面對這個問題時却發現，我做不出選擇。在長久以來對《紅樓夢》的閱讀、研究，以及翻譯中，我已經和作家曹雪芹一樣，對作品中的任何一個人物，憐憫的感覺都勝過了厭惡。因此，我對其中的很多人都充滿了憐惜，因憐惜而喜愛。即便是基本遭人憎惡的趙姨娘和賈環，站在他們的立場來看，其行動也皆有自己的理由，我沒有辦法不對他們充滿同情。站在黛玉和寶玉的立場，我希望有情人終成眷屬，但我仍然理解選擇寶釵的史太君和王夫人。任何一個人在選擇兒媳時，都會考慮到家族、子孫的前程，因此，史太君和王夫人也無可厚非。談到人物，我只能說，有一點是明確的，就是曹雪芹塑造人物形象的功力達到了非常的高度。他如實描繪人生百相的能力真如鬼斧神工，他通過人物形象的塑造表達出的對人生的思考，也讓我們印象深刻。在我們感受衆多紅樓人物的不幸命運時，會有一種對不可知的自身命運的恐懼，這就更讓人我們和這些人物心靈相通，把他們當成自己人生路上的同伴。

趙：您怎樣看待目前中國大陸的"紅學"研究現狀？

崔："紅學"這一稱呼雖然産生於19世紀末文人們的游戲譏諷之言，但在20世紀初，中國的碩學開始認真地對《紅樓夢》加以研究，真正使其成爲一門顯學。中國大陸紅學界在1949年後特別是"文革"之中雖然受到很大影響，但在"文革"以後迅速恢復元氣，創立了中國紅學會，展開多種多樣的研究活動，紅學取得了飛躍的發展，研究領域也日漸細化，並出現了很多新的成果。中國社會科學院《紅樓夢研究集刊》的創刊使研究更加活躍，中國藝術院紅樓夢研究所的《紅樓夢學刊》的創刊以及每年組織召開的國際會議等活動，更是促進了國内外學術交流的廣泛開展，爲《紅樓夢》研究注入了很大的力量。他們組織校勘的《紅樓夢》更在版本刊行方面取得了重要的成果。

但是縱觀中國大陸全域的紅學研究活動，我們會發現，目前的確有魚龍混雜，不倫不類的研究隨處可見的現象，爲引人注意抛出的奇談怪論層出不窮。也有人爲迎合大衆趣味，將紅學變成有趣的市井之學，完全離開了學問之路。一些學院派研究者也没能積極地投入到學問領域中，而只是在輿論和論争中糾纏，影響了真正的學術成果的出現。這些有名無實的研究，實在需要我們置之一邊。

認識到危機之時，也是新創造的契機。即便有各式各樣的奇談怪論不斷衝擊，我們研究者也不應該被迷惑而離開真正的研究領域，這才能使正統紅學不致萎縮，並能不斷發展以取得更好的成果。

《紅樓夢》之於中國，就像莎士比亞作品之於英國，《源氏物語》之於日本，這樣厚重的作品，需要我們嚴肅慎重地對待。我們需要的是更堅實的研究，更多的學問積蓄，更多的與鄰近學科的連接研究，以及更多的和其他學問的整合研究，和外國文學的比較研究等等。"紅學"如果走向世界，中國的文化遺産就會在全人類的文化遺産中再生。這雖然不能馬上成爲現實，但我們應該將其視爲目標，由此建立世界紅學。在此，殷切希望海内外紅學界能一起爲實現這個目標而共同努力。

趙冬梅（女），教授。哈爾濱師範大學文學學士，北京大學文學碩士，高麗大學文學博士。曾任教於中國哈爾濱師大，韓國大眞大學，現任韓國高麗大學中文系教授。

此文曾收録於香港《國學新視野》2011年秋季號（2011年10月）

《紅樓夢》韓文譯本及韓國紅學論著目録

崔溶澈

韓文譯本

樂善齋本全譯《紅樓夢》120回,（現存117回）韓國學中央研究
　　院藏

樂善齋譯本《後紅樓夢》30回（20卷20册）,韓國學中央研究院
　　藏

樂善齋譯本《續紅樓夢》30回（24卷24册）,韓國學中央研究
　　院藏

樂善齋譯本《紅樓復夢》100回（50卷50册）,韓國學中央研究
　　院藏

樂善齋譯本《紅樓夢補》48回（24卷24册）,韓國學中央研究
　　院藏

樂善齋譯本《補紅樓夢》48回（24卷24册）,韓國學中央研究
　　院藏

梁建植譯,《紅樓夢》連載文（138回,原典28回）,《每日申報》,
　　1918.3.23—10.4（未完）

梁建植譯,《石頭記》連載文(17回,不詳),《時代日報》,1925.1.12—
　　6.8（未完）

張志暎譯,《紅樓夢》連載文(302回,原典40回),《朝鮮日報》,
　　1930.3.20—1931.5.31（未完）

張志暎譯,《紅樓夢》連載文(25回,原典3回,《中央日報》,
　　1932.4.1—4.30（未完）

金龍濟譯,《紅樓夢》2冊,正音社,1955—1956

李周洪譯,《紅樓夢》5冊,乙酉文化社,1969

金相一譯,《紅樓夢》,徽文出版社,1974

吳榮錫譯,《新譯紅樓夢》,知星出版社,1980

金河中譯,《曹雪芹紅樓夢(抄)》,知星出版社,1982

禹玄民譯,《新譯紅樓夢》6冊,瑞文堂,1982

洌上古典研究會譯,《紅樓夢新譯》第1冊(未完刊),平民社,
　　1988

延邊大學紅樓夢翻譯小組(許龍九等)譯,《紅樓夢》4冊,延邊
　　人民出版社,1978—1980

北京外國語出版社朝鮮文翻譯組譯,《紅樓夢》5冊,外文出版社,
　　1978—1982

李鐘泰等譯,《紅樓夢(樂善齋本)》影印本15冊,亞細亞文化社,
　　1988

姜龍俊譯,《紅樓夢》連載34章(未完),《土曜新聞》,1990—
　　1991

安義運、金光烈譯,《紅樓夢》7冊,青年社,1990

許龍九等譯,《紅樓夢》6冊,藝河出版社,1990

安義運、金光烈譯,《紅樓夢》6冊,三省出版社,1992

許龍九等譯,《紅樓夢》6冊,東光出版社,1994

趙星基譯,《紅樓夢》連載613回(改譯),《韓國經濟新聞》,
　　1995—1996

洪尚勳譯,《紅樓夢》1冊(3章,摘譯),FUN&LEARN,1996

趙星基譯,《紅樓夢》3冊(全12部,改譯),民音社,1997

權都京、朴在淵、金瑛等校注,《紅樓夢》(上下冊),以會文化社,
　　2004

張庚男、李在弘、강문종校注,《後紅樓夢》,以會文化社,2004

崔允姬、金明信校注,《續紅樓夢》,以會文化社,2004

朴在淵、李在弘、金瑛、金明信校注,《紅樓復夢》上卷,以會文化
　　社,2004

朴在淵、金明信、金瑛、禹春姬校注,《紅樓復夢》下卷,以會文化
　　社,2004

金貞女、朴在淵校注,《紅樓夢補》18,以會文化社,1995—2004

金貞女、崔吉容、朴在淵校注,《紅樓夢補》18,以會文化社,2004

安義運、金光烈譯,《紅樓夢》12冊,清溪出版社,2007

崔溶澈、高旼喜譯,《紅樓夢》6冊(全譯),나남(NANAM),2009

崔溶澈譯,《紅樓夢》1冊(摘譯4回),지만지(ZMANZ),2009

洪尚勳譯,《紅樓夢》7冊(全譯),솔(松)出版社,2012

延邊大學紅樓夢翻譯小組譯,《紅樓夢》4冊(全譯),Oljie Classics,
　　2016

紅學專書

許龍九、鄭在書編,《紅樓夢7,紅樓夢解說及研究資料集》,圖書
　　出版예하,1991

李光步,《〈紅樓夢〉的主題思想》,知識界,2002

李桂柱,《〈紅樓夢〉詩詞簡論》,圖書出版다운샘,2005

崔溶澈,《〈紅樓夢〉的傳播與翻譯》,신서원(新書苑),2007
崔溶澈、高旼喜、金知鮮,《紅色樓閣的夢》,나남(NANAM),
　　2009
李辰冬,《〈紅樓夢〉研究》,中正書局,1977
吳世昌,《〈紅樓夢〉研探源外編》,上海古籍出版社,1978

博士學位論文

　　(以發表時間先後爲序,同年年度發表論文則依作者姓氏首
字母排列)

高旼喜,《〈紅樓夢〉的現實批判意義研究》,高麗大學博士論文,
　　1989
崔溶澈,《清代紅學研究》,臺灣大學博士論文,1990
崔炳圭,《〈紅樓夢〉賈寶玉情案研究》,臺灣師範大學博士論文,
　　1994
韓惠京,《〈紅樓夢〉王張姚三家評點研究》,(臺灣)中國文化大
　　學博士論文,1994
蔡禹錫,《〈紅樓夢〉的王熙鳳形象研究》,韓國外國語大學博士論
　　文,1997
李治翰,《〈紅樓夢〉之文學語言研究》, 北京師範大學博士論文,
　　1999
李承姬,《樂善齋本〈紅樓夢〉中國語音韻體系研究》,韓國外國語
　　大學博士論文,1999
李光步,《〈紅樓夢〉的主題思想研究》,高麗大學博士論文,2001
李京丹,《〈紅樓夢〉對〈九雲記〉之影響研究》,高麗大學博士論

文,2002

趙美媛,《〈紅樓夢〉中情的叙事化傾向研究》,延世大學博士論文,2004

劉僖俊,《〈紅樓夢〉脂評的文藝美學論研究》,淑明女子大學博士論文,2009

朴京順,《〈紅樓夢〉"連"字句研究》,嶺南大學博士論文,2012

申奉珍,《〈玉樓夢〉與〈紅樓夢〉的結構美學比較研究》,公州大學博士論文,2013

최광순,《〈紅樓夢〉熟語研究》,大邱天主教大學博士論文,2013

金宣希,《近現代"是……的"句型研究——以〈水滸傳〉、〈西游記〉與〈紅樓夢〉中的過去式句型分析爲中心》,成均館大學博士論文,2016

碩士學位論文

　　（以發表時間先後爲序,同年年度發表論文則依作者姓氏首字母排列）

高旼喜,《論〈紅樓夢〉研究的傾向》,高麗大學碩士論文,1979

崔溶澈,《〈紅樓夢〉的文學背景研究》,臺灣大學碩士論文,1983

李光步,《〈紅樓夢〉所反映的社會與家庭》,臺灣政治大學碩士論文,1983

洪淳柱,《〈紅樓夢〉後四十回考——以續書及其文學價值爲中心》,慶北大學校學碩士論文,1987

秦英燮,《〈紅樓夢〉的主綫結構研究》,臺灣大學碩士論文,1987

舒曼麗,《關於〈紅樓夢〉女性人物之研究》,成均館大學碩士論文,

　　　　1987

洪淳斗,《〈紅樓夢〉後40回考:以續書及其美學價值爲中心》,慶
　　　北大學校碩士論文,1988

金泰範,《韓文藏書閣本〈紅樓夢〉研究》,東海大學碩士論文,1988

朴智用,《〈紅樓夢〉十二支曲之探討:以十二支曲中所豫示的後40
　　　回的情節爲中心》,淑明女子大學碩士論文,1991

宋真榮,《〈紅樓夢〉的悲劇性研究》,梨花女子大學碩士論文,1992

李京丹,《〈紅樓夢〉對〈九雲記〉的影響研究》,淑明女子大學碩士
　　　論文,1993

羅海燕,《〈紅樓夢〉中清代服飾研究》,東亞大學碩士論文,1995

정영순,《〈紅樓夢〉中林黛玉與薛寶釵之比較研究:以兩種愛情觀
　　　的對立爲重點》,木浦大學碩士論文,1998

崔京兒,《王國維的〈紅樓夢〉評論研究:以文藝批評史的意義爲中
　　　心》,中央大學碩士論文,1999

金京玉,《〈紅樓夢〉反映的道教與道家思想》,東國大學校碩士論
　　　文,2001

辛明周,《對〈紅樓夢〉研究的批判與再認識》,仁荷大學碩士論文,
　　　2001

尹惠映,《〈紅樓夢〉人物形象研究:以賈寶玉林黛玉薛寶釵爲中
　　　心》,大邱大學碩士論文,2001

李成賢,《〈紅樓夢〉索隱的讀法研究》,首爾大學碩士論文,2002

南賢玉,《〈紅樓夢〉中的佛教觀》,淑明女子大學碩士論文,2002

崔鍾太,《對〈紅樓夢〉中反映的佛教思想的分析》,慶熙大學碩士
　　　論文,2003

韓雲珍,《〈紅樓夢〉中的女性民俗研究》,韓瑞大學碩士論文,2003

柳瑩洙,《"激流三部曲"與〈紅樓夢〉的比較研究》,東國大學碩士
　　　論文,2003

이승희,《樂善齋本〈紅樓夢〉中中國語音韻體系研究》,韓國外國

語大學碩士論文,2003

鄭京子,《〈紅樓夢〉中的女性主義傾向》,淑明女子大學碩士論文,
　　2003

金仁順,《〈紅樓夢〉中形容詞重疊研究》,高麗大學碩士論文,2005

劉僖俊,《對脂硯齋批語的小説論的研究》,淑明女子大學碩士論文,
　　2005

郁菁,《通過與〈紅樓夢〉的比較看〈春香傳〉教育的研究:以中國
　　人韓國語學習者爲對象》,首爾大學碩士論文,2005

鄭永斌,《中國小説中銅鏡文學的受容研究》,梨花女子大學碩士論
　　文,2005

홍은영,《〈紅樓夢〉衆人物形象上的女性主義傾向研究》,慶熙大
　　學碩士論文,2006

맹경육,《北韓朝鮮中央電視臺的中國電視劇〈紅樓夢〉中反應的
　　政治社會學的意義》,西江大學碩士論文,2006

趙賢珠,《〈紅樓夢〉詩詞的叙事機能研究》,高麗大學碩士論文,2007

최선화,《〈紅樓夢〉中反映的清代女性的脚飾與首飾》,東亞大學
　　碩士論文,2008

鄭周永,《〈紅樓夢〉把字句研究》,韓國外國語大學碩士論文,2008

方成壬,《〈紅樓夢〉中反映的傳統思想與自覺意識》,東國大學碩
　　士論文,2010

盧仙娥,《清代〈紅樓夢〉的傳播與接收情況研究》,高麗大學碩士
　　論文,2010;

양비비,《〈玉樓夢〉與〈紅樓夢〉中反映的愛情觀之比較》,忠南大
　　學碩士論文,2010

李英華,《〈紅樓夢〉中賈寶玉形象的含義研究》,高麗大學碩士論
　　文,2011

李淑花,《〈紅樓夢〉的傳播與翻譯本考察》,慶熙大學碩士論
　　文,2012

袁貞媛,《〈紅樓夢〉中飲食描寫研究》,檀國大學碩士論文,2012

朱峻永,《清代〈紅樓夢〉戲曲研究》,高麗大學碩士論文,2012

胡雲,《電影〈春香傳〉與〈紅樓夢〉中的女性形象研究》,成均館大
　　　　學碩士論文,2013

김춘월,《樂善齋本〈紅樓夢〉中漢語詞汇借用研究》,韓國學中央
　　　　研究院碩士論文,2013

유풀잎,《〈紅樓夢〉中的女性形象研究》,東國大學碩士論文, 2013

趙旻祐,《〈紅樓夢〉中的替身、夢境與對話:以巴赫金復調理論爲
　　　　中心的考察與詮釋》,臺灣大學碩士論文,2013

陳宓,《陶瓷首飾開發研究:以〈紅樓夢〉中金陵十二釵的象徵畫爲
　　　　中心》,湖南大學碩士論文,2014

高明珠,《〈紅樓夢〉、〈鏡花緣〉中俗語的文學功能研究》,高麗大學
　　　　碩士論文,2014

金允瑛,《〈金瓶梅詞話〉、〈醒世姻緣傳〉、〈紅樓夢〉、〈兒女英雄
　　　　傳〉中特殊倒裝句研究:以"Pre+NP+X"結構爲中心》,韓
　　　　國外國語大學碩士論文,2014

吳丹,《樂善齋本〈紅樓夢〉的語言學研究》,崇實大學碩士論文,
　　　　2014

왕하,《韓中古典小説〈紅樓夢〉與〈紅樓夢〉的人物比較研究》,世
　　　　明大學碩士論文,2014

원자옌,《對〈紅樓夢〉中大觀園的意境分析》,原州大學碩士論文,
　　　　2014

李真杉,《〈紅樓夢〉人物晴雯研究》,濟州大學碩士論文,2015

張霽,《〈紅樓夢〉中的存現句研究》,慶北大學校學碩士論文,2015

정거배,《北韓與中國文化交流研究:以家庭劇〈紅樓夢〉爲中心》,
　　　　木浦大學碩士論文,2015

한우상,《韓國的〈紅樓夢〉研究概況》,嶺南大學碩士論文,2016

黃千芝,《〈紅樓夢〉醫藥描寫的叙事功能》,高麗大學碩士論文,
　　2016

리우전,《〈紅樓夢〉詩化研究》,中央大學碩士論文,2016

반연명,《韓中夢字類小説比較研究》,新羅大學碩士論文,2016

진상지,《〈玉樓夢〉與〈紅樓夢〉的人物比較研究》,嘉泉大學碩士
　　論文,2016

喬福軍,《〈紅樓夢〉韓國語現代翻譯的問題及其意義:以崔溶澈與
　　高旼喜譯本爲中心》,江原大學碩士論文,2016

蔡禹錫,《〈紅樓夢〉中王熙鳳形象研究》,韓國外國語大學碩士論
　　文,1997

崔溶澈,《〈紅樓夢〉在韓國的流傳與翻譯》,《紅樓夢學刊》第75
　　輯,1997

孟耿鬱,《北韓朝鮮中央電視臺中放映中國電視劇〈紅樓夢〉的政
　　治社會意味》,西江大學,2006

期刊論文

（以發表時間先後爲序,同年年度發表論文則依作者姓氏首
字母排列）

70年代以前:

梁建植,《關於〈紅樓夢〉》,《每日申報》,1918

梁建植,《〈紅樓夢〉的是非——中國的問題小説》,《東亞日報》,
　　1926

梁建植,《中國名作小説——〈紅樓夢〉考證》,《朝鮮日報》,1930

梁建植,《世界名作一絕:〈紅樓夢〉》,《實生活》4卷8號,1932

梁建植,《玩賞太虛幻境——世界著名作家名文介紹》,《實生活》
　　　4卷3號,1932

梁建植,《〈紅樓夢〉:世界名作一絕》,《實生活》4卷10號,1932

車環柱,《古典解説:〈紅樓夢〉》,《思想界》雜誌第44號,1957

70年代:

李明九,《對譯本〈紅樓夢〉》(貴重本解題),《國學資料》第6號,
　　　1972

成元慶,《中國文學上的人間像——以〈紅樓夢〉爲中心》,《建大
　　　學報》第27號,1974

郭利夫,《〈紅樓夢〉的評價》,《教養學部論文集》(濟州大學)第
　　　4輯,1975

權友荇,《〈玉樓夢〉與〈紅樓夢〉小考》,《國語國文學部論文集》
　　　(東亞大學)第1輯,1976

權友荇、宋明子,《〈紅樓夢〉與〈玉樓夢〉的比較研究——以人物
　　　的性格與道德的價值觀的心理分析爲中心》,《國文學研
　　　究》第5輯,1976

1980年:

許世旭,《紅樓夢》(中國古典一百選),《新東亞》別册附録,1980

1983年:

金憶洙,《〈紅樓夢〉版本研究》,《公州師大論文集》(人文科學)
　　　第21輯,1983

1984年:

崔溶澈,《曹雪芹家世考》,《中國論叢》創刊號,1984

高旼喜,《〈紅樓夢〉第一回小考》,《中國論叢》創刊號,1984
李光步,《〈紅樓夢〉的主題思想研究》,《中國論叢》創刊號,1984
1985年:
崔溶澈,《曹雪芹生平考》,《漢陽大人文論叢》第10輯,1985
李桂柱,《〈紅樓夢〉與白話散文——對其近代性與文藝成就的考
　　察》,《東洋學》第15輯,1985
李桂柱,《程甲本〈紅樓夢〉考》,《中國研究》第9輯,1985

1986年:
崔溶澈,《〈紅樓夢〉初期版本的研究》,《漢陽大人文論叢》第11
　　輯,1986
李光步,《〈紅樓夢〉的主題思想與寶玉、黛玉、寶釵間的三角關
　　係》,《中國人文科學》第5輯,1986

1987年:
崔溶澈,《〈紅樓夢〉後期版本的研究》,《漢陽大人文論叢》第13
　　輯,1987
高旼喜,《對1954年的〈紅樓夢〉論爭的考察》,《現代中國文學》
　　創刊號,1987
李光步,《〈紅樓夢〉與舊約聖書中的傳道書的主題思想之比較研
　　究》,《言語與文化》,1987

1988年:
崔溶澈,《〈紅樓夢〉現代版本的研究》,《漢陽大人文論叢》第15
　　輯,1988
崔溶澈,《書評:樂善齋本全譯〈紅樓夢〉影印本》,《中國語文
　　學》第15輯,1988

崔溶澈,《樂善齋本全譯〈紅樓夢〉初探》,《中國語文論叢》第1
　　輯,1988
高旼喜,《對1954年的〈紅樓夢〉論爭的考察》,《現代中國文
　　學》創刊號,1987

1989年:
崔溶澈,《〈紅樓夢〉現代譯本的考察》,《中國語文論叢》第2
　　輯,1989
崔溶澈,《〈紅樓夢〉脂硯齋評語的研究》,《漢陽大人文論叢》第
　　17輯,1989
丁一、李光步《對〈紅樓夢〉的語法的特性之考察》,《中國語文
　　學》第16輯,1989
高旼喜,《對1954年的〈紅樓夢〉論爭的考察》,《現代中國文
　　學》創刊號,1987
李光步,《〈紅樓夢〉的主題思想研究——以寶玉與金陵十二釵
　　爲中心》,《中國人文科學》第8輯,1989

1990年:
崔溶澈,《樂善齋本〈紅樓夢〉研究》,《紅樓夢學刊》第1輯,
　　1990
崔溶澈,《韓國樂善齋本〈紅樓夢〉研究》,《紅樓夢學刊》第43
　　輯,1990
金永文,《對〈紅樓夢〉研究批判的批判研究》,《中國文學》第
　　18輯,1990
李光步,《〈紅樓夢〉反映的儒家無倫思想研究》,《中國人文科
　　學》第9輯,1990
李桂柱,《〈紅樓夢〉詩詞序説》,《論文集》第31輯,1990

1991年:

崔溶澈,《〈紅樓夢〉的韓國傳來及其影響研究》,《中國語文論
　　叢》第4輯,1991

崔溶澈,《〈紅樓夢〉的評點批評研究》,《漢陽大人文論叢》第21
　　輯,1991

崔溶澈,《〈紅樓夢〉的韓國傳來及其影響研究》,《中國語文論
　　叢》第4輯,1991

高旼喜,《對中國新文學運動初期的〈紅樓夢〉評價之考察》,《中
　　國語文論叢》第4輯,1991

1992年:

崔溶澈,《〈紅樓夢〉對九雲記影響之研究》,《中國語文論叢》第5
　　輯,1992

崔溶澈,《〈紅樓夢〉續書研究1——關於〈後紅樓夢〉》,《中國小
　　說論叢》第1輯,1992

崔溶澈,《〈紅樓夢〉對〈金瓶梅〉的影響之研究》,《中國學報》第
　　32輯,1992

崔溶澈,《通過〈紅樓夢〉看曹雪芹的小說創作理論》,《中國小說
　　論叢》第2輯,1992

崔溶澈,《〈紅樓夢〉在韓國的影響及研究》,《中國文哲研究的回顧
　　與展望論文集》(臺灣"中研院"中國文哲研究所),1992

崔溶澈,《〈紅樓夢〉的續書研究1——關於〈後紅樓夢〉》,《中國
　　小說論叢》第1輯,1992

高旼喜,《對〈紅樓夢〉中的暗示之研究》,《中國小說論叢》第3
　　輯,1992

1993年:

崔溶澈,《九雲記的作者及其與〈紅樓夢〉的關係》,《紅樓夢學

刊》第56輯,1993

崔溶澈,《梁建植的〈紅樓夢〉評論及其翻譯文分析》,《中國語文論叢》第6輯,1993

李桂柱,《〈紅樓夢〉詩詞翻譯比較論試稿》,《中國語文學》第22輯,1993

楊林染,《〈紅樓夢〉早期續書所反映的清後期社會思潮》,《復印報刊資料 紅樓夢研究》第2期,1993年

1994年:

蔡禹錫,《試論〈紅樓夢〉的人物描寫方法》,《中國學論叢》第3輯,1994

崔炳圭,《〈紅樓夢〉脂批中所謂的"情不情"用語的意義考察》,《中國小説論叢》第3輯,1994

崔炳圭,《〈紅樓夢〉與中國人的精神》,《中國學研究》(中國學研究會)第9輯,1994

崔溶澈,《〈續紅樓夢〉的內容與樂善齋本的翻譯樣相》,《中國小説論叢》第3輯,1994

崔溶澈,《〈續紅樓夢〉與樂善齋本的翻譯樣相》,《中國小説論叢》第3輯,1994

高旼喜,《明末人情小説的勃興與〈紅樓夢〉的出現》,《中國小説論叢》第3輯,1994

高旼喜,《明末清初的啟蒙思潮與〈紅樓夢〉》,《中國語文論叢》第7輯,1994

李桂柱,《〈紅樓夢〉諸豔詩詩品——以諸豔之詩及其批評爲中心》,《中國學研究》第8輯,1994

李光步,《〈紅樓夢〉的主題與道教思想》,《中國語文論叢》第13輯,1994

尹盛嬉,《〈紅樓夢〉反封建性再考》,《梨花馨苑》第6輯,1994

1995年:

高旼喜,《〈紅樓夢〉第五回的設定與太虛幻境的意味》,《中國
　　語文論叢》第11輯,1995

韓惠京,《王希廉的〈紅樓夢〉評點中的小説觀》,《中國小説論
　　叢》第3輯,1995

羅海燕、全惠淑,《〈紅樓夢〉中的清代服飾研究》,《服飾》第24
　　輯,1995

1996年:

崔炳圭,《〈紅樓夢〉與老莊思想》,《中語中文學》第19輯,1996

崔炳圭,《〈紅樓夢〉與儒家思想》,《東嶽論叢》第102輯,1996

崔溶澈,《1910—1930年韓國〈紅樓夢〉的研究和翻譯——略論
　　韓國紅學史的第二階段》,《紅樓夢學刊》第67輯,1996

崔溶澈,《韓國歷代〈紅樓夢〉的翻譯的再檢討》,《中國小説論
　　叢》第5輯,1996

崔溶澈,《〈紅樓夢〉的女性尊重意識研究》,《亞細亞女性研
　　究》第35輯,1996

高旼喜,《對〈紅樓夢〉中反映的佛教之考察》,《中國語文論
　　叢》第11輯,1996

高旼喜,《對毛澤東評價〈紅樓夢〉之研究》,《中國語文論叢》第
　　14輯,1996

李桂柱,《〈紅樓夢〉中呈現的女性的教養——背景與面貌》,
　　《中國學報》第36輯,1996

羅海燕、全惠淑,《〈紅樓夢〉中人物服裝的象徵性意味》,《生活
　　科學研究論文集》第4輯,1996

1997年：

蔡禹錫,《〈紅樓夢〉中的賈探春研究》,《中語中文學》第20輯,
　　　1997

高旼喜,《對〈紅樓夢〉中女性主義之考察》,《中國語文論叢》第
　　　12輯,1997

韓惠京,《通過王希廉的評點看〈紅樓夢〉的構成》,《中國小説論
　　　叢》第4輯,1997

韓惠京,《通過王張姚三家評點看〈紅樓夢〉的寓意體系》,《中國
　　　小説論叢》第6輯,1997

韓惠京,《王熙鳳的性格特性與及其文化意義》,《中語中文學》第
　　　20輯,1997

羅小東,《女性意識與〈紅樓夢〉》,《誠信女大人文科學研究》第
　　　17輯,1997

李桂柱,《黛玉詩與寶釵詩——關於〈紅樓夢〉悲劇中兩個女性典
　　　型的詩》,《中語中文學》第21輯,1997

李光步,《〈紅樓夢〉反映的道教思想》,《中國語文論叢》第7輯,
　　　1997

李光步,《〈紅樓夢〉的儒家思想研究》,《中國語文論叢》第12輯,
　　　1997

蕭奚强,《〈紅樓夢〉中VP-NEP-VP,可VP與vp嗎字句的多角度考
　　　察》,《中國言語研究》第5輯,1997

1998年：

成貽順,《從〈紅樓復夢〉看清代鎮江的戲曲曲藝活動》,《藝術百
　　　家》第1期,1998

崔溶澈,《韓中古典小説〈九雲夢〉與〈紅樓夢〉的結緣》,《中國學
　　　論叢》第11輯,1998

李桂柱,《賈寶玉——〈紅樓夢〉悲劇的典型:封閉的時代與敞開
　　的靈魂的相克》,《中語中文學》第23輯,1998

李光步,《〈紅樓夢〉反映的佛教的要素》,《中人文科學》第17輯,
　　中國人文學會,1998

朴永鐘,《論〈紅樓夢〉的悲劇——以女主人公爲中心》,《又松大
　　學論文集》第3輯,1998

尚基淑,《〈紅樓夢〉中的中國歲時風俗》,《中國小説論叢》第8
　　輯,1998

1999年:

蔡禹錫,《〈紅樓夢〉中史太君與史湘雲研究》,《人文雜誌》(忠
　　北大學校)第1輯,1999

韓惠京,《〈紅樓夢〉女性主義照明》,《性平等研究》第3輯,1999

高旼喜,《〈紅樓夢〉中反映的18世紀中葉的中國》,《中國語文論
　　叢》第16輯,1999

李光步,《〈紅樓夢〉的主題與佛教》,《中國人文科學》第19輯,1999

李治翰,《〈紅樓夢〉言語研究的新動向》,《中國學研究》第20輯,
　　1999

尚基淑,《〈紅樓夢〉的中國占卜信仰》,《韓國巫俗學》創刊號,
　　1999

尚基淑,《〈紅樓夢〉中的中國鬼神信仰》,《中國語文學》第34輯,
　　1999

尚基淑,《〈紅樓夢〉中的中國冠婚喪祭》,《東方學》(韓瑞大
　　學)第5輯,1999

2000年:

蔡禹錫,《〈紅樓夢〉中的尤三姐形象研究》,《中國學論叢》第9輯,
　　2000

崔炳圭,《〈紅樓夢〉語言藝術美探究》,《中國語文學》第36輯,
　　2000
崔炳圭,《〈紅樓夢〉對男女關係的啟示》,《中韓文化研究》第3輯,
　　2000
高旼喜,《〈紅樓夢〉中的"紅樓"與"夢"的意味》,《中國語文論
　　叢》第19輯,2000
高旼喜,《〈紅樓夢〉中的"紅樓"與"夢"的意味》,《中國語文論
　　叢》第19輯,2000
韓惠京,《從女性注意觀點看〈紅樓夢〉》,《紅樓夢學刊》第87輯,
　　2000
韓惠京,《對〈紅樓夢〉石頭神話的原型構造的考察》,《中國語文
　　學》第27輯,2000
韓惠京,《〈紅樓夢〉與中國文化》,《中語中文學》第26輯,2000

2001年:
崔炳圭,《中國紅學研究的動向把握——以小說批評派的紅學爲
　　中心》,《中語中文學》第29輯,2001
崔溶澈,《近代中國知識份子的紅學觀研究》,《中國小說論叢》第
　　13輯,2001
董文成,《〈紅樓夢〉特色詞語近親探源》,《中國語文論叢》第20
　　輯,2001
高旼喜,《〈紅樓夢〉的浪漫性小考》,《中國語文論叢》第21輯,
　　2001
韓惠京,《〈紅樓夢〉中的夢的象徵性》,《中國學報》第44期,
　　2001
尚基淑,《小說與民俗研究——〈紅樓夢〉、〈玩月會盟宴〉、〈家〉
　　的家族生活中呈現的民俗》,《訪日學術研究者論文
　　集——歷史》第5卷,2001

吳成賢,《〈紅樓夢〉中呈現的解題論的命運主義》,《文學與宗教》第6輯,2001

2002年:

蔡禹錫,《〈紅樓夢〉與〈春香傳〉的叙事構造》,《第72回中國學研究會發表論文集》,2002

蔡禹錫,《〈紅樓夢〉的主題論争論》,《中國學論叢》第13輯,2002

陳慶浩,《20世紀紅學史著述簡論》(崔溶澈翻譯),《中國語文論叢》第3輯,2002

陳惠琴,《"紅樓"語義的探討和紅樓夢命名的意義》,《中國語文論叢》第23輯,2002

崔炳圭,《〈紅樓夢〉鑒賞論》,《中國語文學》第35輯,2002

崔炳圭,《〈紅樓夢〉人物的理解》,《人文科學研究》第10輯,2002

崔炳圭,《通過〈紅樓夢〉人物看生活的藝術》,《中語中文學》第30輯,2002

崔炳圭,《〈紅樓夢〉與孔孟之道》,《孔孟月刊》第476輯,2002

崔炳圭,《〈紅樓夢〉的反世俗精神》,《슬의語文論叢》第14輯,2002

崔炳圭,《〈紅樓夢〉作者女性觀及寶玉意淫之我見》,《紅樓夢學刊》第92輯,2002

高旼喜,《〈紅樓夢〉的構成樣相之研究》,《中國語文論叢》第23輯,2002

柳存仁(書評),《從〈金雲翹傳〉到〈紅樓夢〉》,《中國語文論叢》第22輯,2002

李知恩,《〈紅樓夢〉中的疾病分析》,《中國小説論叢》第21輯,2002

尚基淑,《〈紅樓夢〉與〈玩月會盟宴〉中的女性形象》,《東方學》第8輯,2002

申秉澈,《朝鮮正祖時代文人的中國小説觀試探》,《中國小説論叢》第15輯,2002

嚴明,《〈紅樓夢〉與戲曲藝術》,《人文藝術論叢》第23輯,2002

韓惠京,《〈紅樓夢〉的叙述者》,《中語中文學》第30輯,2002

韓惠京,《對〈紅樓夢〉叙事構造的考察——以叙事焦點爲中心》,《中語中文學》,2002

洪尚勳,《重評〈紅樓夢〉評論》,《東亞文化》第40輯,2002

尚基淑,《〈紅樓夢〉與〈玩月會盟宴〉中的占卜信仰比較》,《東方學》第10號,2002

2003年:

崔炳圭,《三言中的〈紅樓夢〉影子》,《人文科學研究》,2003

崔溶澈,《〈紅樓夢〉人物的命名藝術與意味分析》,《中國學論叢》第16輯,2003

高旼喜,《〈紅樓夢〉中的幽默研究》,《中國語文論叢》第25輯,2003

韓惠京,《對〈紅樓夢〉多義研究樣相的考察》,《中國小説論叢》第32輯,2003

金泰成,《對樂善齋本〈紅樓夢〉譯音聲母標記體系的考察》,《中語中文學》第33輯,2003

李光步,《〈紅樓夢〉的性與主題》,《中國語文論叢》第25輯,2003

李寶元,《越劇〈春香傳〉與唱劇〈紅樓夢〉：中古戲劇與韓國唱劇的交流小考》,《盤索里研究》第16輯,2003

朴也雲,《〈紅樓夢〉中的女性禮贊論》,《中語中文學》第32輯,

2003

趙美媛,《美國的〈紅樓夢〉研究概況》,《中國語文學論集》第23
　　號,2003

2004年:

崔炳圭,《魏晉風度與賈寶玉》,《中語中文學》第35輯,2004

崔溶澈,《〈紅樓夢〉學術資料目錄及解題》,《中國學論叢》第17
　　輯,2004

崔溶澈,《關於後〈紅樓夢〉》,《後紅樓夢》,以會出版社,2004

高旼喜,《文化大革命時期的〈紅樓夢〉評論小考》,《中國語文論
　　叢》第27輯,2004

李光步,《〈紅樓夢〉中反映的性與愛》,《中國人文科學》第28號,
　　2004

李治翰、정귀화,《從〈紅樓夢〉看曹雪芹的思想——以小說觀爲
　　主》,《地域發展研究》第4卷第1號,2004

朴也雲,《〈紅樓夢〉中的女性禮贊論》,《創作文藝》第8卷第4
　　號,2004

朴在淵,《19世紀末〈紅樓夢〉系抄本翻譯小說中的語彙研究》,
　　第61屆韓國中國小說學會定期學術發表會論文集,2004

吳淳邦,《清末諷刺小說〈新石頭記〉的理想世界研究》,《中國研
　　究》第34輯,2004

徐乃爲,《妙玉散論》,《中國小說論叢》第20輯,2004

張順愛,《〈紅樓夢〉中的首飾研究》,《韓國生活科學研究》第24
　　輯,2004

趙美媛,《對〈紅樓夢〉前五回的叙事含義的分析》,《中國語文論
　　集》第26輯,2004

趙美媛,《〈紅樓夢〉描寫的大觀園的性格之研究》,《中語中文

學》第34輯,2004

2005年:

曹立波,《〈紅樓夢〉東觀閣本評點的體例》,《中國小説研究》第
　　21輯,2005

崔溶澈,《韓國召開的〈紅樓夢〉國際學術研討會綜述》,《紅樓夢
　　學刊》第106輯,2005

崔炳圭,《通過中國文人的傳統的愛"紅"心理來看賈寶玉的内心
　　世界》,《中語中文學》第37輯,2005

崔炳圭,《最近〈紅樓夢〉賈寶玉研究的傾向與問題意識》,《中國
　　語文論譯叢刊》第14輯,2005

崔炳圭,《〈紅樓夢〉中的"情"與"淫"》,《中國語文論譯叢刊》第
　　15輯,2005

崔溶澈,《〈紅樓夢〉的韓日英譯文比較研究》,《中國語文論叢》
　　第28輯,2005

崔亨燮,《作爲自傳性的小説:〈紅樓夢〉的性格及其意味》,《中國
　　文學》第43輯,2005

高旼喜,《何其芳的〈紅樓夢〉批評》,《中國語文論叢》第29輯,
　　2005

韓在均,《試析〈紅樓夢〉中的PR結構》,《中國語言研究》第16
　　期,2005

韓惠京,《論〈紅樓夢〉中的傳統戲曲》,《中國小説論叢》第22
　　輯,2005

李仁澤,《清代小説的神話運用考:以〈聊齋志異〉與〈紅樓夢〉爲
　　中心》,《中國語文論集》第35號,2005

李載勝,《試論〈紅樓夢〉中的俗語運用》,《中國小説論叢》第21
　　輯,2005

余來明,《〈紅樓夢〉對人情小説傳統的反思與超越》,《中國小説論叢》第21輯,2005

趙美媛,《20世紀紅學史著述試探》,《中國語文學論集》第33號,2005

2006年:

崔炳圭,《情欲合一與〈紅樓夢〉中寶玉的意淫》,《中語中文學》第39輯,2006

崔炳圭,《從晚明文學與文人的世界來看〈紅樓夢〉》,《中國語文論譯叢刊》第17輯,2006

崔溶澈,《試論〈紅樓夢〉的外文翻譯:文化差異與韓文翻譯》,《紅樓夢學刊》第115輯,2006

高旼喜,《〈紅樓夢〉的"紅樓"與"夢"》,《紅樓夢學刊》第114輯,2006

洪濤,《〈紅樓夢〉數字文與翻譯研究》,《中國小説論叢》第23輯,2006

李治翰,《〈紅樓夢〉的心理語言考察》,《中國研究》第37卷,2006

2007年:

李知恩,《〈紅樓夢〉中的精神疾患》,《中國語文論叢》第31輯,2007

李知恩,《〈紅樓夢〉中女演員的形象研究》,《中國語文論叢》第33輯,2007

作者後記

　　筆者很早就有刊行此書的計劃,不過直到最近才將此事提上議事日程。爲此筆者深感慚愧。事實上,筆者自1990年中後期開始就有以《〈紅樓夢〉的傳播與翻譯》爲題出版單行本著作的念頭。這是由於,當時筆者已對樂善齋全譯的《紅樓夢》及其兩種續書做過一些研究;再加上,筆者對進入20世紀以後報紙上連載的梁建植與張志暎的翻譯也做過一些研究。

　　然而爲了更有體系、更具體地闡明《紅樓夢》傳播的過程,爲了從原書開始一一找出相關材料並向讀者展示,這期間花費了不少的時間。儘管如此,目前還是有一些資料有待我們繼續花費心思去發掘,以揭開韓國紅學史的真面目。十年過去了,彈指一揮間。這十年間韓國的紅學也發生了很大的變化。湧現出了一大批新鋭的紅學研究者,如果將之與筆者開始進入紅學研究領域的1980年初期相比的話,隨著中韓兩國交流的日趨頻繁,最大的變化就是一般讀者也開始積極地去瞭解《紅樓夢》。

　　雖然此書的出版已經很晚了,但是慶幸的是現在還能將過去發表的紅學論文集結成此書。今後筆者也將繼續對《紅樓夢》進行深入的研究,希望今後有機會能按照主題,分門別類地編纂一些相關的紅學論著。在此向爲此書的編成提供大作的諸位先生表示感謝，同時也向竭誠爲此書的編成付出辛勞、並提供幫助的研究生與出版社的編輯們表示感謝。

崔溶澈

譯者後記

一

2012年3月我順利進入韓國高麗大學,在結束了兩年(2010年2月—2012年2月)的韓國公立高中漢語外教的教學生涯之後,我重新進入學校,開始了我人生中的另一個階段:留學攻讀博士學位。高麗大學是韓國最著名的私立大學之一,有著百餘年的辦學傳統。在進入高麗大學之初,我就從韓國朋友那裏聽説,在韓國,高麗大學是與首爾大學、延世大學並稱爲SKY的著名學府(首爾大學的英文名稱[Seoul National University]中的首字母是S,高麗大學的英文名稱[Korea University]的首字母是K,延世大學英文名稱[Yonsei University]的首字母是Y,三校並稱"SKY"因此得名)。從多次的排名情況來看,高麗大學在亞洲的排名也是比較靠前的。能夠進入這樣一所大學跟隨研治中國古典小説與中韓比較文學的崔溶澈先生繼續博士課程的學習,内心是充滿喜悦與憧憬的。雖然因爲在入學之前没有系統地學習過韓國語的課程,因此在入學之後吃了不少苦頭,但是從開學至今内心的喜悦與興奮,新鮮感與好奇心是持續而從未中斷過的。

浸泡在韓國的這幾年中,我漸漸感到了一種學術上的隔膜。從東亞各國的情況來看,中國大陸的學界對日本學界與臺灣學界的情況的瞭解明顯要優於對於韓國學界的瞭解。這當然有多方面的原因,在中國從事古典文學研究的學者中,若非朝鮮族或者韓語專業出身,鮮有學者能通曉一定的韓國語,但若想找到通曉日語的中國古典文學研究學者,却並不難。換句話説,在過去很長的一段時間内,我們對韓國中文學界的情況有著很深的隔膜,對韓國人做中國學問的情況的瞭解是非常缺乏的。與此相反的是,韓國的中文學界對中國學界的情況是非常熟悉的。

這表現在很多方面,首先大量的中國學者的學術著作被介紹到韓國,引進到韓國的大學圖書館中。被引進到韓國的學者著作也體現了韓國中文學界對中國學術界的瞭解與關注的側重點。其次,也有不少的中文學術著作被譯介成韓國語,在韓國的中文學界產生影響。以我所在的高麗大學所藏的中國學者的學術著作韓文譯本爲例,大概可以列出一個長長的清單(清單從略)。此清單中僅列古典文學方面的中文學術著作的韓文譯本,其他專業如漢語言文字學、現當代文學、文藝學等方面的學術著作不包括在内,至於文學作品的翻譯更是不甚枚舉。第三,韓國的中文學界對中國學術的動態是非常關注的,如韓國的中國小説學會主辦的《中國小説論叢》上會定期地刊載《明清小説研究》的論文集目録,據我所知,有某期刊也會定期刊載《文學遺產》上的論文目録與摘要。韓國有各種中文專業的學會,每個學會都會主辦一個學術刊物,並定期召開學術發表大會,或者幾個學會聯合召開學術大會。在這些學術大會上往往能見到中國學人的身影,在這些學術刊物上也往往能見到這些中國學人的文章。可以看出,韓國中文學界對中國學術的優秀成果,以及對與中國學人開展學術交流方面是極爲重視極爲關注的,其心態是積極的、開放的、渴求的。我既參加過一些韓國中文學界主辦的學術大會,也在一些中文學術刊物上發表過幾篇小文。列舉以上的這些情況,無非是要説明這樣一點:韓國中文學界對中國學術界是十分關注和了解的。

　　好在最近幾年來,隨著漢字文化圈、儒家文化圈等等這些概念的逐漸深入人心,比較文學研究的重心由西向東的轉變,人們對東亞的興趣與關注度也日趨深入,東亞各國對東亞圈內其他國家文學與文化的瞭解欲望加強。在文學與文化研究中,消除國別、語言、民族、文化等方面的差異,宣導以漢字爲共同背景的東亞文學與文化的整體研究逐漸成爲人們的共識,中國的學術界開始將目光轉向東亞其他國家,特別是日韓。我們在近些年來的中國中文學界的課題中,也經常能見到一些關涉東亞其他國家(尤其是日韓)的帶有國際性眼光與比較文學視野的新課題。其中具有代表性的如由上海師範大學孫遜、孫菊園教授領銜,由國內的趙維國、朱旭強、孫虎堂、汪燕崗、任明華教授等學者以及法國社會科學研究中心陳慶浩、韓國高麗大學崔溶澈、張孝鉉教授等海外學者組建的國家社會科學基金項目《域外漢文小説整理與研究》課題組。該課題組整理的《域外漢文小説全集》系列書籍的出版必將是惠及學林的一件大好事,對東亞漢文學,特別是對東亞漢文小説的研究與東亞文化圈內的整體觀照,無疑具有極高的研究價值與參考的意義。我們對此書的出版也充滿期待。

　　在高麗大學的四年期間,翻譯韓國古典文學、中國古典文學以及韓國學等方面的學術著作的想法日趨強烈。這種工作能够增進中國學界對韓國學界的瞭解。韓國學者的研究成果或許會給國內的學者一些啟發。這種工作的根本意義在於在增進兩國的學術交流與瞭解,打破學術隔膜,促進思想的交流與資源的共享。我想其意義是無需譯者贅言的。

　　在過去的一段時間内我們很難看到一些韓國學者的學術成果被介紹到中國，我們在中國的圖書館裏亞洲系列書架上能見到的無非是一些因韓國流行文化的影響而被譯介出來的韓國當代流行小説作者的文學作品，或者已經被拍成電視或者電影的小説的中文譯本。而近年來，韓國學者的學術著作開始被譯介成中文介紹到中國。我就曾在各大學及省市圖書館見到過這些著作。但比起中國學界對韓國學界的瞭解與交流的需求而言，這些數量屈指可數的譯介不過杯水車薪。

　　基於這樣的認識，我開始了向中國學界介紹韓國學術的第一步。所選擇的第一本書便是崔溶澈師的《〈紅樓夢〉的傳播與翻譯》。該書2005年被選定爲大韓民國優秀學術著作。讀罷該書，深感其中關涉的資料與言論對中國紅學界而言，應該具有一定的參考與借鑒的價值。雖然本書中的一些内容崔師也曾在《紅樓夢學刊》上發表過。

二

　　2012年3月至2014年的8月，我經過一番波折花兩年半的時間完成了大學院的學分要求，36個學分，12門課。2014年的下學期，我便考慮回國準備畢業論文。2014年的下半年，我身在中國，擔心沒有語言環境，想著正好趁此機會將向國内學界介紹韓國學術著作的夙願實現，同時又能通過翻譯鍛煉並保持韓語實力，一舉兩得。於是我的翻譯工作正式開始了。

　　最初的翻譯是在家中進行的，由於家中翻譯環境不佳，特別是夜晚照明效果不甚理想影響翻譯進程，於是我將翻譯地點轉移到武漢市圖書館。我家位於武漢市的某城鄉結合部,雖然有從住處直抵武漢市圖書館的公汽,但距離並不近。武漢市圖書館始建於上個世紀40年代,雖號稱市立圖書館,但其硬件設施配套頗不能令人滿意。諾大一個圖書館,竟然没有筆記本電腦自習專區。要想使用電腦,必須到大衆閱覽室裏去,而大衆閱覽室能夠供電腦插電的插座又十分有限,不超過十個。而且管理又極爲嚴苛,不允許使用能同時容納幾個插頭的排插。武漢市圖書館每天定早上八點半開門。因此爲了能够使用電腦,爲了能够搶佔那幾個數量少得可憐的靠近插頭的座位,我每天早上八點半之前就必須到武漢市圖書館。而早上七八點又正是上班高峰期,加上近年來武漢大興土木,建造地鐵,交通經常處於癱瘓狀態,平時只需要半個小時就能到,而早上却需要一個小時甚至更長時間。爲了能够早上七點左右去趕公共汽車,早上六點多我就起床了。搶到座位後,除了中午的吃飯時間外,在圖書館一坐就是一天,直到晚上六點多鐘,完成了自己滿意的翻譯量以後才背著電腦、原書及筆記本去趕同樣擁堵的下班高峰期的汽車。回到家中,正好趕上晚飯飯點。

　　這樣斷斷續續堅持了一個多月,翻譯了幾萬字以後,我又去了深圳,遂將翻譯地點轉移到深圳圖書館。深圳圖書館的情況稍微好一點,四樓有專門的供筆記本電腦使用的自習區。儘管如此,這對於深圳這樣一個數量龐大的年輕人聚集的城市而言,顯然又是很不足的。深圳圖書館的附近並没有什麽物美價廉的飯館,經常看到一些前來自習的學生中午就在附近的便利店吃一碗擔仔麵。我也這樣對付過幾次,但最終吃飯問題還是不得不解決。於是我開始帶飯。早上早早地起床,準備中午的午飯。中午就吃早上帶過來的飯。彼時正是秋冬季節,好在深圳是個即便進入秋冬也並不讓人覺得寒冷的地方,飯菜雖然不能保持恒温,但也不至於太冷而不能吃。這樣的日子堅持了三個月左右,加上此前在武漢的一個月左右的時間,斷斷續續,將這部近500頁的韓文學術著作譯了出來,最後統計了一下,譯文字數大概是20餘萬字。

三

從動筆寫下書名到書後附參考書目的最後一個字的輸入,個中辛苦自知,深感譯書之難。翻譯是將一種外語所承載的思想用譯者想要採用的語言重新傳達出來的一項富於創造性的精神勞動。從對原文的正確理解分析,到搜尋合適恰當的詞語句子進行表達再現,這一過程是一個非常艱難的過程,這既需要譯者對原書的語言非常熟悉,最好能達到精通的程度,也需要譯者對自己的母語有著極强的駕馭能力,具有豐富的詞彙量與極强的語感,極豐富的語法知識。翻譯活動對譯者在兩種語言之間相互轉換的能力要求極高。對於學術著作的翻譯,特別是對於中國古典文學學術著作的翻譯,一方面要求譯者對於這門外語極爲熟練,另一方面,也要求譯者對這一學術著作所言述的内容及相關知識特別是專門用語極爲熟練,起碼不能感到陌生。嚴復早已提出過"信達雅"的三原則。對於翻譯的"忠實於原文"的原則,與文采上的"通達雅致"的原則,往往很難做到二者兼而有之,兩全其美。因此有人調侃道:"翻譯就像女人,漂亮的不實在;實在的不漂亮。"這兩個原則上的難以做到兼而有之,大概也體現在直譯與意譯上。直譯雖然在不遺漏原文所包含的信息方面值得予以褒獎,但直譯也往往造成一些讓人覺得生澀生硬的不良觀感。意譯固然能避免這種弊端,但是否確實可靠又總不禁讓人疑慮重重,舉棋不定。

　　我2007年中文本科畢業，2011年中國古代文學碩士畢業，2012年至今一直留在韓國，攻讀比較文學與比較文化專業的博士課程。雖然既接受過中國古代文學方面的訓練，也略識一點韓文，貌似在專業與外語方面皆有所準備，實則所識皆爲皮毛，古典文學修養既不深，韓文水準也有待大幅提升，亦未接受過系統的翻譯課程中理論的薰陶與實戰的訓練，翻譯韓文學術著作，實在力不從心，翻譯的過程中亦是困難重重，舉步維艱。但總想著要將譯介韓國學術著作的夙願變成現實，才勉爲其難，有了眼前這部20萬字的譯稿。

　　譯稿完成之後，基於如上的自省，不敢有絲毫的懈怠，先是將譯文與原文逐字逐句對照一過；第二遍又對譯文是否生澀，是否符合漢語表達習慣，是否便於讀者理解接受，又校閱一過。如是校閱兩遍，方敢呈崔師過目。我方定稿後，又承崔師校閱多遍。

四

　　我曾在韓國的公立高中與私立高中以及大學教過一段時間的漢語，稍得空閑也不放鬆韓國語的學習，長期浸泡在韓漢兩種語言的轉換之中。我們知道韓語中有相當比例（大概百分之七十到八十）的詞語是漢字詞，這些漢字詞有一些是直接來自於漢語，有一些是來自於日語中的漢字語。因此，對於中國學生而言，他們在學習韓語的過程中較之來自非漢字文化圈的學生而言具有一定的優勢和便利；反過來，韓國學生在學習漢語的過程中亦是如此，較之來自非漢字文化圈如歐美國家的學生而言亦具有一定程度的優勢與便利。但是在具有這些優勢與便利的同時,也存在一些難點。第一,韓語中存在一些干擾因素,因爲雖然韓語中有很多漢字詞,這些漢字詞所表達的意思與該詞對應的漢字的意思很接近,但並不是所有的情況都可以直接將該詞對應的漢字直接用在譯文中。甚至可以説在很多時候不能直接使用。這種情況有點類似於漢語中大量需要辨析的近義詞的情況。在韓國語中的漢字語的翻譯中,選擇合適的詞,擺脱對應漢字造成的干擾,顯然是韓漢翻譯的一個難點。

　　第二,韓語有一個明顯的特點,這一特點在學術論文中表現的尤爲明顯。那就是經常會遇到一些長句,有些長句甚至佔據三四行的長度。對此類句型須首先進行解剖,分析句子構成,然後再組織語言進行再現。這大概是韓國語翻譯不同於英語翻譯的一個重要特點,也是韓漢翻譯中的第二個難點。

　　第三,由於韓文在形制上有一個漫長的發展過程,今天韓國人使用的韓文與世宗大王制韓文不久的一段時間内朝鮮時期人使用的韓文的形制不相同。而本書的研究對朝鮮時期樂善齋中所藏的《紅樓夢》的韓文譯文多有論及。對這些韓文的輸入,對於並未系統接受韓文教育的我而言顯然是個問題。我曾就韓文的古形輸入問題請教過擅長韓文古形輸入的韓國朋友,但韓文的古形只能在韓國開發的hangul(相當於韓文版的word)中進行輸入和編輯,在word上根本無法輸入。而且無法將hangul裏的文字直接粘貼到word中去。即使通過一定的中間辦法勉強粘貼進去,原本緊湊的文字構成就立刻散開不成形。而word中的中文譯文粘貼到hangul中提供給編輯先生,編輯先生大概也不會使用hangul進行文字處理與編排。於是我只好以截圖的方式,將hangul中輸入的韓文古形截圖,然後粘貼到word譯稿中。如何處理這一技術問題,我多方打探亦未能獲得解決。最後我與原書作者崔溶澈師商議後,決定採取將原書中引用的韓文古語按照現代韓國語的寫法進行轉換並加注釋的辦法解決這一棘手問題。

除了以上問題之外，由於我韓文水平與古典文學修養的限制，譯文中失誤在所難免，敬請讀者批評指正，不吝賜教。

肖大平 2015 年 9 月
韓國建陽大學明谷圖書館